KB266875

한백림 新무협 판타지 소설

천잠비룡포
Fantastic Oriental Heroes
天蠶飛龍袍

천잠비룡포 6

한백림 新무협 판타지 소설

초판 1쇄 찍은 날 § 2025년 9월 19일
초판 1쇄 펴낸 날 § 2025년 9월 26일

지은이 § 한백림
펴낸이 § 서경석

편집책임 § 황창선
편집 § 박현성

펴낸곳 § 도서출판 청어람
등록번호 § 제387-1999-000006호
등록일자 § 1999. 5. 31
어람번호 § 제2-2931호

주소 § 경기도 부천시 부일로 483번길 40 서경B/D 3F (우) 14640
전화 § 032-656-4452 팩스 § 032-656-4453
E-mail § chungeorambook@daum.net

한백림 新무협 판타지 소설

천잠비룡포

Fantastic Oriental Heroes

天蠶飛龍袍

6 적벽(赤壁)

도서출판 청어람

목차

사과의 말씀 &

천잠비룡포 1권에서 5권까지의 이야기   6

天蠶飛龍袍 18장 적벽(赤壁)   13

天蠶飛龍袍 19장 육홍(陸哄)   103

天蠶飛龍袍 20장 엽단평(葉亶泙)   189

天蠶飛龍袍 21장 비무(比武)   285

한백무림서 여담(餘談) 편   364

사과의 말씀
& 천잠비룡포 1권에서 5권까지의 이야기

독자분들께 너무나도 큰 죄를 지었다고 생각하고 있습니다.

혈육의 병치레가 있었고, 집안 내에 대사가 있었으며, 저 본인의 수술 및 입원 치료와 재활까지 겹치면서 긴 시간 동안 작업을 못 하게 되었습니다.

천잠비룡포를 기다리고 계셨던 모든 분들께, 직접 뵐 수 있다면 머리를 조아려 사죄드리고픈 마음뿐입니다.

긴 시간을 쉬었던 만큼, 천잠비룡포의 내용도 잘 기억이 나지 않으시리라 생각됩니다. 따라서 간략하게나마 1권부터 5권까지의 내용을 정리해 보았습니다. 더불어 5권의 마지막 부분 일부를 첨부하여 오랜만에 읽으시는 분들께도 다소의 도움을 드리고자 합니다. 거듭 사죄의 말씀 올립니다.

— 천잠비룡포 1권에서 5권까지의 이야기

대리 단씨의 후예, 부자인 단운룡과 단천생은 상처 입고 지친

몸으로 황량한 운남의 대지를 헤매고 있었다. 얼마 되지 않아 아버지인 단천생이 오랜 부상을 견디지 못하고 세상을 뜬다. 아버지가 아들에게 남긴 말은 '살아남아라', 그 하나였다. 살아서 그가 꾸지 못한 꿈을 마저 꾸라는 것이었다.

홀로 남겨진 단운룡은 쫓기고 있던 오기륭을 만난다. 중년에 접어들고 있던 삼십대 오기륭과의 만남은 단운룡에게 필생의 인연으로 다가온다. 오기륭은 구룡보 출신으로 변질된 구룡보에 커다란 원한을 가지고 있는 이였다. 두 사람은 구룡보에 쫓기면서 운남의 소수민족들이 모여 살던 오원으로 흘러들게 되고, 그들은 전란의 땅인 그곳에서 몇 년 동안의 격한 삶을 살아가게 된다.

오원에는 붉은 늑대 허유가 있었고, 늙은 뱀 마건위가 있었다. 맹획과 타가라는 두 대적을 앞에 두고 싸움을 지속해 온 오원의 대지는 그 두 사람의 힘에 의해 유지되는 곳이었다. 단운룡은 그곳에서 아이들의 두목인 대산을 만나고 날카로운 성정의 흑로를 만났다. 겉멋이 들었지만 재치있던 소봉, 머리가 뛰어난 우목, 북을 좋아하던 하만, 깃발을 좋아하던 반조, 욕을 입에 달고 다니던 금령 등 소마군(少魔軍)의 소년들이 단운룡의 어린 시절을 함께한다. 오원에서 소마군의 출전에 나가기 전, 오기륭은 이런 말을 했다.

"네 녀석에게 내 내공심법을 가르치진 않을 거다. 네가 배울 것은 따로 있으니까."

"네 그릇에는 내 무공을 담고 싶지 않아. 이 세 개의 각법은 내가 네게 주는, 말하자면 잠시 동안만의 호신법(護身法)일 뿐이다. 그릇 바깥의 장식으로 족하다. 네가 진짜 자리를 찾아가기 전까지… 그때까지만 쓸 수 있는 그런 무공이면 된다는 말이다.”

“내 말 명심해라. 넌 이 정도 무공에 만족해선 안 돼. 내가 언젠가 너에게… 너로서도 상상할 수 없는 ‘새로운 세상’을 보여주겠다.”

오기륭은 그렇게 알 수 없는 약속을 했고, 단운룡은 그에게 세 가지 각법을 배운다. 단운룡은 출정에 나섰고, 전장의 흉험함을 체험한다. 이어지는 출전들. 그러던 와중에 강씨금상의 상주 강건청이 원조 물자를 들고 방문하게 된다. 마건위의 계략으로 강씨금상은 습격을 받게 되었고, 곤경에 처한다. 위험에 빠진 그들을 구해준 것은 단운룡과 오기륭이다. 강씨금상에서는 단운룡에게 광주로 함께 갈 것을 제의하지만, 단운룡은 거절한다. 친구로서 오기륭의 앞길을 막지 않으려 했던 것이다.

오기륭은 금상과 함께 오원에서 떠난다. 홀로 남은 단운룡은 소마군과 함께 혁혁한 전공을 올리면서 오원 전체에 이름을 알려갔고, 세월은 화살처럼 빨라 삼 년이란 시간을 기억 저편으로 보내게 된다. 그렇게 소마군이 즉시 전력감으로 성장하고 있을 때다. 오원의 두 핵심인물 중 하나인 마건위가 타가 측 장수인 나이만과 내통, 소마군을 희생시킬 결심을 한다. 출전 도중 소마군은 절체절명의 위기에 처하게 되고, 나이만은 단운룡이 손쓸 도리도 없이 소마군의 소년들을 하나씩 도륙하기에 이른다.

처절한 싸움 끝에 소봉이 죽고, 하만이 죽는다. 농담만 하던 소봉은 끝내 슬픈 최후를 맞이했고, 북을 좋아하던 하만은 끝까지 북소리를 내며 죽었다. 깃발을 그렇게도 좋아했던 반조는 절망적인 상황을 알리기 위해 끝까지 깃발을 흔들다 죽음을 맞이했으며, 금령은 끝내 입에 붙어 있던 욕지거리만을 남긴 채 절명하게 된다.

나이만과 마주친 대산과 흑로는 한 치도 물러나지 않는 용맹으로 치열한 싸움을 감행하나 결국 대산은 한 팔을 잘렸고, 흑로는 목숨까지 잃게 된다. 단운룡이 대산을 업고 도주하여 살려놓았을 뿐, 겨우 살아남은 우목 외에 소마군은 괴멸 상태라 해도 과언이 아니게 되어버렸다.

단운룡은 복수를 준비한다. 라고족이라는 효마에게 힘을 빌렸고, 팔을 잃은 대산은 마약인 귀비산을 복용하며 싸움에 나선다. 세 사람은 필살의 의지로 나이만의 군대를 섬멸하고 마침내 나이만과 싸움에 돌입, 나이만의 목숨을 빼앗기에 이른다. 복수를 달성한 대산은 결국 힘을 소진하고, 거기서 그 짧은 생애를 마무리하게 된다.

소마군이 박살나고, 오원에 아무런 인연이 남지 않은 단운룡은 오래전 맺었던 인연을 따라 중원으로 나선다. 흑산군사 선찬과 운장대도 관승이 단운룡과 동행, 불패신룡 오기륭의 앞에 이른 것이다. 그리고 오기륭은 마침내 단운룡을 진정한 사부의 앞으로 이끌게 된다.

"나는 강호에서 협제(俠帝)라 불렸고, 또한 서패왕(西覇王)이라 불리었다. 강호사패, 협도(俠道)의 살수문파, 입정의협살문의 문주였으며, 협의와 정도를 지키는 데 목숨을 걸었다."

시공의 격차를 뛰어넘어, 패왕의 위엄은 한줄기 꿈결 같은 전설이려니.

　진정한 사부가 한 손을 무릎에 올리고 비밀이라도 이야기해 주듯이 상체를 숙이며 얼굴을 단운룡에게 가까이 가져온다. 사부는 짤막하게, 결국 자신의 이름을 밝혔다.

　"내 이름은 소연신이다."

　단운룡은 소연신을 사부로 맞아 그가 가르친 절기들을 한 몸에 지니게 된다. 무공 외에도 시서화, 온갖 기예와 숱한 재주들을 익혀 사부와 같은 만능자의 풍모를 갖추게 된 단운룡이다. 그는 사부가 이끄는 대로 비무를 하고, 실력을 키우며, 협객으로서의 자질을 시험받는다. 그러던 와중에 단운룡은 사부의 시절에 있었다던 사패의 이야기를 듣고, 천하를 향한 웅심을 품게 된다. 백송파의 악당 묵비곤을 참하면서 백송파의 문규를 보고 문파라는 두 글자에 깊은 인상을 받는다. 어느샌가 문파라는 두 글자를 마음에 품게 된 단운룡은, 마침내 구주창왕의 비급이 나타난 불산혈사를 겪으면서 그 웅심의 구체적인 정체를 깨닫게 된다. 문파를 세우기로 마음먹은 것이다. 불산에서 좌충우돌하는 가운데, 양무의와 백가화라는 한 쌍을 만났고, 희대의 지략가인 양무의의 마음을 얻는 데 성공했다. 양무의를 얻기 위해 나타난 불패신룡 오기륭과의 반가운 재회도 잠시, 불산에는 무적의 검기를 자랑하는 해남파 장문인을 위시한 수많은 군웅들이 있었으니, 그 와중에 단운룡은 가면을 쓴 대적들과 마주쳐 광신마체 뇌신의 절기를 사용하여 기력이 고갈된 채로 강씨금상의 강설영에게 구명의 은을 입게 된다. 어린 시절 만난 적이 있었던 강설영은 단운룡을 알아보지 못했다. 대신 그녀는 단운룡에게 천잠보의 전설에 대해 말해준다. 목숨을 구해준 보답으로 천잠보의를 찾는 것을 도와달라고 한 것이다. 단운룡은 흔쾌히 승낙하고, 사천 땅 사부의 곁으로 돌아온다. 문파를 세우겠다는 천명을 사부에게 고하기 위해서였다. 사부는 그의 뜻을 받아들여 인재를 찾는 것을 도와주겠다고 말했다. 그리고는 힘을 주겠다면서 단운룡의 명치에 손을 꽂아 넣는다. 단운룡은 그 직후 의식이 끊긴다.

시일이 지나고, 소연신이 주루에서 기녀들의 노래를 듣고 있을 때다. 불패신룡 오기륭이 화난 얼굴로 들이닥쳐 소연신에게 따져 묻는다. 불산에서 단운룡의 무공을 보고 의아함을 느껴 조사해 보았더니, 단운룡의 무공이 소연신의 진신무공이 아니었다는 이유에서다. 소연신의 진짜 무공은 협제신기였지만 단운룡이 익힌 것은 광극진기다. 오기륭의 분노와 풀리지 않는 수수께끼만이 남은 것이었다.

제18장 적벽(赤壁)

관사도십육자(觀四都十六字).

강호인들은 네 개의 도시를 보며 열여섯 글자를 말한다.

금비적벽(金比赤壁), 기교무평(器較武坪), 호연항주(虎宴杭州), 용전낙양(龍戰洛陽).

적벽에선 비무에 돈을 걸고, 무평에선 아이들의 그릇을 견준다.

항주에선 범들이 연회를 벌이고, 낙양에서는 용들이 실력을 뽐낸다.

적벽, 무평, 항주, 낙양.

네 개의 도시에 네 개의 비무대회를 일컬어 강호인들은 다음과 같은 이름들을 붙였다.

적벽암무회전, 무평소패왕전, 항주호포연전, 낙양용비대전이 그들이다.

첫 번째. 적벽암무회전은 무척이나 독특한 비무대회다.

　네 도시의 비무대회들 중에서 가장 세속적이며, 가장 폭력적이다. 비무는 솔직하고 적나라하여 뼈가 부러지고 핏물이 튄다. 관중들은 구름같이 몰려든다. 그들은 예외없이 열광한다. 구경하는 자, 암무회전에 돈을 건다. 그들은 승패로 도박을 한다. 다른 도시들의 비무대회에서도 그런 일이 있지만, 좀처럼 바깥으로 드러나지는 않는다. 암무회전에서는 도박이 표면 위에 떠올라 있다. 고수들의 출전이 많지 않아도 관중은 끝없이 몰려든다. 고수들이 나오지 않지만, 그렇기에 더더욱 승패를 짐작하기 힘들다. 그래서 항상 흥미진진하다. 중원사대 비무대회 중 하나로 일컬어지는 이유가 거기에 있다…(중략)…….

한백무림서
강호난세사 中에서.

"**나**가야겠어."

한 달 동안의 금족령이 해제된 지 겨우 하루다. 강설영은 나가 겠다는 말부터 했다.

"한참 잠잠하다 싶었더니 또 시작이에요?"

강설영의 시비, 여은의 말투는 핀잔에 가까웠다. 하나 강설영의 대답하는 얼굴은 진지하기만 하다. 목소리도 단호하기 그지없었다.

"천잠보의를 찾으러 가야겠어."

"어떻게 하려고요?"

"일단 정면으로 부딪쳐 볼 거야."

강설영이 다부진 어조로 말했다. 여은이 눈을 크게 뜨며 되물었다.

"정면으로 부딪친다고요……?!"

"천잠보의를 찾으러 가겠다고 아빠한테 직접 이야기하려고 해."

"에……?"

눈만큼이나 크게 벌려진 입이다. 여은이 말까지 더듬으며 손사래를 쳤다.

"아, 아가씨. 그, 그런 걸… 허락하실 리가……!"

"허락하지 않으면 어쩌겠어. 아빠는 날 막을 수 없을 거야. 일단 마음먹은 이상, 몰래 가출을 할 수 있다는 것도 알고 계실 테니까."

강설영은 막무가내였다. 여은의 두 눈이 이 못 말릴 아가씨에 대한 걱정으로 물들었다.

'어쩌자고……!'

왜였을까. 순간, 여은의 머리 속을 스쳐 간 얼굴이 하나 있다.

놀라운 재주를 보여주었던 사람. 재기가 넘치던 한 청년의 얼굴이었다.

'그래, 단 공자! 전부 다 단 공자 때문이야!'

단 공자. 그렇다. 그의 얼굴이 떠오른 이유는 다른 것이 아니다. 그가 원흉이기 때문이었다.

여은은 그날을 기억한다. 아가씨의 눈에 전에 없던 기대감이 생겨난 날.

바로 그때부터였을 것이다. 아가씨는 단 공자와 천잠보의에 대해 이야기했다. 그러더니 결국 제대로 바람이 들어버린 것이다.

'무조건 말려야 해.'

여은은 말려야겠다는 생각부터 했다. 얼토당토않은 보물 이야기에 흠뻑 빠져 엉뚱한 소리를 해대는 것은 시비인 자신의 몫이어야지, 아가씨의 몫이 되어서는 안 되는 까닭이었다.

"천잠보의를 찾으러 간다는 건 분명 놀랍고도 신비로운 일이겠죠. 하지만 아가씨, 다시 한 번 생각해 보세요. 그걸 진짜 찾을 수 있을 거라 믿는 거예요?"

"찾을 수 있냐고? 물론이야."

"대체 어떻게 그런 확신을 가질 수 있는 거예요?"

"믿는 것부터 시작해야지. 의심부터 한다면 직접 찾겠다고 어찌 말할 수 있을까."

"아가씨, 그래도 그렇죠."

"왜? 여은이도 좋아했었잖아."

"아가씨, 기분 나빠하지 말고 들으세요. 솔직히 말해서요, 전 그것이 세상에 있다고는 도저히 믿지 못하겠어요."

주제넘은 말이다? 여은도 더 이상은 어쩔 수 없다. 그러나 강설영은 태연하다. 그런 여은에게 그저 한줄기 잔잔한 미소를 지어줄 따름이었다.

"그쯤은 옛날부터 알고 있었어."

"예?"

"알고 있었다고. 여은이가 믿지 않는다는 것 말이야."

"아, 아가씨, 그런 게 아니에요."

여은의 눈썹이 파르르 떨렸다. 그녀가 너무 심했던 것일까. 가슴 한 켠을 쿡 찌르는 것이 있었던 까닭이다.

"여은이는 원래 그랬어. 언제나 꿈꾸는 듯하면서도, 그 내면에는 사물을 바로 보는 냉정함을 갖고 있었지. 전설 속 보물들을 좋아하지만 실제로는 그런 것이 있을 수 없다고 생각하고 있었잖아."

서운함이 있을 만도 하건만, 이어지는 강설영의 목소리에서는 여은에 대한 그 어떤 야속함조차 깃들어 있지 않았다. 여은은 그저 어쩔 줄 모르는 표정을 하고 있었다.

"아가씨……!"

"그대로도 좋아, 여은이는. 여은은 믿지 않아도 난 믿고 있어. 꿈을 꿔왔고, 계속 그 꿈을 꾸고 싶을 뿐이야. 또 모르지. 여은이보다 아직 철이 덜 들어서 그런지도."

"그, 그렇지 않아요, 아가씨."

"그냥 못 본 척 응원해 주면 안 되겠어? 이제까지처럼 믿는 척해줘도 되고. 여은이가 왜 그러는지는 잘 알고 있어. 날 걱정해 주는 거잖아. 허황된 일에 힘과 시간을 낭비하고, 강호에 나가서 험한 일을 당할까 봐 그러는 거겠지. 하지만 괜찮아. 단 공자도 도와준다 했으니 어떻게든 될 거야."

강설영의 이야기에 여은은 고개를 푹 숙일 수밖에 없었다.

이토록 태연하게 말하는 강설영이라지만, 마음 한구석에는 분명 말 못할 서운함이 간직되어 있을 것이다. 여은이 두 눈을 질끈 감으며 생각했다.

'난 나쁜 계집이야.'

하지만 그렇다 한들 어쩌겠는가.

여은은 생각했다. 아가씨는 이곳 강씨금상에 있어야 한다고. 소상주의 신분으로 이곳에서 오래도록 함께하면서, 쓸데없는 농담

을 나누고 웃음 섞인 연애담을 말하면서 시녀인 그녀와 함께 오래
토록 시간을 보내길 원했다. 금상의 적들을 때려눕힌 이야기를 듣
고, 오양성 멋진 남자들의 영웅담을 듣는 나날들. 그런 날들이 언
제고 계속되길 바랐을 뿐이다.

"정말로 찾고자 한다면 다른 이들을 시켜도 되지 않겠어요? 굳
이 아가씨가 직접 찾으러 가야만 하는 것은 아니잖아요?"

"다른 이들을 시키다니, 무슨 소리! 생각해 봐. 누굴 시키겠어?
금륜대? 관선대? 그런 일에 금상의 귀중한 인력들을 보낼 수는 없
어. 게다가 그 정도 보물이라면, 누굴 보낸대도 쉽게 얻을 수 있는
것이 아닐 거야. 자고로 신물(神物)의 주인이란 하늘이 내린다 했
으니, 훌륭한 무공과 뛰어난 지략을 지닌 자만이 보물을 취할 수
있다고 했어. 천잠보의도 마찬가질 거야. 어디에 누가 지니고 있더
라도 아무나 접근할 수 있을 만한 물건은 아닐 테니까."

"무공과 지략으로 보물을 얻는다니……. 아가씨, 제발……! 협
객들의 허황된 모험을 재미있게 듣는 것과 거기에 동참하는 것에
는 커다란 차이가 있는 법이에요!"

"전설이란, 듣는 사람이 있는 만큼 만들어가는 사람도 있어야
되는 법이야."

"아가씨… 정말 못 말리겠네요."

땅이 꺼져라 한숨을 내쉬는 여은이다. 바다처럼 속이 깊은 듯
하다가도, 저렇게 눈을 빛낼 때면 애인지 어른인지 도통 구분이
안 갈 지경이었다.

"아가씨, 하나만 더 물을게요. 그렇게 어찌어찌해서 상주님께
허락을 받았다고 쳐요. 그러고 나면 그 단 공자와 단둘이서 천잠

보의를 찾으러 갈 생각인가요?"

"아마도… 그렇게 되지 않을까? 아빠한테 금륜대 대원들을 차출해 달라고는 말할 수 없잖아?"

"달리 도움받을 사람은 없는 거죠?"

"당장은 없겠지."

들으면 들을수록 기가 막힌 이야기였다. 조력자 하나 따로 없이 정체도 모를 외간 남자 한 명과 함께 천잠보의를 찾으러 간다니. 이젠 여은도 될 대로 되라는 심정이다. 여은이 물었다.

"그렇다면 이 공자는요?"

"이 공자? 군명 오빠?"

"예. 이 공자라면 좋은 조력자가 되지 않을까요?"

"글쎄… 군명 오빠야말로 천잠보의에 대해서는 도통 믿어주질 않을 것 같은데?"

"이야기… 안 해보셨어요?"

"안 해봤지."

"왜요?"

"이야기하기가 그렇잖아. 믿어주지도 않을 사람한테."

"믿어주지 않을 사람이라니요? 이 공자라면 아가씨가 무슨 이야기를 해도 믿어줄 것 같은데요?"

"아니야. 군명 오빠가 어떤 사람인데."

"아니긴요 뭐. 천잠보의에 대해 믿어주든 믿어주지 않든, 어쨌거나 도움은 청해볼 수 있지 않겠어요?"

"물론 청해볼 수야 있겠지만……."

말끝을 흐리는 강설영에 여은이 재촉하듯 말했다.

“뭘 망설이세요? 아가씨도 아시잖아요. 이 공자는 아가씨 부탁이라면 뭐든지 들어줄걸요?”

“에? 그건 또 무슨 소리야?”

“하루가 멀다 하고 찾아오잖아요. 특히나 요즘 들어서는요.”

“최근 들어 금상 본가에서 광동 이가(李家)와 새로운 거래를 트고 있잖아. 그것 때문에 찾아오는 건데 뭘.”

“다 핑계죠. 이 공자가 거기에 맡은 일이 뭐 있다고 그래요?”

“핑계라니?”

“눈치 없는 척 좀 그만 하세요. 왼 종일 찾아오는 거, 이 공자는 다 아가씨 만나러 오는 거라고요.”

“그런 거 아냐.”

확실히 그런 면에서는 둔한 구석이 있다. 둔한 것인지, 아니면 모르는 척하는 것인지 강설영은 별반 감흥을 느끼지 못하는 것처럼 보인다. 이군명이 그토록 자주 강설영을 찾아오는 데에는 다른 이유가 있을 리 만무한 일일 텐데도 말이다.

“한 번 이야기라도 해보세요.”

“그럴까…….”

“그래요. 이 공자라면 들어줄 거라니까요!”

묘한 일이었다. 여은이뿐 아니라 강씨금상의 모든 시비들이 구애에 가까운 이 공자의 행동을 들먹이고 있음에도 강설영은 별반 관심이 없는 듯하다. 그녀가 관심있어 하는 것은, 그저 오직 천잠보의 하나뿐인 것 같았다.

“그러고 보면 확실히 나쁜 생각은 아닌걸.”

거기서부터 시작이다. 여은의 이야기를 곱씹어보는 강설영의 두 눈이 반짝 빛을 발했다.

'나쁜 생각이 아닌 정도가 아니라…….'

이군명을 끌어들인다? 가능만 하다면 그처럼 좋은 생각도 없다. 이군명은 총명한 재지를 지녔을 뿐 아니라 무공도 출중한 남자다. 그만한 사람의 도움을 얻기도 쉬운 일은 아닐 터였다.

'하지만…….'

문제는 간단치 않았다. 여은의 말처럼 부탁만 하면 다 들어줄 것이다?

강설영은 그렇게 생각하지 않았다. 강설영은 이군명을 잘 안다. 이군명은 사리판단이 분명한 남자였다. 땅바닥에 두 발을 굳게 붙이고 사는 사람의 전형이란 뜻이다. 꿈같은 이야기에 흥미를 느끼는 사람이 결코 아니었다.

이제껏 이야기를 안 한 것도 그래서다. 강설영은 철없는 꿈을 꾸고 있지만, 그 꿈 외에 다른 면에선 사리판단이 냉정한 편이었다. 이군명은 천잠보의를 믿어줄 남자가 아니다. 그렇기에 끌어들이는 쪽으로는 애초부터 고려조차 안 했던 것이다.

'그래도 도움을 얻을 수 있다면…….'

생각하면 생각할수록 상책(上策) 같다.

왜 생각하지 못했을까. 천잠보의의 존재에 대해 믿어줄지는 의문이지만, 이군명의 도움을 얻을 수만 있다면 그만큼 좋은 것도 없을 듯싶었다. 단 공자의 번뜩이는 직관력에 이군명의 진중한 통찰력을 앞세운다면, 그 어떤 보물이라도 쉽게 찾을 수가 있을 것만 같은 느낌이 들었다.

"저, 아가씨……."

상념을 불러온 것도 여은, 그 상념을 끊은 것도 여은이다. 머뭇거리는 듯한 여은의 목소리에 강설영이 생각을 멈추고 고개를 들었다.

"응?"

"아가씨, 있잖아요. 혹시… 함께 갈 사람이 더 필요하다면… 저도 데려가는 것은 어때요?"

"뭐? 너를?"

"예. 저도요."

여은의 눈엔 어떤 결심의 빛이 떠올라 있었다. 처음에는 강설영을 말리려 했지만 이제 말릴 수 없음을 알았기 때문이다.

그렇다면 함께 가는 것은 어떨까. 여은의 마음속에서 불쑥 솟아 나온 생각은 그러했다.

혼자 남기는 싫은 것이다. 여은은 어디까지나 강설영의 개인 시녀다. 강설영이 있는 곳이 곧 여은이 있을 자리였기 때문이다.

"전 아가씨 시비잖아요. 굳이 가시겠다면, 함께 갔으면 좋겠어요."

"잘 들어. 난 지금 존재조차 확실치 않은 기보(奇寶)를 찾으러 가겠다는 거야. 그 와중에 어떤 일이 생길지 모른단 말이지. 너에겐 위험해. 무척이나."

"그래도 따라가게 해주세요. 제발요."

"다시 잘 생각해 봐. 설마하니 혼자 남는 것이 싫어서 그래? 내가 이곳을 비웠던 것이 한두 번 있었던 일도 아니잖아."

"길어봐야 두어 달이었죠. 아가씨 없는 화선각은 몹시 지루하다고요."

"지루하긴? 금약당이 있잖아."

"금약당이요?"

"안 그래도 금약당주 가(茄) 숙부께서 하셨던 이야기가 있어. 여은이 재주가 탐이 난다고 말야. 금약당 일에 흥미를 느낀다면 거기서 정식으로 약학(藥學)을 배워봐도 괜찮을 거야."

여은의 눈이 휘둥그레하게 커졌다.

나가기에 앞서 강설영은 모든 것을 준비해 둔 것이다. 강설영이 없는 사이에 여은이 금약당에서 마음껏 지낼 수 있도록 이야기까지 끝내놓았다는 뜻이다.

그것이 강설영, 아가씨의 진면목일지도 모른다. 남녀 사이의 일에는 눈치가 없을지 몰라도, 일단 덤벼든 일에 대해서는 무섭도록 철저한 데가 있는 그녀였다.

"아가씨, 전 아가씨와 같이 가고 싶지 금약당에 남고 싶진 않아요."

"말했잖아. 위험하다고."

"위험하긴요. 아가씨도 저와 함께 있으면 편하실 것 아녜요?"

"편하다니, 그런 식으로 볼 문제가 아냐."

"아가씨 옷은 어쩌시려고요? 머리카락은요? 저 바깥세상을 푸석푸석한 얼굴로 돌아다니실 생각이세요?"

"강호잖아. 그쯤이야."

"그쯤이라뇨? 강씨금상의 금지옥엽이 그래서야 되겠어요?"

"무슨 상관이 있담? 금상이라고 써 붙이고 다닐 것도 아닌데."

"결국 아가씨는 그냥 절 그렇게 금약당으로 내치고 가시겠다는 이야기군요?"

"내친다니, 말도 안 되는 소리 하지 마. 잘 생각해. 지금처럼 충동적으로 따라간다 말할 게 아니야. 더욱이 여은이는 그걸 찾을 수 있을 거라 믿는 것도 아니잖아."

"찾지 못하게 되었을 때 말리기 위해서라도 따라가야죠. 누군가 말리지 않으면, 아가씨처럼 좀처럼 포기 못하는 성격에 십 년이고 이십 년이고 찾아 헤맬 거 아니에요?"

"중간에 말리겠다니, 그럼 더더욱 데려가서는 안 되겠네. 여은이도 고집부리지 말고 다시 한 번 생각해 봐. 금약당에서 정식으로 일을 배우는 건 너한테도 좋은 기회일 테니까."

그렇게 여은을 달래보는 강설영이다.

"그렇겠죠. 어련히 좋은 기회겠어요."

돌아오는 것은 성의없는 대답뿐이다. 강설영이 짐짓 눈살을 찌푸려 보았지만 여은은 미동도 하지 않았다. 돌아서려던 강설영이 한줄기 한숨을 내쉬면서 말했다.

"후우… 데려가지 않으려는 것은 전부 다 여은이 널 생각해서야. 바깥에서 고초를 겪느니 여기에 있는 것이 훨씬 편할 거니까. 게다가 여은이가 기다리고 있어야지 나도 이곳에 돌아올 마음이 생기지 않겠어?"

그렇게 말해주고는 화선각 밖으로 나선다. 야속함으로 가득 찬 눈빛이 등 뒤에 쏟아지고 있음을 알고 있었지만, 백번 생각해도 그녀를 두고 가는 편이 옳은 일이었다. 어떤 어려움이 있을지 모를 곳에 제 한 몸 편하자고 시비까지 대동할 수는 없는 까닭이었다.

＊　　　　＊　　　　＊

강설영은 이군명과 만났다. 여은이 말했던 것처럼 도움을 청하기 위해서다. 길게 이어진 그녀의 이야기에 이군명이 고개를 설레설레 흔든다.

"그러니까……."

모처럼 만남을 청하기에 한달음에 달려왔더니 이런 이야기를 할 줄은 몰랐다. 그는 좀처럼 말을 잇지 못했다. 관옥 같은 얼굴, 진중한 그의 목소리엔 좀처럼 드러나지 않던 곤란함이 가득 배어나오고 있었다.

"어떻게 생각해요?"

앉아 있는 이군명의 눈앞에는 일전에 강설영이 단운룡에게 보여주었던 당송의복총람의 한 면이 펼쳐져 있었다. 천잠보의로 추정되는 그림이 담겨 있는 바로 그 면이었다.

이군명이 다시 한 번 의복총람을 내려다보며 그것에 새겨진 천신보의(天神寶衣) 네 글자에 시선을 주었다. 난감해하는 표정이 온 얼굴에 가득했다.

"영 매, 사실 이런 건 그저 세간에 내려오는 전설일 뿐이오."

묘한 어법이다.

영 매라는 친근한 호칭에, 이어지는 말투에는 격식과 품위가 제대로 갖춰져 있다. 이군명이 곁에 선 그녀를 올려다보았다. 그의 두 눈에는 그녀에 대한 일말의 우려감이 깃들어 있었다.

"영 매도 잘 알지 않소? 이것들은……."

우려하는 눈빛. 그의 눈빛을 애써 외면하는 강설영이다. 그녀가 한하서의 병기전설을 가리키며 말을 이었다.

"전설만은 아니에요. 여기 다른 증거들도 있잖아요."

곱고도 긴 손가락을 따라 이군명의 시선이 오래된 서책을 향했다.

병기전설.

세밀하지 못한 화법에, 조악한 글씨가 가득한 책이었다. 이군명의 짙은 검미가 가볍게 흔들렸다.

"병기… 전설이라니……. 솔직히 이 책의 내용은… 사실 증거라고 하기에……."

이군명의 말은 부드럽게 이어지질 못했다. 어찌하면 강설영의 기분을 거스르지 않을까 단어 선택에 고심을 하는 모양새였다.

"썩 솜씨가 좋지는 않지만, 그래도 은근히 세밀한 책이에요. 놀라운 물건들이 하나 가득 그려져 있어요."

알고 있다. 이군명도 보았으니까. 대충 훑어보는 것만으로도 책의 성향을 알아챈 그다. 병기전설? 붙어 있는 제목만으로도 이미 반쯤은 못 믿을 책이라 해도 과언이 아니다.

"글쎄… 그렇긴 한데……."

"몇몇 물건들은 특히나 흥미롭죠. 직접 보지 않고는 표현하기 힘든 그림들도 있으니까요."

"…그저 상상력이 뛰어난 것으로밖에는……."

연신 말끝을 흐리는 이군명이다. 하나 그렇게 말끝을 흐린다 한들 그의 대답에 담긴 의미는 명백하기만 했다.

한마디로, '믿지 않는다' 는 뜻이다.

병기전설의 그림들 전체를 허황된 것으로 생각하고 있다. 또한 그것은 곧 천잠보의의 존재 자체를 믿지 않는다는 이야기이기도

했다.

"단순한 상상력으로 치부하긴 어려워요. 강호에는 신비로운 사람들과 신비로운 물건들이 셀 수 없을 정도로 많죠. 더욱이 이 병기전설은 여기에 있는 당송의복총람과 겹치는 부분들이 있어요. 이 천잠보의가 그렇죠. 특히나 이 그림들의 구도는……."

"영 매, 구도 이야기라면 방금 전에도 했지 않소."

이군명은 강설영의 말을 중간에서 끊었다. 열정에 찬 눈빛. 방금 전에 이미 했던 이야기를 또 하려 했기 때문이다.

그녀는 이미 말했다.

표현된 각도가 다르다. 직접 보고 그리지 않고서는 이런 그림들이 나올 수 없다고.

그는 이해할 수 없었다.

구도가 무슨 문제인가. 사소하기 짝이 없는 부분이다. 이군명도 명가의 후손인지라 어릴 적부터 서화를 익히기는 했다. 하지만 그 조예는 그렇게 깊지 않았다. 그런 그에게 있어 두 그림의 차이란 것은, 그저 끼워 맞춘 이야기로밖에 들리지 않았을 뿐이다.

"영 매가… 말한 것처럼 강호에는 기이한 물건들이 많이 있다고들 하오. 단금절옥(斷金切玉)의 명검이라든지, 관목파금(貫木破金)의 명창이라든지 말이오. 하지만 그 정도 강도를 지닌 신병이기(神兵異器)라고 한다면, 이 광동 땅에서만도 얼마든지 찾아볼 수 있을 거요. 이건 그거와 다르오. 무기가 아닌 옷이지 않소? 도검에 상하지 않는 의복이라니… 그런 것은 전설일 뿐이오. 뜬구름 잡는 이야기란 말이오."

"하지만 이 책들은……."

"영 매도 알고 있잖소. 그런 책들은 어디에나 있소. 허황된 이야기를 그럴듯하게 꾸미는 것. 그것이 강호의 입담이오. 그런 것들을 곧이곧대로 믿는 것은 강호를 모르는 어린아이들뿐일 거요."

이군명의 말투는 단호했다.

역시나 이런 면에서는 주관이 뚜렷한 남자였다. 사리에 맞게 판단하여 결론을 내릴 뿐이다. 그런 그에게 있어 천잠보의라는 물건은 상상의 산물 그 이상도 이하도 아니라는 것이다. 강설영이 다소 날카로워진 목소리로 말했다.

"어린아이들뿐이라니, 말이 좀 심하네요. 그래도 전 천잠보의란 것이 틀림없이 있을 거라 생각한다구요."

"도검불침, 수화불침의 전설을 믿는다는 것이오?"

"물론이죠."

"그럼 반대로 내가 묻겠소. 천하의 모든 옷들을 접해보았을 강씨금상 소상주에게 묻는 것이오. 그런 옷이 진실로 있을 수 있을 거라 생각하오?"

냉정한 질문이었다. 허황된 이야기에 빠져 있지 말라는 뜻 같았다.

강설영에게 지대한 관심과 호의를 보이면서도 그녀의 말에 무조건 동의하지는 않는다. 감언이설보다는 진심이 먼저다. 자신이 해야 할 말만큼은 분명하게 할 줄 아는 남자였다.

"…없으라는 법도 없지요."

"있으란 법도 없소. 난데없이 천잠보의라니. 난 이럴 줄 몰랐소. 영 매가 이런 이야기를 진지하게 시작한 것 자체가 그저 놀라울 따름이라오."

"결국 이 공자는 천잠보의의 존재를 믿을 수 없다고 보는 거네요."

"그렇소. 난 믿지 않소, 그런 이야기."

"알겠어요."

소용이 없다.

이군명의 반듯한 두 눈이 그러한 결론을 더욱더 강하게 만들어준다. 이군명의 나직한, 그러면서도 타이르는 듯한 목소리가 강설영의 귓전을 다시 한 번 파고들었다.

"너무 기분 나쁘게 듣지 마오. 그저 영 매도 이젠 그런 걸 믿을 나이가 아니란 말을 하고 싶었을 따름이니 말이오."

믿어주지 않는 것은 어쩔 수 없다만, 어린애 취급까지 받을 수는 없다. 화가 나는 일이었지만 강설영은 그것을 밖으로 드러내지 않은 채 화제를 다른 쪽으로 돌려 버렸다.

"괜찮아요. 찾는 걸 도와달라 부탁하려 했는데 안 되겠네요. 그보다 최근 들어 남부 소흥(沼興) 지역에서 물난리가 났다고 하던데, 지금 상황은 어때요? 좀 나아졌나요?"

"소흥이라면… 뭐, 이제는 어느 정도 안정이 된 상태요. 상로(商路)는 처음부터 영향이 없었고, 민초들의 생활도 거의 정상화가 되었소."

거기서부터 겉돌기 시작한 대화다. 몇 마디 더 주고받던 두 사람의 대화는 결국 다소 서먹해진 상태에서 끝을 맺을 수밖에 없었다.

"그럼… 돌아가 보겠소."

"그러세요."

밝지 않은 결말이다. 이군명도 마음이 편치는 않다. 어색한 인사로 돌아서는 그의 발걸음은 들어올 때보다 열 배는 무거워 보였다.

*　　　　　*　　　　　*

"천잠보의?"

"예. 천잠보의요."

"그걸 어쩌겠다고?"

"찾고 싶다구요."

강건청의 반응은 예상했던 그대로였다. 질린 얼굴로 한 손을 들어 이마를 짚는다. 몇 년 전 귀주 상로 전체가 막혀서 막대한 손실을 입었을 때와 다를 바가 없는 표정이다.

그도 그럴 것이, 강설영의 등 뒤에는 당장이라도 강호로 나갈 수 있을 만큼 커다란 봇짐이 매달려 있는 상태였다. 경장 위에 바람을 막는 피풍의부터 허리춤에 매달린 죽립까지, 집 나가려는 행색 그대로란 말이다. 강건청의 얼굴에 충격이 가득할 만도 했다.

"그런 것을… 허락해 줄 것이라 생각했더냐?"

"아뇨."

강설영은 즉각 대답했다. 기막혀 하는 강건청의 얼굴이 더욱더 가관으로 변했다.

"북쪽에서 들려온 전쟁 소식에 전국 각지의 상로가 시시각각 뒤엉키는 상황이다. 지금이 금상에 있어 얼마나 중요한 때인지는 알고 있겠지?"

"예, 알고 있어요."

강설영의 목소리는 흔들리지 않았다. 강건청이 이마를 짚었던 손을 내리고 강설영의 두 눈을 직시했다.

"너, 이 녀석. 진심이로구나."

"예."

"처음부터 지금까지, 천잠보의에 대한 이야기들 전부 다 진심으로 한 거였어."

"당연하죠."

단호한 딸아이의 목소리를 들으며 강건청은 한 사람의 얼굴을 떠올릴 수밖에 없었다.

몇 년 새 주름이 가득해진 얼굴. 일선의 일들을 전부 다 금륜대주 도담에게 맡기고 드넓은 광동의 산야로 돌아간 노인.

'곽 노대, 당신 때문이오.'

곽 노대의 웃음소리가 들리는 듯하다. 재롱부리던 딸아이에게 못된 것을 가르치던 곽 노대다. 그가 딸아이에게 불어넣었던 '천잠보의'란 강호의 꿈이 이제 와 이 같은 충격으로 나타나고 만 것이다.

"지금의 상황을 충분히 알고 있을 뿐 아니라, 그런 것을 찾는 것이 무슨 뜻인지 알고 있을 터. 그럼에도 불구하고 찾으러 나간다니… 결심이 분명하게 섰다는 뜻이겠어."

"그래요, 아빠."

'아빠라……'

여기서 아빠라는 호칭을 쓴다. 영악하다고 할까, 대단하다고 할까.

하지만 안 된다. 이런 때에 밖으로 내보낼 수는 없다.

강건청은 알 수 있었다, 점차 감당키 힘든 시대가 온다는 것을. 앞으로 닥쳐올 어지러운 세상에 대비하기 위해서는 일찍부터 내실을 기해야 한다는 것을 말이다.

"절대로 안 된다. 이번만큼은 안 돼."

"왜 안 된다는 거죠?"

"안 되는 이유는 열 가지도 넘는다. 무엇보다, 그런 물건은 애초부터 존재하지 않아! 있을 수가 없는 물건이다!"

"있을 수 있는 물건이에요. 실제로도 존재했던 물건이고요."

"실제로 존재했던 물건이라고? 그건 아니다. 병기전설, 당송의 복총람 정도로 결론 내릴 수 있는 문제가 아니야!"

강설영의 눈이 크게 뜨여졌다. 전에 없이 높아진 언성 때문만이 아니다. 강건청의 입으로부터 병기전설과 당송의복총람의 이야기가 나올 줄은 예상조차 하지 못했던 까닭이었다.

"알고 있었어요? 분명 아빠한테는… 말하지 않았었는데……?"

"병기전설, 당송의복총람뿐인 줄 아느냐? 백잠총론(百蠶總論), 강호의가서(江湖衣家書) 전부 믿을 바가 못 된다. 그중에서도 병기전설은 특히나 심하지! 아는 사람은 다 안다. 병기전설? 제멋대로 날조한 책으로는 그야말로 첫손에 꼽히는 책이야."

이번에 충격을 받은 것은 강설영이다. 강건청은 병기전설과 당송의복총람에 대해 아주 오래전부터 알고 있었던 것으로 보인다. 더욱이 백잠총론이라는 책에 대해서는 강설영으로서도 들어본 적조차 없었다.

'설마……!'

순간 머리 한쪽을 스쳐 가는 무언가가 있다.

그것은 믿을 수 없는, 믿고 싶지 않은 진실.

강건청은 알고 있었던 것이다. 병기전설과 당송의복총람에 대하여.

강건청은 그 이상도 알고 있다. 적어도 강설영이 알고 있는 것보다는 많이.

병기전설을 입수하게 된 경로는 달리 있지 않았다. 강설영은 곽경무, 곽 노대를 통해 병기전설을 얻었다. 당송의복총람? 그것도 곽 노대가 가져왔다. 천잠보의에 대한 것들은 결국 곽 노대가 찾아준 서적들이 대부분이라는 말이다.

곽 노대는 말했다. 강건청에게 비밀로 하자고. 하지만 그것을 곧이곧대로 믿기는 어렵다. 마치 손녀와 할아버지가 공유하는 일종의 비밀 놀이처럼, 주변에서도 다 알지만 모르는 척해주는 그런 것이었는지도 모르는 일이었다.

'다 알고 있었다니…….'

"그렇다면… 설마……."

"그 설마가 맞다. 이것이 너에게 얼마나 큰 실망감을 줄지 모르겠지만……."

"병기전설과 당송의복총람은……."

"그래. 그건 곽 노대가 찾아준 것이 아니다. 이 애비가 곽 노대에게 건넸던 것이지. 네가 찾아냈던 대부분의 책들도 사실은 내가 입수해서 본 가의 서고에 비치해 놓았던 것들이다. 설영이 네가 워낙에 흥미를 보였던지라, 우리도 재미 삼아 구해놓았던 책들이란 뜻이다."

청천벽력과 같은 이야기였다.

강설영은 이제껏 스스로 그것들을 찾아내었다 생각해 왔기 때문이다. 천잠보의에 대한 전설들을 수집하면서 상상의 나래를 펼쳐 왔던 것도, 사실은 아버지와 곽 노대의 손바닥 안에서 이루어진 일이라는 뜻이었다.

"어떻게… 그럴 수가……!"

"냉정하게 생각해 보거라. 네가 본 책들, 한 발만 물러나서 본다면 온전히 믿을 수가 없는 이야기임을 너 역시도 잘 알고 있을 것이다. 당송의복총람도 일견 상세해 보이지만, 실제 알려진 고증과 어긋나는 것들이 많아. 하물며 영웅담으로 꾸며진 다른 강호잡서들이야 말할 것도 없다. 흥미와 재미라는 것은 상상 수준에서 끝낼 줄 알아야 하는 법이야. 하늘의 별을 따겠다고 평생을 달려본들 그것은 딸 수 있는 성질의 것이 아니다. 그러니 너도 이만 천잠보의에 대한 믿음은 여기서 접도록 하는 것이 좋겠다. 그게 이 애비의 바람이다."

강건청은 높아졌던 언성을 차분하게 가라앉히면서 진중한 목소리로 결론을 이야기했다.

이만 접어라.

꿈은 꿈대로 남겨두어라.

그것이 강건청의 진심이다. 그리고 그 앞에 선 강설영은 생각했다.

'그럴 수는 없어.'

믿어왔던 전설들을 누가 보여주었는지, 그것은 이제 중요한 것이 아니다. 그것이 설령 강건청과 곽 노대에 의해 꾸며진 것이었다

해도 강설영은 그 꿈을 포기할 생각이 없었다. 왈칵 눈물이 날 것 같은 기분도, 어쩔 수 없이 흔들리는 마음도 그녀의 오랜 결심을 막을 수는 없었던 것이다.

"아니요. 이렇게 끝낼 수는 없어요."

강건청의 얼굴이 돌처럼 굳어졌다. 당장 소리라도 지를 것 같은 표정이었지만 강건청은 고함 대신 한숨을 내쉰다. 입을 여는 강건청의 목소리엔 마음을 가라앉히려 애쓰는 기색이 역력했다.

"네가 이렇게 억지를 부린다 해도 안 되는 것은 안 되는 것이다. 드넓은 강호에서 단 하나의 물건을, 그것도 존재치도 않는 보물을 무슨 수로 찾겠다는 것이냐? 알다시피 작금의 강호는 혼란 그 자체다. 심지어 북방에서는 전쟁 소식까지 들려오고 있어. 북원 정벌에 강호 문파의 인력들이 차출되고 있다는 소문이 들려오는 마당이다. 금륜대도 관선대도 앞으로 해야 할 일이 태산처럼 많아. 확실한 장보도(藏寶圖)라도 출현했다면 모를까, 결과가 분명하지 않은 일에는 그 어떤 인력도 낭비할 여력이 없어!"

강설영도 잘 알고 있다. 금륜대도, 관선대도 쓸 수 없다는 것쯤은.

그래도 낭비라는 표현은 너무하지 않은가. 섭섭한 마음이 물밀듯 밀려온다. 강설영이 마음을 다잡으며 단호한 목소리로 대답했다.

"금상의 인력을 데려갈 생각은 처음부터 없었어요!"

"그렇다면 무슨 수로 그런 일을 벌일 수 있겠느냐?"

"제가 알아서 할 거예요."

"알아서 한다니! 안 된다! 무슨 일이 있어도 안 돼!"

예상했던 바다. 예상이 틀리기 바랐건만.

믿지 않은 사람을 상대로 타협의 여지란 애초부터 없었던 것이다.

강설영이 고개를 저으며 나직한 목소리로 말했다.

"아빠의 뜻은 잘 알겠어요. 하지만 절 막을 수는 없을 거예요. 알고 있죠? 묵단십오비(墨緞十五緋), 열다섯 명을 전부 다 동원한다 해도 절 막는 것은 불가능해요."

강건청의 미간이 좁혀졌다. 놀라움과 분노, 여러 가지 감정이 섞여 있는 복잡한 표정이다. 그가 두 눈에 그 복잡한 감정을 그대로 담아내며 물었다.

"그 말인즉슨, 무력을 쓰는 것까지도 불사하겠다는 뜻이냐?"

"필요하다면요."

강설영의 대답은 그러했다. 강건청이 다시 한 번 긴 한숨을 내쉬고는 의가에 몸을 기댄다. 강건청의 마음속에서 한 사람을 향한 원망이 진하게 휘몰아쳤다.

'곽 노대, 곽 노대. 노대가 책임지시오. 이럴 수는 없소, 곽 노대.'

잠시의 침묵 뒤다. 그가 한풀 누그러진 목소리로 입을 열었다.

"금상의 사업은 현재 많은 부분에서 호조를 보이고 있지만, 이것이 언제까지고 이어질 수 있는 것은 아니다. 흐름으로 보건대 금력만큼 무력(武力)이 중요해지는 시기가 올 게야. 그렇게 되면 네 역할이 더욱더 중요해진다. 현재 금상이 보유한 무력의 절반은 바로 설영이, 너 홀로 차지하고 있다 해도 과언이 아니야!"

"이젠 회유인가요? 전 아빠의 딸이지 거래 상대가 아니에요."

“회유든 협상이든, 분명한 것은 금상엔 네가 필요하다는 사실이야! 너는 나와 달리 강한 무력을 지녔어. 새 시대가 부르는 금상주는 내가 아닌, 바로 너라는 뜻이다! 지금처럼 중요한 시기에 이곳을 비워서는 안 돼!”

“새 시대의 금상주라는 것은 이유가 되지 못해요. 지금껏 무력으로 금상을 운영해 온 것이 아니잖아요. 게다가 아빠가 이토록 건재한데 다음 대를 벌써 생각한다는 것은 어불성설이에요!”

“그렇지 않다. 일을 성사시키는 것은 하늘의 뜻이되, 하늘의 뜻을 받기 위해서는 철저한 준비가 필요하다. 지금이 바로 준비의 때야. 난세를 준비하는 이때에 네가 없어서는 안 돼! 결코 안 될 일이다!”

“아빠가 뭐라고 하든, 전 천잠보의를 찾으러 가요. 전 허락을 맡기 위해 여기 선 것이 아니에요. 전 단지 찾으러 가겠다 말하러 왔을 뿐이죠. 아시잖아요? 때로는 어떤 협상으로도 바꿀 수 없는 하늘의 뜻이 있다는 것을 말이에요.”

“끝까지 억지를 부릴 셈이냐?”

“더 이상의 대화는 소용이 없겠어요. 전 바로 금상을 나설 거예요. 배웅은 필요없어요. 금상에 누가 되는 일은 하지 않을 테니 걱정 마세요.”

강설영은 그대로 몸을 돌렸다.

뒤로부터 탕! 하고 탁자를 내려치는 소리가 들린다. 처음으로 들어보는 진노한 고함 소리가 그 뒤를 따랐다.

“거기 서지 못해!”

차마 돌아보지 못하겠다.

억지를 부린다?

아빠의 말이 맞다. 억지를 부려서라도 강호를 향해 날아보고 싶었다.

천잠보의를 찾으러 가고 싶었다.

"설영이, 네 이 녀석!!"

강설영의 발이 땅을 박찼다. 가주 체통에 차마 바깥으로 뛰어나오지 못하는 강건청을 뒤로하고 힘껏 몸을 날렸다.

아무리 그렇다 해도 이렇게나 이해해 주지 못할 줄이야.

'반드시……! 반드시 찾고 말거야!'

강호로 나서는 길은 슬픔과 함께다. 결국 솟아난 눈물이 그녀의 뺨을 따라 방울져 흩날리고 있었다.

강설영은 한참을 울었다.

눈물바람으로 강씨금상 소상주가 뛰쳐나왔다는 말을 듣지 않기 위해 인적 없는 길을 찾아 나가려니 서글픈 마음만 커질 뿐이다. 마음을 달래고자 전속력으로 신법을 펼쳤다. 거센 바람 소리만 귓전에 가득했다.

너무나도 빠르게 움직이는 인영에, 무공고수라도 그 그림자가 누구의 것인지 짐작할 수 없었을 정도였다. 눈물마저 저 멀리 비껴내는 바람 속에서 강설영은 차차 마음이 진정됨을 느꼈다. 그녀가 점차 속도를 줄이기 시작했다.

마지막 눈물 한 방울을 흩날리고 신형을 멈췄다. 어느새 광주 외곽이다. 준비했던 죽립을 눌러쓰고, 말라 버린 눈물을 문질러 닦았다. 흙먼지 뽀얀 경장 자락을 털면서 광주 외곽의 외딴 야산을 올랐다. 풀내음 가득한 얕은 산자락 멀리로 한 마리 기마(騎馬)와 한 사람의 인영이 보이기 시작한다. 준비를 부탁했던 그대로였다.

"구해놓으라 하셨던 기마입니다."

강설영에게 공손하게 고개를 숙이는 남자는 금상 외원 재문각 소속의 하인이었다. 성실할 뿐 아니라 입이 무겁기로 소문난 남자로, 필요한 일이 있을 때는 곧잘 불러 일을 시켜왔던 자다.

"매번 고마워."

"별말씀을 다 하십니다."

"적벽까지 갈 수 있을까?"

"준마로 골랐으니 문제없을 겁니다."

하인이 말을 끊고 조심스레 조그만 천 주머니를 꺼내 올렸다. 그가 말했다.

"그리고… 이것을……."

깨알 같은 무늬, 탁월한 침선 솜씨가 돋보인다. 주머니를 받아 든 강설영이 궁금하다는 눈빛으로 되물었다.

"이게 뭐지?"

"마님께서……."

'엄마가……?'

주머니를 풀자 천 조각 하나가 나왔다.

곱게 수놓아진 네 글자.

보중신체(保重身體).

'몸조심하여라[保重身體].'

금빛 실 줄기가 걱정 어린 목소리를 귓전에 울린다.

'미안해, 엄마.'

항상 그렇다. 돌아보면 거기에 있는 사람.

엄마, 어머니.

천방지축으로 날뛰는 딸아이에게 오직 조심하라는 한마디만을 남겨줬다. 뭐든지 이해한다는 뜻이었다.

'갔다 올게, 엄마.'

금상 쪽 하늘을 바라보니 따뜻한 마음에 다시 한 번 눈물이 날 것 같다. 하지만 다시 눈물을 보일 수는 없는 일이었다. 그녀가 어머니의 천 조각을 얼른 품속에 갈무리하고는 날렵한 몸놀림으로 기마 위에 올랐다.

"함구하고 있으면 별일없을 거야. 이만 돌아가 봐."

"예, 명심하겠습니다."

금상 쪽 하늘에서 저편 하늘로.

그대로 말 머리를 돌려 강호를 향해 나아간다. 멀고도 먼 하늘, 그녀를 기다리는 보의(寶衣)의 전설은 잡을 수 없이 흘러가는 구름과도 같다. 말발굽 소리로 스쳐 가는 바람만이 그녀가 가는 길을 함께하고 있을 뿐이었다.

＊　　　　＊　　　　＊

적벽(赤壁)은 놀라운 곳이다.

형형색색의 자연도, 천상의 풍광도 없다. 그저 붉은 흙, 깎아지른 절벽만이 눈앞을 가로막을 뿐이다. 드넓은 중원 천하, 물길을 따라가면 그만한 절벽은 어디에나 있다. 그럼에도 천하인들의 가슴에 뚜렷하게 새겨진 그 적벽이란 이름!

모르는 이가 있을까.

적벽의 붉은빛엔 천 년의 전설이 살아 숨 쉰다.

위무와 손오의 격전이 벌어졌던 곳! 천하삼분지계가 태동할 때, 위 무제 조맹덕의 치욕적인 패퇴를 지켜보았다는 절벽.

촉한의 제갈공명이 하늘에 기원하여 비바람을 불러냈다는 설화 속의 대지.

바로 그 적벽인 것이다.

"만만찮은 놈이 나타났다. 응성(鷹城)에서 창으로 유명한 악석(岳析)이란 자다."

"악석? 응성비영창(鷹城飛影槍)?"

"알고 있었나."

적벽에는 많은 사내들이 있었다. 대지의 강인함과 물길의 사나움을 동시에 겪고 자라난 사내들이다. 절벽 위에 선 두 사내의 목소리가 세찬 바람을 타고서 하늘 위로 흩어진다.

"지네 동네에서는 나름 기가 센 놈 아냐? 그런 놈이 뭐가 아쉬워서 적벽암무(赤壁暗武)에 나와?"

"훗. 아쉬운 게 따로 있을까."

코웃음을 치나 경박하게 들리지는 않는다. 진중한 목소리, 의미심장한 어투였다.

"그래? 또 돈이냐?"

"반년 전부터 의창상가(宜昌商家)의 녹(錄)을 먹고 있었다. 의창상가 유 가주가 거금을 들였다고 했지."

“유 가주? 유장홍이?”

“환갑이 지난 어르신인데 그냥 이름을 부르나? 그래도 자네가 한때 모셨던 사람, 무례가 과한 것 같은데?”

“무례라고? 그 나이까지 정신 못 차리는 금충(金蟲)한테 예의는 뭔 놈의 예의?”

“모름지기 일대 상가의 가주라면 그 정도는 해줘야지. 그만큼 돈을 밝히니까 응성비영창까지 움직인 것이고.”

대답하는 이는 육홍이란 이름을 지녔다.

호광 전역에 이름난 융중상회, 적벽지부를 맡고 있는 자다. 별호는 비무상왕(比武商王)이다. 원하는 모든 싸움을 성사시킬 수 있다는 남자, 적벽에서 행해지는 수많은 비무가 그의 손에서 만들어졌다. 비무를 사고파는 이다. 그래서 비무상왕이었다.

“말에 뼈가 있군. 설마하니 응성비영창을 유장홍에게 붙여준 거, 육 지부장의 수작 아냐?”

“난 모르는 일이다.”

“모르긴 뭘 몰라?”

날카로운 눈빛 밑으로 한줄기 미소가 그려진다. 눈빛만큼이나 진득한 미소였다.

“응성비영창은 제 발로 의창상가에 찾아갔다. 나와는 관계없는 일이다.”

“홍, 웃기는군. 물론 제 발로야 찾아갔겠지. 그렇다 해도 지부장과 관계없다는 말을 이 적벽에서 믿을 사람이 누가 있을까?”

“불신(不信), 신(信). 그것은 제멋대로 보는 사람들의 문제일 뿐, 나에게 중요한 것 오직 신(信) 하나다. 네놈을 믿을 수 있는가, 그것만이 문제일 뿐이다.”

“날 믿을 수 있냐고? 언제 못 믿게 한 적이 있었나?”

“응성비영창은 강하다. 진짜 내가고수(內家高手)야.”

“웃기지 마! 응성비영창은 나한테 안 돼!”

젊고 분방하여 세상에 두려울 것이 없다. 자신감이 충만하여 오만함으로까지 느껴진다. 목소리의 주인은 쾌협도 막야혼이다. 춘추보검 막야의 검혼, 그것이 그의 이름이었다.

“여전하군, 그 만용. 천하제일고수라도 꺾겠어.”

“만용? 그런 건 없다. 합당한 자신감이라 불러줘.”

“조심해라. 자만은 언제나 비극을 부르는 법이다.”

“닥치고 다른 상대나 말해봐. 이번 암무대회전은 판을 크게 벌였다 알고 있어. 응성비영창 하나뿐이 아닐 텐데?”

“맞다. 역시 잘 아는군. 이번엔 응성비영창 하나가 아니다. 무한(武漢)의 황학상회에서도 나섰지. 안휘의 포공사(包公寺)에서 고수 한 명을 초빙해 왔다는 정보가 들어왔다.”

“포공사?”

“포공사의 절기로는 전조검법이 유명해. 전조검법에 대해선 알고 있나?”

“아아, 들어는 보았다.”

“송대에서부터 내려온 전통있는 검법이다. 전설적인 판관, 포공의 심복이었던 검객, 전조의 진신절기라고 알려져 있지.”

“그런 건 아무래도 상관없다. 어떤 놈이 오는지 이름이나 말해.”

“이름은 몰라.”

“뭐라고?”

"그쪽에서도 극비로 하고 있다는 말이다."

"천하의 비무상왕께서 출전자에 대해 알아내지 못할 것도 있었나?"

"황학상회 모 회주도 여간 화가 나 있는 것이 아니다. 지난번 암무회전 때만 해도 그래. 자네가 십삼금사도(十三金蛇刀)를 박살 낸 건으로 황학상회는 은(銀) 이만 냥에 가까운 손실을 입었다. 모복민 그 양반은 군자라 알려져 있지만, 그 정도 손실에는 누구도 군자가 될 수 없는 법이다. 그쯤 되면 이미 내 손 밖이야. 어떤 놈이 튀어나올지 모른다는 뜻이다."

"십삼금사도야 덜떨어진 놈이었으니 그렇다 쳐도, 포공사의 전조 검법? 늙은이들이 도통 뵈는 게 없군. 그래 봐야 돈 낭비일 텐데."

"화가 나 있기는 해도 허튼 곳에 돈을 쓸 사람들은 아니다. 쓸 만한 가치가 있으니 쓰는 거지."

"허튼 곳이 맞아. 내가 다 꺾어놓을 테니까."

"방심은 절대 금물이다. 이번엔 여느 때와 규모가 달라. 암무회 전에 코웃음을 쳤던 복룡산의 어르신들도 최근 들어서는 이곳 반응에 무척 민감해져 있다. 이건 그냥 비무가 아냐. 호광 대상회들의 각축전, 융중상회의 자존심이 달린 문제다."

"좆까구 있네. 그냥 비무가 아니라고? 상대가 있으면 박살 내면 그만이다. 모조리 꺾어놓으면 될 거 아냐?"

막야흔이 눈썹을 치켜 올리며 언성을 높인다. 그가 화난 듯 돌아서서 저벅저벅 발을 옮겼다. 적벽을 타고 올라 몰아친 바람이 비무상왕 육홍의 마음속에 서늘한 한기로 스며들었다.

"그 호언장담이 그대로 이루어진다면 좋겠다만."

막야흔의 등 뒤에 꺼내놓는 육홍의 목소리엔 진심이 담겨 있다.

마음 깊이 막야흔의 승리를 바란다. 하지만 그의 마음은 결코 편치 않다. 막야흔의 등 뒤에 수놓아진 융중상회(隆中商會)의 네 글자가 불안하게 비쳐들 뿐이다.

'위험해. 이번에는.'

멀어지는 막야흔이 보인다.

육홍은 분명 그의 고용주였지만, 두 사람의 관계는 그들의 대화처럼 그렇게 단순하지가 않았다. 오 년 동안 생사고락을 함께했으니 친구나 다름이 없다. 그가 있기에 육홍이 여기까지 올 수 있었다. 또한 육홍이 있었기에 막야흔도 여기까지 올 수 있었다.

'암무회전은 이제 단순한 구경거리가 아니게 되어버렸다. 지금 이 시점에서 막야흔이 꺾이면 융중상회도 함께 꺾인다.'

적벽암무회전.

적벽 고유의 싸움판으로, 대체 언제부터 시작된 것인지는 아무도 아는 이가 없다. 다만 적벽 남부 일대의 암시장들을 중심으로 비밀리에 행해지던 비무 도박판이 암무회전의 시초였다고 전해질 뿐이다.

'이번 대회에서 움직일 판돈은 최소 십만 냥 이상이다. 황학상회에서 삼만 냥을 쏟아 부었고, 의창상가에서도 이만 냥을 걸었다지. 이러다간……'

육홍은 평생을 비무와 함께 살아온 이다. 돈을 알고, 상업을 배워 융중상회에 투신한 이래 더 큰 비무, 더 흥미진진한 비무판을 만드는 데 온 정열을 쏟았다.

십수 년, 비무판을 짜고 만들어 사고파는 자.

세상엔 그런 자들이 꽤 많다. 출전자가 있으면 주선자도 있어야 하는 까닭이다.

그런 자들 중에서도 으뜸이라 하여 비무상왕이란 명성까지 쌓았다. 하나 그런 그로서도 예상하지 못한 것이 있다. 암무회전의 엄청난 성장 속도가 그것이었다.

'도박, 그리고 폭력. 두 가지의 힘을 과소평가했던 게지……!'

놀라지는 않았다. 왜 예상이 깨졌는지 그 이유를 알고 있는 까닭이다.

암무회전의 본질, 도박과 폭력. 두 가지다.

적벽암무회전은 적벽이라는 천 년의 대지 위에 도박과 폭력으로 피어난 한 송이의 꽃과 같다. 사람들은 자신이 응원하는 무인에게 돈을 건다. 비무장에 난무하는 핏물은 사람들의 욕망을 심장으로 갖고 있다. 암무회전이란 꽃은 돈과 피를 빨아먹고 만개한 독화(毒花)였다.

'막야혼의 출현이 그 시발점. 그렇지만……'

의창상회에서 녹을 먹으며 해결사 노릇을 하고 있던 막야혼을 융중상회에서 끌어들일 수 있었던 것은 그저 행운이었다고밖에 표현할 도리가 없다. 비무상왕 육홍은 오 년 전의 막야혼을 기억한다. 의창 저잣거리에서 행패를 부리던 파락호들에게 주저없이 칼을 휘두르던 막야혼의 모습. 그 모습은 육홍의 눈에 강력한 '잠재력' 그 자체였던 것이다.

비무상왕 육홍은 의창상회에 삼천 냥이라는, 당시 막야혼의 이름값에 비해서는 꽤나 거금을 주고 막야혼을 영입했다. 해결사가 아닌 융중상회 소속, 암무회전 출전자로 말이다.

　육홍은 기다렸다.

　일 년을 투자하여 비무판을 짜고, 승자 대 승자 전(戰)으로 최종 결승까지 오 일에 걸쳐 진행되는 암무대회전을 도입했다. 육홍은 가장 극적인 순간에 막야흔을 등장시켰다. 타고난 주목력과 거침없는 칼솜씨를 지닌 막야흔은 오 일 동안 승승장구하여 결승에 올랐고, 상대방의 팔다리를 잘라내는 유혈참극 끝에 우승자의 자리를 차지했다.

　비무상왕 육홍, 융중상회 적벽지부장의 노림수가 빛난 것은 그다음부터다.

　막야흔이 우승할 때 입었던 무복에는 융중상회 네 글자가 커다랗게 새겨져 있었다. 그뿐이 아니다. 막야흔의 협도(狹刀)는 융중상회 산하 융중백장(隆中百匠)의 장인들이 만든 물건이었다. 당연히 그 도갑과 도신에도 융중백장, 융중상회의 이름이 새겨져 있었다.

　신발과 연대, 죽립과 장신구들까지 몸에 걸친 모든 것에는 예외없이 융중상회 네 글자가 박혀 있었다. 막야흔은 그렇게 융중상회가 제공하는 물건을 지니고서, 융중상회가 운영하는 주루에서, 융중주가(隆中酒家)의 술을 마셨다. 그렇게 하도록 시켰다. 일종의 상업적인 전략이다. 그리고 그 전략이 미친 파급 효과는 육홍의 기대보다 훨씬 더 컸다.

　혈기 넘치는 젊은이들은 막야흔의 모든 것을 따라 하기에 주저하지 않았다. 그들은 막야흔이 입는 대로 옷을 입었다. 막야흔이 잘 가는 주루에서 술을 마셨다. 막야흔이 쓰는 협도를 쓰면서 막야흔의 말투를 썼다.

그 모든 것이 돈이었다.

육홍은 적벽 젊은이들의 환상을 완벽하게 이용했다. 융중상회 융중백장에서는 막야혼이 쓰는 것과 똑같은 협도를 팔았다. 융중포목에서는 막야혼의 옷과 똑같은 무복을 팔았다. 도대체 누가 그런 걸 그렇게 많이 살까 했지만, 실상은 달랐다. 물건들은 날개 돋친 듯 팔려 나갔다. 복룡산 융중상회의 수뇌들이 크게 놀랐을 만큼, 놀라운 실적을 거두게 된 것이다.

도박도 있었다.

막야혼은 등장한 이래 이 년 동안이나 패배를 몰랐다. 융중상회는 막야혼에게 지속적으로 거금을 걸었고, 건 돈은 어김없이 이익으로 돌아왔다.

막야혼은 항상 이겼다? 그렇지도 않았다. 비무상왕 육홍은 바보가 아니었다. 그는 비무판을 흥미진진하게 짤 줄 알았다. 막야혼의 승리에 모든 도박사들과 모든 도박꾼들이 식상해할 때쯤, 막야혼은 첫 패배를 당했다. 황학상회가 하남성에서 영입한 천중일봉(天中一棒)이라는 봉술의 고수에게 시종일관 밀리다가, 결국 팔한쪽이 부러진 채로 패배를 선언했던 것이다.

막야혼은, 융중상회는 설욕을 선언했고, 보름 후 막야혼은 한 팔에 붕대와 부목을 감은 채 재도전을 감행했다. 수많은 사람들이 막야혼에게 돈을 걸었다. 하지만 막야혼은 또다시 패배했다. 적벽의 도박판은 아수라장이 되었다.

한 달 후 세 번째 도전.

그 결과는 누구도 예상할 수 없었다. 수많은 사람들의 관심과 흥미 속에서 마침내 막야혼은 창백한 얼굴로 승리를 거두었다. 설욕에 성공한 것이다. 한번 달아오른 도박판은 좀처럼 식을 줄 몰랐고, 상황은 점점 재미있게 흘러가기 시작했다. 그로부터 한 달 후, 황학상회의 천중일봉이 반대로 막야흔에게 도전장을 내밀었던 것이다.

네 번째 싸움에서 막야흔은 또다시 승리를 거두었다. 사람들은 그런 막야흔에게서 집념과 근성, 그리고 강인함을 확인했다. 막야흔의 인기는 패배와 설욕, 그리고 확실한 승리를 통해 명실 공히 적벽 최고 수준까지 치솟았다. 그의 인기가 올라가면서 그의 이름값을 통한 융중상회의 매상도 최고조에 올랐다. 적벽뿐 아니라 적벽 일대 모든 상권에서 융중상회의 입지가 막강해지는, 일종의 기현상까지 나타났다.

스멀스멀 흘러나오는 기이한 소문도 있었다. 막야흔이 천중일봉에서 처음 졌을 때, 융중상회가 이전처럼 돈을 걸지 않았다는 것이다. 막야흔이 두 번째 졌을 때도 융중상회는 막야흔에게 거의 돈을 걸지 않았다고 했다. 그러다가 세 번째 막야흔이 이길 때는 엄청난 거금을 걸었고, 그만큼의 이득을 올렸다는 후문이었다.

도박사들은 이렇게 말했다. 융중상회는 막야흔이 질 것을 미리 알고 있었고, 이길 때는 미리 이길 것을 알고 있었다고 말이다. 막야흔의 두 번 패배와 두 번 승리는 이미 약속된 것이었으니, 모든 것은 비무상왕 육홍의 계획대로였다는 뜻이었다.

승패 담합, 승부 조작에 관한 이야기다.

도박판 심층부에서는 확고한 정설이라고 받아들여지는 소문들이 도박판을 한차례 쓸고 지나갔다. 그럼에도 암무회전과 도박판의 열기는 여전하기만 했다. 조작이면 어떻고, 담합이면 어쩌랴.

돈을 건 사람이 바보고, 속은 놈이 병신이다.

도박판은 더 커졌다. 천중일봉을 내세웠던 황학상회가 본격적으로 암무회전에 뛰어들고, 의창상회까지 가세하면서 판돈은 과열 양상으로 치닫는다.

'이 년 전? 삼 년 전? 그때는 져도 됐지만, 이젠 아니다. 상황은 크게 변했다. 지금 시점에서 막야흔이 졌다가는 수습이 불가능하다.'

암무회전은 마물이었다.

현재 도박판에서 오가는 돈은 산출이 불가능할 지경이다. 도박판 총액이 은 이십만 냥을 넘긴 지가 벌써 일 년이다. 적벽뿐 아니라 호광 일대 사방천지에서 도박꾼들이 달라붙는 지금, 얼마만큼의 돈이 움직이고 있는지는 오직 하늘만 알고 있을 게다.

도박판뿐이 아니다.

지금 젊은이들에게 막야흔은 곧 융중상회다. 막야흔이 응성비 영창에게 지면, 저잣거리 가판대는 의창상회의 물건으로 채워지게 될 것이다. 마찬가지다. 황학상회에게 깨지면, 황학상회의 물건이 적벽을 지배하게 된다. 막야흔의 이름은 다름 아닌 수십만, 수백만 냥의 은자와 같은 의미였다.

'오직 암무회전이기에 가능한 일……'

이 정도 돈이 움직이는 일, 보통의 비무대회라면 있을 수 없다. 무평의 소패왕전이나 낙양의 용비대전에서는 상상도 못할 일이다. 하물며 영락제가 주관하는 어전무도대회에서조차도 이런 일은 생기지 않는다.

그것은 적벽암무회전이 도박과 연결되어 있기 때문일 것이다.

일반적인 무가나 문파에서 개최하는 비무대회와는 달리, 원천적인 폭력과 무자비한 살육을 허용하고 있기 때문이었다.

무엇보다 무서운 점은 암무회전이란 마물이 사람들의 바로 곁에 있다는 사실이다.

구파일방의 경쟁이라든지, 절대고수의 비무라든지, 그런 싸움들은 도박판을 기웃거리는 사람들에게 너무나도 먼 곳의 이야기다. 절대 닿을 수 없는 구름 위의 겨룸일 뿐이다.

암무회전은 달랐다.

막야흔은 산속에서 도를 닦지 않았다. 바위를 부수고, 산을 가르는 괴물이 아니다. 강적을 만나면 피를 흘린다. 싸움에 지쳐 비틀거리기도 한다. 싸움이 끝난 후 명예를 찾지 않는다. 상처 입은 몸을 이끌고 기루를 찾아 여자들을 끼고 술을 마신다.

젊은이들에게, 또는 젊은 날을 떠올리는 늙은이들에게 또 다른 환상을 심어주는 것이다. 세상을 구하는 영웅이 아니기에 누구라도 닿을 수 있다. 가까운 곳에서 살아 숨 쉬는 영광이 거기에 있었다.

'막야흔은 강하다. 그러나 그것은 어디까지나 이 수준에서까지일 뿐이야. 고만고만한 무인들 사이에서야 발군이었겠지만, 진정한 상승고수를 상대한다면!'

육홍은 그 결과를 잘 알고 있었다.

막야흔은 뛰어난 도객이며, 분명 그 힘은 고수들의 그것에 가깝다. 하지만 막야흔은 절대의 고수가 아니다. 비슷한 수준의 고수들을 만난다면 언제든 꺾일 수 있다는 이야기였다.

'승리자는 승리자로 남아야만 해……!'

진정한 상승고수들은 암무회전 같은 곳에 발을 들여놓지 않는다.

체면과 명예 때문이다.

암무회전은 싸움판이며 도박판이다. 경박스러운 관중들, 순간적인 쾌락, 지저분한 암투와 음모, 오가는 고성과 동전들……. 그야말로 정통 무인들이 꺼려할 만한 요소들을 두루 갖췄다.

진짜 무인들은 그런 것들을 좋아하지 않는다. 아니, 혐오하고 있다는 편이 맞을 것이다.

단적인 예로 무당파를 들어볼 수 있다. 무당파는 같은 호광, 그것도 같은 호북 내에 위치하는 문파다. 무당산이 위치한 균현은 이 적벽에서 그다지 멀지도 않다. 하지만 무당파는 암무회전에 눈길조차 주지 않는다. 이 정도의 아귀다툼에는 관심조차 없다는 뜻이었다.

분명 그럴 것이다.

정통 무인들이 보기에 암무회전이란 것은 열기가 과한 도박판에 불과했다. 육홍이 암중에 황학상회를 끌어들이고, 의창상가와 몇몇 거상들을 경쟁에 참가시키기 전까지는 말이다.

돈의 규모가 커지고, 대회의 규모도 커지면서 이해관계도 복잡하게 얽혀 버렸다. 관(官)의 눈길도 심상치 않다. 적벽의 관부와는 오래전부터 결탁하고 있었고, 호광 전체의 지휘사사와도 긴 유대관계를 맺고 있었지만 이제 그것도 쉽지는 않게 되어버렸다. 지금까지처럼 덮어두기엔 암무회전의 덩치 자체가 너무나도 커져 있는 까닭이었다.

'의창상가에서 응성비영창을, 황학상회에서는 포공사의 고수를 투입했다. 이것은 시작에 불과하다. 고수는 많아질 것이고, 결국 막야혼은 패배하게 될 것이다. 더욱이 막야혼은 지금 자만하고 있다. 그 패배는 앞당겨질 가능성이 높다는 뜻이다.'

육홍의 눈이 번뜩이는 빛을 발했다.

'결국 누군가에게 진다. 그럴 바에는……!'

몇 번이나 생각한다. 막야혼은 질 수 없다. 져서는 안 된다. 싸움에서 패배하도록 놔두지 않겠다. 생각이 자리를 잡아 한 가지 계획이 된다.

이미 예전부터 준비하고 있었던 것. 이제 앞당기기로 한다. 비무상왕 육홍의 머리 속에서 또 한 번 은밀하고 비밀스런 계책이 시작되는 순간이었다.

*　　　　*　　　　*

"모르겠습니다만."

"글쎄요… 처음 들어보는 이름인지라……."

"누구라고? 한하서?"

강설영은 시작부터 벽에 부딪쳤다.

어딜 가도 마찬가지다. 돌아오는 대답은 크게 다르지 않았다.

한하서의 병기전설을 좇아 적벽에 왔다. 하지만 어느 고서점(古書店)에 가도 병기전설의 저자 한하서를 아는 사람은 찾아볼 수가 없었다.

"의복에 관한 책이라면 이쪽에도 볼만한 것이 있습니다만."

"당송의복총람, 귀한 책이죠."

"누가 만들었는지 어찌 알겠습니까. 저자가 정 궁금하시다면 차라리 포목상 쪽에 알아보시는 것이 빠르지 않을련지요."

당송의복총람을 꺼내 봐도 상황은 나아지지 않았다. 밑 빠진 독에 물 붓기라 할까. 도통 소득이라 할 만한 것이 없었다.

'게다가 약속도 지키지 않았단 말이지.'

강설영이 하늘 저편을 바라보았다.

푸른 하늘 밑에 붉은 대지가 있다. 적벽에서 만나자, 적벽에서 가장 큰 무후사(武后祠)에서 만나자 했던 약속마저도 그는 지키지 않았다.

'처음부터 믿어주지 않은 것일지도.'

천잠보의의 전설을 믿어주었던 사람, 단 공자.

강설영은 단운룡의 얼굴을 떠올려 보았다. 약속을 가벼이 할 남자로 보이지는 않았었는데. 믿어주는 얼굴은 진심으로 보였었는데.

'그러고 보니……'

순간 강설영의 미간이 좁혀졌다. 기억 저편, 미처 의식하지 못했던 부분이 있었다. 어디서 본 적이 있었던 얼굴인 것만 같다. 그것 한 달 전 기억의 혼란인가, 아니면 더 오래된 기억의 편린인가.

'아니겠지. 만났을 리가 없어.'

강설영은 이내 고개를 내저으며 결론을 내렸다.

그런 흉터, 그런 얼굴, 그와 같은 사람은 어디에도 없다. 한 번이라도 보았다면 절대 잊을 수가 없는 남자였다.

강설영은 오래 고민하지 않았다. 그게 그녀의 성격이기에.

더욱이 지금 당면한 가장 큰 문제는 그와의 약속이 아니었다.

한하서를 아는 사람이 어디에도 없다는 것, 그리고 당송의복총람으로 추적해 갈 단서가 존재하지 않는다는 사실이었다.

'더 오래된 고서점을 찾아봐야 하나?'

강설영의 시선이 하늘 저편에서 저잣거리로 돌아온다. 그녀의 눈이 붐비는 시장 바닥을 훑었다. 적벽의 대로. 상상했던 것보다 훨씬 더 활기 넘치는 거리였다.

'상점이 많다. 사람도 많아. 그렇게 큰 도시가 아님에도.'

강설영은 무작정 발을 옮겼다. 나아가는 발끝에 천잠보의의 전설이 행운처럼 걸려들기를 바라면서 말이다.

'한데 기분 탓인가? 유독……'

죽립을 눌러쓴 채 거리를 누비는 그녀다. 그런 그녀의 눈에 한 가지 흥미로운 것이 비쳐들었다.

융중상회 네 글자.

심심찮게 볼 수 있다 했더니, 어째 이건 심심찮은 정도가 아니었다. 보면 볼수록 이상하다. 그야말로 없는 곳이 없다. 돌아다니는 젊은이들의 영웅건에도, 흙먼지 속에서 뒹구는 꼬맹이들의 옷자락에도, 융중(隆中)이란 글자가 당연한 듯 새겨져 있었다.

'융중만 있는 건 아냐. 의창상가도 있어. 황학… 저건 황학상회겠지……. 황학상회하고는 본 가와도 몇 번 대규모 거래가 있었는데……'

융중상회, 의창상가, 그리고 황학상회.

셋 모두 이름난 상회들이었다. 호북을 대표하는 상단들이니만큼 강씨금상과도 직간접적으로 어떻게든 연결이 되어 있는 이름들이었다.

'융중상회가 꽉 잡고 있는 분위기야. 어떻게 그런 게 가능할까.'

의아한 일이었다. 다른 상회야 그렇다 치더라도 황학상회를 잘 알고 있기에 더욱더.

황학상회는 만만치 않은 상가였다. 규모 면에서나 수완 면에서나 뛰어난 힘을 자랑하는 곳이다. 더욱이 황학상회의 총단은 무한(武漢)에 위치하고 있다. 융중상회 총단인 융중산보다 훨씬 가깝다. 적벽에서 융중산까지는 적벽에서 무한까지의 거리의 다섯 배를 넘는다.

'게다가……'

다른 것도 있다. 저잣거리, 젊은이들의 행색이 묘했다. 약속이라도 한 듯 비슷한 복장을 하고 있다. 삐뚤게 두른 영웅건에, 어울리지도 않는 비단옷을 입었고, 왼쪽 허리에는 협도(狹刀) 한 자루를 찼다.

'품위라고는……'

강설영은 알고 있었다. 그런 식으로 옷을 입는 무리들을.

그런 자들은 낭인들이나 파락호들밖에 없다. 무가에 소속되지 않은 채 강호를 떠도는 이들을 말함이다. 그렇지 않고서야 저렇게 품위없는 행색을 하고 다닐 리 없었다.

'그것마저도 모조리 융중상회란 말이지……!'

그녀의 두 눈이 융중상회 비단옷에 머물렀다.

역시나 나쁘다. 바느질 상태도 안 좋고, 감도 고르지 못하다.

질이 가히 좋지 않은 비단옷들이었다. 아무리 높게 봐줘도 중품 이하였다. 많이 팔아먹기 위해서 제멋대로 양산한 것이 틀림없었다. 극상의 비단이 깔려 있는 광주에선 상상조차 하지 못할 일이었다.

'재미있는 일이야.'

강설영의 눈이 반짝이는 빛을 발했다.

그녀는 선성 광주의 강씨금상 소상주다. 천잠보의를 찾기 위해 금상을 뛰쳐나왔다지만, 결국 그것도 근본적으로는 훌륭한 의복에 대한 무한한 욕심의 발로라 할 것이다.

그런 그녀에게 이런 것은 이해할 수 있는 범위 바깥의 일이었다. 질도 나쁜 비단으로 낭인들이나 하고 다닐 행색을 유행시켰다면, 그것은 그야말로 보통 일이 아니다. 누가, 어떤 방법으로 그런 일을 가능케 했을지 좀처럼 짐작이 가질 않는 것이다.

'한번 알아볼까.'

겸사 겸사라는 것은 바로 이런 것을 두고서 하는 말이다.

강설영은 객잔을 찾았다. 아무 소득이 없는 지금, 흘러가는 소문이라도 들어두는 것이 옳다는 판단에서였다.

"이번에는 막야흔도 안 될걸?"

"안 되긴, 무슨 소리. 막야흔은 지지 않는다고!"

"이 사람, 소문도 못 들었나? 황학상회에서 안휘성의 고수를 초빙했다는 소문이 파다해! 의창상가에서도 사람을 구했다지 않나?"

"아, 응성비영창? 그 이야기는 들었지."

"응성비영창도 고수라고! 북쪽에선 명성이 대단하지!"

"저번에 홍가 녀석이 그러는데, 막야흔이 적벽루 술판에서 호언

장담을 했대. 응성비영창을 열 합 만에 눕히겠다고 말야!"

"그게 참말이냐?"

"참말이지."

"화끈하구만! 좋아! 내 다시 한 번 막야혼을 믿어보겠어. 그 맛에 돈을 건다니까."

중구난방, 열 명이 넘는 장한들이 침을 튀기며 말을 나누고 있다. 그 자리에서뿐이 아니다. 다른 쪽 식탁에서도 마찬가지다. 어부들로 보이는 노인들이 노인들답지 않게 열띤 목소리로 비슷한 이야기들을 하고 있었다.

"무조건 막야혼이지. 내 적벽암무를 삼십 년 넘게 봐왔지만 막야혼만 한 놈은 없었어. 그놈에게 걸면 절대 잃지 않는다고."

"아니, 이 사람 말 바꾸는 것 보게. 언제는 비리비리해서 맘에 안 든다 하지 않았나?"

"아니라니께. 내 처음부터 알고 있었지. 그놈은 걸물이여. 절대 안 질 거여."

"그것도 사실 모르는 일이제."

"뭣이여?"

"막가 놈이 센 건 사실이지만, 생각혀 보라구. 그동안 몇 년씩 최고였다가 깨진 놈이 한둘이여? 게다가 막가 놈 한참 잘나갈 때 말여, 그놈이 천중일봉한테 질 줄은 누가 알았었남? 이번엔 진짜 모르는 거여. 응성비영창 고 녀석, 내 동호(東湖) 쪽 물길에 나갔을 때 한 번 본 적이 있거든? 애새끼가 야무진 게 보통 놈이 아니더라고."

"주 영감, 그놈 본 게 정말이여? 또 구라치는 거 아녀?"

"아니, 내가 언제 구라를 쳤다고 지랄이여! 어쨌든 난 이번에 웅성비영창에게 걸어볼 거여. 젊은것들이야 다들 막가 놈에게 걸거니께 재수만 좋으면 대박 터뜨리는 것이제!"

"그, 그럼 나도 그쪽에 걸어보는 게……."

"이 미친 영감! 귀는 오뉴월 새털처럼 얇아가지고. 난 그랴도 막가 놈이여."

"다들 막가 놈하고 비영창 애새끼한테 거는 거여?"

"그랴지."

"그럼 난 포공사 뭐시기에게 걸어볼티여. 꼭 대박을 터쳐야겠다면, 미친 척하고 걸어보는 것도 괜찮여."

"아이구, 지럴을 한다, 지럴을. 아직도 모르나? 이 바닥에서 절대 금물이 뭐여? 뭐 하는 새낀지도 모르는데, 배 째라고 돈을 거는 거여!"

강설영은 찻잔을 내려놓으며 나지막한 한숨을 내쉬었다.

이래서야 아무짝에 소용이 없다. 한참을 두고 들어도 오직 싸움과 내기에 관한 이야기뿐이다. 대체 무슨 비무대회이기에 내기를 건다 만다 하는 것인지 모르겠지만, 내기가 걸리는 비무판이라 해봤자 그 수준은 안 봐도 뻔했기 때문이었다. 게다가 강설영으로서는 막야흔이라는 이름이나, 웅성비영창이라는 별호나 단 한 번도 들어본 적이 없었다.

"아, 그리고 그 이야긴 들었남? 남쪽 거리의 두 노인 말이여."

"두 노인? 그 영감탱이가 뭐?"

"두 노인 그 영감탱이, 암무회전에 전 재산을 다 때려 부었다가 쫄딱 망한 건 알고 있제?"

"알제. 알고말고. 전답이니 패물이니 다 날려먹었다지."

"그 노친네가 그렇게 돈이란 돈은 다 때려 부었어도, 노친네 서점에서 애지중지하던 책들은 하나도 안 팔았다는 거 아녀!"

"맞다, 맞어. 분명 그랬었지!"

"근데 그 영감, 가지고 있던 책들 중에 요물(妖物) 같은 책이 있었나 벼. 요상한 것들이 잔뜩 그려진 책이었다는데, 그 책에 나온 뭔가를 봤다고 그러더니 아주 실성을 했다더군."

"실성을 했다고?"

"그려. 왜 있지? 삼 년 전인가, 안휘성에 비탈저(脾脫疽)가 돌았었잖여?"

"그, 그래. 돌았었지. 그 고약한 역병 때문에 우리 팔촌 서방 놈도 저 세상으로 갔어."

"그것도 그 요물의 짓이라는 거여. 아주 헤까닥 미쳐 버렸다니께."

'요상한 것……?'

그것은 일종의 계시와도 같았다.

별 연관이 없는 듯 들린다? 그래도 상관없다. 강설영은 지체없이 일어나 한참 침을 튀기고 있는 노인들에게 걸어갔다.

"저, 죄송하지만 지금 하시는 이야기……."

"워메? 어느 집 처자여?"

"어느 집 처자긴? 외지인인갑만?"

"외지에서 온 것은 맞아요. 그것보다 지금 하시던 이야기 좀 자세히 들려주시겠어요?"

"뭐? 뭐여? 관가에서 나온 거여? 난 돈 안 걸었어. 도박 같은 건

안 한다고.”

“나도 마찬가지여!”

노인들이 설레설레 고개를 흔든다. 순박하달까. 시끌시끌한 민초들이다. 강설영이 죽립 아래로 한줄기 미소를 지으며 말했다.

“그런 게 아니에요. 지금 말씀하신 노인에 관한 것을 좀 여쭤보려고요.”

“두 노인?”

“예. 서점을 하신다던.”

“말도 말여. 그 노친네 정신 놓아버린 뒤로 서점도 다 망해 버렸구먼!”

“옛날 책도 많이 취급하셨나요?”

“옛날 책? 엄청 많았제. 그래 뵈도 실성하기 전꺼정 이 동네 명물이었어. 척척허니 물어보면 모르는 것이 없었으니께.”

“그랬지. 우리 손자 놈 이름도 두 노인이 지어줬을 정도라구.”

“좀 특이한 책도 많았나요?”

“말인감? 그 영감탱이 미친 것도 책 때문이랑께? 그 뭐시여. 이상한 귀신 같은 게 나오는 책도 있었다고 혀. 그거 보다가 헤까닥해 부렀제.”

“무슨 책인지는 모르시고요?”

“미친놈 근처에선 밥도 먹지 말라고 혔어. 뭔 책인지는 알고 싶지도 않구먼! 근데 색시는 뭐 하는 색시여? 두 노인하고 뭔 관계가 있는 거여?”

“좀 알아볼 게 있어서요. 어디 계시는지는 아시나요?”

“알긴 안다만 만나봐도 좋은 꼴은 못 볼 건디.”

"괜찮아요."

"그랴도."

"좀 알려주세요."

강설영은 다시 한 번 화사한 미소로 노인들을 구슬렸다. 시끌시끌 말을 주고받는 노인들 틈에서 강설영은 어렵지 않게 두 노인이 살고 있다는 가게 위치를 알아낼 수가 있었다.

계산을 치르고 객잔을 나선 그녀는 빠르게 발을 옮겼다. 노인들의 설명을 굳이 듣지 않았더라도 금방 찾았을 게다. 미친 두 노인의 가게라 하면 모르는 사람이 없었다.

"고운 처자가 대체 웬일로……."

동네 아낙의 목소리를 뒤로한 채 골목 몇 개를 지나치자 다 쓰러져 가는 가게 하나가 보였다. 두가서점(杜家書店)이란 간판이 두 쪽으로 조각난 채 기우뚱 걸려 있었다.

"계신가요?"

먼지 한 무더기가 바람에 날린다. 가판대에는 아직 치우지 않은 책들이 제멋대로 굴러다니고 있었다. 전혀 관리가 되지 않은 책들이었다. 하나같이 심하게 손상되어 있었다.

그 앞에 잠시 서 있던 강설영은 이내 성큼 그 안쪽으로 걸음을 옮겼다. 누군가 있었다. 미세한 인기척이 느껴진다. 풀풀 날리는 먼지 구덩이에 발을 내딛었을 때다. 아니나 다를까, 한줄기 카랑카랑한 목소리가 귓전을 파고든다. 불안정한 정신 상태를 절로 느낄 수 있는 목소리였다.

"웬 년이지? 어딜 들어오는 게냐!"

강설영은 주저하지 않았다. 어둑어둑한 가게 내부도 그녀의 눈에는 훤하게 비치고 있을 뿐이다. 그녀가 아무렇지도 않은 목소리로 대답했다.

"가게에 들어온 손님이에요."

"손님? 웃기지 마라! 요망한 것! 네년은 손님이 아냐!"

고래고래 소리를 친다. 정(精)과 신(神)이 약해져 있다. 목소리에 담긴 기운만으로도 노인의 상태를 알 수가 있었다.

"썩 나가라! 요물! 내 집에서 썩 나가!"

노인의 고함 소리는 거셌다. 무척이나 거칠고 험하다. 강설영의 미간이 가볍게 좁혀졌다.

'이 노인… 미쳤다기보다는……'

제정신이 아닌 것은 맞다. 하지만 완전히 미친 것은 아닌 듯하다. 정신이 나갔다기보다는 뭔가를 두려워하고 있는 듯한 느낌이었다.

"잠깐 나와보시는 것이 어때요? 여쭤볼 것이 있어요."

강설영이 차분한 어조로 물었다. 그러나 돌아온 것은 똑같은 고함 소리다. 버럭 내지르는 고함 소리 안에는 이제 확연한 공포감이 깃들어 있었다.

"안 나간다! 이 간사한 것! 요사스런 목소리로 날 꼬드기지 말아라! 나가라! 어서 나가란 말이다!!"

강설영은 더 이상 실랑이를 벌일 생각이 없었다. 노인의 목소리가 들리는 방향으로 몸을 날린다. 피어오르는 먼지 사이로 굳게 닫힌 쪽문이 있었다. 그녀의 손이 방문을 열어젖혔다.

"히익!!"

움츠러드는 노인네의 왜소한 몸뚱어리가 보였다. 앞으로 내민

앙상한 손끝에는 어디서 구했는지 모를 조악한 부적 쪼가리들이 잔뜩 들려 있다.

"으악! 다, 다가오지 마라!"

"뭘 그렇게 겁내시는 거죠?"

강설영이 성큼 방 안으로 들어갔다. 노인네가 뒤로 펄쩍 물러나며 부적을 휘둘렀다. 카랑카랑한 고함 소리가 어김없이 뒤를 따랐다.

"이 요괴! 어서 여기서 나가!"

강설영의 눈이 방 안을 훑었다. 먼저 시야에 들어오는 것은 주렁주렁 매달린 부적과 염주들이다. 목각 불상에 도가 신선상까지 즐비하게 늘어서 있었다.

너저분한 방구석이다. 산발한 머리카락 사이에는 겁에 질린 노안(老眼) 한 쌍이 있다. 누가 봐도 미쳤다 할 만한 몰골이었다.

"전 요괴가 아니에요. 절 똑바로 보세요."

"어이쿠, 이 요괴가 이제는 날 홀리려고 하는구나! 이 부적이 보이지도 않느냐! 어서 물러가거라!"

도리어 눈을 질끈 감으며 고개를 돌린다. 이대로는 도통 대화를 할 수 없겠다. 그녀가 결심을 굳히고 한 발 나서며 손을 내뻗었다.

"으악!"

노인의 비명 소리는 그저 순간이다. 강설영이 뒷걸음치는 두 노인을 잡아 세운다. 노인의 몸이 강설영의 앞으로 맥없이 끌려왔다. 그녀가 물었다.

"책에 대해 많이 알죠?"

"히익! 이거 놔라! 이 요물아!"

“이거 본 적 있어요?”

“요망한 수작 부리지 마라! 썩 꺼지라니까!”

“똑바로 보세요. 이 책 본 적 있어요?”

강설영의 목소리는 나직하지만 강렬했다. 내력을 실었기 때문이다.

천룡무제신기였다. 천룡의 힘은 무궁하고도 강력하여, 그 힘이 실린 목소리는 천신의 명령과도 같았다. 강제적인 힘에 이끌린 듯 두 노인이 움츠렸던 고개를 들었다. 책에 이른 노안, 두 노인의 입에서 신음과도 같은 목소리가 흘러나왔다.

“이… 이건……!”

“본 적이 있군요.”

예감했던 대로다. 두 노인의 반응이 뜻하는 바는 너무나도 명확하다. 두 노인은 이 책을, 병기전설을 알고 있다. 두 노인의 눈동자가 크게 흔들리고 있었다.

“여, 역시 네년은 요물이다. 요괴가 틀림없어! 이 책을 가지고 나타나다니!”

“진정하고 말해요. 이 책이 뭐가 어떻다는 것이죠?”

“그, 그 책!! 그 책은 요마전설(妖魔傳說)과 쌍으로 만들어진 책이다! 불길하고도 무서운 책이야!”

“요마전설? 그건 뭐죠?”

“한하서가 만든 책! 천하의 마귀가 하나의 책에 가득하다! 난 봤어! 봤다고! 책 속의 요마가 대지를 활보하는 것을!”

노인의 눈에 핏발이 섰다. 얼굴까지 부들부들 떨고 있다. 강설영의 눈에 담긴 광채가 더욱더 강해졌다.

"한하서는 누구죠? 그 사람, 이곳 출신이 맞죠?"

"그 일족은 대대로 적벽에서 나고 자랐다! 하지만 안 돼! 그 일족의 이름을 입에 담지 마라! 그들은 위험해! 바깥에 내놓지 말아야 할 세상의 비밀들을 제멋대로 퍼뜨리고 있으니까!"

"일족이라고요? 후예가 있나요?"

"난 말 못한다! 저주를 받을 거야! 내 눈에는 요괴들이 보인단 말이다!"

"저주는 없어요. 다시 묻겠어요. 한하서에게 후예가 있나요?"

"안 돼! 난 말하지 않겠어!"

"말하세요. 당장."

강제적인 언어다. 다시 한 번 천룡의 언령(言令)이 그 목소리 끝에 깃든다. 핏발 선 눈, 노인의 눈동자가 불안함으로 가득 찼다.

"하, 하지만⋯ 나⋯ 나는⋯⋯."

"한하서의 후예가 누구죠?"

"그 일족은⋯⋯. 안 돼! 난 말할 수 없어! 정 알고 싶다면 그, 그래. 비, 비무상왕을 찾아가라! 그 일족, 한가의 후손은 비무상왕과 친분이 있었다."

"후손이 있었군요. 그렇다면 비무상왕은 또 누구인가요?"

"비무상왕은 비무상왕이다. 난 더 이상 말 못한다. 난 아무 말도 하지 않겠어!"

기력이 쇠한 듯 노인의 목소리가 잦아든다.

천룡무제신기, 강설영의 목소리가 심혼을 뒤흔든 까닭인지 의식마저 흐려지고 있는 것 같다. 강설영은 그대로 노인의 수혈을 짚었다. 노인이 정신을 놓았다. 축 늘어진 노인의 명문혈에 손을 대고 미량의 진기를 주입했다. 깨어난 후에 이전보다 맑은 정신을 갖게 해주려는 배려였다.

'얼마나 도움이 될지는 모르겠지만……'

초라한 몰골로 바닥에 뻗은 노인을 보고 있자니 측은한 마음이 절로 일어났다. 불쌍한 노인이었다. 노인이 발을 들여놓은 곳은 무림인도 함부로 들어서기 힘든 영역이었을 게다. 노인은 보지 말아야 할 것을 본 것이다. 보통 사람은 이해할 수 없는 것, 오직 환상 속에 사는 강호인들만이 보고 느껴야 할 것들을 말이다.

'멀쩡한 정신으로 깨어나지 않는 것이 오히려 나을지도……'

강설영은 잘 알고 있었다. 그녀에겐 두 노인을 도와줄 수 있는 방법이 없다는 사실을.

노인 스스로 헤어 나오는 수밖에는 없다. 그게 답이다. 하지만 그렇다 해도 받은 것만큼 보답은 해야 하는 법. 강설영은 은자 몇 냥을 꺼내어 노인의 머리맡에 두었다. 돌아 나오는 발걸음은 무겁지도 가볍지 않았다. 그녀의 눈이 다음 단서를 향한 빛으로 반짝이는 빛을 품었다.

'비무상왕이라……'

심란한 방구석을 뒤로하고 발걸음을 빨리했다. 실마리를 잡고 그 끝을 따라가는 여정. 그 기나긴 여정이 비무상왕이란 네 글자와 연결되어 있었다.

＊   ＊   ＊

밤이었다. 산새 소리 고즈넉한 적벽 촉성무후사에 한 대의 커다란 마차가 섰다.

"여기다."

인부 네 명이 마차 뒤쪽으로 움직여 짐칸의 문을 열었다. 네 사람이 낑낑대며 끌어내는 것은 한 구의 관(棺)이었다. 그들이 어둠 속 축성무후사 무후대전(武后大殿)으로 향했다. 제지하는 이는 없었다. 지키는 이도 없는 정적의 무후사였다.

쿵!

무후사 대전 한가운데 관을 내려놓고 총총히 사라지는 인부들이다. 다시금 찾아온 정적에 밤하늘 달빛만이 무후대전의 창들을 밝히고 있었다.

얼마만큼의 고요와 얼마만큼의 산새 소리가 흘러 지나갔을까. 놓여진 관이 흔들린다. '퉁퉁' 하고, 안쪽으로부터 관 뚜껑을 두드리는 소리가 새어 나왔다.

우지끈!

한순간이었다. 관 뚜껑 한쪽이 터지듯 부서져 나온 것은.

관 뚜껑이 떨어져 나가고 한 사람의 인영이 올라왔다. 인영의 입가에서 한줄기 침음성이 흘러나왔다.

"너무하는군. 관이라니."

인영의 눈이 주변을 훑었다. 무후사 대전, 정면에는 제갈무후의 목상(木像)이 서 있다. 휘이잉, 달빛 섞여 새어 들어오는 바람 소리에 인영의 나직한 혼잣말이 가볍게 실렸다.

"무후사라……."

어떻게 된 일인지 생각해 본다. 그가 이내 자신의 가슴을 내려다보았다.

연녹색 유삼, 명치 부위엔 손바닥만 한 구멍이 뚫려 있었다. 하지만 구멍 사이로 드러난 맨살에는 아무런 상처가 없다. 아니, 상처가 있는 것 같기도 하다. 묵직한 뭔가가 가슴 깊은 곳에 자리잡은 기분이었다.

'꿈이 아니었군.'

사부의 손이 명치로 파고들던 것이 기억난다. 손목 끝까지 박힌 것 같았는데.

정신을 차리고 보니 이곳이다. 얼마나 시간이 지났는지. 제갈무후의 목상이 앞에 있는 것을 보면 무후사, 적벽으로 옮겨진 모양이었다.

'한데……'

일어나 주먹을 쥐니 느낌이 이상하다. 뭔가 모여야 할 것이 모이지 않는다. 정신을 집중하여 진기를 불러일으켰다. 인영의 눈이 크게 치떠졌다.

'설마!'

기감(氣感)이 예전만 못하다. 아니, 예전만 못한 게 아니라 도통 움직일 줄을 모른다. 진기가, 내공이 마음먹은 대로 흘러가질 않았다.

털썩.

아예 자리를 잡고 운기조식을 해보았다.

마찬가지다. 내공이 모이질 않는다. 도도하게 흘러가던 강물이 마을 어귀에 흐르는 개천만도 못하게 된 느낌이다. 번뜩이던 광극진기는 온데간데없이 억지로 끌어내야 겨우 흐르는 미약한 진기만 남았다.

‘이게 대체 무슨……!’

다시 한 번 운기를 해본다. 천천히 몸 내부를 관조하면서.

그리고 깨닫는다.

기해에 충만해 있던 무궁한 광극진기가 씻은 듯 사라져 버렸다. 내공이 전무하다? 아니다. 내공이 하나도 없었다면 관 뚜껑을 부수고 나오지도 못했을 게다.

광극진기만 없다. 억지로 모으면 모일 만큼의 내공은 있으나 광극진기와는 성질이 다르다. 마치 오원에 있을 때, 그 어린 시절로 돌아간 것 같았다.

‘힘을 준 것이 아니라……’

어찌 된 일일까. 사부는 힘을 주겠다고 했었다. 한데 준다고 하더니 거둬가 버린 모양이다. 내공 상실. 신풍도, 순속도, 뇌신도 모두 다 잃어버렸다. 세상 두려울 것 없던 강력한 무공을 한꺼번에 잃어버리고 만 것이다.

‘광극진기를……’

충격이었다.

광극진기를 전혀 모르고 살던 시절도 있었지만, 이제는 다르다. 광극진기는 그가 지닌 힘의 근원이었다. 광극진기가 없는 무공이란 상상조차 하기 힘들 정도였다.

‘이유가 뭘까.’

광극진기를 거두어간 이유.

뭔가를 가르쳐 주기 위한 것이었을까.

내공보다 그릇이 먼저다. 광극진기가 없어도 그는 여전히 그다. 광극진기가 없던 시절에도 그는 싸울 수 있었고, 광신마체를 발동하지 못했던 때에도 그는 수많은 자들에게 승리를 거뒀다. 사부는 그것을 가르쳐 주려고 했던 것인지도 모른다. 그게 아니라면, 그저 한순간의 변덕이었거나.

'변덕이 맞을지도.'

사부를 떠올려 본다. 사부가 하는 일에 언제나 완벽한 이유란 것이 있었던가. 그렇지도 않다. 사부는 계획적인 사람이며, 또한 즉흥적인 사람이다. 갑작스레 제자의 내공을 모조리 거둬가기로 마음먹었다면, 그 이면에 무슨 생각이 있었을지 그로서는 결코 알 수가 없을 것이다. 지금 사부는 어딘가의 주루에서 광극진기 없이 고생 좀 해봐라 하며 검남춘 한 잔을 들이켜고 있을지도 모르는 일이었다.

"제기랄!!"

결국, 욕지거리를 내뱉고 마는 그다. 벌떡 일어나고 보니 실려온 관이 눈앞에 비쳐든다. 죽은 사람을 넣는 관짝이다. 광극진기가 없으니 시체나 다름없다는 것인가. 놀리려고 작정한 거다. 재미있지 않냐면서 사부가 히죽 웃는 모습이 관짝과 겹쳐 보였다.

쾅!

기어코 분을 못 참은 그다. 관짝에다 발길질을 가한다. 관짝 옆이 우지끈, 부서져 나갔다. 한데…….

'이것 봐라……?'

둔중한 느낌이 발목에 남아 있다. 그만큼 내공이 없다는 거다. 단단하고 두껍긴 해도 고작 한 겹의 나무판일 뿐이다. 그 정도 부수는 데 충격을 느낄 정도라면, 사태는 생각보다 심각했다. 위험하다는 이야기였다.

'하지만 어쩔 것인가.'

그대로 서서, 천천히 마음을 다스렸다. 이건 마치, 광극진기를 처음 배웠을 때 같다. 성정이 폭급해지고 평상심을 유지하기가 어렵다.

이대로는 안 된다. 단순하게 생각하자.

광극진기를 잃어버렸다고 자기 자신까지 잃을 수는 없는 일이다.

해답을 얻을 수도 없는 의문을 가지고 고민을 하고 있다면, 그는 그가 아니라는 말이다. 광극진기가 없이는 위험하다? 그렇다면 광극진기를 되찾을 때까지 감당 못할 상대와 부딪치지 않으면 그만이다.

'일단 약속부터.'

그가 주먹을 쥐고 성큼 발길을 옮긴다. 먼저 지켜야 하는 것은 강설영과의 약속이다. 깊어가는 밤, 적벽의 달이 지는 무후사. 두려움없이 무후사를 나서는 파랑의 뇌룡도 미처 깨닫지 못한 것이 있었다.

사라졌다고 생각했던 광극진기……. 굳게 쥔 자신의 주먹 깊은 곳에서 보이지 않는 뇌전이 밤공기 중으로 방전되고 있다는 사실을 말이다.

＊　　　　＊　　　　＊

"죽여! 죽여라!!"

"베어버려!"

정해진 시간이란 것은 존재치 않는다. 암무회전은 사시사철 아무 때나 열릴 수 있다. 거의 매일 크고 작은 시합이 있을 정도다. 암무회전이란 한 번의 대회를 말하는 것이 아니라 매 시합의 연속을 통틀어 칭하는 이름이다. 늦은 밤, 적벽암가(赤壁闇街)의 중심에 가면 언제라도 그 열기를 느낄 수 있었다.

"오늘 배당은 어느 정도지?"

"그리 크진 않을 거다."

"오늘은 팔방도인가? 여기선 잘 안 보이는데."

"팔방도 맞을 거다. 사람이 꽤 몰렸어."

"의창상가 소속이었나? 그놈 시합은 언제나 볼만하지. 오늘은 재밌겠구먼."

매 시합마다 걸리는 돈은 다르다. 출전자의 지명도에 따라 찾아오는 관중의 수가 달라지기 때문이다. 매 시합의 판돈과 배당도 당연히 달라질 수밖에 없었다.

'여긴가……'

강설영이 암무회전을 찾은 이유는 간단했다. 저잣거리에서 알아본 바, 비무상왕에 대해 알아보려면 암무회전을 찾으라 했다. '암무회전은 곧 비무상왕', '비무상왕은 곧 암무회전'이라는 식이었다.

암무회전이 열리는 곳. 암무회장.

비무대가 있는 암무회장 주위에는 수많은 사람들이 운집해 있었다. 밤늦게까지 술을 파는 곳에서부터 매캐한 냄새를 풍기며 계적(鷄炙:닭구이)을 굽고 있는 상인들, 여자들이 즐비한 홍루들까지 술과 음식, 쾌락이 한데 뒤섞여 있는 곳이다. 싸움과 도박을 즐기는 사람들이 뒤엉켜 있음은 물론이었다.

"와아아아!"

한순간, 함성 소리가 터져 나온다. 한숨과 한탄, 욕지거리도 함께였다.

열기와 긴장감이 실로 대단했다. 누구라도 마찬가지다. 적벽암 가를 찾은 강설영의 눈에도 호기심이 떠오를 수밖에 없었다.

'굉장한걸.'

강설영의 눈이 몰려든 사람들을 훑었다. 감탄한 얼굴, 그녀의 눈이 딱 멈춘다. 그녀의 두 눈에 이번에는 반짝이는 이채가 깃들었다.

'여자들도?'

흥미로운 일이었다. 모여든 것은 남자들만이 아니다. 상당수의 여자들이 눈에 띈다. 폭력과 도박이란 것이 남성들만의 전유물은 아니라고 주장하기라도 하듯, 몇 무리의 여인들이 옹기종기 모여 선 채 앙칼진 목소리로 소리를 지르는 것이 보였다.

'의외야.'

그렇다. 강설영에겐 정말 의외인 일이었다. 그녀는 이제껏 그런 것을 본 적이 없었기 때문이다.

'별천지네.'

별천지. 광주와 비교하면 그런 표현이 나올 수밖에 없다.

광주의 여인들은 싸움과 도박을 즐기지 않는다. 그녀들은 수예과 침선을 배우고, 고운 옷과 아름다운 문양들을 세상에 내놓는다. 무림문파의 여인들도 아니요, 그저 동네의 아낙과 처녀일 여인들이 이 늦은 밤에 싸움판을 구경하고 있다는 것은 강설영에게도 작지 않은 놀라움일 수밖에 없었다.

'대체 어떤 싸움들을 하고 있기에.'

이젠 그냥 넘어가기가 어려워졌다. 눈으로 확인하지 않고서는 못 배길 일이었다. 강설영의 신형이 사람들 사이로 파고들었다. 어깨와 어깨가 맞닿을 만큼 빽빽하게 들어차 있었지만 강설영의 움직임엔 아무런 제약이 없다. 그녀가 밀면 제아무리 건장한 장한이라도 밀려날 수밖에 없었기 때문이다. 나아가고자 하는 곳에 곧 길이 있었다.

챙! 채애앵!

비무대가 보이는 곳까지는 금방이었다. 병장기 부딪치는 소리가 요란했다. 어지럽게 얽히는 두 무인의 그림자가 그녀의 두 눈으로 비쳐들었다.

쩌엉!

충돌음과 함께 두 무인의 신형이 떨어져 나왔다. 낭아봉을 휘두르는 텁석부리장한과 귀두도를 휘두르는 잔인하게 생긴 남자가 비무대 위에 있었다. 두 사람의 신형이 다시 한 번 거칠게 엉켜들었다.

'……'

강설영의 눈살이 찌푸려지기까지는 오랜 시간이 걸리지 않았다. 막무가내로 휘두르는 낭아봉은 그저 거칠기만 할 뿐이었다. 마주치는 귀두도의 움직임도 위태롭기는 매한가지였다.

'수준이 낮아.'

그렇다. 달리 표현할 길이 없다.

두 사람 모두 제대로 된 투로를 갖추지 못했다. 힘의 배분도, 하체의 움직임도 효율과는 거리가 멀다. 이것은 무공 대결이 아니다.

저잣거리의 싸움이나 다름이 없었다.

'이러다간……'

처음에 느낀 것은 실망이되, 다음에 느낀 것은 싸움의 결말에 대한 짙은 우려였다. 낭아봉과 귀두도, 대저 중병이라 함은 숙련된 기예와 정심한 내공을 바탕으로 다뤄야 하는 법이다. 그렇지 못한 자가 함부로 휘둘러선 큰 부상을 면치 못한다.

'큰일 나겠는걸.'

두 사람이 바로 그런 꼴이다. 머리보다는 힘으로, 기술보다는 만용으로 덤벼든다. 마치 잘 벼려진 식칼 두 자루를 꼬맹이 두 명에게 쥐어준 것과 같다. 그리고 그런 싸움이란 대부분 비극적인 종말을 맞이하기 마련이었다.

푸학!

아니나 다를까. 몇 번의 부딪침 끝에 새빨간 선혈이 허공을 수놓고 만다. 귀두도의 끝이 텁석부리장한의 가슴을 훑어낸 것이다.

"와아아아아아!"

놀라운 일은 바로 그때 일어났다. 사방천지에서부터 터진 함성소리가 그것이다.

강설영은 커다랗게 뜨여진 눈으로 주위를 돌아볼 수밖에 없었다.

'왜……!'

어찌 이럴 수 있는가. 주위를 둘러싼 모든 이들이 커다란 환호성을 지르고 있다.

비무대 위엔 장한의 핏물이 넘쳐흐를 듯 쏟아지고 있음에도 들려오는 것은 오로지 열광과 환호의 함성뿐이다.

탄식성도 없지는 않았다. 하지만 그것은 텁석부리장한에 대한 애도의 탄식성이 아닌 것 같았다. 탄식을 내뱉는 이들은 오로지 돈을 잃은 사람들뿐이다. 참극에 대한 탄식성이 아니라, 돈을 잃게 된 아쉬움이라는 뜻이었다.

'그런……!'

강설영의 눈이 비무대 위로 돌아갔다. 두 손을 치켜들고 승리를 만끽하는 귀두도의 남자가 그 가운데에 있었다. 그 누구도 패자의 상태에는 신경 쓰지 않는다. 죽어가고 있음이 분명함에도 어느 누구 하나 가까이 가질 않는다.

"승자는 팔방도!"

"와아아아아!"

피를 뿜어내며 꿈틀거리는 장한을 앞에 둔 채 사람들의 환호와 갈채를 받는 이가 있다. 기묘한 광경이다. 수많은 싸움을 겪어본 그녀였건만, 이런 것은 한 번도 본 적이 없었다.

'이런 비무가 어떻게…….'

검은색 제복을 입은 자들이 나타난 것은 한참이 지나서였다. 어디선가 갑자기 모습을 드러내더니 쓰러진 텁석부리장한을 수습하여 다시 어딘가로 사라진다. 버려진 쓰레기라도 치우는 듯한 느낌이었다. 핏물은 닦지도 않았다. 그 와중에 또 다른 남자가 비무대 위로 올라온다. 출전자는 아니다. 암무회전 네 글자가 박힌 제복을 입고 있었다.

"이어지는 시합은 동정호에서 온 강자 수공도와 두터운 철봉을 자유자재로 휘두르는 대력봉의 대결이 되겠습니다! 현재 배당은 딱 일 대 일! 누가 이길지는 점칠 수 없습니다! 일다경 동안 마음껏 걸어주십시오!”

비무를 주관하는 자인 모양이다. 억양이 거세고, 목청이 좋다. 도박을 유도하기엔 그만인 목소리였다.

‘위험천만한 비무다. 품위도, 격조도 없어. 그런데도……’

강설영은 선뜻 이해할 수 없었다. 이것은 그저 피 튀기는 싸움일 뿐이다. 비무라는 이름을 붙여주기가 민망한 수준이었다. 그런데도 사람들은 열광하고 있다. 돈을 걸었기 때문인가. 눈살 찌푸려질 원시적인 싸움이 뭐가 그리도 좋단 말인가.

상념에 젖어 이 불가해한 광경을 되씹어보고 있던 그녀다. 그때였다. 그녀의 귓전으로 익숙하지 않은 목소리 하나가 파고들었다.

“아니, 이거, 강씨금상의 소상주님 아니십니까?”

누굴까. 강설영은 당황하지 않았다. 자연스럽게 뒤를 돌아보았다. 인상 좋은 남자 한 명이 놀랍다는 얼굴로, 그리고 반갑다는 듯한 표정으로 그녀 뒤에 서 있었다.

‘이 사람은……’

순간적으로 잘 기억이 나지 않았지만 강설영은 조금도 그런 티를 내지 않았다. 상계에 종사하는 사람으로서 그런 태도는 금물이다. 짧은 시간, 강설영은 급하게 머리 속을 뒤졌다. 있었다. 기억 저편에서 하나의 이름을 끄집어냈다.

“황학상회의 담 각주시군요. 오랜만에 뵈어요.”

황학상회의 백익각주 담화삼. 황학상회의 상로전략 전반을 책임지고 있는 인물이다. 이 년 전, 강씨금상과의 협상 때도 이 사람이 왔었다. 본 것도 그때다. 황학상회의 최전방에서 직접 발로 뛴다고 알려진 인물이다. 심기가 깊고 재주가 비상하기 때문에 상계에서는 요주의 인물로 통하는 자였다.

"아아, 보고도 반신반의했습니다. 범상치 않은 여고수라 절로 눈이 갔는데, 잠자코 생각하니 뵌 적이 있는 분 같았습니다. 역시 소상주님이셨군요."

"스쳐 뵌 정도였는데, 대단하시네요. 어떻게 알아보셨는지 모르겠어요."

"뭐, 그게 제 일 아닙니까? 대단할 것도 없습니다. 하하."

"겸양의 미덕까지 갖추셨군요. 그나저나, 어쩐 일이신가요? 담각주께서 이런 곳엔?"

"하하. 저야 뭐 언제나 그렇듯 일 때문에 왔지요. 그보다 놀란 것은 접니다. 소상주님을 뵐 만한 곳이 아니어서 말입니다. 하하하하!"

'그랬지. 이 남자……'

둥글게 웃음 짓는 눈이다. 후덕해 보이는 얼굴에 풍채 좋은 중년인. 하지만 강설영은 그 웃음 뒤에 감춰진 날카로운 칼날을 놓치지 않았다. 그녀를 볼 만한 곳이 아니다? 올 곳이 아닌데 왜 왔냐는 뜻이다. 자신의 용무는 얼버무리면서 강설영이 이곳을 찾은 이유를 간접적으로 떠본다. 조심해야 할 남자였다.

"적벽의 명물이라 하여 한 번 들러보았죠. 흥미로운 곳이네요."

"뭐, 명물이라면 명물이지요. 보시다시피 그럴 만한 수준은 못 됩니다만. 하하하."

"그래도 대단해요. 사람도 무척 많고요."

"예, 많습니다, 많아요. 지나치게 많아서 문제지요……"

담화삼은 말끝을 흐렸다. 갈무리된 고민거리가 거기에 있다. 감추려고 했지만 어쩔 수 없이 드러나는 흔적이다. 강설영의 두 눈에 이채가 떠올랐다.

'고민을? 이만한 수완가가……?'

"이해 못할 일이라 할까요? 하하. 암무회전엔 참으로 오묘한 구석이 있습니다."

강설영은 그의 말에서 한 가지 사실을 깨달을 수 있었다.

오묘한 구석이 있다라는 것.

마음대로 안 된다는 뜻과 일맥상통한다.

상인이 일을 마음대로 통제하지 못한다는 것은, 달리 말해 손해를 보고 있다는 뜻이다. 이 암무회전과 관련하여 금전적인 손실을 입고 있다는 이야기다.

"오묘한 일, 이해 못할 일이 벌어지는 곳에는 항상 돈을 벌 수 있는 금맥(金脈)이 있다고들 하죠. 담 각주께서 이곳에 계신 것도 그래서가 아닌가요?"

움찔.

담화삼의 눈이 가볍게 흔들린다. 하지만 그것은 어디까지나 순간이었을 뿐이다. 담화삼이 사람 좋은 웃음을 흘리며 대답했다.

"뭐, 그렇습니다. 소상주님 말이 옳아요. 하하. 여기엔 금맥이란 것이 있지요."

얼굴은 웃고 있지만 마음은 그렇지 않다. 입에는 미소, 뱃속에는 칼날을 품었다. 강설영의 머리 속에 의아함이 스쳐 지나갔다.

'경계심? 어째서……?'

또 다른 기억이 뇌리를 스친다. 이 남자의 별호가 무엇이었는지.

소면복검(笑面腹劍) 담화삼.

지금 받은 느낌 그대로다. 담화삼은 강설영에게 경계심을 품었고, 마음속에 예리한 한 자루 검을 치켜들었다. 손해를 보고 있는 황학상회임에, 민감한 부분을 건드렸다는 뜻이리라.

"아무래도 이 암무회전 때문에 심기가 불편하신 것 같네요. 금맥이란 것이 무척 캐기 어려운 곳에 있나 봐요."

"맞습니다. 이 금맥은 아주아주 깊은 곳에 묻혀 있지요. 함부로 곡괭이를 들이대서는 큰일 날 곳에 있습니다."

'그런 거였군……'

강설영은 그가 암시하는 바를 어렵지 않게 알아챌 수 있었다.

함부로 곡괭이를 들이대지 말라는 말. 강씨금상의 개입을 바라지 않는다는 이야기다. 이곳의 일은 황학상회의 영역에 있음을 완곡하게 표현한 것이라 할 수 있었다.

"오해가 있었나 보네요. 제가 이곳에 온 것은 사적인 일 때문이지, 강씨금상의 행보와는 관계가 없어요."

"그렇습니까?"

담화삼이 품고 있던 뱃속의 검날이 다소 무뎌지는 것을 느낀다. 하지만 미심쩍은 눈빛은 여전하다. 강설영이 고개를 끄덕이며 말했다.

"예. 사실 적벽에 오기 전까지는 암무회전이 무엇인지도 몰랐어요. 다만, 한 사람을 찾아왔을 뿐이었으니까요."

"사람을 찾아왔다 하심은……"

"비무상왕이라는 인물이에요."

"비무상왕을……!"

비무상왕이란 이름을 들은 순간이다. 담화삼의 얼굴이 삽시간에 굳어진다.

이것은 또 대체 왜? 웃음으로 모든 것을 감추던 그가.

극적인 변화, 강설영으로서는 전혀 예상치 못한 일이었다.

"아시는 분인가 보죠?"

"비무상왕, 알고 있지요. 알고 있다마다요."

다시금 칼날이 세워진다. 그것도 이전보다 더 날카롭게.

담화삼이 한줄기 침음성을 흘리고는 나직한 목소리로 말을 이었다.

"소상주님, 결례를 무릅쓰고 다시 한 번 묻겠소이다. 비무상왕을 찾아왔다는데… 이유가 무엇인지 몹시 궁금합니다. 설마하니 강씨금상 측에서 암무회전에 뛰어드려는 것은 아니겠지요?"

"암무회전에 뛰어든다고요?"

"부디 사실대로 말씀해 주시길 바랍니다. 저희로서는 굉장히 중대한 사안입니다."

진솔한 목소리다.

이것도 역시나 이 담화삼의 뛰어난 능력 중 하나라고 할까.

웃음 뒤의 예리한 칼날과 인간으로서의 진솔함을 동시에 구사할 줄 안다. 감탄이 절로 나올 만한 대목이었다.

"금상은 단지 금가(錦家)일 뿐이에요. 이런 비무장에 금가의 상도가 있으리라고는 상상하기가 어렵네요."

"그 말씀인즉슨, 금상이 암무회전에 개입하지 않는다는 뜻으로 해석해도 되겠습니까?"

"호광 쪽의 상로를 확대할 계획은 당분간 없는 것으로 알고 있어요."

"그렇다면… 십이지언(十二之言)으로 알겠습니다."

"십이지언. 좋아요. 그렇게 하죠."

십이지언.

상계에서만 쓰이는 일종의 은어다.

열두 달 동안 유효하다는 상계의 언약으로 상도를 지키는 자, 반드시 지켜야 할 약속 중 하나다.

"좋습니다. 소상주의 확답을 듣고 보니 비로소 안심이 되는군요. 십이지언까지 주셨으니, 이쪽에서도 도리를 해야겠지요. 필요하신 것이 있다면 뭐든지 말씀하십시오. 이 적벽에 있는 동안 이 담 모가 최선을 다해 구해다 드리리다."

담화삼의 얼굴이 단숨에 풀어졌다.

이익이 예상되는 곳에 상가가 뛰어드는 것은 당연한 이치다. 그리고 그것은 어느 때라도 가능하다. 오늘은 뛰어들 생각이 없을지라도, 내일 당장 뛰어들 생각이 생길 수도 있다는 뜻이다.

하지만 강설영은 십이지언을 말했다. 이런 경우, 강설영의 약속은 열두 달을 간다. 강씨금상은 최소 열두 달의 시간 동안 어떠한 일이 있어도 이 암무회전에 개입하지 않을 것이란 이야기다.

강설영에게만 손해다? 아니다. 그것은 결코 일방적인 것이 아니었다. 담화삼은 이 적벽에서 강설영이 원하는 것은 뭐든지 구해주겠다고 했다. 그것만으로는 안 된다. 그것은 단지 사소한 예(禮)일 뿐이다.

십이지언은 십이지언으로 갚아야 한다.

강설영이 이번에 십이지언을 확언해 주었다면, 담화삼은 한 번의 십이지언을 강설영에게 빚진 것이 된다. 강설영은 곧 강씨금상,

담화삼은 곧 황학상회다. 언제고 강씨금상은 황학상회에 십이지언을 요구할 수 있다는 뜻이다. 이권(利權)의 영역을 결정지을 때, 그 정리를 용이하게 하기 위하여 상단들 사이에서 통용되는 강력한 약속이라 할 수 있었다.

"딱히 마음 쓰실 것은 없어요. 그보다 십이지언을 이야기하실 정도라니… 암무회전에 거는 바가 보통이 아닌가 봐요."

"기대… 라기보다는 손해를 막는다는 느낌일 겁니다. 사안이 보통 민감한 게 아닌지라."

"그런가요. 더 묻는 것은 결례가 되겠군요."

"하하, 그런 것은 아닙니다만."

"괜찮아요. 그보다 비무상왕에 관한 것이나 좀 더 여쭤볼 수 있을까요?"

"아, 그래요. 비무상왕을 찾는다 하셨지요."

"예. 이름은 육홍이라 들었어요."

"후우… 비무상왕, 비무상왕이라……."

담화삼이 한 손을 들어 잘 다듬어진 턱수염을 만졌다. 난감해하는 듯, 불쾌해하는 듯 복잡한 눈빛을 보인다. 비무상왕 네 글자란 아까도 그랬듯 담화삼에게 상당히 민감한 이름인 것 같았다.

"뭐, 비밀도 아니니 말씀부터 드리죠. 비무상왕 육홍. 복룡산 융중상회 소속입니다. 고작 삼십대 중반으로 나이도 많지 않은 친군데, 실력이 대단한 인재입니다. 경쟁 상회인 우리 입장에서는 매우 골치가 아픈 인물이지요."

"황학상회에서 그만큼이나 경계할 만한 인물이 있었나요? 들어본 적이 없는 이름인데요."

"그러실 겁니다. 적벽 밖으로는 나가지 않는 인물이니 말입니다. 대외적으로는 알려지지 못했을 수밖에요."

"그랬군요. 어떤 사람일지 더욱 궁금해지는데요."

"말씀드렸듯 제 입장에서는 몹시 골치 아픈 인물입니다. 이 암무회전만 봐도 그렇습니다. 이 지옥 같은 싸움판도 사실 그 친구 작품이라 할 수 있으니까요."

"작품이라니요?"

"말 그대로입니다. 이전까지의 암무회전은 기실 거칠기 짝이 없는 도박판이자 싸움판에 불과했습니다. 푼돈이 굴러다니는 투견판과 하등 다를 바가 없었단 말입니다. 그걸 이만큼 크게 벌여놓은 것이 바로 비무상왕 그 친구입니다."

"그리 규모가 커 보이진 않는데……."

"아, 오늘만 보면 그렇게 느끼실 수도 있겠군요. 하지만 저건 숱한 비무 중 하나일 뿐입니다. 졸개들의 싸움이죠. 거물들이 나오면 이 정도 관중은 우습습니다. 저기와 저기, 높이 선 망루 보이십니까? 다른 용도가 아닌 비무대 관람용으로 세운 망루입니다. 저런 망루가 열두 개나 있지요. 막야혼이라도 나오는 날이면 열두 개 망루가 꽉 찹니다. 저쪽 망루는 벌써 세 번이나 무너졌어요. 구경하는 사람이 너무 많이 올라가서 말입니다."

"그 정도인가요……!"

그러고 보니 주변 건물들도 예사롭지 않다.

유독 이, 삼층으로 지어진 중층 건물이 많다. 창문이나 난간도 보통 건물보다 훨씬 많이 만들어져 있다. 아예 몇몇 건물들은 비무대를 중심으로 새롭게 지어진 느낌이다. 열 개가 넘게 세워진 망루들, 그 모두가 암무회전의 비무대를 향하고 있음은 당연한 일이라 할 것이다.

"저 망루들을 고안한 것도, 관가를 구워삶은 것도 모두 비무상왕 그 친구입니다. 아까 보셨지요? 가슴에 칼 박히던 출전자 말입니다."

"예, 봤지요. 치명상이었어요."

"그 남자, 실려 내려가자마자 죽었습니다. 그렇게 죽는 이들이 한둘이 아니지요. 그 정도는 사실 약과입니다. 정작 놀라운 것은 따로 있어요. 저기, 저쪽 보이십니까? 비무대 저쪽 모퉁이, 횃불 뒤쪽에 청의장삼을 입은 남자 말입니다."

"보이네요."

"전직 포정사사입니다."

"예?"

"아직까지 적벽의 고관으로 행세하고 있습니다. 전직 포정사사였던 만큼, 이 일대 관아를 꽉 쥐고 흔드는 사람이지요."

이 말에는 강설영도 눈을 크게 뜰 수밖에 없었다.

적벽의 고관대작.

관가는 강호의 일에 관여하지 않는다? 그것도 정도가 있는 법이다. 대명률이 정하는 바, 사실 애초부터 강호인들은 병장기 하나도 함부로 들고 다녀서는 안 된다. 들고 다녀도 안 되는데, 그것을 함부로 휘둘러서는 더더욱 안 될 일이다. 물론 작금의 무림에 그런 걸 지키는 강호인은 없다 해도 과언이 아니다.

하지만 전혀 통제가 되지 않는 법이라 해도 법은 법일 수밖에 없다. 관가는 최소한 그것을 지키는 척이라도 해야 했다. 그것이 관가, 한 국가의 법도 아니었던가.

"기사(奇事)라면 기사지요. 저 정도 인물이 이 살벌한 싸움판을 구경하고 있습니다. 그게 의미하는 것이 무엇이겠습니까? 그것은 곧 다시 말해 관가가 이 살육전을 묵과하고 있다는 뜻으로 해석할 수 있습니다."

뭔가 잘못되었다.

관가는 살인을 방치해선 안 된다. 그것이 도박판의 살육제라면 말할 것도 없다. 한데 관가의 고관이 이곳에서 이 도박판을 관람하고 있다. 들뜬 표정을 보아하니 저 고관 역시도 이 도박판에 돈을 걸고 있음이 틀림없었다.

웅성웅성.

거기까지 들었을 때였다.

갑작스레 관중들 한쪽이 소란스러워지기 시작한다. 웅성거림과 환호성, 곧이어 들려오는 것은 한 남자의 이름이다. 적벽암무의 정점, 이곳의 영웅, 모두의 우상인 그 이름이 울려 퍼지고 있었다.

"막야흔이다!"

"쾌협도가 왔다!"

"막야흔!!"

"오늘 막야흔 시합이 있었나?"

"없었지! 어쨌든 왔잖아!!"

모두가 환호한다. 암무회전이 낳은 기린아의 출현이었다.

"안 그래도 이야기하려 했는데 제 발로 걸어오는군요. 바로 저놈입니다. 쾌협도 막야흔, 비무상왕 육홍이 내세운 무인으로 암무회전을 여기까지 끌어올린 일등공신이라 할 수 있지요."

관중들 사이에 길이 열린다. 그 사이를 걸어오는 이는 거만한 표정의 젊은이였다. 융중상회의 문양을 가슴에 수놓고, 융중상회의 장삼을 몸에 두른 막야흔이 거기 있었다.

'상당한데…….'

강설영의 감상은 그랬다. 방금 본 출전자들과는 하늘과 땅만큼의 차이가 있었다. 오연함으로 점철된 얼굴만큼 특별한 기도를 지닌 남자였다.

"고수군요. 승부사의 기도를 지녔어요. 여기서는 이길 수 있는 이가 드물겠네요."

"맞습니다. 이 암무회전의 수준이 높지는 않다지만, 그래도 강자가 없는 것은 아니지요. 그런데도 좀처럼 질 줄을 모르더이다. 저놈 때문에 입은 손해가 이만저만이 아닙니다."

"손해라 하면……?"

"그렇습니다. 이거, 밑천까지 다 보여 드리게 되었군요. 보시다시피 저놈은 융중상회의 녹을 먹고 있습니다. 융중상회의 이름을 등에 지고서 연전연승을 거뒀단 말이지요. 무슨 일이 생겼을 것 같습니까? 저놈의 승리는 곧 융중상회의 승리인 겁니다. 다른 상회가 내보낸 고수들을 물리침으로써 융중상회의 이름값을 올려준 것이지요. 덕분에 융중상회는 대단한 재미를 보았습니다. 그 이득은 그야말로 산출이 불가능할 정도예요. 적벽, 나아가서는 무한, 호광 중부 전체가 융중상회의 판이 되어버린 상태니까요."

"무인 하나의 힘으로 호광 상권을 제압했다는 말로 들리네요. 잘 모르겠어요. 그것이 가능한 일이었나요?"

"예. 우리로서도 이렇게 될 줄은 몰랐습니다. 무인의 이름값이란 것을 이렇게 이용할 수 있으리라고는 생각조차 못했단 말입니다. 그런 점에서는 비무상왕이란 친구에게 경의를 표할 수밖에 없습니다. 천재적인 발상이었다, 이거지요."

그런 것이었던가.

강설영은 보았다. 이 도시가 융중상회의 이름으로 넘실대고 있음을.

그녀는 머리 속에서 비슷한 경우 하나를 찾아낼 수가 있었다. 언젠가 곽 노대가 해주었던 이야기였다. 하남 지역에 넘쳐흐르는 숭산 소림사의 이름을 말이다.

'이건 그때 들었던 이야기, 소림사의 경우와 비슷해.'

소림상회, 소림금상, 숭산철가, 숭산포목.

소림의 이름값을 빌려 성공을 거둔 상회들이다. 중원 전체를 종횡하는 강씨금상이었건만, 유독 하남 지역에서만큼은 이득을 올리기가 힘들지 않았던가.

그러고 보면 하남뿐이 아니다. 화산파가 버티고 있는 섬서도 그랬다. 화산상회, 매화직방, 화산의가, 섬서 지역에 널리 퍼진 이름이다. 소림이나 화산이나. 결국 그런 것이다. 그 이름들에 대문파들의 직간접적인 비호과 입김이 숨어 있으리라는 것은 상계에 종사하는 이들이라면 삼척동자도 알 수 있을 만한 일이었다.

"그러니까, 비무상왕이란 인물은 저자를 내세워 암무회전을 크게 키운 것이로군요?"

"그렇습니다. 저놈 없이는 안 될 일이었지요. 막야흔은 정말 독특한 놈입니다. 저만한 실력자는 이런 막 나가는 싸움판에 좀처럼 발을 들이지 않는 편이에요. 그런데 저놈은 여기에 있습니다. 게다가 저놈은 굉장한 주목력을 지녔어요. 관중들을 흥분시킬 줄 알고 만족시킬 줄 압니다. 사람들이 열광할 만한 요소를 두루 갖추었다 이겁니다."

"그 정도 평가, 확실히 놀랍네요."

강설영의 감탄에 화답하기라도 한 것일까. 저편에서부터 한줄기 고함 소리가 들려온다. 막야흔의 목소리였다.

"이 막야흔이 여기에 왔다! 덤벼볼 놈 있는가?"

막야흔의 위용은 대단했다.

어느새 비무대 위로 올라와 사람들을 호령하고 있다. 누구도 그를 제지하지 못했다. 올라와 있던 비무 진행자도 그 자리에 가만히 서 있을 뿐이다. 다음 시합을 위해 대기하고 있던 수공도와 대력봉이라는 자들도 슬그머니 모습을 감춰 버린다. 다음 비무는 저절로 연기된 것이나 다름이 없었다.

"오늘도 없는 건가? 둘이든 셋이든 비무대 위로 올라오너라! 이 막야흔이 상대해 주겠다!"

다시 한 번 막야흔의 목소리가 사위를 울렸다.

오만하고도 오만한 태도였지만 묘하게도 거부감이 들질 않는다. 몸에 배어 어색하지 않는 자신만만함이다. 이 암무회전을 제압해 온 강자의 관록이 엿보이고 있었다.

그때였다. 압도당한 것으로 보였던 관중들 한구석에서 외침 소리가 들려온 것은.

"여기에 있소!"

막야흔이 그쪽으로 고개를 돌렸다. 그의 시선을 따라 모여 있던 사람들이 양쪽으로 갈라졌다. 체구가 단단해 보이는 한 명의 젊은이가 그 끝에 서 있었다.

"거긴가?"

쏟아지는 시선에 긴장한 듯 젊은이가 숨을 한 번 크게 들이쉰다. 그러고는 이내 가슴을 당당히 펴며 낭랑한 목소리로 소리쳤다.

"난 보잘것없는 미천한 무인이오! 하지만 한 번이라도 당신과 손속을 나눠보고 싶었소! 난 죽음이 두렵지 않으니, 부디 내 도전을 받아주시오!"

비무장 한가운데에 서 있는 막야흔의 눈빛은 횃불처럼 밝았다. 그가 그 젊은이를 향해 물었다.

"이름이 무엇이냐!"

"내 이름은 형욱이오! 무명은 아직 없소!"

"좋은 배짱이다. 하지만 자넨 나에게 안 돼!"

"알고 있소! 그래도 싸워보고 싶소!"

막야흔이 형욱이란 젊은이를 바라보았다. 그러더니 이내 땅을 박차고 비무대 난간을 훌쩍 뛰어넘는다. 파라라락 하는 소리가 그 뒤를 따랐다.

"도전을 받아주시는 것이오?"

화려한 신법으로 땅에 내려선 막야흔은 선뜻 대답하지 않았다. 그저 성큼성큼 형욱을 향해 발을 옮길 뿐이다.

저벅저벅.

형욱은 위축되지 않았다. 막야흔이 형욱의 바로 앞에 멈춰 선다. 막야흔은 컸다. 나란히 서고 보니 막야흔의 키는 형욱보다 머리 하나가 더 위에 있다. 그가 형욱을 내려다보며 대답했다.

"도전을 받아주겠다."

“오오오오!”

주변에서 일대 소요가 인다. 형욱이 포권을 취하고 고개를 숙이며 말했다.

“감사하오!”

“단! 도전은 칼로 받지 않는다.”

“……?”

웅성웅성.

막야혼은 군중들을 잘 알고 있는 것으로 보였다. 군중들이 그의 말 한마디에 즉각 반응한다. 막야혼이 잠시 말을 멈췄다가 천천히, 강한 어조로 입을 열었다.

“자네의 용기가 마음에 든다! 하여, 내가 너에게 술을 사마. 술 싸움으로 그 도전을 받아주겠다!”

“술 싸움이라니!”

숙여졌던 고개가 들린다. 형욱의 얼굴이 붉으락푸르락하게 변했다. 형욱이 화난 목소리로 소리쳤다.

“날 웃음거리로 만들 셈이오?”

“핫! 내 말엔 아무도 웃지 않는다. 내가 누구였지? 난 막야혼이야!”

그렇다.

관중들은 웃지 않았다. 막야혼이 그렇다면 그런 거다. 누구도 막야혼의 말에 이의를 제기할 수 없다.

막야혼의 태도는 강자의 여유와 아량이었다. 형욱이 굳어진 얼굴로 무언가를 더 말하려 했지만 그는 그 이상 말을 이어갈 수도, 화를 낼 수도 없었다. 막야혼이 그의 목에 팔을 두르고서는 친구처럼 와락 끌어당겨 버렸기 때문이었다.

"정 칼을 부딪치고 싶다면 오 년 후에나 도전해라. 오늘은 술싸움이다! 가자, 이놈아!"

형욱의 얼굴이 놀라움으로 물들었다. 막야혼이 씨익 웃으며 형욱을 잡아끈다. 십년지기라도 만난 양 어깨동무를 한 채였다. 당황한 형욱을 옆에 끼고 막야혼이 주위를 돌아본다. 호탕한 외침이 그의 입에서 터져 나왔다.

"좋은 놈을 만났다! 술 한 잔 얻어먹고 싶은 이들은 모두 따라와라! 명심해라! 한 잔이다! 내가 사는 것은 단 한 잔뿐이니, 나머지는 스스로 계산해!!"

"와아아아아!"

함성 소리.

수십 명 관중들이 막야혼을 따른다. 먼발치에서 그 광경을 보고 있는 두 사람, 담화삼이 다소 격앙된 목소리로 말했다.

"바로 저거지요. 저거에 넘어가는 거라구요."

강설영은 고개를 끄덕였다.

담화삼의 말 그대로다. 융중상회가 큰 이득을 거둘 만도 하다. 막야혼이라는 자가 저리도 호방하니, 등 뒤에 새겨진 융중상회도 훌륭한 상회라 느껴질 것만 같았다.

"처음부터 저런 것은 아니었습니다. 전부 다 비무상왕의 수완이지요. 저렇게 행동하라 가르친 겁니다. 막야혼의 호방함은 비무상왕의 성공적인 작품이라 할 수 있을 겁니다. 아주 잘 만들어놓았어요."

"황학상회에서는 무척이나 저자를 꺾어버리고 싶겠군요."

"물론입니다. 꺾어야만 하지요. 이번엔."

"이미 상대를 준비해 둔 모양이네요."

"준비는 여러 번 했었지요. 몇 번이나 실패했지만 말입니다. 하지만 이번에는 다를 겁니다."

"언제죠?"

"열흘 후입니다. 비무상왕의 머리는 확실히 놀라운 데가 있어요. 사람들의 흥미를 배가시키기 위하여 한 달에 한 번씩 가장 주목받는 무인들의 시합을 주선하고 있습니다. 승자 대 승자전으로 꾸려가는 대회인데, 이른바 암무대회전(暗武大會戰)이라고도 하지요. 실제로 그렇게 부르는 사람은 그리 많지 않습니다만."

"그때 꺾을 생각이군요."

"그렇습니다."

"누가… 나오는지 여쭤봐도 결례가 되지 않을까요?"

"안휘, 포공사의 고수를 섭외했습니다. 비밀로 했지만 이미 꽤나 알려진 모양이더군요. 그래도 이름까지는 밝히기가 어렵습니다. 이해해 주시길 바랍니다."

"그렇군요. 한데 포공사라면……."

"알다시피 유수문파 중 하나지요. 질 일은 결코 없을 겁니다. 다만……."

"다만……?"

"문제가… 조금 있습니다."

"문제라고요?"

"예. 융중상회, 비무상왕, 막야흔……. 암무회전으로 손해를 입은 상회는 우리 황학상회뿐만이 아닙니다. 특히나 의창상가는 막대한 손해를 보았지요. 알고 계실지 모르겠지만 의창상가의 가주

께선 예전부터 도박에 취미가 있었습니다. 유 가주께서는 승부욕이 만만치 않아요. 의창상가에서 지금까지 막야흔의 상대로 준비했던 고수만도 열 명이 넘을 겁니다."

"전부 다 졌군요. 그렇죠?"

"그렇지요. 하지만 진짜 문제는 그 전패 기록이 아닙니다. 막야흔을 꺾기 위해서라면 무슨 짓이라도 할 준비가 되어 있다… 그게 문제라는 겁니다."

"무슨 짓이라도 한다라……."

"그도 그럴 것이, 막야흔은 말입니다. 사실 의창상회 소속이었습니다."

"예?"

"막야흔은 의창상회에서 녹을 먹으며 해결사 노릇을 하던 일개 무인이었습니다. 그런 자들이 종종 있지 않습니까? 누구에게 사사했는지는 모르지만 쓸 만한 무공을 지니고 있고, 그러면서도 어디에 그 무공을 써야 할지 몰라서 이곳저곳 기웃거리는 무인들 말입니다. 몸 하나는 무공을 익혀 튼튼하지만 먹고살려니 돈이 없고, 무가에 들어가려니 텃세가 만만치 않고. 그러다가 상회에 몸을 의탁하는, 그저 그런 무인이었죠."

"지금은 융중상회에 있잖아요?"

"그렇죠. 그것도 비무상왕이 빼낸 겁니다. 의창상회에다 상당히 많은 웃돈을 줬다고 했는데, 지금 생각하면 그야말로 푼돈도 안 되는 액수죠. 그때 일을 생각하면 의창상가 유 가주께서도 분통이 터질 겁니다. 손안에 천금이 있었는데 알아보지 못했으니 말입니다. 승부욕 이상으로 속이 쓰릴 겁니다. 그런 만큼 유 가주 입장에서는 어떤 극단적인 선택을 할지라도 이상하지 않아요."

"극단적인 선택이라면?"

"독(毒), 암습, 어느 쪽이든 가능하다라는 이야깁니다."

"설마 그렇게까지야……."

"그건 모르는 일입니다. 게다가 이것은 비단 의창상가만의 이야기는 아닙니다. 적벽에 진출해 있었던 모든 상회들에게 있어 막야혼은 눈엣가시일 수밖에 없습니다. 암살까지도 고려할 때가 되었지요."

"그렇다 해도 암살이라니, 지나친 것 아닌가요?"

"지금으로서는 무엇이라도 지나치지 않을 겁니다. 지나치지 않고말고요."

담화삼의 어조는 확고했다. 가능만 하다면 자신도 그런 선택을 하고 싶다는 투다.

하지만 그것은 간단한 일이 아니다. 강설영이 의미심장한 미소를 지으며 말했다.

"그렇군요. 그러고 보면 그것은 분명 쉽지 않은 문제겠어요. 막야혼이 암살당했다가는 상황이 더욱 복잡해질 테니까요."

담화삼의 눈에 번뜩이는 기광이 스쳐 지나갔다. 그가 다소 놀랐다는 어조로 말했다.

"거기까지 보신 겁니까? 확실히 금상의 소상주는 다르군요. 맞습니다. 솔직히 말씀드리건대 저 역시도 막야혼을 죽이고 싶은 마음이 굴뚝같지요. 하지만 막야혼은 그렇게 죽어서는 안 됩니다. 막야혼은 비무대 위에서 죽어야 하니까요."

"비무대 밖이 아니라 비무대 위에서. 황학상회가 내세운 고수에게… 라는 거죠?"

"바로 보셨습니다."

강설영의 통찰력은 분명 남다른 데가 있었다.

막야흔의 죽음.

그것은 결코 쉬운 문제가 아니다.

막야흔은 암살당해서는 안 된다. 비무대 밖에서 죽어서는 곤란하다는 뜻이다. 그런 식으로 막야흔이 죽어버렸다가는 도리어 역효과만 난다.

암무회전의 정점에 올랐으나 비운에 떠난 고수.

죽어버린 사람에겐 이길 수 없다. 사람들은 막야흔을 난공불락의 강자로 기억할 것이고, 막야흔은 결국 전설이 된다. 막야흔이 비무장이 아닌 다른 곳에서 죽어버릴 경우, 황학상회는 영원히 막야흔에게 이길 기회를 잡지 못하게 된다는 이야기였다.

"담 각주도 고충이 크시겠어요."

"고충이 이만저만이 아니지요. 다른 곳이 아닌 암무회전에서 정정당당하게 이겨야만 융중상회를 꺾을 수가 있습니다. 누군가가 막야흔을 습격하겠다고 한다면, 우리가 가서 막아야 할 판이지요. 쉬운 일이 아닙니다."

담화삼이 그렇게 말했다.

막야흔을 죽이고 싶지만 바깥에선 안 된다.

오직 암무회전에서 이겨야 한다. 죽여도 암무회전에서 죽여야 한다.

하나 막야흔은 강하다. 뛰어난 고수를 섭외했다지만 암무회전에서 승리를 장담하기도 어렵다. 게다가 암무회전에 걸린 것이란 단순한 고수들의 승부인 것이 아니라 천금이 오가는 상권의 겨룸이었으니, 이 암무회전에 얽힌 자, 그 누구라도 고민을 아니 할 수 없는 상황이다. 담화삼의 고민은 결국 비무상왕의 고민과 크게 다르지 않다. 각자의 이해가 얽혀 있는 적벽. 이곳이 곧 강호다. 그리고 그 상호의 한가운데엔 오직 어울리지 않는 그녀가 있다. 천잠보의를 찾는 그녀가.

제19장 육홍(陸哄)

비무상왕(比武商王), 비무제(比武帝) 육홍(陸哄). 자(字)는 무결(武結).

호광성 호북, 적벽 출신.

무공은 높지 않으나 지모가 출중. 상업 수완이 몹시 뛰어남.

중원사대 비무대회(中原四大比武大會) 중 적벽 암무회전의 기반을 다진 이로 유명함. 이후 역시 중원사대 비무대회 중 하나인 낙양 용비대전의 정착에도 지대한 영향을 미쳤다고 알려져 있음. 성정이 담대하고, 판단이 명쾌하여 수많은 비무와 거래를 성사시킴. 무림보다는 상계에서 더 큰 명성을 쌓았음.

발상이 기발한 데가 있어 독특한 사건을 여러 번 일으킴. 숱한 일화가 있으나, 그중에서도 가장 눈에 띄는 것은 제천회 무신(武神)들이 서로의 실력을 겨루었다던 태산무신전(泰山武神戰)임. 태산무신전이 열린 이후 상왕(商王)에서 제(帝)의 칭호를 얻게 되었다고 함.

구주쌍룡(九州雙龍), 의협비룡회의 회주와 소통하면서 천룡상회주와도 깊이 연계하고 있다는 말이 있지만, 확인 불가.

영락 십구년, 북경 정식 천도에 맞춘 어전 무술대회에서 세외사신병 네 병장기를 비무대 위에 모두 올린 공로로 황제로부터 보물과 전답을 하사받음.

…(중략)…….

한백무림서 인물편 이십오장
주요 강호 인물 中에서.

"저놈……."

단운룡의 두 눈에 스쳐 지나간 것은 번쩍이는 뇌영이다.

왁자지껄한 술판이 벌어지고 있는 곳.

거기가 또한 강호다. 우연히 들른 복룡객잔, 단운룡이 그를 본 것도 바로 그 강호의 한가운데서였다.

"핫하! 한 잔 쭉 하라구!"

복룡객잔의 중심에 있는 남자.

수십 명의 취객들을 휘어잡고 있는 놈이 있었다. 생각없이 지나가다가도 눈길이 갈 수밖에 없는 남자였다.

"어이, 쾌협! 추영도를 물리쳤을 때 이야기 좀 해주소!"

"추영도? 지겹지도 않나?"

"난 쾌협도의 이야기 중에 그 이야기가 제일 좋소! 몇 번을 들어도 질리질 않아!"

와하하하하, 하는 웃음소리가 취객의 뒤를 따른다. 모두가 동의한다는 뜻이었을 게다. 술잔 따르는 소리가 쉴 새 없이 들려오고 있었다.

"그거 좋군! 하지만 오늘은 추영도 이야기가 안 내켜! 대신 형강귀단 이야기를 해주지!"

"형강귀단? 처음 들어보는데?"

"형강 근역에서 만났던 악당들 이야기다."

쾌협, 쾌협도 막야흔이다. 그가 술잔을 들며 사위를 둘러보았다. 단운룡의 두 눈에 또 한 번의 뇌영이 스쳐 지나갔다.

'제법……!'

술잔을 들고 내려놓는 미세한 움직임. 손놀림만 봐도 알 수 있다. 이놈은 강하다. 얼핏 보기엔 허장성세를 부리고 있는 듯하나 실제 실력도 보통이 아닐 게다. 이런 곳에서는 보기 드문 놈이었다.

"악독한 수적질을 일삼는 놈들이 있다 하여 형강의 금주도에 갔을 때다. 배에서 내리기 무섭게 회색 장삼을 뒤집어쓴 괴한 네 명이 몸을 날려왔었지. 첫 번째 놈의 손엔 쟁자수가, 두 번째 놈의 손엔 죽창이, 세 번째 놈의 손엔 짧은 박도가 한 자루 들려 있었다."

좌중이 조용해진다.

막야흔의 목소리엔 흡입력이 있었다. 귀를 기울이지 않고는 배기지 못하게 만드는 구석이 있었던 것이다. 흥미로운 재주를 지닌 놈이었다.

"첫 번째나 두 번째나 별것 아니었지. 휙 하니 쳐들어오는 세 번째 박도는 아슬아슬했지만, 그 역시도 못 막을 바는 아니었어. 그런데!!"

막야흔이 말을 끊는다. 좌중이 더 조용해졌다.

막야흔이 뜸을 들이려는 듯 술잔을 들어 술을 찾았다. 조용하던 주루에 재촉하는 목소리들이 겹쳐 들렸다.

"이야기가 끊겨서는 곤란하지!"

"뭐 하나! 어서 쾌협에게 술을 따라주라고!"

뒤쪽에서 누군가가 다가와 막야흔의 술잔에 술을 채운다.

그때였다.

구석 자리에서 그걸 보고 있던 단운룡이 순간 가볍게 양미간을 좁혔다.

'저 술잔…….'

말하자면 육감이라고 부를 수 있을까.

멀리 떨어진 막야흔의 술잔에서 단운룡은 왠지 모를 불길함을 감지했다. 옛날부터 지니고 있었던 감각이다. 광극진기가 있고 없고를 떠나서, 언제라도 알 수 있는 것. 오직 단운룡만이 느낄 수 있었던 미세한 위험 신호였다.

'마시면 안 돼.'

하지만 이미 늦었다. 단숨에 술잔을 비운 막야흔이 캬! 하는 소리를 냈다. 단운룡의 미간이 더 좁혀졌다.

'저건 분명…….'

단운룡의 눈길이 어쩌하든 막야흔은 신나게 말을 이어간다. 역동적인 목소리가 사위를 울렸다.

"놀랍게도 네 번째가 있었단 말이다! 셋이 아니라 넷이었던 거지. 게다가 네 번째의 병장기는 내 발밑에 있었다. 바로 내 발밑에! 밑에서 확, 하고 솟아올랐지! 그게 뭐였는지 아나? 그물이었다. 대어(大魚)를 잡는 데 쓰는 그물 말이다! 철사로 된 대망(大網)이 단숨에 조여들고 있었던 것이다!"

"그, 그래서 어떻게 되었소?"

꿀꺽! 하고 침까지 삼키는 이들이 있다. 막야흔이 짐짓 절박한 표정을 지으며 빠르게 입을 열었다.

"도무지 빠져나갈 구멍이 없었지. 발밑에서뿐 아니라 등 뒤에서, 양옆에서 무서운 속도로 조여왔으니까!"

거기까지 말했을 때다. 이제야 느낀 것인가. 막야흔의 표정이 한순간에 변했다. 그의 두 눈이 자신이 들고 있던 술잔으로 향했다. 그걸 보고 있던 단운룡의 눈이 기광을 품었다.

'독이다. 역시나……!'

그것은 다른 것 때문이 아니다.

중독이다. 독에 당한 것이다. 굳어진 얼굴의 막야흔이 뒤쪽으로 눈을 돌리는 것이 보였다. 그에게 술을 따라주었던 사람을 찾아서였다.

'진즉에 사라졌지.'

그러나 거기에는 아무도 없었다. 술을 따랐던 자는 그 직후에 자취를 감춘 상태였다. 시끌시끌한 술판에 섞여 어딘가로 사라져 버린 것이다.

"후우……! 하지만!"

그가 말하는 '하지만'은 마치 중의적인 뜻을 품고 있는 것 같았다. 막야흔의 이야기가 이어졌다.

"난 막야혼이다. 빠져나갈 구멍이 없다면, 구멍을 만들면 되는 것이지! 그저 앞으로 나갈 뿐이다. 물러날 수는 없는 것이지. 난 칼을 들고 발을 박찼다. 눈앞에는 모래와 그물의 장막이 쳐 있었지만 난 거칠 것이 없었다. 사선으로 뻗어낸 일격으로 길을 열었지! 그물을 잡아당기던 놈! 그놈의 표정이 아직까지도 눈에 선하다!"

중독되었음이 분명한데도.

굳어진 얼굴이 스물스물 창백해지고 있는데도.

막야혼은 말을 멈추지 않는다. 오히려 더 기운찬 목소리로 이야기를 계속하고 있다. 단운룡의 두 눈에 흥미롭다는 빛이 더욱더 짙어졌다.

'대단한걸.'

막야혼이 당한 독(毒)은 예사로운 독이 아니다. 어지간한 독이었다면 단운룡이 불길함을 느낄 이유가 없다.

내가고수를 가볍게 중독시키는 독. 막야혼만 한 무인이 술잔을 들이켜면서도 눈치 채지 못하게 만들 정도의 독이라면 어디서나 쉽게 구할 수 있는 독은 아닐 게다. 그 독력(毒力)도 만만치 않을 것이 틀림없었다.

"그물을 찢어발기고 앞으로 나서자 먼저 덤벼왔던 놈들이 다시 한 번 병장기를 휘둘러 왔다. 이쪽과 이쪽에서 말이다. 나는 이쪽으로 칼을 휘둘러 첫 번째의 쟁자수를 튕겨내고, 그 탄력을 이용해 이쪽에서 오는 죽창을 부러뜨려 버렸다. 아까도 말했지만, 세 번째 놈의 박도는 쉽지 않았지! 휘영청 휘어 들어오는 박도에 여기 팔뚝을 베이고 말았다. 이게 그 흉터야."

막야혼이 팔을 걷어붙였다. 길게 새겨진 한 줄기 흉터가 드러난다. 사람들의 시선이 그 흉터에 집중되었다. 가까이 있는 사람들 사이에서는 대단하다는 감탄사가 연신 터져 나오고 있었다.

‘튼튼한 녀석이로군.’

감탄은 단지 취객들만의 것이 아니었다. 단운룡으로서도 감탄을 아니 할 수 없다. 막야흔의 상태가 어떤지 잘 알고 있기 때문이었다.

신나게 말을 이어가고 있는 막야흔이었지만, 막야흔은 지금 정상이 아니다.

밖으로 새어 나오는 내공이 불안정하게 요동치고 있다. 기혈이 엉망으로 얽혀 있다는 증거다. 다른 사람은 몰라도 단운룡은 알 수 있었다. 중독 때문에 미친 듯 꿈틀대는 내공력을 다잡으면서도 막야흔은 태연자약한 얼굴을 한 채 자신의 영웅담을 늘어놓고 있다. 실로 보통 놈이 아니었다.

“박도에 당했지만 난 물러서지 않았다. 거기서 물러섰다가는 끝이기 때문이었지. 난 그대로 달려들며 그물 쓰는 놈을 노렸다. 일격에 가슴팍을 베어 넘기니, 제 놈이 펴놓은 그물에 그대로 쓰러지고 말았다. 그렇게 한 놈을 쓰러뜨리고, 돌아서며 다시 몸을 날렸다. 삼 대 일, 몇 합을 주고받았을까. 박도 하나가 까다롭긴 했지만 쟁자수와 부러진 죽창은 별게 아니었다. 나는 놈들을 물가까지 몰아붙였다. 밀려난 놈들은 그야말로 당황한 모습이 역력했지. 하지만……”

울컥.

뭔가가 올라오는가. 막야흔이 말을 멈추고 깊은 숨을 들이마셨다. 버티기가 쉽지 않은 모양이었다.

"하, 하지만이라니… 그다음엔 어떻게 되었소?"

"그래서, 무슨 일이 있었던 게요?"

취객들은 모른다. 그들은 막야흔이 말을 멈춘 이유가 뜸을 들이기 위해서라고 생각한 듯싶었다. 멋모르는 취객들의 재촉에 막야흔이 한줄기 미소를 지었다. 그것이 쓴웃음이라는 것을 아는 이는 단운룡밖에 없었지만 말이다.

'탐나는 놈이야.'

단운룡은 이내 스스로 느끼는 흥미의 정체를 깨달을 수가 있었다.

독에 당하고도 당황하지 않는다.

배짱이 두둑하다는 이야기다.

그뿐이 아니다. 성정이 호방하고, 거칠 것이 없다. 다소의 허장성세, 허풍 치는 모습이 보이고 있지만 단운룡의 기준에서는 충분히 참고 봐줄 만했다.

'저놈을…….'

흥미를 느꼈다? 그것은 달리 말해 욕심이다. 놈을 끌어들이고 싶어졌다는 뜻이었다. 만들고자 하는 울타리에 하나의 기둥으로 삼으면 좋을 것 같았다.

"내가 상대한 것은 넷. 하지만 놈들은 형강의 다섯 귀신이었다. 한 번 더 달려들어 손속을 교환하고 있을 때, 난 심각한 위기를 느낄 수 있었지. 물속에서부터 한줄기 음험한 기운이 빛살처럼 꽂혀들었기 때문이다."

막야흔의 이야기를 듣고 있던 단운룡. 단운룡은 음험한 기운이란 말에 주목했다.

'음험한 기운이라……!'

우스운 일이었다. 음험한 기운은 지금도 느껴지고 있다. 멀리서부터 접근해 온 음침한 살기가 이 복룡객잔 바깥을 휘돌고 있었다. 위험이 다가오고 있는 것이다.

'재미있는 놈이야. 누구에게 무슨 원수를 진 거냐.'

중독에 이어 습격까지.

바깥 놈들이 노리는 대상은 자명했다. 건물 밖의 상황이 눈에 보듯 훤하다. 대형을 정비하고, 이 안쪽의 동향을 살핀다. 느껴지는 것은 오직 막야흔을 향한 필살의 의지다. 하나같이 막야흔 한 명만을 노리고 있었다.

"물속에서 뛰쳐나온 것은 한 자루의 작살이었다. 등 뒤로 짓쳐드는데, 피해낼 여유가 없었지. 절체절명의 위기였다. 어찌할 도리가 없다고 느낄 정도였다."

막야흔의 이야기는 아직도 끝나지 않았다. 밖에서 자신을 노리는 자들이 하나둘이 아님에도.

막야흔이 이야기의 긴장을 고조시키려는 듯 잠시 말을 멈춘 채 주위를 둘러본다. 누군가가 참지 못하고 닦달을 했다.

"그, 그래서? 빨리 말해주시오. 몸이 달아 죽겠소!"

막야흔이 다시 한 번 미소를 지었다.

그가 왼손을 도갑 위에 올린다. 그러더니 오른손을 들어 칼자루를 쥐었다. 어떻게 그 위기를 타파했는지, 직접 시범을 보이려는 모습이다. 사람들이 숨을 죽였다.

'눈치챘군.'

모두들 막야흔의 행동을 이야기의 일부로 보았지만, 단운룡은 달랐다.

칼자루를 쥔 것은 이야기의 재현 때문이 아니다. 진짜 전투 태세에 임했다는 뜻이다. 중독된 와중에도 자신에게 집중되어 있는 살기를 감지해 낸 것이 틀림없었다.

"움직일 폭이 좁았다. 마치 이 객잔과도 같았지. 난 이렇게 할 수밖에 없었다!"

말이 끝나기 무섭게다.

터엉! 하는 소리, 막야흔이 땅을 박차는 소리다.

허리춤에서 스르릉! 하고, 협도 한 자루가 뽑혀 나온다. 깜짝 놀란 좌중을 뛰어넘고는 객잔의 창문으로 짓쳐 나갔다. 빠른 판단력, 과감한 움직임이었다.

우지끈! 채애애앵!

병장기의 충돌음이 들려왔다. 막야흔의 몸이 창문을 부수고 빠져나간 직후였다. 나무로 만들어진 창틀 파편이 사방으로 흩날렸다. 정신이 번쩍 난 취객들이 저마다 몸을 일으킨다. 놀라움의 외침과 날카로운 비명 소리가 어지럽게 섞여들었다.

"무, 무슨 일이냐?"

"이런 날벼락이!!"

도망치는 사람, 창문에 매달리는 사람, 객잔 안쪽은 이미 아수라장이다.

단운룡은 서두르지 않았다. 천천히 몸을 일으켰을 뿐이다.

채앵! 채채챙!

병장기 소리가 연신 들려온다. 바깥에서는 일장 활극이 펼쳐지고 있으리라. 모처럼 재미있는 구경을 하게 생겼다. 단운룡이 창문

쪽으로 발을 옮겼다.

와장창!

순식간이다. 인영 하나가 창문을 뚫고 들어와 탁자 하나를 뒤 엎고 나뒹군다. 바깥에서부터 안으로 던져진 자였다. 검은색 복면을 뒤집어쓰고, 마찬가지로 검은색 경장 차림을 했다. 전형적인 암살자들의 행색이다. 가슴에 긴 도상(刀傷)을 입은 채 다시 일어나질 못하고 있다. 막야흔의 거친 솜씨를 한눈에 보여주고 있었다.

'잘도 날뛰는군.'

단운룡이 입가에 미소를 머금었다. 확실히 재미있는 놈이다, 중독당한 몸으로 이 정도라면 아주 쓸 만하다. 아직 진정한 고수라고 하기엔 부족했지만, 재능이 있었다. 잘 키우면 무척 강력한 무인이 되겠다.

'벌써 넷이라……'

광극진기가 없어도 상황 파악에는 문제가 없다. 오히려 광극진기가 없으니 더 흥분이 된다. 오원에 있을 때가 생각난다. 믿을 수 있는 것이라고는 마음 깊은 곳의 자신감밖에 없었던 그 시절 말이다.

단운룡이 창 앞에 섰다. 밖에는 이미 쓰러진 자가 벌써 세 명을 헤아리고 있었다. 안쪽으로 내던져진 복면인까지 더하면, 그 짧은 시간에 네 명을 물리쳤다는 이야기가 된다. 단운룡의 눈이 막야흔의 신형을 쫓았다.

챙! 따아앙!

막야흔은 빨랐다. 중독으로 혼탁해진 내공까지 감안하자면 정말 빠른 몸놀림이라 할 것이다. 게다가 빠른 것은 신법뿐이 아니다. 앞으로 내치는 격도(擊刀), 휘두르는 참격(斬擊), 잡아당겨 베는 회참(回斬), 어느 하나 호쾌하지 않은 것이 없다. 복면인 여섯 명을 상대로 팽팽한 접전을 벌이고 있었다.

'하지만…….'

그래도 숫자의 열세는 어쩔 수 없다. 가장 큰 문제는 중독이다. 단숨에 네 명을 해치웠지만, 그 이상은 어렵다. 적의 숫자가 줄어들질 않고 있었다.

칼의 움직임은 여전히 호방하고 경쾌하나 이어지는 맥점에 미세한 흔들림이 있었다. 투로가 어긋나고 있다는 뜻이다. 중독 때문에 호흡이 탁해지고 있기 때문이었다.

'자칫하면 죽겠군.'

저잣거리에 몰려드는 사람들, 비명을 지르며 도망치는 사람들, 밤거리의 그림자들은 무척이나 역동적이었다.

그 중심에 있는 것이 막야혼이다. 짓쳐드는 검은 그림자들을 용케 막아내고 있었지만, 그것도 한계에 이른 듯하다. 손속이 눈에 띄게 느려지고 있었다.

"이야아아압!"

변화는 예상치 못한 곳에서 나타났다. 한줄기 기합성과 함께 뛰어드는 그림자가 있다. 젊은이 하나가 양손으로 검날을 곧추세운 채 용감하게 달려드는 것이 보였다.

젊은이의 이름은 형욱이었다. 막야혼이 술을 먹자고 끌고 왔던 바로 그 형욱이었다.

'저건 위험한데.'

단운룡의 미간이 가볍게 좁혀졌다. 단운룡은 형욱을 처음 봤다. 누군지도 모른다. 그러나 그 수준만큼은 한눈에 알겠다. 신법이라 말하기에도 궁색한 움직임에, 곧게 세운 검은 기수식이라 부르기에도 민망하다. 위험천만한 짓이었다. 칼바람이 가득한 격전지에 뛰어들기엔 너무나도 부족한 젊은이였다.

챙! 스각!

"으악!"

아니나 다를까, 형욱이 쓰러진 것은 순식간이었다. 암살자들이 휘두르는 비수를 채 두 합도 감당하지 못했다.

챙! 촤아악!

하나, 그처럼 허무하게 쓰러진 형욱일지라도 아무런 쓸모가 없지는 않았다.

무모한 돌격이 순간의 틈을 만든다. 막야흔은 그 틈을 놓치지 않았다. 한 발 앞으로 나서 땅을 박차며 일격을 뻗어낸다. 피 튀기는 소리가 사위를 울렸다. 형욱에게 비수를 휘둘렀던 복면인이 풀썩 쓰러지고 있었다.

'좋군!'

저건 내공이 아니라 경험으로 하는 싸움이다. 일견 잔인해 보이지만, 그보다는 틈새를 놓치지 않은 기민함에 점수를 줘야 할 것 같다.

단운룡이 이번에는 쓰러진 형욱에게 시선을 주었다. 단운룡의 눈에 이채가 감돌았다.

'게다가 저 녀석도 죽지 않았어.'

비수에 맞았지만 상처가 깊진 않아 보였다. 운이 좋은 놈이다. 고통에 겨운 표정으로 신음 소리를 흘리고 있었으나, 당장 생명에

지장은 없는 것 같았다.

"타핫!"

들려온 기합 소리는 막야흔의 것이었다. 단운룡은 다시 막야흔 쪽으로 시선을 돌렸다. 뒤로 물러서면서 칼을 휘두르는데, 그 솜씨가 일품이다. 마음에 드는 칼솜씨였다. 게다가 더더욱 마음에 드는 것은 그 눈빛이다. 몸 상태가 정상이 아닌데도 눈빛만큼은 용맹무쌍 그 자체다. 좋은 눈, 좋은 표정이었다.

'불산에서 본 것과 같다.'

불산에서 양무의를 보았을 때와 같다고나 할까. 양무의, 그리고 백가화. 단운룡은 지금 두 사람을 보았을 때와 같은 종류의 감정을 느끼고 있었다.

"이야압!"

막야흔의 입에서 다시금 기합성이 터져 나왔다. 벌겋게 달아오른 얼굴, 주화입마에 빠질 것 같은 혈색으로 호기만큼은 하늘을 찌를 듯하다. 절체절명의 위기에서도 자신의 죽음 따위는 전혀 생각하고 있는 것 같질 않았다.

'저건 마치……'

뇌리를 자극하는 기억이 있다. 왜 처음부터 그렇게나 흥미를 느꼈는지 알겠다. 백가화나 양무의가 떠오른 것은 둘째다. 진짜 이유는 따로 있다.

호쾌하게 도를 찔러내는 그 모습.

날카롭게 도를 휘두르는 그 모습.

그건 백가화의 창과 다르다. 양무의의 두뇌와는 더더욱 아니다.

막야흔의 칼바람은 지난날 대산의 그것을 닮아 있다.

막야흔의 칼솜씨는 지난날 흑로의 그것을 닮아 있었다.

"큭!"

하지만 그 칼도 이제는 멈추기 직전이었다. 탁해질 대로 탁해진 칼바람은 여전히 호쾌하지만 칼솜씨는 결코 정교하지 못하다. 스각, 하고 한 줄기 핏물이 튄다. 적들이 아니라 막야흔의 몸에서 숫구친 피였다. 이대라면 곧 끝이다. 막야흔의 투로는 이제 망가질 대로 망가져 있었다.

'도와주긴 해야겠지?'

결심을 내리기까진 오래 걸리지 않았다.

막야흔의 칼놀림에서 대산과 흑로를 본 순간 이미 결정은 내려진 것이나 다름없다. 처음에는 가벼운 흥미였으되, 이제는 분명한 욕심이 되어버린 것이다.

죽게 놔두기 싫다.

곁에 두고 한 자루 칼로 쓰리라.

단운룡이 창틀을 박찼다. 광극진기가 있을 때만큼 빠르진 않지만, 그래도 날렵하기는 누구 못지않다. 단운룡의 신형이 순식간에 싸움판을 가로질렀다.

텅! 쐐애액!

어떻게 싸워야 하나 고민하지 않았다.

광혼고나 마광각이 없어도 싸울 무기는 얼마든지 있다. 오래전, 오기룡과 함께 운남의 대지를 주파할 때가 생각난다. 그래서였을까. 단운룡의 발끝은 그 옛날, 오기룡의 그것처럼 움직이고 있는 중이었다. 상대의 지척에 왼발을 박고, 오른발을 뽑아낸다. 발도각, 오랜만에 그 칼날이 세상으로 나온다.

빠악!

급습이다. 기습이라 불러도 무방하다. 막야흔의 뒤를 노리고 달려들던 복면인 하나가 예상치 못한 일격에 실 끊어진 연처럼 팅겨 나갔다.

와장창창!

늦게까지 문 연 가게가 난데없는 봉변을 당한다. 진열대 위로 처박히는 복면인에, 즐비하게 둔 그릇들이 요란한 소리를 내며 깨져 나갔다. 뒤를 돌아본 막야흔이 눈썹을 치켜 올린다. 그 두 눈엔 놀라움과 의아함이 동시에 떠올라 있었다.

"뒤!!"

안됐지만 놀랄 여유 따윈 없다. 단운룡의 경호성에 막야흔이 다급하게 몸을 숙인다. 흉흉한 비수의 칼날이 아슬아슬하게 막야흔의 머리 위를 스치고 지나갔다. 재빨리 땅을 박차고 물러난 막야흔이 단운룡을 향해 물었다.

"웬 놈이냐?"

조력자에게 할 말은 아니다. 하나 그런 반응도 이해는 된다. 처음 보는 사람이 험악한 싸움판에서 도움을 줬다면, 누군지부터 물어보는 게 당연한 일이었다.

"글쎄, 이것부터 좀 막고."

말은 여유롭게 했지만, 실상 단운룡의 마음속은 그다지 여유롭지 못했다.

달라도 너무 다르다.

광극진기가 충만했을 때를 떠올리자면, 굼벵이라도 된 것 같다. 발도각이 제대로 들어가지 않았더라면 도리어 반격을 허용하고 말

왔을 게다. 일초지적도 안 되었을 놈들을 두고 반격당할 것을 생각하다니, 참으로 큰 문제가 아닐 수 없었다.

쉬익!

비수가 오는 것을 보고 상체를 젖히려는데, 생각처럼 몸이 움직여 주질 않는다. 머리 속에서는 이미 비수를 피한 후 단파각을 두 발 찔러 넣은 상태였지만, 실제 몸은 아직 뒤로 젖혀지지도 않았다. 아니, 이러다가 비수에 찔리고 말겠다.

'이래서야……!'

도와주러 가볍게 뛰어들었다가 큰일을 당할 지경이다. 생각의 속도를 몸과 맞추는 게 먼저다. 현재의 내공으로 할 수 있는 움직임, 광극진기가 없는 육체에 적응부터 해야 했다. 한발 앞서 생각하기를 멈추고 현재 할 수 있는 것부터 가늠했다.

일단 확실하게 피하자. 오른발을 뒤로 하고 젖히는 허리에 힘을 더했다. 비수의 광망이 간발의 차이로 코끝을 스쳐 갔다.

'단파각은 접는다. 지금 여기선 못 써.'

광극진기가 없어도 싸움에 대한 감각은 없어지지 않았다. 눈에 보이는 허점만도 열 개가 넘는다. 마광각이나 광혼고를 쓸 수 있었더라면 허점이 있든 없든 들어가고 보았을 게다. 어떤 방어초가 나오더라도 압도적인 힘을 내세워 통째로 부숴 버리면 그만이었기 때문이다.

'요혈이 보여도 실제로 꽂아 넣을 수 있는 곳은 세 군데.'

본신에 남아 있는 내공을 보고, 공격할 수 있는 거리와 속도를 계산했다. 진기를 모은다. 측면으로 몸을 돌리며 팔을 뻗었다. 그 급박한 와중에도 계산할 시간이 있다. 깨달음의 깊이가 바다처럼 깊기에 가능한 일이었다.

퍼엉!

내공이 부족해도 관계없다. 완벽한 순간 완벽한 위치에 들어갔기 때문이다. 쫙 펴진 손바닥엔 부드러우면서도 강한 진기가 깃들어 있었다. 오원에서 체득해 두었던 금선장이었다.

털썩!

턱을 얻어맞은 복면인이 그대로 무릎을 꿇었다. 위쪽으로 올려쳤으니 머리가 통째로 흔들렸을 것이다. 광극진기를 담은 극광추였다면 머리 위가 한꺼번에 날아가 버렸겠지만, 쓰지 못해서 차라리 다행일지도 모르겠다. 이만큼이나 구경꾼이 몰려 있는 상황에서 그런 참극을 보여주기엔 아무래도 과한 감이 있었다.

'이것 봐라……?'

쓰러뜨린 놈을 두고 몸을 돌렸을 때였다.

훅 끼쳐 오는 위험 신호가 있다. 갑작스레 나타난 여러 개의 살기가 그의 신경을 자극하고 있었다.

'많다. 처음 몰려들었던 놈들이 다가 아니었었나.'

단운룡의 얼굴이 가볍게 굳어졌다.

열 놈 정도가 더 온다. 객잔 골목을 돌아서 빠르게 접근하고 있으니, 곧 눈으로 직접 확인할 수 있을 것이다.

'똑같은 기질, 똑같은 살기. 같은 놈들이야!'

미리 알아채지 못한 이유는 자명했다. 내공의 부족 때문이다. 감은 여전했지만, 그 감각의 범위를 넓게 둘러치려면 그만큼의 내공이 있어야만 했던 것이다.

'오원 때였더라면 진즉에 알아챘겠지.'

광극진기에 너무나도 많이 의존하고 있었던 것 같다.

없는 형편에는 있는 것 없는 것 다 쥐어짜 내기 마련이다. 예전엔 항상 그랬다. 가진 것 이상의 힘을 내야지만 살아남을 수 있었다. 상황이 어려워도 싸워야 했고, 내공이 없어도 이겨야만 했다. 이길 수밖에 없었다.

그동안 너무 배부르게 살아왔던 것인지도 모른다. 천하를 논하는 사부 밑에서 천하를 논하는 무공을 물려받아 쓰다 보니, 딱 가진 것만큼의 힘만 쓰게 되어버렸다. 한계를 돌파한 힘을 쓰기가 어려워진 것이다.

'게다가 고수도 하나 있다.'

새롭게 나타난 놈들, 개중에는 특출난 기세를 뿜는 놈도 있다. 여기서 비수를 휘두르는 복면인들과 수준이 다른 놈이었다. 막야흔이 한계에 이른 지금 단운룡이 해결해 줘야 한다는 뜻인데, 지금의 힘으로 이길 수 있을지 확신이 서질 않았다.

'일단······!'

단운룡의 눈이 막야흔 쪽으로 돌아갔다. 막야흔은 두 명의 복면인을 맞아 어려운 싸움을 하고 있었다. 혼자서 대여섯 명을 상대할 때의 기세는 이제 도저히 찾아볼 수가 없다. 막야흔과 복면인 둘, 그리고 뒤쪽으로 무지막지하게 몰려든 구경꾼들이 시야에 들어왔다. 거의 인산인해라고 해도 과언이 아니다. 한데 그런 와중에서도 싸움터만큼은 탁 트인 공터가 되어 있다.

'어떻게 생겨먹은 동네가······.'

급박한 상황도 상황이지만 그냥 넘어가기 힘든 것이 하나 있었다. 싸움을 쳐다보는 구경꾼들의 시선이 그것이다. 비명을 지르던 이들은 어디로 다 가버린 것일까. 둘러서 있는 사람들은 하나같이 흥미진진하다는 표정을 하고 있었다. 마치 재미있는 비무를 구경하는 눈빛이다. 저잣거리 한가운데에서 피가 터지고 사람이 죽어 나가는데, 두려움과 공포 따위는 조금도 없는 것 같았다.

'이 싸움판. 이렇게 탁 트인 곳에서는 적들을 맞을 수 없다. 너무 개방되어 있어.'

단운룡의 머리 속에 주변 건물들의 위치가 빠르게 펼쳐졌다. 사람들이 덜 몰린 곳. 인(人)의 장벽이 얇은 곳을 찾는다. 신법으로 뛰어넘을 수 있는 곳부터 훑어나갔다.

'여기서 싸우면 필패다. 나 혼자라면 어떻게든 되겠지만, 지금의 나로서는 저놈까지 보호해 줄 여력이 없다.'

언제나처럼 정확한 상황 판단이다. 단운룡이 막야흔 쪽으로 몸을 날렸다. 단운룡의 쇄도에 복면인 하나가 재빠르게 비수 끝을 돌렸다. 순순히 당해주진 않겠다는 뜻이었다.

'이쪽은 급해.'

사납게 찔러오는 비수를 어깨 위로 비껴냈다. 좋다. 이번 움직임은 괜찮았다. 이젠 광극진기가 없는 몸에도 어느 정도 적응이 된 것이다. 단운룡의 발뒤꿈치가 복면인의 바로 옆 땅에 박혀들었다. 단파각이 터져 나왔다.

뻐억! 우직!

각도와 타점이 좋았다. 단파각이 들어간 복면인의 허벅지에서 뼈 부러지는 소리가 울려 나왔다.

"크억!"

참지 못하고 비명 소리를 흘리는 복면인이다. 휘청 넘어지는 복면인을 두고 단운룡은 후속 공격을 더하지 않았다. 시간이 없기 때문이었다.

"더 온다! 피해야 해!"

"뭐라고?"

단운룡이 한 놈을 처리하는 동안, 그새 막야흔도 자기 앞의 복면인을 쓰러뜨린 상태였다. 그것으로 전부 쓰러뜨린 줄 알았던 듯, 또 온다는 말에 막야흔의 얼굴이 확 일그러졌다.

"아직 끝나지 않았어."

단운룡이 뒤쪽을 가리켰다. 막야흔이 단운룡이 가리킨 쪽으로 고개를 돌렸다. 막야흔의 입에서 짜증 섞인 목소리가 새어 나왔다.

"저건 또 뭐야."

구경꾼들로 둘러쳐진 싸움터, 그 반대편에서 나타나는 복면인들이 있었다. 사람들을 뛰어넘고, 또는 밀치면서 하나둘 모습을 드러낸다. 열 명 남짓, 아니다. 정확히 열한 명이다. 열한 번째, 마지막에 나타난 놈은 다르다. 먼저 나타난 놈들과 확연히 구별될 정도로 몸놀림이 가벼워 보였다.

"우두머리라는 거냐."

막야흔의 얼굴은 이제 하얗게 질려 있었다. 놀라서 그런 것은 아니다. 중독 증세를 억누르기 힘들어진 까닭이었다. 그러면서도 한 발 나서는 그다. 그런 기개는 대체 어느 뱃심에서 나오는지 모를 지경이었다.

"죽는다. 피해야 돼."

"피해?"

단운룡의 말에 막야흔이 날카로운 목소리로 되물었다. 그가 단운룡을 노려보며 소리쳤다.

"도망치라는 말이냐? 이 막야흔이?"

그러나 거기까지다.

이만큼 버틴 것도 대단한 거다.

울컥하면서 목구멍을 타고 올라오는 것이 있었다. 뱃속에서부터 끌어 오른 핏물이었다.

"카악!"

기어이 토해지는 핏덩이는 비릿했다. 검게 죽은 핏물이 발밑으로 하염없이 떨어진다. 막야흔의 눈빛이 옆에서 보기에도 확연하게 흐려지고 있었다.

"그것 보라구."

차라리 잘된 일이라고 할까.

단운룡은 지체하지 않았다. 막야흔에게 달려들어 옷깃을 거머쥐었다. 그러자 막야흔이 하얗게 질린 얼굴로 이를 갈며 말했다.

"뭐 하는 짓이냐?"

자존심만큼은 천하제일이다. 막야흔이 단운룡을 뿌리치려 했지만, 그에겐 그럴 만한 힘이 없었다. 막야흔은 이미 쓰러지기 직전이다. 다리가 후들후들 떨리는 것이 옷깃을 부여잡은 손아귀를 통해서도 느껴질 정도였다.

"고집 부릴 때가 아니다."

단운룡은 단호하게 말하며 막야흔의 옷깃을 잡아당겼다. 독기가 온몸에 퍼졌는지, 들쳐 올리는데 아무런 저항이 없다. 재빨리 들어 올려 오른쪽 어깨 위로 둘러멨다. 체구가 워낙 좋은지라 한 팔로 둘러메기가 만만치 않다. 단운룡 자신도 큰 키에 좋은 체격을 지녔건만, 장정 하나를 들쳐 메려니 어깨 한쪽이 푹 내려앉는 느낌이었다.

'가볍지 않군.'

가볍지 않다? 무겁다.

이 정도로 무겁다 느끼다니, 광극진기 한 줌이 아쉽다. 하지만 없는 것을 아쉬워할 때가 아니다. 적들은 바로 앞에 있다. 들쳐 메며 한마디 실랑이할 사이에 이미 공격 태세다.

"이, 이놈… 무슨……."

축 늘어져 들쳐 업힌 주제에 또 무슨 불평일까. 지금은 막야흔의 자존심 따위 살펴줄 여유가 없다. 이어지는 것이 곧 사나운 파공성이다. 단운룡의 발이 땅을 박찼다.

쉬익!

뒤쪽으로 물러나며 찔러오는 비수를 피한다. 단운룡의 눈이 뒤쪽으로 돌아갔다. 봐놓았던 가게 옆, 몇 겹으로 늘어선 구경꾼들이 있었다.

'여기서 뛰어넘고.'

이 내공에 장정 하나를 둘러메고 저만큼 인(人)의 장벽을 뛰어넘을 수 있을지 확신이 안 선다. 그래도 어쩔 수 없다. 시도해 볼 수밖에.

"저, 저거!"

"어엇!"

단운룡의 돌진에 구경꾼들도 놀랐다. 뒷걸음치는 사람들, 옆으로 피하는 사람들이 한데 엉킨다. 단운룡이 가게 옆, 기둥을 박차고 훌쩍 몸을 날렸다. 탄성과 비명, 고함 소리가 한꺼번에 터져 나오는 가운데 막야혼을 들쳐 멘 단운룡의 신형이 사람들의 머리 위를 가로질렀다.

텅!

뛰어넘는 것까지는 성공이다. 한데 착지가 또 만만치 않다. 두 사람의 무게를 받아서인지 발목을 타고 오르는 충격이 상당했다.

'고작 사람 하나에.'

곤란하다. 곤란하고 또 곤란하다.

적들에겐 단운룡과 같은 제약이 없다. 구경꾼들을 날쌔게 뛰어넘으면서 뒤쪽으로 달려드는 중이었다.

'어떻게 뿌리치나.'

허벅지와 발끝에 힘을 더하고 몸을 날린다. 그러면서 생각한다. 꺾어지는 골목길, 한쪽에 노점상 하나가 보인다. 계적(鷄炙)을 파는 가게다. 구이를 뒤집던 주인장과 한 점 사 먹으려고 서 있던 행인이 이쪽을 돌아보며 두 눈을 휘둥그레 뜨고 있었다.

'저 담장을 타 넘으면서……!'

멀리 보이는 담장을 목표로 달리던 단운룡의 시야 한쪽에 노점상 석쇠 옆에 놓여진 통 하나가 비쳐들었다. 대나무 젓가락이 한 가득 꽂혀 있는 통이었다.

'……!'

생각과 행동은 동시다. 단운룡의 몸이, 그의 손이 노점상 한가운데를 스쳐 갔다.

단운룡의 뒤를 쫓아 비수를 든 복면인들이 줄줄이 몸을 날렸다. 서슬 퍼런 추격전에 주인장의 얼굴이 하얗게 질렸다. 옆에 선

손님의 손에서는 애꿎은 닭구이 한 점이 땅바닥으로 떨어진다. 노점상을 스치며 원하는 것을 얻은 단운룡이다. 담장을 뛰어넘는 단운룡의 손에는 어느새 노점상에 있던 대나무 젓가락이 한 움큼 쥐어져 있었다.

쐐액! 쐐애액!

담장을 넘고, 몸을 회전시키며 젓가락 두 발을 내쏘았다.

언제였던가. 던지는 요령은 변한 게 없다. 돌멩이에서 젓가락으로 바뀌었을 뿐.

급박했던 운남의 산길, 오기룡과 동행할 때 써먹었던 투석술이 십수 년의 세월을 넘어 대나무 젓가락으로 재현된 것이다.

콱! 콰악!

"커억!"

"끄윽!"

뾰족한 대나무 젓가락은 돌멩이 이상으로 훌륭한 암기였다. 복면인 두 놈이 담장을 뛰어넘다 그대로 곤두박질친다. 던질 때 이미 명중할 것을 알았던 단운룡은 뒤도 돌아보지 않았다. 그의 눈에는 오직 이 상황을 해결할 활로만이 새겨지고 있을 뿐이다.

'이쪽 길이다. 이 길에서 두 놈을 처리하고, 외곽으로 빠진다.'

처음 와보는 적벽이다?

상관없다.

간만에 온몸의 감각이 살아나는 느낌이다. 그 감각은 광극진기의 무한한 공능으로 여는 감각과 확실히 다른 데가 있었다.

'여기서 하나!'

골목길 모서리를 돌며 벽을 박찼다. 들쳐 멘 막야흔은 정신을 놓았는지 아무런 반응이 없다. 어깨로 전해지는 묵직함도 이제는 제법 익숙해졌다고 느끼면서 젓가락 하나를 준비했다. 뒤에서 따라붙는 기척, 거리, 움직임, 그 모든 것이 머리 속에서 합쳐진다. 다시 벽을 박차며 허리를 돌렸다. 검은 그림자를 확인함과 동시에 발출이다. 야음의 골목길, 젓가락 하나가 무서운 속도로 허공을 갈랐다.

푸욱!

"커억!"

알고도 피하지 못할 각도, 보고도 막지 못할 위치로 던졌다. 결과는 자명했다. 복면인 하나가 달려오던 기세만큼 거칠게 땅바닥을 나뒹굴었다.

흙먼지가 일었다. 단운룡은 멈추지 않았다. 꺾어지는 길 끝에서 벽을 차고 공중에서 몸을 돌렸다. 좁은 길. 하나, 둘, 셋. 시야에 들어오는 복면인의 숫자는 셋이었다.

'오른쪽.'

단운룡의 손에서 두 개의 젓가락이 날았다. 두 발 모두 오른쪽에서 달려오는 한 놈을 향해서였다.

챙! 콰악!

첫 번째 것은 비수로 튕겨냈지만, 두 번째 젓가락은 그대로 목덜미에 꽂혀들었다. 시간차를 두고 날린 것이 완벽하게 들어간 것이다. 덜컥 멈춘 복면인이 땅바닥에 꼬꾸라졌다.

'나쁘지 않아.'

비전의 암기술이라 불러도 손색이 없을 만한 공부였다. 내공의 수위를 떠나 무학 그 자체에 대한 깨달음의 산물이었다.

‘하지만······.’

단운룡은 본능적으로 알고 있었다. 계속 이대로는 불가능하다. 두 놈, 잘하면 세 놈 정도가 한계였다. 같은 수법이 언제까지나 통할 수는 없는 것이다.

터엉! 파라락!

담장 하나를 더 뛰어넘었다. 어둑한 골목길 저쪽으로 청홍색 불빛들이 보인다. 적벽 외곽, 물길을 마주 본 유흥가가 그쪽에 있었다.

‘한 발 더.’

한 놈 더 줄일 요량으로 뒤를 확인했다. 땅을 박찼다. 공중에서 일회전, 젓가락 세 개를 한꺼번에 날렸다.

쉬익! 쉬익! 푸욱!

이번까지는 통했다.

어디로 어떻게 떨어졌는지 콰장창! 하고 나뒹구는 소리가 들린다. 다시 한 번 뛰어올라 허리를 비틀고 또 한 발을 날려보았다.

쉬익! 챙!

단운룡의 예상은 기가 막히게 들어맞았다. 다섯 놈까지다. 다섯 놈이나 젓가락에 맞고 꼬꾸라졌으니 방비를 안 하고 있었을 리가 없다. 날렸던 젓가락 하나가 맥없이 튕겨 나갔다.

‘역시나 우두머리가 나선 건가.’

뒤쪽에서 느껴지는 압박이 만만치 않았다. 더 이상 통하지 않는다는 이야기다. 지금부터는 몇 개를 날리더라도 제대로 들어갈 리가 없었다.

‘그래도.’

확실하게 먹힌 것도 있다. 복면인들의 속도가 줄어든 것이다. 놈들 눈에는 젓가락이 위험한 암기로 보였을 게다. 방비를 한 만큼 쫓아오는 속도도 줄었다. 우두머리가 선두에 선 것 같은데, 그런 것에 비하자면 따라오는 기세가 거세지 않다.

'좋아.'

견제는 충분했다는 뜻이다. 그렇다면 본격적으로 싸워야 한다. 단운룡의 눈이 저 멀리 앞쪽을 향했다. 결판 지을 곳을 찾자. 홍루와 청루의 불빛, 퇴폐적인 붉은빛이 단운룡의 두 눈으로 비쳐들었다.

그동안 망각하고 있었다. 주변 지형을 이용해서 싸워본 것이 얼마 만이던가. 감이 살아 있어서 다행이다. 단운룡의 몸이 홍등가 한가운데로 쏘아져 갔다.

"꺄악!"

"아악!"

비명 소리가 사방을 수놓았다.

단운룡 때문이 아니다. 사람 하나를 들쳐 업은 것쯤이야 별문제가 되지 않는다. 홍등가 불야성엔 술 취하여 제 몸 못 가누는 사람이 천지였으니까.

하지만 날이 시퍼렇게 선 비수들이라면 이야기가 다르다. 복면을 뒤집어쓴 자들이 비수를 들고 달려드는데 놀라지 않을 사람이 어디 있을까. 거리에 있는 이들은 무림인들이 아니다. 그저 유흥가의 창녀들일 뿐이다. 가슴을 반쯤 내놓고 취객을 홀리던 창녀들이 비명을 지르며 흩어진다. 쐐액, 쐐액 하고 달려드는 서슬에 온 거리가 아수라장이 되었다.

'건물 안에서 결판을 내자.'

단운룡의 눈이 수많은 홍등을 훑었다. 현란한 홍등을 빠르게 스쳐 보내며 적당한 건물을 찾았다. 적어도 삼층, 내부 구조는 복잡할수록 좋다. 단운룡의 눈이 한쪽의 청루에 이르렀다. 치마를 올린 반라(半裸)의 여인들이 삼삼오오 문 앞에 늘어서 있었다.

"비켜!"

"꺄악! 꺄아악!"

형형색색 청루의 주렴을 걷고 다짜고짜 안으로 돌진했다. 창녀들이 비명을 지르며 넘어졌다. 단운룡은 멈추지 않았다. 뒤를 돌아볼 여유 따위, 존재치 않았다.

'사천성하고는 다르군.'

주렴을 젖히고 들어선 내부 풍경은 생소하기 짝이 없었다. 사천성의 청루들과는 크게 다른 구조다. 좁은 복도를 따라 보이는 쪽방들이 십수 개다. 복도 끝에는 이층으로 통하는 계단이 보였다.

"꺄아아아악!"

바깥에서 들려오는 창녀들의 비명 소리가 극에 달하고 있었다. 놈들이 곧 들이닥칠 거라는 신호다. 단운룡이 재빨리 복도 쪽으로 몸을 날렸다. 쪽방들 틈새로는 질펀한 신음 소리와 가쁜 숨소리가 새어 나오고 있었다. 퇴폐적인 욕망의 분출구다. 사천성의 청루와 구조는 달라도, 결국 목적은 똑같은 곳이었다.

"거기 멈춰! 뭐 하는 놈이냐!"

복도 끝까지 뛰어 계단에 이르렀을 때였다.

장한 두 명이 한쪽 방에서부터 뛰어나왔다. 건장한 체구에 험악한 얼굴로, 주먹깨나 쓸 줄 알게 생긴 놈들이다. 청루에 소속되어 있으면서 소란이 났을 때 문제를 해결하는 놈들이었다.

타닥!

단운룡은 놈들을 무시한 채 곧바로 이층으로 향했다. 청루의 장한들이 욕지거리를 내뱉으며 단운룡을 쫓아 계단 쪽으로 달려왔다. 하지만 놈들은 거기서 멈출 수밖에 없었다. 촤아악! 하고 주렴을 찢어발기며 복면인들이 들이닥친 까닭이었다.

"이건 또 뭐야?"

험악하게 고함을 쳐보았지만, 그뿐이다. 장한들은 섣불리 덤벼들지 않았다.

그들도 머리가 있는 것이다. 저런 행색에 비수를 쥐고 있다면, 십중팔구 무림인들. 청루에 붙어 주먹질로 살아가는 장한들에게 있어 진짜 무림인들이란 결코 맞서서는 안 될 존재들이다. 공포의 대상에 다름이 아니었다.

"어디로 갔지?"

선두에 선 복면인의 입에서 살기 어린 목소리가 흘러나왔다. 가끔 무림인인 척하면서 공갈을 치는 놈들이 있다. 하지만 이건 진짜다. 복면까지 쓰고, 아무 말도 안 할 것 같은 행색이었기에 더 무섭게 들린다. 기가 죽은 장한들이 위층 계단 쪽을 가리켰다.

선두에 서 있던 복면인은 곧바로 움직이지 않았다. 소리없이 왼손을 들어 수신호를 발할 뿐이다. 그의 손짓에 뒤쪽에 있던 복면인 두 명이 먼저 계단 쪽으로 몸을 날렸다. 남아 있는 세 명의 복면인들은 아래층을 뒤진다. 복면인들이 득달같이 달려들어 양옆에 늘어선 쪽방 문들을 열어젖히기 시작했다.

"꺄악!"

"무, 무슨 짓이야!"

그들은 이층으로 향했다는 장한들의 손짓을 곧이곧대로 믿지 않았다.

그만큼 철저한 놈들이란 이야기다.

다짜고짜 방문들을 열어놓으니 비명 소리와 고함 소리가 사방에서 터져 나올 수밖에 없다. 문을 열고 들이닥치든 말든 허리를 움직이는 데 여념이 없는 연놈들도 있다. 기세등등하던 장한들은 속수무책이었다. 비수를 들고 움직이는 복면인들은 그만큼 날째면서도 잔인해 보였던 것이다.

덜컹!

단운룡이 선택한 것은 신음 소리가 흘러나오지 않는 방이었다. 단운룡이 안으로 들어가자 나긋나긋한 목소리가 그를 맞이한다. 화장을 두텁게 한 창기가 흐트러진 옷차림으로 침상 위에 앉아 있었다.

"어머, 두 분이시네요."

"쉿."

"두 명은 좀 무린데… 오늘 첫 손님이니까……"

창기(娼妓)는 어려 보이는 얼굴로 만만치 않은 말을 쉽게도 내뱉는 중이다. 단운룡은 대꾸하지 않았다. 곧바로 달려가 침상 위에 막야흔을 던져 놓는다. 창기가 침상에 뻗은 막야흔을 보고는 깜짝 놀라 두 눈을 휘둥그레 떴다.

"히익! 피… 피!"

"조용히 해."

단운룡의 목소리는 나직했다. 단호하면서도 위협적인 어조다. 창기가 화들짝 놀라 겁먹은 얼굴로 단운룡을 돌아보았다.

"사, 사, 사람이 죽었……."

"죽지 않았어."

막야흔의 옷은 피투성이였다. 상대를 벤 피와 비수에 베여 스스로 흘린 피로 엉망이 되어 있다. 입가에 남아 있는 검은 핏자국도 험하게 보이긴 매한가지다. 죽은 사람으로 착각할 만도 했다.

"조용히 하면 아무 일도 없을 거다. 이놈하고 누워서 이불을 덮어."

"예… 예엣?"

"온다. 어서 누워라."

단운룡이 다시 몸을 날려 문 앞에 섰다. 날렵하게 접근하는 기척이 있다. 놈들이었다. 덜컹, 덜컹! 하고 문 열리는 소리가 들린다. 복도 앞에서부터 하나씩 문을 열고 있는 모양이었다.

'하나둘…….'

덜컹!

파아앙!

문이 열린 것과 경쾌한 타격음이 터진 것은 거의 동시였다. 복면인 하나가 옆으로 나뒹군다. 문을 활짝 열고 발끝에 힘을 모았다. 빠악! 하고 발도각 일격이 일어나려던 복면인의 옆머리를 때렸다.

"끄윽……."

힘이 과했나. 죽어 버린 것 같다. 바로 앞쪽에서 문을 열던 복면인이 당황한 듯 멈칫하는 것이 보였다. 틈이 났으면 그것으로 끝

이다. 일 보 앞, 단운룡의 발끝이 전광석화와 같은 속도로 허공을
갈랐다.

뻐억! 우직!

발도각을 상단에서 꺾어 차 쇄골을 부숴놓았다. 놈의 어깨가
축 늘어졌다. 다른 쪽 손으로 비수를 휘둘러 왔으나 통할 리 만무
하다. 단파각으로 손목을 차 비수를 떨궈냈다. 근접거리, 이어서
올려 찬 것은 승천각이다. 턱을 맞은 놈의 머리가 천장에 닿을 듯
치켜 올라갔다.

꿍!

일어날 수 없다. 즉사다. 턱을 찰 때 느낌이 묵직했다. 만에 하
나 죽지 않았다 한들, 영원히 일어날 수 없으리라.

단운룡은 멈추지 않았다. 그대로 달려가면서 양편의 문을 열어
젖혔다. 막야흔이 있는 방문도 열어둔 채다. 비명 소리와 고함 소
리, 끊기지 않는 교성이 귓전을 어지럽히는 가운데, 단운룡은 복도
끝까지 달려 삼층으로 올라가는 계단 앞에 섰다.

타탁! 파팟!

올라온다. 하나둘씩 복도 저편으로 올라서는 것이 보였다. 네
명, 젤 뒤에 선 놈이 우두머리다. 기세가 영 만만치 않았다.

'오라.'

먼저 몸을 날린 것은 복면인들 쪽이다. 복면인 세 놈이 열린 문
들을 지나쳐 사나운 기세로 돌진해 왔다. 열린 문 밖으로 슬그머
니 고개를 내밀던 창기들이 깜짝 놀라 다시 방 안으로 들어간다.
쾅! 하고 문이 닫히는 방도 있었다.

쐐액!

복면인 세 놈은 빨랐다. 막야혼을 던져 둔 방도 그냥 지나쳐 버렸다. 문이 열려 있으니 확인이 끝난 방으로 생각한 게다. 단운룡의 노림수가 제대로 먹힌 것이다.

쉬익! 쉬익! 파락!

'좋아.'

단운룡은 주저치 않고 마주 달려들었다. 좁은 복도, 협소한 공간에서 삼 대 일은 이미 삼 대 일이 아니다. 세 놈이 합공을 해오기엔 간격이 버겁다. 단운룡은 그 점을 한껏 이용했다. 비수 세 자루를 어렵지 않게 피해낸다. 허점을 본 단운룡의 발끝에서 발도각 일격이 터져 나왔다.

뻐억!

한 놈이 무릎을 꺾었다. 다른 놈의 비수가 광망을 번뜩였다. 단운룡이 벽을 차고 뛰어올라 찔러오는 비수를 비껴내고는 공중에 뜬 그대로 다시 한 번 발도각을 내찼다.

빽! 꾸웅!

횡으로 찬 일격에 놈의 머리가 튕겨 나가 벽을 쳤다.

두 놈 다 전투 불능이다. 남은 한 놈은 두 명이 순식간에 쓰러지자 당황한 듯 쉽사리 비수를 찔러오질 못했다. 살수 주제에 냉정함을 잃다니, 안 될 일이다. 어느 살수문파에서 어떻게 훈련을 받았는지 모르겠지만 수준이 가히 높진 않다. 단운룡의 발이 호쾌한 반원을 그렸다.

빠악!

그렇게 셋이다. 단운룡은 세 명을 순식간에 쓰러뜨렸다.

약하다? 그렇지도 않다. 중독된 막야혼 한 명 처리하기엔 충분

하고도 남을 놈들이다. 단운룡이 끼어들지 않았더라면, 막야혼은
한참 전에 고혼(孤魂)이 되고 말았으리라.

'이제야 나서는군.'

결국 우두머리가 온다. 뭉클뭉클한 살기가 여기까지 전해지고
있다. 상당한 놈이다. 처음부터 이놈이 직접 나섰다면 상황이 달
라졌을 수도 있다. 그런 생각이 절로 들 만큼 강한 놈이었다.

'하지만 늦었어.'

처음부터 적극적으로 나서지 않은 이유?

상상할 수 있는 이유들은 많이 있다. 단운룡이 어떤 상대인지
파악하기 위하여, 예측 못한 사태였기에. 또는 자신이 직접 나서
지 않아도 해결할 수 있을 거라 생각했기 때문에, 놓치지 않을 자
신이 있었기 때문에.

어떤 이유에서든 결과는 이렇다. 놈에겐 불행, 단운룡에겐 행
운이다. 심호흡을 한 번 하고 그 자리에 버텨 섰다. 이제는 도망칠
필요가 없다. 이쪽에서 선공을 취해도 이길 수 있는 가능성이 있
었다.

"놈은 어디에 있지?"

움직일 기회를 가늠하고 있을 때다. 들려온 목소리. 의외였다.
이런 족속들은 좀처럼 말을 하지 않는다. 자신을 감추기 위해 복
면을 쓰는 놈들이니만큼 말을 아끼는 것도 당연한 일이었다.

"말까지 하는군. 그 꼴로."

단운룡의 대답에 복면인의 살기가 짙어졌다. 복면인이 한 발 앞
으로 나서며 말했다.

"다시 한 번 묻겠다. 어디에 있지?"

"직접 찾아봐."

복면인의 살기가 폭발했다. 복도를 박차고 짓쳐든다. 비수의 사나움이 다른 놈들의 세 배는 되는 것 같다.

'빨라. 빠르지만……!'

감당 못할 정도는 아니다. 사납긴 사납지만, 신법 자체의 수준은 높지 않다. 다른 놈들과 아주 큰 차이는 없다. 우두머리가 이 정도라면 잘 봐줘야 중견 살수문파 출신이다. 훈련받은 신법 자체가 고만고만한 것이어서 그럴 것이다.

'위험!'

신법은 어떨지 몰라도, 비수를 휘두르는 솜씨만큼은 다른 놈들과 확연하게 달랐다. 본능적으로 피하고 보니 종이 한 장 차이밖에 안 난다. 좁은 공간에서 펼치는 투로의 날카로움이 보통이 아니었다.

쉭, 쉬쉭! 쐐액!

연환으로 찔러오는 솜씨도 위협적이다. 각법을 내칠 기회가 없다. 허점은 보이지만, 까마득히 작고 멀다. 지금의 내공으로는 닿지 않을 곳에 있었다.

'밀리는데.'

뒷걸음질친다. 선공을 내주는 게 아니었다. 피하는 것만으로 급급했다. 허리를 꺾고 몸을 돌려, 두 번 찔러오는 비수를 비껴냈다.

이대로는 안 되겠다. 몸을 벽에 붙였다. 비수가 어깨 한쪽을 스치고 지나갔다. 통증은 없다. 잘려 나간 것은 옷깃뿐이다. 지금은 옷깃이지만, 다음에는 피가 튈지 모른다. 비수가 눈앞이다. 허리를 굽혀 피하고는 재빠르게 옆으로 움직였다. 오른손에 방문이 닿았다. 짓쳐오는 비수를 비껴내고 힘껏 문을 밀었다. 덜컹! 하고 문이 열린다. 단운룡의 몸이 방문 안쪽으로 빨려 들어갔다.

"꺄악!"

"뭐, 뭐여!!"

침상 위는 온통 살색이다. 다 벗고 있는 남녀 한 쌍이 깜짝 놀라 몸을 움츠리고 있었다. 단운룡은 그쪽을 보지도 않았다. 꺄아악, 하고 찢어지는 비명을 들으며 옆으로 몸을 날린다. 비수의 광망이 어김없이 단운룡의 뒤를 쫓았다.

쐐액! 파락!

춘풍 뒤의 활극이다. 단운룡의 몸이 침상 앞의 탁자를 끼고 돌았다. 갑작스레 생긴 장애물에 비수의 움직임이 일순간 흐트러졌다. 단운룡의 눈이 번쩍 빛났다. 한 뼘 차이로 비수를 피하고, 허리를 틀어 옆에 있던 의자를 차 올렸다. 나무의자가 부서지는 소리를 내며 복면인의 머리를 향해 날아올랐다.

콰직!

작지 않은 물건이다. 비수로 막기엔 마땅치 않다. 복면인이 신경질적으로 왼팔을 휘둘러 의자를 박살 냈다. 의자 다음은 탁자다. 단운룡의 발이 탁자 밑을 때렸다. 탁자 위에 있던 술병, 술잔, 몇 가지 안주들이 한꺼번에 날아올랐다.

콰앙! 와장창!

팔을 휘둘러 막을 수준이 아니다. 복면인이 방문 쪽으로 몸을 날리며 탁자를 피해냈다. 벽에 부딪친 탁자가 박살나며 요란한 소리를 냈다. 깨진 술잔, 터진 술병, 담겨 있던 술과 나무 조각들이 한꺼번에 떨어져 내린다. 그 파편들이 채 땅에 닿기도 전이다. 마침내 기회를 잡은 단운룡의 몸이 무서운 속도로 쏘아져 나갔다.

파앙!

'막아?'

제대로 들어가는 줄 알았더니 막히고 말았다. 옆구리를 노리고 단파각을 내쳤는데, 들어간 곳은 놈의 옆구리가 아니라 두 팔이다. 허리를 돌리며 철갑비구(鐵甲臂具)를 찬 두 팔로 단운룡의 일격을 막아낸 것이다.

쉬익! 촤악!

회심의 공격이 막힌 것도 모자라 반격까지 허용했다. 어깨 어림에서 불에 데는 듯한 통증이 일어났다. 상처는 깊지 않지만 안심할 수도 없다. 비수에 독이라도 발라져 있다면 이 싸움은 패배로 끝날 수 있다. 죽을 수도 있다는 뜻이었다.

'안 될 일이지.'

여기서 죽는 것은 용납이 안 된다. 듣도 보도 못한 놈에게 죽어서야 사부의 체면이 뭐가 되겠나. 빈정대는 사부의 목소리가 귓가에 들리는 듯하다. 아니, 사부라면 지금 이 순간 정말로 그렇게 빈정대고 있을지도 모를 일이다.

'그러게 광극진기는 왜.'

사부 탓만 하고 있을 때가 아니다. 사부의 모습을 떠올리는 그 순간에도 비수의 광망을 여전히 단운룡의 목숨을 노리고 있다. 단운룡의 몸이 뒤로 젖혀졌다.

쉬이익! 스각!

옷깃이 또 잘려 나간다. 광극진기가 진실로 아쉬운 순간이다. 급히 물러난 단운룡의 눈에 너저분한 바닥이 비쳐들었다. 부서진

나무 파편, 깨진 술병과 술잔이 마구 흩어져 있었다. 단운룡의 눈동자에 기광이 스친다. 허리를 굽혀 베어오는 비수를 피하고 그대로 오른손을 뻗어 땅바닥을 훑었다. 술잔 조각 하나가 단운룡의 손에 잡혀 들렸다.

쉭! 파락!

중단으로 오는 비수를 몸을 돌려 피해냈다. 허리를 축으로 한 바퀴 돌면서 손끝에 진기를 모았다. 찔러오는 비수를 얼굴 옆으로 비껴내고 손가락을 튕긴다. 술잔 조각이 허공을 갈랐다.

쉬익! 쐐액!

찰나의 순간, 비수와 술잔이 교차하며 날카로운 파공성을 냈다. 복면인의 머리가 옆으로 젖혀진다. 술잔 조각이 간발의 차이로 놈의 목덜미를 스쳐 지나갔다. 빗나간 것이다. 그러나 그것으로 끝이 아니다. 술잔 조각을 피하면서 흐트러진 비수의 궤도가 두 군데 허점을 만든다. 그것을 놓칠 단운룡이 아니었다.

퍼억!

발도각 일격이 놈의 옆구리에 작렬했다.

'제대로 들어갔어!'

걸리는 느낌이 묵직하다. 갈빗대 몇 개 정도는 확실히 박살났을 것이다. 하지만 이놈은 앞의 놈들과 달랐다. 앞의 놈들 같았으면 이것으로 끝이었겠지만, 복면인은 신음 소리 하나 흘리지 않았다. 오히려 빠르게 몸을 돌리며 비수를 휘둘러 온다. 한 발 뒤로 물러나 비수를 피하고 무릎을 들어 발끝을 힘껏 내쳤다. 승천각을 응용한 앞차기였다. 가슴팍을 맞은 놈이 열린 문밖으로 튕겨 나갔다.

꾸웅! 휘익!

이것도 먹히지 않는가. 넘어졌다가 벌떡 일어나는데, 허둥대는 기색이 조금도 없다. 단운룡이 방문 밖으로 빠르게 따라붙으며 두 발 연속으로 단파각을 날렸다. 그러나 그것도 안 된다. 날렵하게 뒤로 뛰면서 피해내는 모양이 별반 타격을 받지 않은 듯 보였다.

'내공이……'

아니다. 갈빗대를 부순 건 맞다. 놈의 자세가 그걸 말해준다. 왼쪽 어깨를 앞에 두고, 오른쪽 무릎으로 버텨 섰다. 불안정한 자세다. 고통을 참고 있는 것이 틀림없었다.

하지만 그것만으로는 부족했다. 외상만으로는 안 된다. 격타 순간 놈의 내공을 찍어 누르고 기혈에 충격을 줬어야 했는데, 그게 안 됐다. 내공이 부족해서다. 깨끗하게 들어가긴 했으되, 묵직한 일격이 못 된다는 이야기였다.

'몰아칠 수밖에.'

이쪽의 일격이 가볍다면, 무겁게 느껴질 때까지 몇 번이고 때리면 그만이다. 단운룡은 성큼 나서면서 발도각을 준비했다. 들어가려는 순간이다. 비수가 온다. 허리를 돌리며 비수를 비껴냈다. 갈빗대가 부러져 있기 때문인지 비수의 날카로움도 눈에 띌 만큼 무뎌져 있다. 까마득히 멀리 보이던 허점들이 이젠 눈앞이다. 단운룡의 발끝이 사나운 파공성을 머금었다.

쐐액!

복면인이 다급하게 비수를 회수하며 왼손을 들어 올렸다. 복면인의 왼팔, 덧대어진 철갑비구에서 강렬한 격타음이 터져 나왔다.

빠악!

막혔지만 괜찮다. 단운룡은 한 번 잡은 흐름을 놓치지 않았다. 좁은 복도에서 긴 다리를 휘두르는 데에도 발끝의 수급에는 아무런 제약이 없다. 빠르게 휘돌면서 단파각에서 발도각, 발도각에서 승룡각을 내찬다. 반격할 기회를 잡지 못하는 복면인이다. 연신 뒷걸음질을 치고 있었다.

퍼억! 콰앙!

물러나던 복면인이 결국 일격을 허용하고는 뒤쪽으로 튕겨 나갔다. 복도 측면 벽에 호되게 몸을 부딪치고는 어렵사리 자세를 바로 했다.

이젠 승부를 낼 때다. 단운룡이 오른발 뒤축에 진기를 모으며 한 발 더 접근했다. 그 압박이 상당했던 듯 복면인이 한 발 더 물러섰다.

바로 그때였다.

복면인이 한쪽 방을 향해 고개를 돌린 것은.

"거기 있었군!"

단운룡의 얼굴이 크게 굳어졌다. 복면인의 눈이 닿은 곳은 다름 아닌, 막야흔이 있는 바로 그 방이었다. 놈이 방문 안으로 몸을 날렸다. 단운룡의 발이 다급하게 땅을 박찼다.

"꺄아악!"

어린 창녀의 비명 소리.

방 안쪽, 놈의 등이 보인다. 단운룡이 놈의 등을 향해 단파각을 내쳤다. 복면인의 신형이 빠르게 회전했다. 휘두르는 비수 날에 단운룡은 차내던 발을 회수할 수밖에 없었다.

막을 수가 없었다. 놈이 침상 앞에 도달한 것은 순식간이다. 침상 쪽으로 비수를 겨눈 채 단운룡을 본다. 이불 위로 머리만 내놓은 어린 창녀는 하얗게 질린 얼굴로 비명조차 지르지 못하고 있다.

"비수를 거두는 것이 좋을 거야."

단운룡이 말하며 한 발 움직였다. 복면 안쪽에서 날카로운 목소리가 터져 나왔다.

"움직이지 마!"

당장이라도 찌를 기세다. 단운룡이 이를 악물며 옮기던 발을 멈췄다. 거리가 맞질 않는다. 비수를 찌르는 순간, 놈의 어깨를 돌려차면 멈출 수 있을 것이다. 하지만 그것도 여기 이 위치에선 불가능한 일이다. 이 보, 고작 두 걸음. 그만큼이 모자랐다.

"그대로 찌를 셈인가?"

"……."

단운룡은 몸을 날리는 대신 말을 걸었다. 묘한 대치였다. 복면인도 단운룡도 섣불리 움직일 수 없다. 놈도 알고 있을 것이다. 침상 바로 앞에서 비수를 겨누고 있지만 내리찍는 것이 능사가 아님을.

단운룡의 발은 빠르다. 찌르는 순간 처들어올 것은 불 보듯 뻔한 일이었다. 일단 이불 위를 찌르고 본다? 급소가 아니면 낭패다. 좁은 공간, 단 한 번의 움직임이 생사를 가를 수도 있다. 단운룡의 발끝이 아무리 가벼워도, 머리라도 맞았다가는 즉사를 면치 못한다. 복면인이 비수를 겨누고도 바로 찌르지 못하는 이유가 거기에 있었다.

"어떻게 알았지? 여기에 있는 걸?"

단운룡은 계속 말을 걸었다. 대답을 기대한 것은 아니다. 들킨 이상, 이 상황에선 조금도 중요한 것이 아니었으니까. 한데 뜻밖에도 대답이 있다. 대답하는 복면인의 목소리엔 아까보다 훨씬 더 위협적인 살기가 담겨 있었다.

“독향(毒香).”

“……!”

무색무취의 독이 아니었던가. 의외다. 하기야 술에 타서 먹였으면 독 특유의 냄새가 없어졌을 수도 있겠다.

‘실수……!’

명백한 실책이었다. 독향까지 신경 쓰지 못한 것은 분명 단운룡의 실수다. 막야흔이 있던 방 앞을 한 번 지나쳤으면서 그때 눈치를 못 챈 것도 복면인의 실책이라면 실책이었겠지만 말이다.

“독향이라면 거기에도 있다. 해사독(海蛇毒)은 만만치 않아. 용케 쓰러지지 않는군.”

이번에는 복면인 쪽에서 말을 걸어온다. 복면 안쪽, 놈의 눈이 닿은 곳은 단운룡의 어깨 어림이다. 아까 비수에 당한 상처를 뜻함이다.

‘독이라…….’

진실인가, 거짓인가.

심리전이라는 세 글자가 먼저 떠오른다. 중독이 된 기미가 조금도 없었기 때문이다. 비수에 독이 발라져 있었을 가능성은 아까 처음 베였을 때부터 이미 생각했던 바다. 놈의 말대로 저것이 독 비수였다면 중독 증상이 벌써부터 나타났어야 옳다. 단운룡은 그의 말을 무시했다. 이쪽의 틈을 만들기 위한 거짓말이라 결론지은 것이다.

"대체 네놈은 누구냐? 융중상회 놈인가?"

게다가 다른 질문까지 해온다. 이건 아무래도 아니다. 단운룡의 두 눈에 기광이 스쳤다.

'말이 지나치게 많아. 정통 살수문파에서 나온 것이 아니로군.'

복면인이 입을 열었을 때부터 뭔가 이상하다는 생각은 했었다.

복면인은 살수다. 그건 틀림없다. 하지만 정통 살수문파에서 나온 것은 아니다. 정통의 살수들은 이렇게 입을 열지 않는다. 그들에겐 목소리가 없다. 살업을 행하는 도중 대치한 적과 말을 섞을 리가 없는 인종이었다.

"내가 누군지는 네놈이 알 바 아냐."

이자는 아마도 어떤 문파, 사도(邪道)에 가까운 문파에서 암살에 관한 업을 맡는 놈일 것이다. 살수로 훈련받아 살수의 업을 행하되, 일반 문파의 무인과 별다를 것 없는 자다. 그래야 말이 된다. 입을 연 것만으로도 의외인데 하물며 심리전이라니, 정통의 살수라면 있을 수 없는 일이었다.

"건방진 놈. 하기야 어디서 온 놈인지는 내 알 바 아니지. 내 임무는 목표를 죽이는 것뿐. 임무만 완수하면 그만이다!"

움직인다.

놈의 비수가 아래쪽으로 향하고 있다. 단운룡이 오른발을 앞으로 딛고, 나아간 왼발로 축을 삼아 다시 오른발을 휘둘렀다. 엄청난 반응 속도다. 돌려 차는 발끝이 놈의 어깨로 폭사되어 나갔다.

"……!!"

타격음이 없다. 발끝이 놈의 어깨에 이른 순간이다. 단운룡은 뭔가 잘못되었다는 것을 깨닫는다. 노렸던 놈의 어깨가 뒤로 빠지고 있었다.

읽혀 버린 것이다. 모든 것이 느리게 흘러가는 시간 속에서 단운룡은 아래로 향하던 비수가 선회하여 그의 가슴에 짓쳐들고 있음을 보았다.

'속았어!'

그렇다. 아래로 찔러 내려가던 비수는 속임수였다. 놈은 막야혼을 찌를 생각으로 비수를 움직인 것이 아니었다. 놈이 노린 것은 처음부터 단운룡이었다. 간단한 계략으로 단운룡을 완벽하게 끌어들였다.

촤악!

가슴에서 피가 튀었다. 치명적인 실책에 따른 필연적인 결과다. 뒤로 뛰며 승천각을 차보았지만, 놈은 그것도 가볍게 비껴내 버렸다.

'제길……!'

속여본 적은 많아도 속은 적은 없다. 그래서 더욱 뼈아픈 실수다. 뜨뜻한 핏물이 앞섶을 적신다. 최악이었다.

단운룡은 방문까지 밀려난 상태고, 놈은 또다시 침상 앞이다. 복면 아래로 놈의 비웃음이 감지된다. 놈이 단운룡에게 선고하듯 말했다.

"끝이다."

복면인이 비수를 치켜든다. 하얗게 질려 바들바들 떨고 있는 어린 창녀가 보였다. 창녀의 옆에 흐트러진 이불에는 체구가 큰 사람을 덮고 있는 굴곡이 뚜렷하게 나타나 있다. 흐트러진 이불 위로 비수의 날이 공기를 갈랐다.

푸욱!

늦었다. 단운룡이 몸을 날려보지만 아까보다 더 먼 거리다. 복면인의 비수가 이불을 뚫고 깊이 틀어박혔다. 눈을 질끈 감고 싶은 순간이다. 그때였다.

파악! 하고 흐트러진 이불이 한꺼번에 올라온 것은.

"어억!"

단운룡도 놀랐다. 복면인은 더 놀랐을 것이다. 복면인의 입에서 어울리지 않는 경호성이 흘러나온다. 그리고 다음 순간,

퍼억!

험악한 소리가 터져 나온다. 이어지는 소리도 있다. 어린 창녀의 비명 소리가 그것이었다.

"꺄아아아악!"

풀썩. 쿠웅.

복면인의 몸이 기울어져 침상 밑으로 떨어진다. 놀라운 일이다. 쓰러진 복면인의 옆머리에는 묵직한 놋쇠 촛대가 박혀 있었다. 이불 밑에서 팅겨 올라온 이. 막야흔이다. 창백하게 질린 막야흔이 침상 위에 일어나 있었다.

언제 그 촛대를 챙겨둔 것인지는 모를 일이다. 마지막 순간, 벌떡 일어나며 복면인의 머리에 놋쇠 촛대를 박아버렸다. 참혹하고도 통쾌한 일격이다. 그 장면을 바로 앞에서 목도한 어린 창녀는 머리카락을 움켜쥔 채 침상 구석에서 온몸을 한껏 웅크리고 있을 뿐이었다.

“쿨럭!”

막야흔이 털썩 주저앉았다. 핏물 끓는 기침 한 번, 막야흔이 고개를 내밀고 침상 밑에 널브러진 복면인을 내려다본다. 그가 욕지거리를 내뱉었다.

“끝이다? 지랄 염병.”

대단하다. 단운룡은 순수하게 감탄했다.

완전히 의식을 잃은 줄 알았다.

죽을 걸로 생각했건만, 다 끝난 시점에서 스스로 살아났다.

결심이 굳어지는 순간이다.

단운룡이 침상 쪽으로 걸어갔다. 막야흔이 흐린 눈으로 단운룡을 올려다본다. 그는 그저 앉아 있기에도 버거워 보이는 상태였다. 이런 몸으로 불시의 일격이라니, 대단하다 아니 말할 수 없었다.

“최고였다. 그 일격.”

“그랬나. 크크크.”

막야흔은 웃었다. 아니, 웃으려고 했다. 지금의 그로서는 웃는 것도 쉬운 일이 아니었다.

휘청휘청 흔들리더니, 결국 뒤로 넘어가는 그다. 침상 위에 대(大) 자로 뻗은 막야흔이 기어들어 가는 목소리로 물었다.

“한데… 대체 너는 누구냐……?”

단운룡의 그림자가 막야흔의 위에 드리워졌다.

“차차 가르쳐 주마.”

많은 의미를 담고 있는 단운룡의 대답이었다. 막야흔의 눈이 감긴다. 어둠이 그의 앞에 내려앉았다.

　　　　*　　　　　　*　　　　　　*

　적벽은 결코 작은 도시가 아니다. 대도시라고 하기엔 무리가 있지만, 사람의 숫자나 거리의 번잡함으로는 주변의 그 어떤 도시 못지않았다.

　하지만 그 풍문은 도시의 규모와 아무런 상관이 없었다. 좁디좁은 방 한 칸을 휘돌 듯, 그 소문의 속도는 그저 쉴 틈 없이 빠르기만 했다.

　"막야혼이 습격을 당했다더군!"

　"습격?"

　"그렇다니까! 요 앞 복룡객잔 앞마당에서 말이여!"

　"많이 다쳤나?"

　"그건 모르제!"

　"모른다고?"

　"그게 먼 말인가 하면, 웬 젊은 놈이 나타나 막야혼을 데리고 사라졌다지 뭐여!"

　"사라졌다고라?"

　"아따 이 사람, 진짜 까마득히 모르고 있었네! 거리 전체에 난리가 났어, 아주 난리가. 복룡객잔에서 그쪽 길, 그 뭐여, 홍등 거리 쪽으로 가는 길 있제? 그 길 따라서 꺼먼 걸 뒤집어쓴 놈들 시체가 즐비했다지 뭐여? 그 젊은 놈이 막야혼을 들쳐 메고, 그놈들을 다 물리쳤다는 게지!!"

　"그려. 나도 들었어. 괴이한 놈들이 막야혼을 습격했는데, 막야흔도 박살을 당할 뻔했다고 하더라고. 입에서 검은 핏덩이까지 토했다드만? 결국은 들쳐 업혀가지고 사라지고 말여."

"나만 몰랐구먼! 근데, 피를 토해? 쾌협도가?"

"싸울 때 몸 상태도 정상이 아닌 것 같았다드만! 중독이라도 당한 것 같았다고들 그려!"

"중독이라고? 그게 참말이여?"

"아, 그렇다니께?"

"자, 잠깐만. 그라믄, 암무회전에도 못 나오는 거 아녀?"

"워메, 이야기가 그렇게 되나?"

"그렇제. 지금 열흘도 안 남았는데, 습격에 중독꺼정 당했으면 기냥 끝장인 거 아닌겨?"

"어따, 그게 그럴 수도 있겠구먼! 건 돈만 해도 열 냥인데, 일났네! 일났어!"

"당장 돈부터 빼고 봐야 쓰겄어! 근데 말이여… 그 젊은 놈은 또 누구래? 그 막야혼을 데리고 사라졌다는 놈 말여!"

풍문이 몰고 온 파장은 거셌다.

걸었던 돈을 줄이는 노인네들부터 돈을 통째로 돌려 다른 무인들에게 거는 장한들, 거기 더해 지금이야말로 한몫 잡을 기회라며 있는 돈을 몽땅 털어 넣는 취객들까지, 도박판은 아수라장 그 자체로 변해 있었다.

한 번 건 돈은 돌려주지 못한다면서 실랑이하는 전주(錢主)들과 말도 안 된다며 악을 쓰는 남자들이 한판 어울려 삼삼오오 난리를 친다.

도박판에 죽친 사람들은 하나같이 주먹다짐이라도 불사할 기세였다. 아니, 실제로 땅을 구르며 싸움판을 벌이는 이들도 있다. 하룻밤 활극이 거대한 파도를 몰고 온 것이다.

＊　　　　＊　　　　＊

막야혼이 사라진 지 꼬박 하루가 지났다.

아침부터 시작된 적벽의 소란은 늦은 밤까지도 수그러들 줄을 몰랐다. 막야혼이 돌아오기 전까지는 영영 그치지 않을 소란이었다.

팔락팔락.

그렇게 시끄러운 와중에도 전혀 시끄럽지 않은 곳이 있었다. 좁지 않은 집무실 전체에 들리는 것이라곤 한 장씩 넘기는 책장 소리뿐이다.

조용하다? 사실 그 집무실은 그래서는 안 되는 곳이었다. 막야혼이 사라진 지금, 이 적벽에서 가장 분주해야 마땅한 곳일지도 모른다. 다름 아닌 융중상회 비무상왕 육홍의 집무실이었던 까닭이다.

"의외인데요?"

창문으로부터 난데없이 들려온 여인의 목소리.

비무상왕 육홍이 넘기던 책장을 딱 멈추었다. 육홍은 별반 놀란 얼굴이 아니었다. 그가 태연한 표정으로 창문 쪽으로 천천히 고개를 돌리며 물었다.

"무엇이 의외라는 거요?"

집무실 창틀에 앉아 있는 것은 묘령의 여인이었다. 소녀 같은 얼굴로 거침없는 기파를 뿜어대고 있다. 다름 아닌 강설영이다. 그녀가 의미심장한 미소를 지으며 대답했다.

"막야흔이라는 자가 사라졌다는데요. 융중상회 측에서는 큰일 아닌가요?"

"큰일 맞소."

"별로 그렇게 보이질 않아요. 놀라셨을 법도 한데."

"아니, 충분히 놀랐소."

놀란 정도가 아니다. 태연한 표정을 가장하고 있지만, 마음속은 전혀 그렇지 않다.

그는 사실 무섭게 긴장하고 있었다. 이 집무실, 비무상왕 육홍의 거처는 누구나 쉽사리 들어올 수 있는 곳이 아닌 까닭이었다.

"막야흔을 어떻게 했소?"

"막야흔이요? 모르죠."

"모른다?"

"예, 몰라요."

강설영의 대답은 마치 천진난만한 소녀의 그것 같았다. 육홍이 미간을 좁히며 말했다.

"막야흔이 없어진 지금, 이 야심한 시간에 여기까지 온 사람이 있소. 그런 마당에 모른다는 말을 믿으라는 거요?"

"믿지 않으면 할 수 없죠. 막야흔이란 사람, 난 사실 관심도 없어요. 융중상회에 아주 중요한 사람이란 것만 알고 있죠. 그런 자가 없어졌다는데 별로 신경 쓰지 않는 것 같아서 물어본 것뿐이에요."

육홍의 눈빛이 복잡하게 변했다. 그녀의 말을 믿어야 할지, 믿지 말아야 할지 알 수가 없다. 안 그래도 막야흔이 사라진 것 때문에 신경이 곤두서 있었던 그다. 그가 강설영의 맑은 얼굴을 한 번 보고는 그녀의 어깨 너머 창문 바깥쪽에 시선을 주었다. 그가 차분한 목소리로 물었다.

"막야흔은 언제나 예측불허였소. 어딘가에 있겠지. 그보다, 인기척이 전혀 없군. 설마하니 어린 소저 혼자서 예까지 오신 겐가?"

"혼자 왔지요. 누굴 얼마나 끌고 왔을까 봐요."

"여기까지는 어떻게 들어온 게요?"

"쉽진 않았어요. 지키는 사람들이 많더군요. 원한 산 데가 많은가 봐요?"

평정심을 유지하려던 육홍의 노력도 거기까지다. 강설영의 미소를 보는 그의 두 눈동자에 가벼운 떨림이 깃들었다.

'이 육 모의 목숨도 오늘로 끝인 겐가…….'

암무회전 도박판에 연루된 지 벌써 십 년이다. 비무를 성사시키는 자로서 암무회전의 모든 것은 그의 손끝에서 시작된다 해도 과언이 아니다. 때문에 그는 곧 도박에서 가산을 탕진한 수많은 이들의 적일 수밖에 없었다. 돈을 날리는 것은 결국 육홍 때문이 아니라 돈을 건 자의 어리석음에서 비롯된 것임에도 말이다.

그렇기에 그의 거처와 집무실엔 항시 철통같은 경호가 겹겹이 둘러쳐져 있는 상태다. 한데 이 묘령의 여인은 아무렇지도 않은 모습으로 이곳까지 들어와 있다.

육홍은 싸우는 소리를 듣지 못했다. 여인의 행색에도 일전을 치른 흔적이 전혀 엿보이질 않는다. 이 어린 여인에게 모두의 이목을 속일 수 있을 만한 실력이 있다는 뜻이었다.

“원수진 데야 셀 수 없이 많을 거요. 험한 세계에 발을 들여놓았으니 당연한 일 아니겠소?”

“그도 그렇네요.”

“소저도 그런 것 아니오? 소저가 비록 내게 있어 불청객이긴 하나 여기까지 찾아왔음엔 달리 이유가 없을 거요. 내 초라한 목숨을 원한다면 깨끗이 거둬가시오. 이런 날이 오리라곤 언제고 예상하고 있었소.”

“목숨이요? 재미있는 말씀을 하시는군요.”

“그래서 온 것이 아니라는 말이오?”

“목숨을 원했다면 이미 가져갔겠죠.”

강설영이 가볍게 웃으며 답했다. 목숨을 거둬가는 것쯤, 주머니에서 물건을 빼내는 것만큼이나 쉬웠으리라는 말투다. 육홍이 침중한 목소리로 물었다.

“내 목숨을 거둬가기 위한 것이 아니라면… 왜 온 것이오?”

“왜 왔냐고요?”

“그렇소.”

“알고 싶은 것이 있어서요.”

육홍의 얼굴이 가볍게 굳어졌다. 그가 그럼 그렇지 하는 어조로 말했다.

“암무회전에서 누가 이길지 알고 싶어서 왔다면, 사람을 잘못 찾아온 거요.”

“뭐라고요?”

“비무의 승패란 것은 그것이 끝나기 전까진 아무도 알 수 없는 법이오. 설마하니 승부 조작과 같은 헛소문을 듣고 온 것이 아니길 빌겠소."

"뭔가 잘못 짚은 것 같네요. 내가 알고 싶은 것은 그런 것이 아니에요."

"누구에게 걸어야 할지 묻는 것이라면 그것도 대답해 줄 수 없소. 비무의 승패와 도박의 배당은 내 소관이 아니오. 내 역할은 그저 비무할 상대들을 서로 붙여주는 것뿐이오."

"이것 참, 암무회전의 승패 따위엔 관심이 없다니까요."

잘못 짚어도 한참 잘못 짚었다. 육홍의 생각이란 결국 그가 살아온 세계에 국한되어 있었기 때문이다.

그러고 보면 당연한 일이라 할 것이다. 그의 주변엔 그런 자들밖에 없었던 까닭이다. 그의 곁에 있는 것이란 결국 암무회전에 목숨을 거는 출전자들과 그들에게 열광하는 관중들, 탐욕과 계산으로 점철된 도박만이 전부였을 뿐이다.

"암무회전에 관심이 없다니, 그럼 대체 무엇 때문에 날 찾은 것이오?"

육홍의 목소리엔 의아함이 가득했다. 아니, 가득할 수밖에 없었다.

아니라고 부인은 했지만, 사실 육홍은 비무의 주관자로서 모든 비무의 결과를 충분히 예측할 만한 능력이 있었다. 육홍이 지명하는 출전자에게 돈을 걸면 십중팔구 잃는 일은 없을 게다. 그것이야말로 그의 곁에 살해와 협박의 위협이 상존하는 가장 큰 이유라 할 것이다.

"간단해요. 내가 원하는 것은 한 사람에 대한 정보예요."

"누굴 말하는 거요? 막야흔에 대한 것이라면 그만두시오. 어디로 사라졌는지는 나 역시도 모르니 말이오."

육홍은 이번에도 틀렸다.

틀릴 수밖에 없었으리라. 강설영이 원한 것은 진실로 그런 것이 아니었으니.

강설영이 작게 한숨을 내쉬고는 어쩔 수 없다는 표정을 지으며 말했다.

"잘 들어요. 내가 알고 싶은 것은 병기전설의 저자에 대한 거예요. 암무회전이 아니라."

육홍의 눈이 크게 뜨여졌다.

귀로는 들었으나 머리 속으로 들어오지 않는 표정이다. 그가 어리둥절한 얼굴로 강설영이 말한 네 글자를 띄엄띄엄 되뇌며 물었다.

"병기… 전설?"

"비무상왕 육홍은 알고 있을 거라 하더군요. 병기전설의 저자와 그 후예에 대해서."

"설마 소저는 지금 세상 모두가 웃음거리로 치부하는 괴이한 고서(古書)에 대해 말하고 있는 거요?"

"한하서가 쓴 것이라면, 맞아요. 그 책이에요."

"한하서! 허! 별난 일이로군. 그걸 알고 싶어서 여기까지 왔단 말이오?"

"그래요."

가슴 깊이 들였다가 내쉬는 것은 안도의 한숨이런가. 안도의 한숨 뒤에는 미심쩍다는 눈빛이 따라온다. 육홍이 이해할 수 없다는 눈빛을 드러내며 천천히 입을 열었다.

"참으로 믿기 힘든 이야기요. 지금 같은 상황에, 이 간밤에 난데없이 나타나서는 옛 기서(奇書)에 대해 알고 싶다니……! 누구라도 선뜻 받아들이긴 힘들 거요."

"그렇기야 하겠죠. 충분히 인정하는 바예요. 하지만 별다른 도리가 없었어요. 어딜 가도 좀처럼 단서를 찾기가 힘들었으니까요. 병기전설은 분명 적벽에서 마무리했다 쓰여 있음에도 말이에요."

"소저의 말씨를 들어보니 광동 출신인 듯한데……."

"맞아요. 광주에서 여기까지 왔어요. 그 책을 쫓아서."

육홍이 강설영의 눈을 똑바로 쳐다보았다. 이 어린 여인은 진실을 말하고 있는가, 거짓을 말하고 있는가. 결론을 내리기는 어렵지 않았다. 육홍이 신음과도 같은 목소리로 말했다.

"소저는… 진심이로군."

"물론이죠. 진심이고말고요."

강설영의 목소리에는 한 점의 가식도 없었다. 믿지 못할 일이지만 이래서야 믿어줄 수밖에 없다. 고개를 설레설레 젓는 육홍이다. 그의 얼굴엔 허탈함마저 엿보이고 있었다.

"대단하오, 대단해. 그런 이유로 이 집무실까지 올 사람은 소저밖에 없을 거요."

"그런가요?"

"그렇소. 이견의 여지가 없소."

"알고 싶은 것을 알고자 했을 뿐이에요."

"그렇다 해도 놀라울 뿐이오. 물론 그 책에 매료되었던 사람이 소저 하나뿐은 아니었지만 말이오."

강설영이 고운 눈썹을 치켜 올렸다. 제대로 된 사람을 찾은 느낌이다. 지금까지와는 달리 무언가 새로운 사실을 들을 수가 있을 것 같았다.

"저 하나뿐이 아니었다고요?"

"당연한 일 아니겠소? 그 책의 내용을 알고 있을 텐데."

"알고 있기야 하죠."

"병기전설에 담긴 신병의 개수는 일흔두 개요. 백호, 주작, 청룡, 현무 네 영신이 깃들어 있다는 사방신검에서부터 구망, 축융, 욕수, 현명, 사계신(季節神)의 힘을 받은 세외사신병까지 어느 하나 신비롭지 않은 것이 없소. 그뿐이오? 후행자 제천대성이 휘둘렀다는 여의금고봉, 천봉원수 저오능의 상보손금파, 권렴대장 사화상의 항요진보장까지… 존재조차 의심되는 물건들이 거기에 그려져 있소. 특히나 저 곤륜의 천신들이 신통력을 부릴 때 사용했다는 봉신(封神)의 보패(寶貝)들에 이르러서는 그 누구라도 두 눈을 크게 뜰 수밖에 없을 거요. 그런 물건들이 있다는데 어찌 흥미를 아니 가질 수 있겠소?"

"그 말인즉슨, 그 책의 내용을 믿는다는 이야기인가요?"

"믿는다라… 그렇게 들리오?"

"있지도 않은 물건에 흥미를 갖지는 않을 것 같은데요."

"있건 없건, 흥미란 건 어디에도 가질 수 있는 법이오. 나는 바보가 아니라오. 신선들의 보패? 설마하니 벼락을 부른다는 뇌공편이나 천지자연의 기가 응집되어 있다는 사보검을 실존하고 있다 말할 수는 없는 것 아니겠소?"

"그래요. 그것까지는 믿기 힘들죠."

"맞소. 틀림없이 그렇소. 그 책에는 허무맹랑한 것들투성이요."

육홍이 작은 한숨을 내쉰다. 하지만 강설영은 두 눈을 더욱더 빛낼 뿐이다. 그녀가 살짝 고개를 흔들며 물었다.

"좋아요. 그런데 액면 그대로 들리지 않는 것은 왜죠?"

"액면 그대로 들리지 않는다라……."

"그래요. 입하고 눈빛이 따로 움직이고 있거든요."

그녀의 말에 육홍이 쓴웃음을 지었다. 그가 못 당하겠다는 표정을 지으며 말했다.

"소저의 안목은 무척이나 날카롭소. 명부마도(冥府魔道) 명왕검(冥王劍), 흑암(黑暗)의 검날도 소저의 눈처럼 예리하진 않겠소."

"그 책의 내용을 전부 믿는 것은 아니다. 하지만 실존한다고 믿는 물건들이 있다는 거 아닌가요?"

육홍의 쓴웃음이 더욱더 진해졌다. 그가 옛일을 회상하는 듯 잠시 눈을 감는다. 그가 이내 또 한 번의 한숨을 내쉬고는 천천히 말을 이었다.

"소저는 내가 병기전설 저자의 후예를 알고 있을 거라 했소. 그렇소. 뭐, 틀린 말은 아니오. 난 그 부자(父子)를 알고 있소. 한균과 한백. 한균은 궤변을 늘어놓던 병법가였고, 한백은… 무림비사를 모조리 책으로 엮겠다던 정신 나간 남자였소. 저자 한하서의 후예들이라 그런 것인지도 모르지. 하나 그들은 병기전설을 쫓는 데 아무런 단서가 될 수 없소. 난 그들과 친분이 있기는 하지만, 깊지는 않아. 어디 있는지, 지금 뭘 하고 있는지 전혀 모르오. 아니, 알고 싶지도 않소. 내 인생이 꼬여 버린 것도 그들 책임이 크오. 모든 것이 그들 때문에 시작되었기 때문이오."

난데없는 과거사다. 엉뚱한 곳에서부터 운을 뗀 이야기는 길게도 이어지고 있었다.

"난 그들을 통해 병기전설을 보게 되었소. 천지 분간 못하는, 무척이나 어렸을 때로 기억하오. 그 책을 처음 읽었을 때 난 두 눈을 휘둥그레 떴었소. '이렇게 신기한 물건들도 있구나!' 했던 거요. 하지만 나이가 들고, 얼마 지나지 않아 내 생각은 정반대로 바뀌었소. '이런 말도 안 되는 책도 있구나' 라고 말이오."

"……."

강설영은 잠자코 이어지는 말을 기다렸다. 목소리가 가라앉아 있기는 하나 곧 이어질 것임을 알고 있기 때문이었다.

"병기전설……. 그리고 나에겐 또 다른 책도 있었소. 요마전설이라는 것이 그것이오."

"…요마전설이라 함은……."

들은 적 있다. 그것도 오늘 낮에. 실성한 두 노인이 말했던 책이다. 병기전설과 쌍으로 만들어졌다 했던 바로 그 책을 말함이었다.

"그 책도 알고 있었소? 병기전설보다 희귀한 책인데 말이오. 그것도 병기전설과 비슷한 물건이오. 도통 믿기 어려운 괴이한 것들로만 가득 차 있지."

"직접 읽어본 적은 없어요. 마귀와 귀신이라도 그려져 있는 건가요?"

"말 그대로요. 요마전설에는 잡다한 귀신과 마물들이 실려 있소. 병기전설보다 더 조악하게 느껴질 만큼 기괴한 것들이 잔뜩 담겨 있는 물건이오."

"역시나 말도 안 된다고 생각했던 건가요?"

"그렇소. 괴인 부자(父子)가 날 두고 장난을 쳤다 생각했었소. 그러던 중 그 일이 터졌지."

육홍의 목소리엔 묘한 감정이 담겨 있었다. 강설영이 재촉하며 물었다.

"무슨 일이었죠?"

"축융부(祝融斧)."

"축융부?"

"축융이라 함은 남방에 봉해진 화신(火神)의 이름이오. 형산 자락 저 멀리, 세상 끝 남쪽 대지에서 두 마리 용을 밟고 불을 토한다는 신을 일컫소. 바로 그 화신의 힘을 간직한 신병이 있었음이니. 축융부는 불꽃을 머금은 도끼요. 세외사신병 중 남방의 신병이라오."

"그렇다면……."

"그렇소. 난 봤소. 실물을, 그 축융부를 말이오."

강설영의 눈이 반짝 빛났다.

보았단다, 병기전설에 있는 물건을. 눈을 빛낼 수밖에 없는 이야기였다.

"병기전설에 나온… 그대로던가요?"

"아니오."

"아니라고요?"

"아니었소. 아니었고말고."

육홍은 몇 번이나 고개를 가로저었다. 의아함을 품은 강설영을 앞에 두고 육홍이 의미심장한 미소를 지었다. 그가 천천히 말을 이었다.

"병기전설에 나온 것, 그 이상이었지."

"그 이상이라 함은……?"

"병기전설 속의 축융부. 그것은 그저 낙서처럼 불길을 둘러친 과장된 그림일 뿐이었소. 실물은 그런 게 아니었소. 붉은빛으로 은은하게 빛나는 도끼날이 얼마나 아름다웠는지 아시오? 그것은 도끼라는 투박한 중병(重兵)이 아니라, 예술적인 신병이었소. 그 재질이 무엇인지는 전설의 신장(神匠) 도철이 와도 가늠하기가 힘들 거요."

"듣는 것만으로도 대단한데요."

"대단하다? 고작 겉모습만을 말했을 뿐이오. 그것만으로는 대단하다 할 수 없소."

"또 뭐가 있었죠?"

강설영이 두 눈을 동그랗게 떴다. 빨려들 수밖에 없다. 전설이 실제가 되는 순간이었으니 말이다. 육홍이 목소리를 낮추며 비밀스러운 어조로 말을 이었다.

"축융의 힘을 간직했다 했소. 휘두르는 도끼날에 불길이 일어나더군."

"불길?"

"의심할 여지 없이 진짜 불꽃이었소. 싸움이 벌어진 사당 하나가 통째로 타버렸을 정도로 거센 불이 났을 정도요. 보고도 믿을 수 없는 광경이었소."

"싸움이 벌어졌다고요?"

"축융부는 혼자서 휘둘러진 것이 아니었소. 싸움의 상대를 멸

(滅)하기 위해 휘둘러졌고, 그러면서 사당에 불을 냈지."

"상대는 어떤 이였죠?"

강설영의 질문에 육홍의 얼굴이 딱 굳어졌다.

말을 멈춘 채 곧바로 대답을 꺼내놓지 않는다.

뜸을 들이려는 것이 아니다. 애초부터 말하는 것 자체가 꺼려지는 표정이다. 다물려진 입가에 깃든 것은 망설임이 틀림없었다.

"이야기를 안 하니 더 궁금하네요. 누굴 상대로 휘둘러졌던 가요?"

재촉하는 강설영의 말에도 육홍은 선뜻 입을 열지 못했다.

잠시의 침묵 끝에 결국 결심을 굳힌 듯, 그가 강설영의 눈을 직시하며 아까보다 더 은밀한 어조로 말을 이어가기 시작했다.

"후우… 누군가가 아니라, 어떤 '무엇' 이었소. 그건."

"'무엇' 이었다라고요? 무슨 뜻이죠?"

"요마전설."

"요마전설?"

"그렇소. 그건 분명 사람이 아니었소. 사람이 아닌 무언가였지. 사람의 형상이되 사람이 아닌, 추악한 무엇이었단 말이오. 말로 설명할 수 없는 그런 거였소."

"설마하니 진짜 요괴… 라는 건가요?"

"요괴… 틀림없이 그럴 거요. 그런 것을 일컬어 요괴라고 하는 거겠지……. 그것은 요마전설, 그 책에 있는 한 장의 그림과 닮아 있었소."

육홍의 이야기는 그러했다. 강설영이 말했다.

"흥미롭네요. 좀처럼 믿어지지 않는 이야기이기도 하구요."

"그렇소. 누가 들어도 믿기 힘든 이야기일 거요."

"그러나 육 지부장께서 직접 겪었던 일이란 말이죠?"

"내가 실성한 것이 아닌 이상, 그런 말을 지어내서 하지는 않을 거요. 웃음거리가 되기 십상이니 말이오."

"전 조금도 우습지 않아요."

"소저라면 그럴 거라 생각했소. 병기전설을 쫓는 사람이니."

"그래서… 그 축융부를 지닌 이는 어떻게 되었죠?"

"대답은 이미 알고 있지 않소? 그녀는 그 일이 있은 후 감쪽같이 사라졌소. 요괴? 당시에 적벽에는 원인 모를 괴질이 돌고 있었소. 건강한 사람들이 아무 이유 없이 픽픽 죽어나갔을 만큼 고약한 괴질이었지. 축융부를 지닌 여인이 그것, 그 요괴를 물리치고 사라졌을 때 그 괴질도 사라져 버렸소. 언제 질병이 돌았냐는 듯 죽어가던 사람들도 금세 자리를 털고 일어났을 정도였소."

"말하자면, 역귀(疫鬼)란 거였군요."

"병을 옮기는 귀신, 그렇소. 역귀의 일종이 맞을 거요."

"한데… 축융부의 주인이… 여인이었다고요?"

"맞소. 여인이었소."

"누구죠? 그런 신병을 쓰는 여인이라면 예전에 이름이 났을 텐데요."

"물론 그랬어야 정상일 것이오. 수중에 어느 정도 돈이 모이기 시작했을 때 난 그 여인의 행방부터 수소문했소. 하나 그 결과는 실망스러울 뿐이었소. 이름도, 정체도 알 수가 없었소. 그 이전에도, 그 이후에도 마치 세상에 존재하지 않았던 것처럼 전혀 알려진 바가 없었단 말이오."

"신비로운 여인이네요."

"신비롭다? 그 정도 표현으론 부족하오. 난 헛것을 본 것이 아 님에도 어느 순간 헛것을 쫓는 이가 되어 있었소. 그 여인과 신병 은 어딘가에 분명히 존재하고 있소. 내 능력으로는 찾을 수 없는 곳에 있을 뿐."

육홍의 목소리엔 진한 아쉬움이 담겨 있었다.

그것은 집착에 가까운 감정일 터. 그의 집착을 눈치 챈 강설영 이 물었다.

"그 여인을 아직까지도 찾고 있는 것 같아요. 그럴 만한 이유라 도 있나요?"

"이유가 있냐고? 물론이오. 커다란 이유가 있지."

"어떤 건지 물어봐도 될까요?"

"강호의 동도들이 내게 붙인 별호가 무엇이었소? 내 별호는 비 무상왕이오. 내게 있을 만한 이유라면 단 한 가지밖에 없을 게요."

강설영이 그 답을 얻기까지는 오래 걸리지 않았다. 그녀가 미간 을 좁히며 되물었다.

"비무… 인 건가요?"

"그렇소. 축융부. 그것을 보았을 때 난 생각했소. 저것을 비무 대에 올릴 수 있다면! 이라고 말이오."

"……!"

"소저도 한번 상상해 보시오. 남천 화신의 축융부가 비무대 위 에서 불을 토하고, 북방 수신의 현명창이 싸늘한 한기를 뿌리는 순간을 말이오. 그 광경이 어떠하겠소? 얼마나 멋지고 화려할지 짐작할 수 있겠소? 보도(寶刀) 구망(句芒)이 녹음(綠陰)의 정기를 흘릴 때, 추신(秋神) 욕수의 지팡이가 추풍의 흐트러짐을 불러올 것이오. 그러한 비무의 향방이란 누구라도 궁금할 수밖에 없을 거란 말이외다!"

벅찬 기대감이 담겨 있는 목소리다.

육홍. 비무상왕이라는 명칭이 그대로 드러난다.

그에게 있어서 모든 것의 종점이란 결국 비무일 수밖에 없는 것이다.

"굉장하겠죠. 그런 병장기들의 부딪침이라는 건."

"굉장하다라……. 그건 필설로 형용할 수 있는 게 아닐 거요. 전설 속 신병들을 휘두르는 무인들, 그 영역의 싸움을 수많은 관중들 앞에 보여줄 수 있다면! 그것이야말로 비무대회의 종결점이자 궁극점이라 할 수 있소! 비무의 새 지평이 열린다 해도 과언이 아닐 것이오!"

"대단하군요. 놀라운 발상이에요."

일장 연설에 가까운 열변에 강설영은 잠자코 고개를 끄덕여 주었다.

비무상왕. 왕이란 호칭이 어떻게 붙었는지 알겠다. 병기전설 속 신병의 주인들을 비무대 위에 올리겠다는 생각은 분명 아무나 할 수 있는 것이 아닐 것이다.

"내가 원하는 건 그런 거요. 비록 암무회전이란 도박판에 있지만, 이걸로 그칠 생각은 없소. 더 새롭고 엄청난 것을 보여주어야만 하오. 기약은 없으나, 언젠가는 가능하리라 믿소. 병기전설의 신병들을 반드시 비무대 위에 올릴 것이오."

"천하는 넓고도 넓으니 어떤 것이라도 못할 바는 없을 거예요."

강설영의 대답.

육홍이 굳게 입을 다물고 오른손을 들어 수염을 매만졌다. 잠시 동안 말이 없던 그가 다소 감탄한 어조로 말을 이었다.

"생각해 보니 묘한 일이오. 소저는 무척이나 인내심이 많군. 이런 정신 나간 이야기를 끝까지 들어주다니 말이오."

"정신 나간 이야기가 아니죠. 병기전설을 쫓는 이는 저뿐이 아니라면서요. 모두가 그들만의 이유가 있으니까 그 책에 그처럼 흥미를 갖는 것 아닐까요?"

"과연, 소저의 말이 맞소. 각자의 이유가 있는 법이겠지."

"그래요. 이유없는 일은 없죠."

"좋소. 내 이야기를 실컷 했으니, 이제는 소저의 이야기를 들어볼 차례요. 소저가 그 책을 찾는 이유는 무엇이오? 어떤 보물에 흥미가 있는 것이오?"

"내가 관심있는 것은 단 하나예요."

"그것이 무엇이오?"

"천잠보의."

"천잠보의?"

"그래요. 도검불상, 수화불침의 천잠보의요."

"천잠보의라……."

"뭐, 아는 것이라도 있나요?"

"아니, 아니오. 다만 좀 의외라서 말이오."

"의외라니요?"

"병기전설에 관심을 갖는 사람들은 하나같이 맞설 수 없다는 신병들을 찾기 마련이오. 날카롭고 강력한 병장기를 먼저 찾는다는 이야기요. 한데 하고많은 신병들 중에서 유독 천잠보의라니. 소저는 하나부터 열까지 예측이 불가능한 사람 같소."

"이런 사람이 있으면 저런 사람도 있는 법이죠."

"굳이 천잠보의를 찾는 이유는 무엇이오? 신병을 막고자 함이라면 신화구룡패(神火九龍牌), 달리 구룡벽이라고도 불리는 전설의 방패가 있지 않소?"

"방패엔 관심이 없어요. 적을 막기 위해 찾는 것이 아니니까요."

"적을 막기 위한 것이 아니다? 그렇다면 대체……?"

"개인적인 관심사라 해두겠어요."

"……."

왜 찾는가. 육홍은 그 이유에 대해 더 이상 묻지 않았다.

각자에겐 각자의 흥미가 있는 법이다. 육홍 자신이 그러했던 것처럼.

그가 고개를 몇 번 끄덕이고는 천천히 말을 이었다.

"좋소. 내가 굳이 그 이유를 알 필요는 없겠지. 좋소. 소저는… 그러니까 천잠보의를 찾기 위해 여기까지 온 거요. 결국 천잠보의를 찾는 것이 먼저고, 병기전설은 그것을 찾기 위한 도구인 셈이오. 내 말이 맞소?"

"그래요."

"병기전설에 대해 알고 있는 사람을 쫓다 보니 내 이름을 듣게되었고, 그에 따라 병기전설에 대한 정보를 얻기 위해 나를 찾아온 게요. 그렇지 않소?"

"맞아요. 이제야 좀 정리가 되는군요."

"정리가 될 뿐 아니라 결론도 내려지오. 소저에겐 다소 실망스러운 결론이겠지만 말이오."

"실망스러운 결론이라 한다면……?"

"말 그대로요. 난 천잠보의에 대해서는 전혀 아는 바가 없소. 내가 본 신병은 축융부였고, 그에 따라 난 세외사신병의 추적에만 열을 올려온 사람이오."

"그런… 가요."

형형하게 빛나던 강설영의 두 눈이 순식간에 가라앉고 있었다.

실망스럽다?

그렇다. 실망스럽다.

물론 예상치 못했던 것은 아니다. 천잠보의에 대해 속속들이 알고 있는 자가 단숨에 나타나리라고는 기대하지도 않았었다.

그래도 모른다는 말을 직접 듣는 기분은 가히 좋지 않았다. 필요한 정보를 조금이나 얻을 수 있으리라 생각했던 까닭이다.

그녀의 실망감을 읽은 육홍이 양미간을 좁혔다. 그가 버릇처럼 턱수염을 매만지며 천천히 입을 열었다.

"뭐, 사실 축융부에 대해서는 그 이상 알 수가 없었지만, 그렇다고 소득이 아주 없었던 것은 아니라오. 남방의 축융부는 종적이 묘연하나 북방의 현명창은 그 위치가 비교적 명확한 편이었소. 북해의 빙궁, 그곳에 있다고들 하지. 강호의 뜬소문에 불과하지만, 그런 소문이 돈 지도 벌써 십 년이 넘었소. 아주 근거없는 이야기는 아닐 거란 말이오. 게다가 몇 년 전에는 춘신(春神)의 보도, 구망이 요동의 거친 땅으로 흘러들어 갔다는 정보도 있었소. 단순한 풍문들일 뿐이나 난 그 의미가 결코 작지 않다고 보오. 적어도 세외사신병이 존재하고 있다는 뜻일 테니 말이오."

"병기전설이 아주 거짓은 아니라는 이야기군요."

그걸로 만족해야 하는가.

병기전설에 나온 세외사신병은 전설이 아니라 실제로 존재하는 물건이란다. 그러니 천잠보의도 존재하는 물건일 수 있다.

있으라는 법도, 없으라는 법도 없다. 그 수준에서 끝이다.

그게 전부라니. 그렇게 생각할 때였다.

"소저, 실망하기엔 좀 이른 감이 있소."

육홍의 이야기는 거기서 그치지 않았다. 육홍이 더욱더 곤란한 표정을 떠올리며 말을 이었다.

"난 천잠보의에 대해 전혀 모르지만, 그렇다고 그것을 찾을 수 없다 말하지는 않았으니 말이오."

강설영의 눈이 번쩍 뜨였다. 육홍의 말투에 담긴 암시 때문이었다.

"그 말인즉슨… 찾을 수 있는 방법이… 있단 말인가요?"

"당장 찾을 수 있다는 이야기는 아니오."

"……?"

"다만, 천잠보의에 대해 알 만한 사람을 가르쳐 줄 수는 있소."

"그게 누구죠?"

즉각적으로 되묻는 그녀다. 그녀의 반응에 육홍이 쓴웃음을 지으며 말을 이었다.

"소저의 질문에 답하기에 앞서 내 한 가지 질문을 드리겠소."

"질문이라, 해보세요."

"소저는 아무래도 순수한 무인은 아닌 것 같소. 처음부터 의아하다고 느꼈었지. 소저의 출신은 무가(武家)가 아니라 상가(商家)

요. 그렇지 않소?”

처음엔 갈피를 못 잡았던 육홍이나, 그는 사실 예리한 안목을
지닌 남자였다.

천잠보의를 찾는다는 것. 강설영의 이야기가 워낙에 의외인 일
이었단 말이다. 이제 강설영이 원하는 것을 정확하게 알게 되었으
니, 그도 더 이상 당황할 이유가 없다. 갈팡질팡할 이유가 없는 것
이다.

“맞아요. 전 온전한 무가(武家) 출신은 아니죠. 그것을 어찌 알
았나요?”

“소저의 눈빛이 그렇소.”

“눈빛이 그렇다?”

“소저의 기도는 강인한 무인을 보여주되, 또한 소저의 눈빛은
대박을 앞에 두었던 상인의 그것과 같았소. 소저의 눈에 담긴 것
은 천잠보의에 대한 물욕(物慾)이지만, 그것은 신병을 탐내는 무인
의 그것과 전혀 달라 보였단 말이오. 그것은 아마도 큰 시합을 준
비하는 내 눈빛과 다르지 않을 거요. 소저의 근본은 결국 상인이
틀림없소. 어떻소? 내 말이 틀렸소?”

“상인이라……. 그렇게 보이나요?”

“맨몸으로 이 위치까지 올라오는 게 순탄치는 않았소. 안목 하
나는 누구에게도 뒤지지 않는다 생각하오.”

“좋아요. 지부장의 말이 맞다고 해두죠. 하지만 잘 모르겠네
요. 내가 상가의 출신이란 게 어떤 의미가 있지요?”

“난 비무상왕이오. 비무를 사고파는 상인이지. 상인이란 모름
지기 이익을 탐내는 것을 주저해선 안 되는 법이오.”

"무슨 말인지 쉽게 이야기해 주면 좋겠네요."

"나에겐 소저가 원하는 정보가 있소. 하지만 난 소저에게 이 정보를 그냥 줄 수가 없을 것 같소."

"그냥 줄 수가 없다니, 특별한 이유라도 있나요?"

"그렇소. 그들의 이름을 말하는 것은 내 입장을 곤란하게 만드는 일이기 때문이오."

"이름도 가르쳐 주지 못한다니, 예사로운 사람들이 아닌 모양이 군요."

"보물을 얻는 데에는 반드시 위험이 따르기 마련이오. 그 보물이 값진 물건일수록 더욱 그렇소. 누구나 탐내는 물건이라면 그만큼 경쟁자도 많지 않겠소? 때문에 보물을 쫓는 자들에게는 여러 가지 유형이 있을 수밖에 없소. 보물을 얻기 위해 억만금을 쓰는 사람들, 다른 사람의 보물을 차지하기 위해 싸움을 거는 사람들, 얻지도 못할 보물에 목숨을 바치는 사람들, 수많은 자들이 저마다의 방식으로 보물을 쫓고 있단 말이오."

강설영은 육흥의 이야기를 들으며 불산에서의 일을 떠올렸다.

구주창왕의 비급을 노리고 모여들었던 군웅들……

헛되이 흘려진 피가 어느 정도였을까.

보물이란 자고로 얻기가 힘들기에 보물인 법. 탐내는 자들이 많을수록 얻기 위해 감수해야 할 위험도 클 수밖에 없는 것이다.

"보물에 다가간다는 것은 그 자체만으로도 두려운 일이 될 수 있소. 세상에는 소저처럼 드러내 놓고 보물을 쫓는 사람들만 있는 것이 아니오. 누구에게도 알리지 않고 비밀리에 보물을 찾는 이들이 있소. 그들은 결코 표면에 드러나지 않소. 심지어 그들은 자신이 보물에 대해 알고 있다는 사실까지도 감춰져 있길 원하오.”

“육 지부장이 알려줄 인물들이 바로 그런 자들인 모양이네요.”

“그렇소. 그들에 대해 함부로 말했다가는 나 역시도 무슨 곤욕을 치르게 될지 모르오.”

육홍이 고개를 내저으며 말했다. 여전히 곤란해하는 표정으로.

그런 육홍을 보는 강설영의 눈동자가 날카로운 빛을 발했다.

‘협상⋯ 거래라는 건가?’

육홍은 더 이상 강설영의 의도를 몰라 어리둥절해하던 그가 아니었다. 곤란하다 곤란하다 말하지만, 진짜 곤란해하는 표정과는 거리가 멀어 보였다.

‘그래서 상인을 칭했군.’

강설영을 상인이라 말한 것도 계산된 발언이다.

무인으로 핍박하지 말아라. 상인이라면 상도를 지켜주길 바란다.

알려주기 힘들다. 입장이 곤란하다.

정보를 얻고 싶다면 대가를 치러라.

빙빙 돌려서 말했지만, 육홍의 진짜 의도는 그것이다.

거래를 하겠다. 도박판에서 잔뼈가 굵은 비무상왕의 면모를 보이고 있는 것이다.

‘넘어가 줘야겠지?’

그렇게 나온다면 할 수 없다. 여전히 칼자루를 쥔 건 강설영이지만, 저쪽에도 칼자루가 있다. 강설영의 칼이 더 크고 날카롭다 한들, 또한 육홍이 쥔 칼자루가 별반 대단치 않다 한들 강설영으로서는 육홍이 쥐고 있는 무딘 칼자루가 더 탐이 났던 까닭이다.

"좋아요. 원하는 게 뭐죠?"

"역시나 이야기가 빠르오. 소저는 틀림없는 상인이오."

"원하는 거나 말해요. 마음 변하기 전에."

강설영이 눈살을 찌푸리며 말했다. 하지만 육홍은 더 이상 위축되지 않았다. 육홍은 생각했다. 강설영이 무력으로 알아내고자 한다면 못할 것도 없을 게다. 강설영은 그런 부류가 아니다. 여기까지 불쑥 쳐들어온 것을 보면 완전한 정도(正道)라고 할 수도 없겠지만, 그렇다고 위험천만한 마도(魔道)의 인물로는 생각되지 않는다. 협상이나 거래가 통하는 상대라는 뜻이다. 적어도 육홍이 보기엔 그랬다.

"소저는 무공에 자신이 있을 것이오. 난 소저의 무력이 필요하오."

"무력이요?"

"그렇소."

"어디에 쓸 생각이기에……?"

"꺾어줄 상대가 있기 때문이오."

육홍이 미간을 좁히며 말했다.

곤란해하는 표정. 이번에는 진짜다. 거래를 위한 표정 연기가 아닌, 진심이 묻어나는 얼굴이었다.

"꺾어줄 상대?"

"난 그가 이번 암무회전에 나오지 않길 바라오. 그가 암무회전에 출전하지 못하도록 소저가 나서주었으면 좋겠소."

"좋아요. 그가 누구인가요?"

강설영의 질문에 육홍이 잠시 동안 눈을 감았다.

열리는 육홍의 입.

"막야흔."

"예?"

"막야흔. 그를 쓰러뜨려 주시오."

*   *   *

야조(夜鳥)의 울음소리가 얽혀드는 야심한 시각이다. 단운룡과 막야흔은 처음 단운룡이 관에서 일어났던 축성무후사에 와 있었다.

'중독이 심해.'

막야흔을 내려놓고 맥을 짚어 상세를 확인했다. 상태가 가히 좋지 않다. 기혈이 탁해져 있음은 물론이요, 상처에서 난 출혈도 상당하다. 중독된 상태에서 무리하게 싸움을 해서다. 당장 손을 써야 했다.

'내 내공으로 될까.'

지닌바 내공이 미약하다. 막야흔의 진기를 유도해서 해독(解毒)을 하기엔 무리일지도 모른다. 그래도 어쩔 수 없다. 여기서 막야흔의 상세가 더 나빠졌다가는 돌이킬 수 없는 사태가 생길 것이다. 단운룡이 막야흔의 명문혈에 손을 올렸다. 해독은 불가능하더라도 도와줄 수 있는 데까지는 도와줘야 했다.

"후우우우."

밤공기를 한껏 들이켜 진기를 단전에 모았다. 막야흔의 내공이 어느 종류인지는 모르겠지만 그저 단운룡의 내공과 상충되지 않기만을 바랄 뿐이다. 조심스레 명문혈을 통하여 진기를 흘려보았다.

'좋아. 들어간다.'

반동은 없다. 그런대로 섞일 수 있다는 뜻이다. 진기를 더해 막야흔의 단전으로 유도해 보았다. 음습하고 탁한 느낌이 바로 온다. 독기(毒氣)였다.

'전신에 퍼졌군.'

단전에서 진기가 나아가는 기혈 전체에 탁한 독기가 가득했다. 이 정도로 중독되었는데도 심장이 뛰는 게 신기하다. 진기를 거세게 몰아 억지로 독기를 밀어내 보았다. 쉽지 않다. 좀처럼 독기를 걸러내기가 어렵다. 단운룡의 이마에 땀방울이 맺혔다.

'지금 내 내공으로 독기를 없애는 것은 불가능하다. 한곳에 모아서 이놈 스스로 해결하도록 해야 해.'

막야흔의 체내에선 결론이 나지 않는다. 그렇다면 밖으로 내보낼 수 있도록 도와야 한다. 독기를 모아서 배출시키려면 가장 쉬운 곳이 폐장(肺臟)이다. 폐장에 독을 모아 객혈로 뱉어버리도록 하는 것이 현재 취할 수 있는 최선의 방법이었다.

'쉽지 않아.'

오랜 시간이 걸리는 일이었다. 좀처럼 진척이 되질 않는다. 내공으로 다른 사람을 치료해 본 경험이 일천하거니와, 쓸 수 있는 내공도 터무니없이 적다. 힘겹게 진기를 모으고, 주천을 유도한다. 바가지로 물을 옮겨 담듯 혈도에서 다음 혈도로 독기를 운반했다.

얼마나 지났을까. 시간을 잊고 자신을 잊었다.

밤바람에 새벽 기운이 스며든다. 무아지경으로 독기를 몰아내던 중 단운룡은 문득 묘한 것을 느끼고는 정신을 번쩍 차렸다.

'진기가……'

이상했다. 이렇게 오랫동안 독기와 싸웠다면 단운룡의 기력도 쇠해야 정상이었다. 독기를 유도하면서 단운룡의 진기도 상당량이 막야흔에게 건너가고 있었다. 그렇게 새벽이다. 진기가 고갈되어 운기 자체가 불가능해졌어야 할 시간대였다. 그런데도 단운룡의 진기는 멈추질 않는다. 오히려 풀려 나오는 진기가 더 강해진 듯하다. 독기를 밀어내는 것이 처음보다 훨씬 수월해져 있었다.

'요령이 붙은 것인가.'

아니다. 요령이 붙은 것만으로는 설명할 수 없다.

뭔가가 있었다. 지금까지 느끼지 못했던 무언가다. 몸속에 없었던 것이 생겨 있는 느낌이다. 정체불명의 뭔가가 존재하고 있었다.

'일단 해결부터 하고 보자.'

단운룡은 여세를 몰아 막야흔의 독기를 그의 폐장으로 몰아넣었다. 한층 더 쉽다. 독을 몰아내면서 허해진 막야흔의 기혈에 솟아나는 진기를 나눠주었다. 그렇게 한 시진여다. 마침내 폐 한쪽으로 독기가 몰린다. 막야흔의 코에서 탁하고 비릿한 공기가 뿜어져 나오기 시작했다.

'이제부턴 네놈 몫이다.'

단운룡은 막야흔의 명문혈에서 손을 뗐다. 손을 쓸 만큼은 다

썼다. 처음 생각했던 것보다 훨씬 성공적이다. 위험한 고비는 확실히 넘긴 듯했다.

'상처를……'

단운룡은 곧바로 자신의 가슴을 내려다보았다. 막야흔을 돌보느라 새벽이 오도록 방치해 둔 상처가 있었다. 복면인의 비수에 당한 상처였다.

'이거 봐라? 독(毒)이 있긴 있었다?'

단운룡은 해사독 운운하던 복면인의 말을 떠올렸다. 심리전을 위한 거짓말인 줄 알았더니 그게 아니었던 것 같다. 가슴과 어깨의 상처에서 미약하나마 비릿한 냄새가 올라오고 있다. 독향이었다. 번들거리는 느낌, 사독(蛇毒) 종류가 맞는 모양이었다.

옷깃을 찢어 어깨를 둘러메고 앞섶을 풀었다. 위로 비스듬히 올라온 상처는 제법 길고 깊었다. 출혈은 한참 전에 멎었고, 피도 굳어 있다. 독향이 스멀스멀 올라오고 있지만 방치해 둔 것치고는 상당히 괜찮은 상태다.

'한데 중독되지 않았어. 왜……?'

확실히 이상하다.

이 이상한 느낌은 막야흔을 치료하면서 느꼈던 그것과 같다.

독에 당한 것은 맞는데 중독은 되지 않았다. 독에 당한 것도 모른 채 싸웠고, 싸우면서도 아무런 영향을 받지 않았다. 게다가 독에 당한 상처를 지니고서 막야흔을 치료하기까지 했다. 납득이 되지 않는 일이다. 지금 내공으로는 가능한 일이 아니었다.

그러던 한순간이다.

파직! 파지직!

단운룡은 미세한 소리를 듣고 눈을 돌렸다. 막야흔 쪽이었나? 그렇지 않다. 막야흔 쪽이 아니다. 소리가 들린 곳은 바로 근처다. 아니, 단운룡 자신의 몸에서다. 단운룡의 눈이 가슴의 상처에 이르렀다.

정신을 집중해 보았다. 파지직! 하고 미세한 소리가 귓전을 울린다. 착각이 아니다. 미간을 좁히며 상처 부위를 내려다보았다. 파직! 분명히 들렸다. 미간을 좁히고 고개를 들었다. 들은 것뿐이 아니라 눈으로도 확인한 것이다.

'이건……!'

상처 부위 깊은 곳에서 주기적으로 일어나는 기운이 있었다. 그것이 중독을, 독기가 퍼지는 것을 막고 있었다. 아주 미세하다. 그러면서도 강력하다. 파직거리며 일어나는 그 힘이 독기를 태워 버리고 있었다.

'광극진기!!'

틀림없다. 광극진기다. 없어진 줄 알았던 광극진기가 그의 중독을 막고 있었다.

'이게 대체…….'

광극진기가 남아 있었다니. 몇 번이나 운기를 해봤어도 감지하지 못했었는데. 영문을 모를 일이다.

'어떻게 된 일이지?'

단운룡은 다시 한 번 운기에 들어갔다. 더 세심하게, 더 집중해서 기혈을 살펴 나갔다. 방금 느꼈던 것. 몸속에 뭔가 있다고 느낀 그것을 찾기 위함이다.

'있는 것은 분명한데.'

일주천을 해봐도 모르겠다. 단운룡은 방법을 달리했다. 단전에서 시작하여 운기를 하는 것이 아니라 기감을 열고 상처 부위의 기혈에 머문 광극진기를 역추적해 보았다. 독기를 태우는 뇌전의 힘이 어디에서 흘러나오고 있는가. 거기서부터 거꾸로 짚어 나갔다.

알겠다. 단운룡은 마침내 그 근원을 찾아낼 수 있었다. 실낱같은, 그러면서도 강력한 진기가 박동을 치면서 뻗어 나오고 있는 곳이 있었다. 미처 의식도 못하는 사이에 흘러나와 독기와 싸워준 광극진기다. 중독을 당하고도 움직일 수 있게 해준 근원이었다. 눈을 뜬 단운룡의 시선이 가슴 밑 명치에 이르렀다.

'이럴 수가……!'

그곳이다. 사부의 손목이 들어갔던, 들어가는 것처럼 보였던 바로 그곳이었다.

광극진기가 그 안에 있었다. 그것도 그냥 있는 정도가 아니다.

어마어마했다. 감당치 못할 만큼 강대한 광극진기가 중단전을 깊은 곳에 틀어박혀 거대한 뇌구(雷球)를 이루고 있었다.

'무시무시하군!'

너무나도 거대했기에 오히려 깨닫지 못했다. 중단전이 다소 빡빡하다 느꼈었지만, 지닌바 내공이 얼마 없어서 저항이 있었던 것으로 생각했다. 묵직했던 것이 설마하니 진기의 덩어리일 것이라고는 상상조차 하지 못했던 것이다.

'독에 당하지 않았으면 몰랐을 거다.'

독을 막기 위하여 자연스럽게 흘러나왔기에 망정이지, 그렇지 않았더라면 영영 알아채지 못했을 뻔했다. 어떻게 이런 일이 있을 수 있는지 모를 일이다. 자신의 몸속에 있는 것인 데도 처음 보는 것처럼 어색하기만 했다. 중단전이 아니라 알아채지 못할 만큼 깊은 곳, 몸속 아주 깊은 곳에 있는 느낌이다. 무지막지한 진기가 꾹꾹 응축되어 하나의 구슬처럼 뭉쳐 있었다.

'내단(內丹)이란 게 바로 이런 것일까.'

전설 속 영물들의 몸속엔 천지자연의 기운을 담은 내단이 있다고들 한다. 그런 내단을 얻어 대단한 공력을 쌓게 되었다는 무인들이 있다. 강호의 비사(秘事)라면서 심심찮게 들리는 이야기가 그렇다.

몇백 년 묵은 구렁이의 내단을 먹고 십 년 연공의 내공을 얻게 되었다? 우습지만 그럴듯한 이야기다. 어디에 무슨 영물이 나타났다 소문이 나면, 강호의 무인들은 목숨을 걸고 그 영물을 찾아 나선다. 흔하지는 않아도 종종 있는 일이다.

부질없는 짓이라 생각했다. 짐승의 몸속에 내공이 담긴 구슬이 있다니. 허황된 일도 그런 허황된 일이 없으리라.

하지만 이젠 그런 생각도 바꿔야 할 것 같다.

중단전 깊은 곳에 자리한 이것은 강대한 광극진기의 광구(光球)다. 용(龍)이 품고 있다는 여의주처럼 응축된 뇌기(雷氣)가 구슬이 되어 단단하고 뚜렷하게 그 존재를 드러내고 있었다. 이런 것이 내단이 아니고 무엇이겠는가. 내단이란 것이 존재할 수도 있겠구나라는 생각이 절로 들었다.

'사부는 광극진기를 거둬간 게 아니었어.'

그렇다. 단운룡은 잘못 생각했었다.

광극진기를 가져간 게 아니라, 그 반대였다. 사부는 훨씬 더 크고, 훨씬 더 강대한 것을 넘겨주었다. 도대체 얼마만큼의 진기를 준 것인지 가늠이 되질 않는다. 무형의 진기를 응축시켜 유형화된 구슬처럼 단단하게 묶어두려면 그 농도와 밀도가 어느 정도일지 상상이 되질 않았다.

'문제도 있다. 어떻게 쓸 수 있는지 그 방법을 모른다는 거야.'

어마어마한 것을 얻었다. 하지만 소용이 없다.

광구(光球)가 있어도 그걸 쓸 방법을 모른다. 간밤의 싸움에서도 그랬다. 단운룡은 본신의 힘만 가지고 싸웠다. 응축된 뇌기의 구슬, 뇌옥(雷玉)의 힘은 있는지조차 몰랐다. 아니, 알았다 해도 마찬가지였으리라. 지금 이 순간에도 어떻게 써야 할지 감조차 잡지 못하고 있었다.

'운기를……'

단운룡은 다시 한 번 몸속의 진기를 휘돌려 보았다. 조금 더 강하게 진기를 유도하면서 광구(光球)를 건드려 보았지만 광극진기는 미동도 하지 않았다. 단단하기가 마치 금강석으로 만들어진 구슬과 같다. 역시나 그렇다. 이건 지금 당장 어떻게 해볼 수 있을 만한 성질의 것이 아니었다.

'겁나는군. 잘못 건드렸다간……'

단운룡은 무리하지 않았다. 광극진기는 사납고 난폭한 진기다. 그걸 잘 아는 단운룡으로서는 함부로 건드리기가 겁날 수밖에 없다. 막대한 진기가 한꺼번에 터져 나올 경우, 제어할 자신이 없었다. 육체와 기혈이 그것을 버텨주리란 보장이 없기 때문이었다.

'뭔가 방법이 있겠지.'

광극진기가 봉인된 것은 아쉽지만, 그렇다고 절박할 것도 없다. 부족한 내공은 감각과 경험으로 얼마든지 극복할 수 있다. 사부에게 배운 것 중에 하나가 '무공이 전부가 아니다'였지 않았나.

그것으로 충분하다. 봉인을 풀 방법을 찾을 때까지, 단운룡은 그저 단운룡의 길을 가면 된다. 멈춰 서 있을 이유는 어디에도 없는 것이다.

제20장 엽단평(葉亶泙)

“엽단평에 대해 말해달라고?”

마천용음도, 발도각주는 코웃음부터 쳤다.

“직접 찾아가지 그래?”

무례하면서도 호방한 목소리다. 의협비룡회 최전선에서 선봉의 일격을 가한다는 발도(拔刀)의 무인들은 하나같이 비슷한 성정을 지녔다.

“샌님이 따로 없었지. 곱상하게 포권을 취하고 나긋나긋 이야기를 하는데, 도저히 못 봐줄 지경이었다.”

좀처럼 믿기 힘들다. 전조환생, 청천대검객(靑天大劍客) 엽단평이 마천용음도의 한마디에 나긋나긋한 샌님으로 전락했다. 철벽의 검법을 구사하는 청천대검객. 저 마천용음도가 한 말이 아니었다면 코웃음을 치고 흘려들을 만한 이야기다.

“사실 그닥 싫지는 않았어. 놀려먹는 재미가 있었거든. 효마, 그 개자식하곤 딴판이었지.”

마천용음도와 광표왕, 그러니까 흑표창왕이 앙숙지간이라는 사실은 세간에 너무나도 잘 알려져 있는지라 재차 언급하기도 귀찮을 지경이다. 반면 마천용음도와 청천대검객에 대해서는 그런 대로 잘 화합하는 한 쌍이라는 게 강호인들의 평가다.

"그 정도까지 강해질 줄은 몰랐다고 할까. 검법을 완성한 후에는 포공사를 발칵 뒤집을 수 있었는데, 그러지 않았지. 나라면 그렇게 못했을 거야. 뿌리가 있는 자와 없는 자는 그런 점이 다른 거겠지."

광표왕만큼이나 난폭하다 알려진 마천용음도건만, 세월이 주는 현명함은 그와 같은 사람도 비껴가지 않았던 모양이다. 들은 것보다는 훨씬 더 생각이 깊은 자였다. 의협비룡회의 인재들이란 하나같이 그랬다. 그처럼 측량키 어려운 구석들이 있었던 것이다…(중략)……:

한백무림서 미완
한백의 일기, 마천용음도와의 대담 中에서.

'**막**야흔을 쓰러뜨려 달라니…….'

강설영은 많은 것을 물어보지 못하고 육홍의 거처를 빠져나왔다.

강설영이 때려눕힌 호위무사들이 순찰조에 의해 발각되면서 융중상회 적벽지부 전체가 발칵 뒤집혀졌기 때문이다.

강설영은 눈에 띄고 싶지 않았다. 소란에 휩쓸리는 것이 싫었을 뿐더러, 혹 얼굴을 알아보는 사람이라도 있을 경우엔 문제가 커질 수 있었다. 강설영은 강씨금상의 소상주. 본 가에 누가 될 수도 있는 것이다.

'게다가…….'

강설영의 곤란도 곤란이지만, 육홍도 그렇다.

막야흔을 쓰러뜨려 달라는 것은 육홍으로서도 드러내 놓고 할 이야기가 아니었던 모양이다. 강설영이 서둘러 빠져나가겠다 했을 때 반색을 하며 고개를 끄덕인 것도 그래서였음이 틀림없었다.

'감추고 싶어했어. 독단적인 결정이야.'

막상 급하게 나오고 보니 풀지 못한 의문이 많다.

육홍은 덧붙여 말했었다.

막야흔을 암무회전에 나오지 못하도록 만들어달라고.

'토끼를 잡고, 사냥개를 죽인다. 토사구팽. 팽(烹)을 하겠다는 이야긴데……'

강설영은 이번 암무회전에 대해 들었던 이야기들을 떠올렸다.

'이전까지와는 다른 출전자들이 나온다고 했지. 결과를 장담할 수 없다는 말이야.'

이번만큼은 막야흔의 우승을 확신할 수 없다.

막야흔이 암무회전에서 패배한다면?

융중상회는 막대한 손해를 입게 될 것이다. 다른 경쟁 상회들이 손해를 입었던 것만큼, 아니, 그 이상으로 큰 타격을 받게 될 수 있었다.

'담 각주야 좋아하겠지만.'

담 각주, 담화삼의 황학상회는 이번 대회를 위해 포공사의 고수를 초빙해 왔다고 했다. 담화삼은 무슨 일을 꾸밀 때 결코 허투루 처리할 인물이 아니다. 포공사의 고수가 어느 정도의 실력자인지는 모르겠지만, 담화삼의 어투로 보아서는 결코 만만한 자가 아닐 터였다.

'대회를 제압할 가능성이 낮아. 막야흔이 나가서 질 바엔 아예 나가지 않는 편이 좋다는 걸까?'

융중상회는 지금까지 충분한 이득을 보았다. 막야혼으로 얻어 낼 수 있는 이득은 이미 챙길 만큼 챙긴 상황이다. 이제부터는 막야혼이 승리한다 해도 얻을 것이 많지 않다. 숱하게 이겨 왔으니 수많은 승리 중 하나가 될 뿐이다.

반면 질 경우에는 잃는 것이 엄청나게 많다. 막야혼이 질 경우, 적벽 도박판의 판도는 일순간에 변한다. 도박판뿐이 아니다. 막야혼에게 승리한 자, 막야혼이 쌓아 올린 모든 것을 단숨에 집어삼 킬 수도 있다.

결과는 곧바로 상업적인 손실에까지 이어진다. 융중상회가 팔 던 칼보다, 막야혼을 꺾은 칼이 더 잘 팔리게 될 게다. 막야혼이 입던 옷보다, 그를 쓰러뜨린 자의 옷이 더 큰 유행을 타게 될 것이 다. 한마디로, 융중상회 측에선 위험 부담이 지나치게 높다는 이 야기였다.

'막야혼은 융중상회의 보물 같지만, 실제로는 계륵(鷄肋)이었 던 거야. 먹기엔 어렵고, 버리기엔 아깝고……. 거기서 융중상회는 결국 버리는 쪽을 선택한 거로군.'

상가(商家)에 떠도는 말. 위험을 무릅쓰지 않고서는 금맥을 잡 을 수 없다고 했다. 위험이 크면 클수록 얻을 수 있는 이득도 크 다는 뜻이다. 그러나 예상되는 위험이 지나치게 크다면 제아무리 눈에 잡히는 금맥일지라도 과감하게 놓을 줄 알아야 한다. 무조건 공격적으로 달려드는 것은 상도(商道) 패가(敗家)의 지름길이었다.

'옳은 선택이긴 해. 이길 보장도 없는 것을 굳이 감행할 필요는 없지.'

상인의 눈으로 볼 때 육홍이 틀린 것은 없다.

막야흔 덕분에 여기까지 왔다?

무인으로서의 명예와 의리?

암무회전은 도박판이다. 숭고한 무인 정신을 기대했다면 애초부터 이런 곳에 있어서는 안 된다.

'막야흔은 어젯밤 괴한들의 습격을 받았다고 했다. 그렇다면 그것도 육홍의 짓일까?'

막야흔은 현재 행방불명 상태다. 장안의 파다한 소문에 의하면 중독을 당한 것 같다고도 했고, 큰 상처를 입은 것 같다고도 했다.

습격의 배후는 누구인가?

그건 간단치 않다. 막야흔을 쓰러뜨려 달라는 부탁을 했다고 하여 육홍으로 단정 짓는 것은 성급한 일이다. 습격이라고 한들 그 목적이 모두 같은 것은 아니기 때문이었다.

'암습의 목적은 크게 두 가지로 나눌 수 있어. 죽이기 위해서, 아니면 상처를 입혀 타격을 주기 위해서. 만일 습격의 목적이 막야흔을 죽이는 것이었다면……'

강설영은 담화삼의 말부터 떠올렸다.

"솔직히 말씀 드리건대, 저 역시도 막야흔을 죽이고 싶은 마음이 굴뚝같습니다. 하지만 막야흔은 그렇게 죽어서는 안 됩니다. 막야흔은 비무대 위에서 죽어야지요."

담화삼은 막야흔이 죽길 바란다. 하지만 그가 비무대 밖에서 죽어서는 안 된다고 했다. 암습을 지시한 배후가 담화삼이라면, 죽이는 것을 목적으로 하지는 않았을 것이다.

'타격을 주기 위해서였을 수 있지. 일단 배제할 수는 없겠어.'

담화삼의 별호는 소면복검이다. 웃는 낯으로 무슨 일을 꾸미는지 모를 자다. 암습을 시도할 자로는 보이지 않지만, 장담할 수는 없다.

'죽이려고 했다면 오히려 육홍 쪽일 가능성이 높겠지.'

담화삼과 나누었던 이야기의 핵심도 그거다. 막야혼이 비무대 밖에서 죽으면 융중상회에겐 도리어 이득일 수 있다. 막야혼 없이 암무회전을 어떻게 할 건가? 간단하다. 제이의 막야혼을 내세우면 된다. 더 강한 자로.

'어느 쪽이든 상관없어. 막야혼만 못 나오게 하면 그만이야.'

강설영은 가볍게 생각하기로 했다.

막야혼에겐 아무런 감정이 없다. 비무판 위에서 져 나락으로 떨어질 바에는 차라리 그녀에게 꺾여 비무판을 떠나게 만드는 편이 좋을지도 모른다.

'문제는 어디에 있느냐인데……'

소문에 따르자면 막야혼은 위기의 순간에 누군가로부터 도움을 받았다고 했다. 젊은 남자 하나가 나타나 막야혼을 끼고 사라졌다는데, 누구도 그 남자의 정체는 모른다는 것 같았다.

강설영의 눈이 새벽녘 밝아오는 하늘 끝에 머물렀다. 육홍의 속내 따위, 상관하지 않기로 했다. 막야혼을 찾아서 비무대회에 못 나오도록 만든다. 그리고 천잠보의를 찾는 단서를 얻으면 되는 것이다. 강설영의 발길이 적벽의 저잣거리로 향했다. 풍운의 적벽. 막야혼을 쫓는 사람들이 움직이기 시작하는 새벽이었다.

                    *   *   *

　악몽이라도 꾸었나. 무언가에 놀란 것처럼 벌떡 상체를 일으키고는 몇 번이나 머리를 좌우로 흔든다. 엄습하는 두통 때문이었다. 긴 신음 소리가 이어졌다.

　"크으으으윽!"

　숙취(宿醉)와는 질적으로 다른 두통이었다. 아니, 숙취로 생기는 두통 따위 일부러가 아니고서야 느껴본 일도 없다. 그 정도의 내가고수로서는 좀처럼 맞닥뜨리기 힘든 두통이었다.

　'술 때문은 술 때문이었지.'

　점차 기억이 난다. 술로 인한 두통은 아니되, 술잔을 들이켜서 생긴 것은 맞다. 몽롱하고 묵직하며 텁텁한 느낌. 머리 속에 매캐한 연기가 가득 찬 것 같았다.

　"컥!"

　매캐한 연기가 가득 찬 곳은 머리뿐이 아니다. 가슴이 답답하다. 가슴속 깊은 곳에서 격하게 끓어오르는 것이 있다. 막야흔이 상체를 벌떡 일으켰다. 목구멍을 타고 올라오는 느낌에 고개를 모로 돌린다. 내장이라도 토해낼 듯 과격한 기침이 시작되었다.

　"쿨럭, 쿨럭, 카아악!"

　철벅! 하고 땅바닥을 수놓는 것은 꺼멓게 죽은피다. 한 번 기침할 때마다 피가래가 한 움큼씩 튀어나왔다.

　"컥! 커억!"

　기침이 멈춘 것은 한참 뒤였다. 피를 토하고 나니 오히려 몸이 가뿐해진 느낌이다. 폐부와 머리 속의 매캐한 것들이 깨끗하게 빠져나간 것 같았다.

막야흔이 한결 맑아진 눈으로 고개를 돌렸다. 백색 천이 덮인 제단(祭壇)이 보였다.

'사원? 무후사?'

백색이라면 무후사밖에 없다. 주공근의 사원이나 손백부의 사원에는 좀 더 화려한 색을 쓴다. 막야흔이 한순간 움찔하며 뒤쪽으로 눈을 돌렸다.

"……!"

팔짱을 낀 채로 창틀에 기대어 선 남자가 있다. 창문을 통해 들어오는 햇살을 등지고서 짙은 음영을 드리우고 있는 남자다.

"네놈인가? 날 치료해 준 것이?"

막야흔은 바보가 아니다. 간밤의 중독이 만만치 않았다는 것쯤 잘 알고 있다. 독혈(毒血)만을 이렇게 내뱉을 수 있었던 것은 누군가가 손을 써주지 않고서야 불가능한 일이었다.

"그것으론 부족해. 따로 운기요상을 해야 할 거다."

단운룡이 치료해 준 것이 맞다. 하나 막야흔은 고마워하는 얼굴이 전혀 아니었다. 말투도 그렇다. 그가 숨을 한 번 크게 들이켜고는 신경질적인 어조로 물었다.

"왜 끼어들었지?"

"……?"

"그 싸움, 끼어든 이유가 뭐냔 말이다."

"죽을 것 같아서."

단운룡의 대답은 짧았다. 당연하다는 투다. 막야흔이 이를 갈며 말했다.

"그런 놈들은 내 상대가 아니었다! 남의 일에 함부로 끼어드는
게 아니야!"

생명의 은인임을 몰라서가 아니다. 알기 때문에 더 화를 내는
것이다. 단운룡이 막야흔을 똑바로 쳐다보며 나직한 목소리로 한
마디를 던졌다.

"조용히 해."

구름 속 뇌룡의 용언(龍言)은 바람과 번개를 부른다.

벼락에라도 맞은 듯, 막야흔의 몸 전체가 부르르 떨렸다. 단운
룡이 묻는다. 거부할 수 없는 명령과도 같은 목소리로.

"이름이나 말해봐."

막야흔은 충격을 받은 듯하다. 방금까지 화를 내던 것도 일순
간 사라져 버린 모양새였다.

"내, 내 이름은……."

정신이 나간 듯 자신도 모르게 입을 열다가 흠칫하고 입을 다
문다. 막야흔의 얼굴을 가득 채운 것은 이제 분노가 아니라 수치
심이다. 막야흔이 당황한 어투로 소리치듯 되물었다.

"지, 지금 내 이름을 물은 것이냐? 이 적벽에서?"

"그래."

또다시 짧은 대답.

단운룡에겐 범접키 힘든 무언가가 있다. 그걸 본능적으로 느낀
막야흔이다. 그렇기에 그의 반응은 더 극적이었다.

"놈! 귓구멍 후비고 똑똑히 들어라!"

위축된 자신을 감추기 위한 시도였을까. 막야흔이 벌떡 일어났
다. 엄지손가락으로 스스로의 가슴을 쿡 찌르며 소리친다.

"막야흔! 내 이름은 막야흔이다!"

막야검이라 함은 춘추시대 전설적인 보검의 이름이다. 보검이란 대저 그러한 법이다. 자신의 약함을 드러내지 못하며, 꺾이지 않을 불굴의 자존심을 지닌다. 막야흔도 그렇다. 그 이름처럼 고집스럽고 강인한 사내였다.

"막야의 검흔이라. 좋은 이름이로군."

단운룡으로서는 순수한 칭찬이나 막야흔에겐 그렇게 들리지 않은 모양이다. 막야흔의 얼굴이 한껏 일그러졌다. 막야흔이 검지 손가락으로 단운룡을 가리켰다. 삿대질이다. 막야흔이 삿대질을 하며 씹는 듯한 어조로 말했다.

"좋은 이름이라고? 감히 내 앞에서 그런 말투를 써? 도대체 넌 뭐냐! 암무회전 출전자냐?"

"암무회전? 그건 뭐지?"

"암무회전을 몰라?"

"그런 거엔 관심없어. 그보다 너, 어디 소속이냐?"

"뭐라고?"

"가슴에 있는 그거. 융중상회에서 일하는 건가?"

또 한 번, 막야흔의 자존심에 큰 상처를 내는 질문이다.

너 따위는 모른다. 암무회전도 모르고, 융중상회 소속인 것도 모른다. 이럴 수는 없다. 막야흔은 지난 몇 년 동안 이런 취급을 당해본 적이 한 번도 없었다. 그가 이빨을 드러내며 소리쳤다.

"날 놀리는 것이냐! 이놈! 암무회전에 나오너라! 이 막야흔이 네 놈에게 진짜 실력을 보여주마!"

참으로 격한 성정이다. 그런 막야흔을 보며 단운룡의 입술이 움직였다. 혼잣말, 작은 목소리였다.

"비슷한 줄 알았는데, 아니었군. 성질이 급해. 대산과는 달리."

"뭐라는 거냐?"

"아아, 말했잖나. 난 암무회전이 뭔지도 몰라."

기가 막힌 대답이다. 막야흔이 숨을 씩씩 몰아쉬며 자신이 토해놓은 핏물을 한 번 내려다보았다. 그가 분통이 터진다는 얼굴로 말했다.

"그렇다면, 대체 무슨 이유로 날……!"

"구했냐고?"

"……!!"

"융중상회에서 나와라."

"뭐?"

"적벽은 좁다. 내 밑으로 들어와."

단운룡이 보는 막야흔은 다른 것이 아니다. 당장 곁에 두고 쓸 칼, 아니, 보검 한 자루다. 그러나 막야흔에겐 단운룡의 말이 결정타나 다름없었다. 막야흔이 결국 폭발하고 만다.

"뭐가 어째? 밑으로 들어와? 건방진 놈! 암무회전이고 뭐고, 이 자리에서 박살을 내주마!"

"장님이 따로 없군."

"무엇이?"

단운룡이 창틀에서 몸을 떼고 똑바로 섰다.

창을 통해 들어오는 햇살이 더 눈부셔질 때다. 막야흔은 본다. 뇌성과 함께 준동하여 포효하는 신룡(神龍)의 환상을.

"와룡은 단 하나의 와룡이 아니요, 봉추 또한 단 한 명의 봉추가 아니다. 대지는 끝도 없이 광활하니, 땅 위를 걷는 자들 앞엔 숨겨진 인재가 만천의 별만큼이나 많다. 눈을 떠라. 건방진 놈이 과연 누구인지."

막야흔의 신형이 휘청 흔들렸다. 막야흔의 영혼을, 막야흔이 땅을 밟고 살아온 세상 전체를 뒤흔드는 목소리였다.

단운룡이 몸을 돌렸다. 아득해진 정신을 수습하지 못하는 막야흔을 등 뒤에 두고 마지막 한마디를 더했다.

"몸부터 회복해라. 천하로 나아가려면."

단운룡의 신형이 햇살을 타고 사라졌다. 막야흔의 심혼에 타오르는 뇌흔(雷痕)을 남겨둔 채로.

＊　　　　＊　　　　＊

융중산 산자락, 호화로운 집무실엔 두 사람이 앉아 있었다.

"실패했습니다."

"실패?"

"예상치 못한 방해자가 있었습니다."

"방해자라니. 그게 무슨 소린고?"

"정체를 알 수 없는 자라는 보고입니다. 갑작스레 나타나 암혈조(暗血組)의 공격을 막아섰다고 합니다. 적어도 이 적벽에서는 알려진 바가 없는 인물이랍니다."

"쯧쯔. 그러게 천독문(天毒門)에 일임을 하라지 않았나. 대망혈(大닌血) 같은 신흥 방파에 처리를 맡기니까 이런 일이 발생하는 게야."

“…죄, 죄송합니다.”

“죄송하다 될 일이 아니지. 살업은 신속하고 은밀하게. 흔적이 안 남도록 해야 하는 법일세. 대체 어떻게 마무리를 할 셈인고?”

“대망혈 혈주가 수단과 방법을 가리지 않고 끝까지 책임지겠다 하였습니다.”

“끝까지 책임진다라……. 그걸 믿을 수 있겠나?”

“흉포하고 과격한 자입니다. 수단과 방법을 가리지 않고 덤벼들겠지요. 스스로의 자존심을 내세우기 위해서라도 허투루 일을 처리하진 않을 겁니다.”

“적벽 건을 제대로 추스르기 위해서는 막야흔 그 애송이가 죽어야만 해. 소상주의 기반을 흔들어놓으려면 그만한 것도 없겠지.”

“그렇다면… 홍명상회의 요구대로 진행하는 겁니까?”

“달리 선택이 없어. 그들이 원하는 바는 일단 들어주고 봐야 해. 그들 뒤에는 황실의 고관들이 있지. 게다가… 자네, 백검천마라고 들어봤나?”

“백검천마… 종리굉 말씀이십니까?”

“그래, 종리굉.”

“전대의 거마(巨魔)라 알고 있습니다만…….”

“홍명상회 측에 백검천마가 있어. 홍명상회 소속은 아니지만 언제든 힘을 빌릴 수 있는 모양이었네. 그뿐이 아닐세. 홍명상회엔 추성마도(鄒城魔刀)까지 관련되어 있다더군.”

“추성마도!”

“추성마도 맹비(孟比). 백검천마 못지않은 노괴물이지. 알아둬야 해. 홍명상회의 저력은 상상을 초월한다네."

"하, 하지만 그들은 모두 마인(魔人)들 아닙니까."

"황금이란 본디 선(仙)이 아니요, 마(魔)도 아닌 게야. 금(金)에는 천감(天監:하늘이 선과 악을 감시함)이 없고, 은(銀)에는 선악(善惡)이 없다고 하지. 홍명상회에 백검과 추성이 있다는 것은 그만큼 홍명상회의 금력이 대단하다는 뜻, 홍명상회가 악하다는 뜻이 아니라네. 그들의 비위를 잘못 거슬렀다가는 본 상회도 멸문의 화를 당할지도 몰라."

"며, 명심하겠습니다."

"소상주를 주시해. 최근 들어 천룡상회라는 묘한 곳과 접촉하고 있다던데, 심상치가 않아."

"천룡상회는 이제 겨우 자리를 잡은 상회라 알려져 있습니다. 기우(杞憂)가 아니신지."

"이제 와 남은 것이 아무것도 없다 해도 소상주는 제갈(諸葛)의 후손이네. 간단히 생각해서는 안 될 일이야."

"알겠습니다. 감시를 더 붙이도록 하지요."

"신중히 진행해. 지금이야말로 모든 것을 장악할 수 있는 기회이니."

중년인이 나가고 노인이 남았다. 산(山)에 비쳐드는 햇살 속에서, 노인의 머리카락은 그저 때 묻지 않은 것마냥 하얗게 빛날 뿐이었다.

*　　　　　*　　　　　*

“어딜 갔다 오는 것이냐?”

막야흔은 무후사를 떠나지 않고 그대로 남아 있었다. 무후사 안으로 돌아온 단운룡의 첫마디에 막야흔의 얼굴이 단숨에 일그러진다.

“기다리고 있었나?”

그렇다. 막야흔은 단운룡을 기다리고 있었다.

무후사에서 하루 밤낮. 자그마치 하루 낮밤을 보냈다.

왜인지는 막야흔 자신도 모를 일이다. 몇 번이나 욕지거리를 내뱉으며 적벽의 저잣거리로 나가려 했지만, 그때마다 막야흔은 내딛던 발길을 되돌릴 수밖에 없었다.

‘몸 상태가 정상이 아니기 때문이다.’

중독의 여파가 남아 있으니 당장 적벽으로 나갈 수 없다. 스스로에게 그렇게 말해보았지만, 그게 진실이 아니란 것쯤은 충분히 알고 있다. 중독을 핑계대기엔 몸 상태가 지나치게 좋아져 있다. 오히려 중독되기 전보다 더 좋아졌다는 느낌마저 들 정도다.

‘아니야. 그게 아니지.’

막야흔은 물어볼 것이 많았다. 단운룡의 정체에 대하여. 단운룡이 자신의 몸에 해놓은 일에 대하여. 그리고 무엇보다 그가 남긴 말에 대하여.

“한데……”

막야흔의 미간이 좁혀졌다. 돌아온 단운룡은 뜻밖에도 혼자가 아니다. 단운룡을 따라 조심조심 들어오는 소녀 하나가 있었다. 그녀를 본 막야흔의 입에서 신경질적인 목소리가 흘러나왔다.

“그건 또 누구야?”

단운룡의 옆에 섰던 소녀가 막야흔의 한마디에 움찔 뒤로 물러났다. 겁을 먹은 얼굴이었다. 막야흔이 소녀를 천천히 뜯어본다. 그가 머리를 갸웃거리며 말을 이었다.

"가만……! 낯이 익은데……."

"낯이 익겠지."

단운룡이 무후사 제단 쪽으로 발을 옮기며 그녀에게 고개를 돌렸다. 그가 온화한 목소리로 말했다.

"저쪽 아무 데나 앉아서 쉬어라. 여기는 안전해."

소녀가 막야흔의 눈치를 보며 단운룡이 가리킨 쪽으로 발을 옮겼다. 그녀의 발걸음을 따라 막야흔의 눈도 함께 움직인다. 그녀를 보던 막야흔이 문득 단운룡 쪽으로 고개를 돌렸다. 뭔가 생각이 날 듯 날 듯 모르겠다는 표정을 한 채로다.

"대체……."

"청루에서 데려왔다. 저 아래에는 널 쫓는 추격자들이 있지. 그놈들은 위험해. 그녀는 널 쫓아올 중요한 단서다."

"잠깐, 설마하니……."

막야흔이 다시 한 번 그녀를 돌아보았다. 퍼뜩 머리 속을 스쳐가는 장면들이 있다.

침상, 이불, 촛대.

비명을 질러대던 어린 창녀. 막야흔이 아, 하며 작은 감탄사를 내뱉는다.

"간밤의 창녀로군."

"그래."

단운룡의 대답에 막야흔이 피식 하고 웃음을 흘린다. 그가 단운룡을 똑바로 쳐다보며 빈정대는 어조로 말했다.

"큰소리친 것에 비하면 걱정이 과하구만? 천하가 어쩐다고 하지 않았나? 그런 놈이 추격자를 겁내서 저런 창녀까지 데려와? 놈들이 위험하다고? 네놈은 대체 뭔데? 겁쟁이?"

"놈들은 위험하지. 그건 틀림없어."

"아아, 위험하겠지, 위험하고말고. 어련하시겠어."

막야흔이 벌떡 일어나 성큼성큼 문 쪽으로 걸어갔다. 그가 단운룡을 흘끔 돌아보며 실망 어린 목소리로 말했다.

"쳇, 이런 놈을 이제까지 기다리고 앉아 있었다니."

뒤틀릴 대로 뒤틀린 말투이건만 단운룡의 표정에는 변화가 없다. 차분한 대답이 던져진다.

"우리에겐 위험하지 않겠지. 하지만 이 아이에겐 달라."

"뭐?"

"이 아이를 데려온 건, 우리의 안전을 위해서가 아니다. 이 아이의 안전을 위해서지."

막야흔이 몸을 홱 돌렸다. 그가 눈살을 있는 대로 찌푸리며 되물었다.

"그건 또 무슨 헛소리냐?"

"모르겠나? 놈들이 널 쫓기 위해 어디부터 뒤질 것 같은가? 그 청루부터다. 놈들은 이 아이를 찾아낼 거고, 이 아이는 너에 대한 것을 추궁받았을 것이다. 그놈들은 말보다 비수가 가까운 놈들이야. 이 아이가 그들 손에 들어가면 어떻게 되었을 것 같나? 모른다고 곱게 놔줄까? 난 그렇게 생각하지 않아."

단운룡의 이야기에 막야흔이 두 눈을 몇 번 깜빡거리더니 믿을 수가 없다는 어조로 말을 받았다.

"그러니까… 네놈은 저 창녀가 당할 고초를 걱정하여, 저년을 살리기 위해 여기까지 데려왔다는 말이냐?"

"입이 험하군. 듣는 사람이 여기 있다. 표현을 좀 골라 써주지 그래."

"대답이나 해라. 저 창녀를 데려온 이유가 진짜 그런 거냐?"

"무고한 사람이 말려들어서야 안 될 일이지."

"도저히 이해할 수가 없다. 대체 네놈은 뭐야? 협객 놀이에 빠진 병신, 뭐 그쯤 되는 건가?"

"놀이가 아닐걸? 놀이로 사람을 죽이진 않아."

단운룡의 눈동자 안에서 뇌광이 번뜩인다. 그걸 본 막야흔의 얼굴이 일순간 굳어졌다.

'저 눈빛.'

바로 이거다. 이것 때문이다. 그 번쩍이는 눈빛, 그거에 홀린 거다. 물어볼 게 산더미같이 많지만, 그 해답들은 결국 저 눈빛 안에 다 있다.

마력적인 눈빛이 그를 붙들어두고 있다. 머나먼 여정을, 격렬하고 치열한 싸움을 예고하는 그 무언가다. 말문이 막힌 막야흔이다. 잠시의 침묵이 흘렀다. 번쩍이는 눈빛 그대로 막야흔을 주시하던 단운룡이 먼저 그 침묵을 깼다.

"이번엔 내 쪽에서 질문을 하지."

단운룡이 한 발 앞으로 나선다. 막야흔이 퍼뜩 정신을 차리며 당황한 어조로 되물었다.

"뭐, 뭘 묻겠다는 거냐?"

"널 습격한 놈들. 그놈들은 뭐지?"

"모른다. 그거야말로 내가 묻고 싶은 말이야. 감히 내게 덤비다니. 그런 놈들, 본 적도 없어."

"짐작 가는 것도 없나?"

"짐작 가는 것? 하! 날 노릴 놈들이야 수도 없이 많다. 난 막야혼이야. 내가 누군지 아직도 모르나? 내가 내 입으로 들려줘야만 되는 건가?"

"필요없어."

"뭐라고? 필요없다고?"

"저 아이를 데려오면서 조금 알아봤지. 저 아이도 너에 대해 잘 알고 있더군."

"……!"

"암무회전이 뭔지도 들었다. 융중상회의 돈을 받고 일하는 게 맞더군. 수준 낮은 비무대회에서 굴러먹고 있다니, 그 재능이 아깝다."

"수준 낮은 대회에서 뭐 어째?"

"사실이지 않나?"

단운룡의 말투는 전에 없이 신랄했다. 단운룡이 두 눈을 번쩍이며 막야혼을 똑바로 바라보았다. 그가, 단운룡이 천천히 말을 이었다.

"진정한 무인(武人)이라곤 찾아볼 수조차 없는 곳에서 돈 싸움에 놀아나는 꼭두각시 생활이 그리도 만족스럽던가? 약자들 앞에서 허세를 부리며 영웅 행세를 하는 것도 지겨울 때가 되었을 거다. 네가 있을 곳은 이런 곳이 아냐!"

"흥! 전혀 지겹지 않다. 오히려 이제 슬슬 재미있어질 판이다! 네놈은 아무것도 모른다. 이 바닥은 결코 만만치 않았어!"

"재미있어질 판이라고? 결국 이 정도 대회에서도 백승을 장담 못한다는 것 아냐."

"네놈이 뭘 안다고 큰소리야?"

"응성비영창, 그리고 전조검법이 무엇인지 정도는 알고 있다."

"응성비영창? 그놈들은 나한테 안 돼!"

"응성비영창도 그렇게 생각할까? 그리고 전조검법. 넌 전조검법을 못 이겨."

"뭐라고?"

"전조검법은 속가십대검법(俗家十大劍法) 중 하나로 일컬어지는 뛰어난 공부다. 안휘의 포공사에서 직접 온다는 것은, 곧 그자가 전조검의 직전제자라는 뜻이야. 전조검법은 상승의 무공이다. 그 끝 자락만 잡고 있어도 네 실력으론 상대할 수 없어."

"개소리!"

막야흔이 버럭 소리를 질렀다. 격한 반응을 보인 이유는 하나다. 단운룡의 이야기가 진짜같이 들렸기 때문이다.

육홍이 했던 말과는 전혀 다른 느낌으로 다가온다. 단운룡이 못 이긴다면 정말 못 이길 것 같은 기분이 든 것이다.

"이런 곳에서 삶을 낭비하지 마라. 응성비영창이 드러난 강자요, 전조검법이 숨겨진 고수라면 비무대회의 수준이 안 봐도 훤하다. 더구나 그들 정도도 손쉽게 꺾을 수가 없다니……. 그건 전적으로 네 잘못이야. 스스로의 재능을 가벼이 여긴 소치다."

"꺾을 수 없다고 누가 그랬지? 그놈들은 내 상대가 안 된다니까!"

"알아듣질 못하는군. 좋아. 그럼 확인하러 가자."

"뭐라고?"

"응성비영창을 만난다."

"응성비영창을 만나자니?"

"말 그대로다. 지금 당장 응성비영창을 찾아가자는 이야기다. 네 진짜 실력이 어느 정도인지 보여줘라."

즉각적인 결단이다.

말을 맺은 직후, 문 쪽으로 발을 옮긴다. 그가 뒤를 돌아보며 어린 창기에게 말했다.

"여기서 기다려. 다른 데 가지 말고."

창기가 고개를 끄덕였다. 단운룡이 문 앞에 다다랐다. 막야흔은 굳어진 듯 그 자리에 그대로 서 있다. 단운룡이 걸음을 멈추고, 슬쩍 고개를 돌리며 물었다.

"안 가나?"

"내가 왜 네 지시에 따라야 하지?"

"겁나면 여기 있든가."

막야흔의 얼굴이 확 일그러졌다. 그가 버럭 소리를 질렀다.

"겁나다니!"

막야흔이 당장이라도 뛰어들 듯 기세를 올린다. 그가 성큼성큼 발을 옮기며 말했다.

"그래, 좋다! 실력을 보여주마."

두 사람이 무후사를 나섰다. 적벽으로 내려가는 길에는 석양이 깔려 있었다. 앞장선 단운룡의 입가엔 작은 미소가 걸린다. 재미있는 놈이다. 곁에 두고 칼로 쓰면 영영 지겹지는 않겠다. 뇌룡

의 질주에 호쾌한 발도(發刀), 두 사람의 첫 동행이 시작되는 순
간이다.

무후사에서 적벽 저잣거리까지는 꽤 거리가 있었다.
적벽에 내려가자마자부터 두 사람은 모든 행인들의 주목을 받
았다. 다름 아닌 막야혼 때문이다. 모두가 수군거리기 시작한다.
다시 나타난 것 자체가 커다란 화젯거리에 다름 아니었다.
"유명하시구만."
"당연하지."
단운룡과 막야혼은 거침없이 적벽 거리를 가로질렀다. 단운룡
이 물었다.
"어디부터 갈까?"
"칼."
막야혼에겐 칼이 없다. 그때 정신을 놓으면서 잃어버린 것이다.
그래서 막야혼은 융중백장부터 들렀다. 병장기를 팔고 있는 무
기점이다. 칼을 두드리던 장인은 말이 없었다. 무뚝뚝한 얼굴로
날이 잘 선 협도 하나를 내왔다. 돈을 치르지 않았음은 물론이다.
"다음은?"
"유가루(柔家樓)."
목적지는 주루였다. 사람들의 시선을 온몸으로 받으며 입구에
들어섰다. 삼층 주루 문짝 위에는 유가루라는 간판이 크게 걸려
있었다.
"오랜만이오, 주인장!"
"어허, 이게 몇 년 만이야?"

막야혼은 주루의 루주(樓主)와 잘 아는 사이인 듯했다. 말을 거는 데 스스럼이 없었다. 뚱뚱한 주인장도 염소수염을 씰룩이며 반색을 했다. 오랜만에 서로가 반가운 얼굴을 보았다는 투였다.

"한참 됐지. 주인장, 자리는 있소?"

하지만 유가루 전체의 반응은 주인장의 그것과 크게 달랐다. 막야혼의 출현과 함께 주루 전체가 조용해진다. 조용해질 뿐 아니라 적개심까지 느껴진다. 적어도 환영하는 분위기는 확실히 아니었다.

"어엉? 들어올라구?"

주인장의 반문도 그랬다. 반갑긴 한데 설마하니 안에 들어와 자리를 잡으려는 것이냐, 그런 식으로 들린다. 막야혼이 피식 웃으며 대답했다.

"그럼, 들어가야지. 주인장한테 인사나 하러 왔을라고."

막야혼이 성큼 발을 뗐다. 그러자 주인장의 표정이 일순간에 변했다. 그가 계산대에서 허둥지둥 일어나더니 헐레벌떡 뛰어나와 막야혼의 앞길을 막아섰다. 주인장이 투실투실한 볼 살을 부르르 떨며 말했다.

"어, 어이. 지금이 어느 땐데 그래? 여긴 유가루야, 의창상가 직영의 유가루라구. 자네가 들어와선 곤란해."

"섭섭하게 왜 그래, 주인장. 간소하게 술 한잔하고 가겠다는데."

"아, 알잖아. 자네가 올 곳이 아냐. 소란이 났다가는 나만 죽어나!"

주인장이 애원하는 눈빛으로 말했지만 막야혼은 막무가내였다.

"그러지 말고 비켜줘. 음, 저기 좋은 자리가 비었군!"

막을 도리가 없다. 주인장이 죽을상을 하고 막아선 길을 터준다. 널찍한 주루 중간 자리에 떡하니 자리를 잡았다. 단운룡이 마주 앉아 눈짓으로 주인장을 가리키며 물었다.

"왜 저러는 거지?"

"여긴, 말하자면 적진이니까."

"적진이다?"

"유장홍. 의창상회 가주 이름이다. 유가루? 유씨 가문에서 운영하는 주루란 말이지. 의창상회에서 이 주루를 관리하고 있다는 거야. 그러니까, 이 주루에서 술을 먹는 인간들도 모두 다 의창상가 패거리라는 것이지."

"그랬군."

막야흔이 미간을 좁혔다. 그가 이를 갈며 말을 이었다.

"그런데 말이다, 내가 왜 네놈에게 이걸 다 친절하게 설명해 줘야 하는 거냐?"

단운룡은 막야흔의 질문에 대답하지 않았다. 대신 한 번 주변을 둘러보고는 엷은 미소를 떠올리며 말했다.

"의창과 융중은 적이라는 건가. 정말 특이한 동네다."

주루 전체에 적의가 가득했다. 게다가 그 적의는 오직 막야흔 한 사람을 향하고 있다.

그 이유는 다른 것이 아니다. 유가루에 모여서 술을 먹는 이들의 성향 때문이다. 그들은 의창상가의 추종자들이었다. 그것은 다시 말해, 도박판에서 응성비영창에게 돈을 건 이들이란 뜻이다. 그들 입장에선 막야흔이 그들의 적일 수밖에 없었다.

반대로, 막야흔이 융중상회가 운영하는 융중주가나 복룡객잔에 들어섰더라면 지금 이것과 정반대의 시선을 받았을 것이다. 곧바로 환호성이 터졌을지도 모른다. 잡아먹을 듯 노려보는 시선 따위, 그쪽에는 없다.

주루의 손님들까지도 암무회전 출전자에 따라 달라지는 것이다. 큰 대회가 다가올수록 그런 경향은 짙어지기 마련이었다. 주인장이 지금이 어느 땐데 여길 들어오냐면서 막은 이유가 거기에 있었다.

"네놈은 정말 마음에 들지 않아."

막야혼은 단운룡을 만난 다음부터 줄곧 불만이 가득한 얼굴을 하고 있었다. 그가 그 불만의 화살을 돌리기라도 하듯 큰 목소리로 주인장을 불렀다.

"주인장!!"

주인장이 오만상을 쓰면서 달려왔다. 막야혼보다 훨씬 더 불만이 가득해 뵌다. 주인장이 몸을 숙이며 속삭이는 목소리로 말했다.

"대체 왜 이래! 언제 내가 자네한테 밉보인 것 있어?"

"주인장 부른 것 가지고 뭘 그래?"

"목소리가 너무 크잖아!"

"쫌생이가 다 되었구만."

"이러지 마. 소란이 생기면 곤란해. 술 한 잔만 딱 하고 제발 그냥 나가줘. 부탁일세."

"글쎄……."

"글쎄……?"

"그렇게는 안 되겠는데."

"왜 이래? 원하는 게 대체 뭐야?"

"응성비영창."

"뭐라구?"

"응성비영창을 불러줘."

술렁.

막야혼은 주인장에게 한 말이었지만, 그 한마디에 온 주루가 술렁이기 시작했다. 모두가 막야혼의 목소리에 귀를 기울이고 있었던 마당이다. 습격을 당하고 사라졌다는 소문이 파다한 지금, 이틀 만에 갑자기 나타나 응성비영창을 찾는 것이다. 그것도 의창상가의 유가루에서. 모두가 놀랄 수밖에 없었다.

"응성비영창을? 장난해? 장사 말아먹는 꼴 보고 싶어?"

"어디 있는지 주인장은 알 거 아냐?"

"몰라. 알아도 안 돼. 절대 못 불러줘."

"주인장이 안 된대도 소문은 이미 하늘을 날고 있어. 이 바닥이 어떤지 잘 알잖아. 그저 빠르고 늦고의 차이일 뿐이야. 응성비영창은 꼴에 자존심은 하늘을 찌른다 들었어. 내가 찾고 있다면 피하지 않겠지. 반 시진 내로 나타날 거야, 아마."

아닌 게 아니라 벌써부터 수군거리는 소리가 요란하다. 주루 밖으로 달려나가는 몇몇 놈들도 보인다. '막야혼이 응성비영창과 붙는다!' 라는 소리가 벌써부터 들려오는 것 같다.

"이러지 마, 자네. 자넨 나한테 이러면 안 돼."

"걱정 마. 물건은 부수지 않겠어."

"그걸 어떻게 믿어? 응성비영창도 사납기로는 자네 못지않단 말이야."

"그만 좀 해. 한바탕할 거면 바깥에서 할 테니까."

"그, 그래? 저, 정말이지?"

"응성비영창이 어떻게 나오느냐에 달렸지. 약속은 못 해줘."

주인장의 염소수염이 파르르 떨렸다. 그가 이를 갈며 돌아섰다.

"뭔 일이라도 생겨봐. 관아가 지척이니 관병들의 창을 맞게 될 거야!"

"야박하구만."

"내 자넬 보고 반가워했다니. 미친 게지. 정신이 나갔어."

"아님 나한테 돈을 걸었던가."

막야흔이 비틀린 미소로 대답했다. 씩씩대며 계산대로 돌아가던 주인장이 고개도 돌리지 않고 소리쳤다.

"술은 못 내줘! 차 한 잔도 못 주니 그리 알아!"

이번 파문은 더 거셌다. 사라졌다는 사실 하나로 도박판이 발칵 뒤집혔는데, 이틀 만에 나타나 당장 응성비영창을 찾았단다. 난리가 나지 않고는 못 배길 일이다. 순식간에 사람들이 몰려들었다. 유가루가 꽉 들어찬 것은 물론이요, 유가루 주변까지 단숨에 인산인해다. 몰려드는 기세가 오뉴월의 먹구름과도 같았다.

단운룡과 막야흔은 말없이 앉아 있었다. 탁자 위엔 아무것도 없다. 주인장은 정말 차 한 잔도 내오질 않았다. 단운룡은 팔짱을 끼고 허리를 세운 채 눈을 감고 있었고, 맞은편엔 막야흔이 한쪽 팔을 등받이 뒤로 넘긴 채 방만하게 기대어 앉았다. 수많은 사람들이 기웃거렸지만 누구도 감히 말을 걸진 못했다.

일다경이 조금 지났을 때다. 막야흔이 말했던 반 시진은 아직

한참 남았다. 단운룡이 눈을 떴다. 동시에 막야혼도 고개를 홱 돌려 주루의 입구 쪽을 본다.

"뭔가 오는데?"

막야혼이 말했다. 단운룡은 대답이 없다. 대신 미간을 좁힐 뿐이다. 그의 두 눈이 가볍게 흔들렸다.

"자, 잠깐."

막야혼의 안색이 변했다. 동시에 단운룡의 눈도 번뜩이는 광망을 품었다.

길이 열리고 있다. 주루 바깥이지만 안에서도 충분히 알겠다. 사람들이 갈라지는 것이 느껴진다. 웅성거리는 소리가 조용해지고 정적이 찾아들고 있다. 누군가가 오고 있었다.

"이건 응성비영창이 아냐."

막야혼은 긴장하고 있었다. 그의 말대로다. 다가오는 자는 응성비영창이 아니다. 불가능한 일이다. 이런 기파를 내는 자가 응성비영창일 리 만무했다.

'누구냐.'

단운룡은 생각했다. 이 힘, 이 패력. 어딘가 익숙하다. 느껴본 적이 있는 기파다. 아는 사람의 기파가 틀림없었다.

화악!

들어온다.

단운룡의 눈이 크게 뜨였다. 왜 바로 알아채지 못했을까, 이 기도를.

단운룡과 막야혼의 눈에 비쳐든 것은 한 여인의 모습이다.

아직 소녀의 얼굴을 간직한 채 엄청난 무력을 감추려고도 하지 않고 들어온 이.

'강설영……!'

그렇다. 그녀는 강설영이었다. 전혀 예상치 못한 만남이다. 여기서 이렇게 만날 줄은 꿈에도 몰랐다.

"아아… 이거 놀랍네요."

강설영은 사뿐사뿐 아무렇지도 않은 얼굴로 다가와 가벼운 어투로 입을 열었다. 단운룡이 자리에서 일어났다. 그가 강설영을 보며 말했다.

"미안하게 되었다. 시간에 맞추질 못했어."

"그래도 와주긴 했군요?"

"당연히 와야지. 약속을 했으니까."

"그 약속, 아직 유효한 거죠?"

"물론이다."

"좋아요."

그녀가 생긋 미소를 지었다. 엄청난 기파를 뿜어내던 것과는 전혀 다른, 해맑은 미소였다. 퉁명스러운 목소리가 비집고 들어온 것은 바로 그때였다.

"지금 뭐 하자는 거지?"

막야흔이었다. 그가 방만한 자세 그대로 단운룡과 강설영을 번갈아 한 번씩 바라보더니, 단운룡에게 고개를 돌리며 물었다.

"아는 여자냐?"

"아는 사이지."

"하기야 그러지 않고서야 말을 나눌 리 없겠지. 그런데 정체가 뭐야?"

“아아, 전 강 씨 성을 써요. 이름까진 알 필요 없을 거예요. 그
렇죠, 단 공자?”

대답을 한 것은 단운룡이 아닌 강설영 쪽이었다. 강설영이 단운
룡을 돌아보며 묻는다. 단운룡의 두 눈에 이채가 감돌았다.

‘이름을 밝히고 싶지 않다?’

이유야 쉽게 짐작이 간다. 아마도 그녀는 자신이 강씨금상의 소
상주임을 알리고 싶지 않은 것이리라. 단운룡이 고개를 끄덕이며
대답했다.

“당장은 그렇겠지. 차차 알게 될 테지만.”

“차차 알게 돼? 네놈은 뭐 그리 비밀이 많아? 그리고 단 공자?
네놈, 단 씨였나?”

“그래.”

“단 씨는 처음 보는데.”

“흔하지 않은 성씨니까.”

“뭘 쓰든 내 알 바 아니지. 그보다, 강 씨 여자! 당장 볼일이 없
으면 좀 비켜주시겠어? 우린 지금 기다리는 사람이 있거든?”

“응성비영창이요?”

“내가 찾았으니, 곧 올 거야.”

“주목받기를 좋아하는군요. 덕분에 수고를 덜었어요.”

“수고를 덜어?”

“당신을 찾고 있었거든요.”

“날 찾는 사람은 언제나 많지. 하지만 지금은 안 돼. 잡담이나
나누고 있기엔 모양새가 안 좋으니, 그놈이 오기 전에 좀 비켜줘.”

“유명하신 분이라 이거군요?”

“아니까 다행이군.”

“그런데 어쩌죠? 당장 볼일이 있어서요.”

“뭐?”

“일어나는 게 좋을 거예요. 앉아서 당하기 싫으면.”

단운룡의 얼굴이 순간 굳어졌다. 강설영의 몸에서 다시 일어나는 기파 때문이다.

‘싸움?’

단운룡으로서도 이해하지 못할 일이었다.

강설영의 전신에서 일어나는 힘. 이건 전투 태세다.

도저히 모를 일이다. 왜 지금, 강설영이. 그것도 막야혼을 향해서.

“뭐가 어째?”

막야혼이 방만한 자세를 풀고 의자 뒤편으로 늘어뜨렸던 오른손을 앞쪽으로 가져왔다. 그의 손이 칼집에 닿는다. 그도 아는 거다. 강설영의 기세는 쉽게 감당할 수 있는 것이 아니다. 오만함으로 점철된 그의 성정으로도 간단히 넘길 수 없는 막강함이 그녀로부터 전해져 오고 있었다.

“잠깐. 이게 무슨 일이지?”

단숨에 일촉즉발이다. 그래서 단운룡이 나섰다. 강설영의 앞으로 한 발 나서며 묻는다. 왜 이러는지 이유부터 알아야 했다.

“단서를 잡았거든요.”

“단서? 천잠보의?”

“그래요. 거래를 했죠.”

“거래라니.”

“한 사람을 쓰러뜨려 달라더군요.”

“한 사람을 쓰러뜨려? 그럼 그게…….”

“맞아요. 눈앞에 있죠. 단 공자 뒤에.”

단운룡이 고개를 돌려 막야흔에 시선을 주었다. 날카로운 눈빛이 마주쳐 온다. 막야흔이 단운룡에게서 시선을 거두고 강설영을 노려보았다. 그가 말했다.

“어이, 강 씨 여자. 지금 날 쓰러뜨리겠다는 이야기를 한 것 같은데. 내가 제대로 들은 건가?”

“제대로 들었어요.”

“걸어온 싸움을 마다할 이유가 없지.”

막야흔이 자리에서 벌떡 일어났다. 단운룡이 한 발 물러나, 이번에는 막야흔의 앞을 가로막고 섰다. 단운룡이 강설영을 향해 말했다.

“별로 좋은 생각이 아닌 것 같은데?”

“선택의 여지가 없어요. 설마하니 단 공자, 원래 알던 사이는 아니겠죠?”

“그런 건 아니야. 이틀 전에 처음 봤지.”

“복룡객잔에서 싸움이 있었다고 들었죠. 끼어든 건 단 공자였군요.”

“내가 맞을 거야.”

“왜죠?”

“별다른 이유는 없어. 싸우는 모습이 마음에 들었다고나 할까.”

“단지 그뿐이라면 대단한 인연도 아니네요.”

“대단한 인연인지 아닌지는 아직 모를 일이지.”

"그래서. 막을 생각인가요?"

강설영은 단도직입적으로 물었다. 단운룡의 눈이 다시 한 번 흔들렸다. 막는다? 광극진기가 없는 지금은 불가능하다. 힘의 열세를, 다른 사람도 아닌 강설영에게 느끼게 되다니, 이런 건 정말 예상하지 못했다. 정말 드문 일이다. 예상치 못한 일을 이 적벽에 와서 대체 몇 번이나 겪는지 모르겠다.

"글쎄."

단운룡은 마땅한 대답을 떠올리지 못했다. 어떤 난관에서든 돌파구를 쉽게 찾아내던 머리가 이번에는 해답을 찾아내지 못하고 있다. 무력으로는 못 막는다. 싸워서 이길 수 없는 상대였다. 명분? 그것도 마땅치 않다. 천잠보의를 함께 찾겠다고 약속하지 않았던가. 천잠보의를 찾는 단서를 얻기 위해 막야흔을 쓰러뜨리겠다는데, 단운룡으로서는 막을 명분이 없다. 강설영이 말한 것처럼 두 팔 걷어붙이고 막아주기엔 막야흔과의 인연이 그리 깊지 못했다.

"사람을 앞에 두고 뭔 말이 그렇게 많아? 비켜봐. 쓰러뜨리겠다는 말을 듣고 가만히 있어서야 막야흔이 아니다!"

단운룡은 비켜서지 않았다. 단운룡이 손을 들어 막야흔을 제지했다. 그가 강설영을 보며 물었다.

"쓰러뜨리겠다는 건, 어느 정도까지지? 죽일 생각인가?"

"뭐라? 누굴 죽여?"

등 뒤에서 전해진 막야흔의 반응은 거셌다. 하지만 단운룡은 막야흔의 말에 신경 쓰지 않았다. 강설영도 마찬가지다. 그녀가 차분히 대답했다.

“글쎄요. 죽일 필요까진 없을 것 같은데요.”

“그렇다면?”

“암무회전에 나가지 못할 정도까지?”

“꽤 다치겠군.”

“다치겠죠.”

강설영이 고개를 끄덕이며 말했다. 거기에 결국 폭발한 것은 막야흔이다. 막야흔이 소리를 버럭 지르며 한 발 나섰다.

“둘 다 그만 하지 못해? 내가 그리도 만만해 보이나?”

단운룡은 더 막지 못했다.

광극진기만 멀쩡했더라도 어떻게 넘겨볼 수 있었을 텐데, 강설영을 상대로는 방법이 없다. 도주도 불가능하다. 강설영의 무공이라면 최소한 순속 정도는 발동해야 도주가 가능하다. 아니, 어쩌면 순속으로도 불가능할지 모르겠다.

“죽이지만 말아줘.”

단운룡은 그렇게 말하고 비켜설 수밖에 없었다. 겨우 살려놨더니 다시 또 박살이다. 할 수 없다. 박살이 나면 다시 또 살려줄 수밖에. 막야흔이 지나치게 살기를 품지 않기를, 강설영의 손속에 자비가 있기만을 바랄 뿐이었다.

“와, 왔다!”

“오오오!”

그때다. 상황이 돌변한 것은.

저벅, 저벅.

발소리를 내면서 들어오는 남자가 있다. 주루를 꽉 메운 채 난데없는 설전을 지켜보던 모든 사람들이 반색을 했다.

의창상가 유가루에 모여 있는 민초들이 응원하는 남자, 응성비영창이다. 응성비영창 악석의 등장이었다.

"응성비영창!"

응성비영창 악석은 수염을 거칠게 기른 사내였다. 한천(漢川) 북서, 한 자루 비영창을 비껴들고 응성 지역 수많은 무인들을 꺾었다는 악석이 그다. 비록 의창상가라는 일개 상회에 몸을 의탁했다고는 해도, 명실 공히 그 지역 최고 무인이라 일컬어지는 자였다.

"막야흔이로군. 내가 응성비영창이다."

저벅.

응성비영창의 발소리는 묵직했다. 강력한 하체 진각을 바탕으로, 일타 일타 창법에 무거움을 더한다는 소문이다. 무거우면서도 그림자를 쫓는 듯 빠르니 쾌와 강의 조화라, 속가의 창술로는 분명 보기 드문 공력을 지녔다는 것이 세간의 평가였다.

"내 막야흔에게 볼일이 있어서 왔다만, 두 사람은 어� 일로 오셨는지?"

말투는 듣기에 정중해 보이나, 그 안에 흐르는 어조는 결코 정중하지 못했다. 내가 왔으니 다른 사람은 꺼져라. 응성비영창이 하고 싶은 말이 그거였다. 하나 단운룡과 강설영, 두 사람 모두 응성비영창의 말 따위 들어줄 마음이 조금도 없었다.

"방해꾼이 끼어들었군요. 이거 어쩌죠?"

"그렇군. 다음에 하는 게 어떨까?"

단운룡이 슬쩍 떠보았지만 강설영은 흔들리지 않았다. 그녀가 미소를 지으며 말했다.

"그럴 수는 없죠. 또 사라지면 곤란하잖아요."

"그런가."

사라진다. 역시 그 방법밖에는 없다. 한 가지 생각이 단운룡의 머리를 스친다. 단운룡이 응성비영창을 한 번 돌아보고는 강설영에게 말했다.

"하지만 방해꾼은 방해꾼인 거지. 그냥 떨쳐 내긴 힘들어 보이는데?"

단운룡은 방해꾼이라는 단어에 힘을 실었다. 아니나 다를까. 응성비영창의 반응이 극적이다. 응성비영창이 한 발 다가오며 쫙 깔리는 저음으로 물어왔다.

"그 방해꾼이란 건, 설마하니 나를 말함인가?"

단운룡은 응성비영창을 돌아보지도 않았다. 강설영과 눈을 맞춘 채 가벼운 어조로 대답했다.

"달리 다른 사람이 있나?"

"놈! 사람을 보고 이야기하라!"

"나에게 성질 낼 게 아니지. 지금 막야흔에게 볼일이 있으신 건, 내가 아니라 이 소저 분이시거든."

강설영이 한쪽 눈썹을 치켜 올렸다. 귀엽던 인상이 제법 사납게 변했다. 더 이상 해맑지 않은 미소를 지으면서 그녀가 말했다.

"그를 도발하지 말아요, 단 공자. 막야흔을 빼돌릴 생각이라면, 이걸로는 안 통하니까."

"안 통한다라……. 그렇군."

"단 공자. 그만!"

"응성비영창이라고 했나? 당신으론 안 되겠대. 당신 정도로는 통하지 않아. 이 소저가 화를 내기 전에 그만 가주는 게 좋겠어."

응성비영창의 얼굴이 일순간에 굳어졌다. 응성비영창의 목소리에 분노가 담겼다.

"지금, 감히 내게……!"

응성비영창은 이어갈 말을 찾아내지 못했다. 그만큼 화가 났기 때문이다. 응성비영창이 손을 돌려 등 뒤에 매달린 창을 비껴들었다. 당장이라도 내칠 기세다. 그러나 단운룡은 눈 하나 깜짝하지 않는다. 단운룡이 고저없는 목소리로 말했다.

"내게 겨눌 것이라면 사양하겠어. 난 당신에게 아무런 감정이 없거든. 막야흔을 만나러 왔다면, 그녀에게 물어봐. 다만 알아둬. 그녀의 허락이 떨어지기 전까진 막야흔에게 손끝 하나 델 수 없을 거야."

단운룡은 그렇게 말하고 응성비영창에게서 한 발 물러났다. 그 한 발 물러난 것으로 얽히고 싶지 않다는 것을 분명히 했다. 응성비영창이 단운룡을 노려보다가, 이내 강설영 쪽으로 눈을 돌렸다. 응성비영창의 사나운 시선을 받은 강설영이 단운룡을 돌아보며 말했다.

"이러지 말아요, 단 공자. 나 화낼 거예요."

"미안하게 되었어."

"이게 소용없다는 건 알죠? 도망은 못 쳐요, 단 공자. 세 합 이상 끌지 않을 테니까."

"지금 뭐라고 했지? 세 합?"

강설영의 말을 끊고 나온 것은 응성비영창이었다. 그녀는 세 합을 말했다. 응성비영창은 바보가 아니다. 그 세 합이 자신을 향한 것임을 잘 알고 있다. 단운룡에게 향해 있던 분노가 고스란히 강설영에게로 옮겨간다. 그가 이를 갈며 말했다.

"날 이렇게 취급한 놈들은 이제껏 본 적이 없다! 계집, 그리고 너. 한 놈도 멀쩡히 못 걸어나갈 줄 알아라."

"꿈이 과하시군요."

"갈!!"

응성비영창이 결국 분기를 참지 못하고 고함을 내지른다. 그의 발끝이 들리고, 비껴든 창끝이 움직이기 시작했다.

텅! 쐐액!

발을 구르니 땅이 운다. 바람을 가르고 창날이 뛰쳐나갔다.

터억.

그러나 그것은 오직 출수의 순간뿐이었다. 창날의 쐐도는 너무나, 너무나도 가볍게 멈추고 말았다. 그저 그 자리에 선 채 손을 휘둘러 뻗어 오는 창봉을 낚아챈 그녀다. 한 손으로 창봉을 잡고 단운룡을 돌아본다. 그녀가 물었다.

"어쩔 거죠?"

응성비영창이 이를 악물고 창봉을 잡은 두 손에 힘을 더했지만, 그녀의 손에 잡힌 창대는 천 근 바위에 낀 듯 움직일 줄을 몰랐다. 가녀린 손아귀에, 무시무시한 힘이 있다. 응성비영창의 두 눈에 비로소 감당 못할 놀라움이 깃든다. 그 믿을 수 없는 광경을 보고 있는 유가루의 모든 손님들의 눈에도 똑같은 놀라움이 깃들었다.

"쉽게 놔주진 않겠다는 거로군."

"어떻게 잡은 단서인데요. 이대로 날려 버릴 순 없어요."

터엉!

응성비영창이 다시 한 번 발을 굴렀다. 진각 소리가 크게 울려 퍼졌지만, 달라진 것은 아무것도 없다. 강설영의 손이 조금 움찔했을 뿐, 어떻게 힘을 써도 움직일 수가 없었다. 게다가 심지어 강설영은 아무렇지 않게 말까지 하고 있다. 전혀 힘을 쓰는 얼굴이 아니었다.

"끄응!"

잡아서 버티는 그 한 수로 충분하다. 그녀의 무위는 압도적이다. 휘두르는 것도, 찌르는 것도 안 된다. 응성비영창은 그 순간, 할 수 있는 것이 아무것도 없었다.

"막야흔, 도망쳐라."

"뭐?"

"내가 일단 막아볼 테니까."

단운룡은 결심했다. 약속은 약속이지만, 막야흔을 넘기진 않겠다. 천잠보의를 찾을 수 있는 단서? 단서가 있으면 어떤 방법으로든 찾아주면 된다. 막야흔이 다치지 않고도 원하는 것을 얻을 방법이 어딘가엔 있으리라.

하지만 막야흔은 단운룡의 제안에 동조하지 않았다.

"개소리."

"……?!"

"유가루에서 도망을 치라구? 차라리 죽고 말겠다."

"장소가 문제가 아냐. 당장……."

뭔가 더 말하려던 단운룡이 일순간 말을 끊고 고개를 돌렸다. 주루의 입구 쪽이다. 동시에 강설영의 눈이 같은 방향으로 돌아간다. 고운 아미가 치켜 떠지고, 봉목이 커졌다. 그녀의 입에서 전에 없이 나지막한 목소리가 흘러나왔다.

"이, 이건……?"

응성비영창의 출현에 이은 두 번째 변화다.

누군가가 오고 있다. 바깥의 공기가 일순간에 변했고, 주루 안의 공기도 확 달라졌다.

응성비영창과는 비교조차 불가능하다. 그가 올 때는 미처 의식하지도 못했다. 단운룡과의 대화에 정신이 팔려 응성비영창이 입구에 나타날 때까지 신경도 쓰지 않았었다. 그러나 이번에는 다르다. 강설영이 움켜쥔 창대를 놓았다. 응성비영창이 튕겨나듯 물러나며 숨을 몰아쉰다. 그가 강설영에게 소리쳤다.

"요사스런 계집! 무슨 짓을 한 거냐?"

"쉬잇!"

강설영이 고운 손가락을 세워 입술에 댔다. 조용히 하라는 몸짓이다. 그녀의 두 눈에 떠오른 것은 어울리지 않는 긴장감이다. 그녀가 단운룡을 돌아본다. 단운룡이 말했다.

"셋이다. 위험해."

그녀가 고개를 끄덕였다.

다가오는 자는 셋이다. 하나는 잘 모르겠지만, 둘은 위험했다. 밖에서 몰아치는 기파는 무지한 민초들을 흩어낼 만큼 압도적이고 위협적이다. 단운룡이 위험하다 말할 만큼, 강력한 자들이 오고 있었다.

촤악.

주렴이 젖혀졌다.

먼저 들어온 것은 두 사람이었다. 단운룡, 강설영, 막야흔, 응성비영창. 모두의 시선이 두 사람에게 집중되었다. 그다음은 놀라움이다. 모두가 눈을 크게 떴다.

"곤륜노?"

"색목인. 색목인이다."

단운룡과 강설영은 말이 없었다. 막야흔과 응성비영창도 마찬가지다. 곤륜노와 색목인이란 말이 흘러나온 것은 묘한 대치를 지켜보고 있던 주루의 주객들에게서였다. 속삭이듯, 하지만 고수들의 귀엔 커다랗게 들리는 목소리들로 하나같이 곤륜노와 색목인을 말한다. 들어온 자들의 외모를 보고 하는 말이었다.

'고수들!'

단운룡의 눈이 오른쪽에 있는 남자에게로 향했다. 가장 먼저 눈에 들어온 것은 역시 피부색이다. 검었다. 볕에 그을려서 검은 정도가 아니라 칠흑처럼 검다. 얼굴 생김새도 다르다. 두툼한 입술, 짧게 꼬인 머리카락은 중원인의 그것이 아니다.

단운룡은 이런 자들을 딱 한 번 본 적이 있다. 사부가 진귀한 구경이 있다면서 데리고 간 마희단 공연에서다. 서방의 서방, 서쪽 끝의 대지에서 다시 남방의 남방, 남쪽으로 끝없이 내려가면 대초원과 밀림의 땅이 있다고 했다. 그곳에 사는 사람들은 하나같이 살갗이 검고, 늙어도 용모가 변하지 않으며, 몸놀림이 날래다고 했었다.

중원인들은 그런 자들을 곤륜노(崑崙奴), 또는 오번흑(烏番黑)이라 부른다. 오귀(烏鬼) 소시(小厮)라고도 했는데, 결국은 그 용모와 피부색을 두고 천대하여 부르는 말이다.

눈앞에 있는 곤륜노는 그렇게 천대받는 외모를 지녔음에도, 그

기도가 웅대하고 당당하여 조금도 천한 인물로는 보이질 않았다. 갈색에 붉은색 문양이 들어간 옷을 입고 있는데, 그 복식이 특이하면서도 검은 피부와 굉장히 잘 조화되어 장대한 기세를 더욱 돋보이게 하고 있다. 그뿐이 아니다. 지닌바 무력도 굉장하다. 뇌신을 쓰지 않고서는 승리를 장담하지 못할 것 같다. 대단한 고수였다.

'그리고 색목인.'

단운룡의 눈이 왼쪽 남자에게 돌아갔다.

이자도 곤륜노 남자처럼 이방인이다. 녹색과 황색이 어우러진 장포를 입었고, 창백한 피부에 높은 콧대, 무엇보다 금발이었다. 금모전도 안빈의 염색한 금발이 아니라, 진짜 자연스러운 황금색 머리카락을 지녔다. 두 눈은 보석 같은 녹색을 띠고 있다. 색목인(色目人)이다. 곤륜노보다는 훨씬 흔하지만, 역시 중원에서는 보기 드문 족속이다. 그것도 이렇게 하얀 피부에 녹색 눈을 가진 순수한 이역인은 중원의 어딜 가도 찾기 보기 힘든 인종일 게다.

'상승의 무공을 익혔다. 이런 자들이 있었나.'

백색 피부의 색목인도 강자다. 이민족의 무공을 익힌 것인지, 중원 무학을 익힌 것인지는 모르겠지만, 분명한 것은 상승의 고수라는 사실이다. 중원천지에서 쉽게 만날 수 없는 외모에 외모만큼이나 드물게 볼 만한 실력자들이었다.

좌악.

그리고 또 한 사람.

마지막으로 들어온 남자는 단운룡을 적지 않은 충격에 빠뜨린다.

이 느낌은 무엇일까.

두 이역인들 사이로 걸어오는 남자는 또 하나의 용(龍)이다.

무공은? 모르겠다.

가늠할 수가 없다. 강한 것인지 약한 것인지 감이 오질 않는다. 아니, 전혀 무공을 안 익힌 것 같다. 무공을 익힌 자의 기파가 아니다. 움직이는 기척, 전해오는 기력, 모든 것이 보통 사람의 그것과 다를 바가 없었다.

'틀림없다. 무공을 익히지 않았어.'

이상하고도 이상한 일이다.

무공이 없음에도 그 존재감이 달랐다.

양옆에 선 두 고수에 비하여 조금도 부족하지 않다. 오히려 두 사람의 기파를 덮을 만큼 놀라운 존재감을 보여준다.

이 존재감.

단운룡은 강렬한 인연의 끈을 느꼈다. 필생의 친우를, 필생의 대적을 만난 느낌이었다. 전설 속 머나먼 과거에서, 적벽을 딛고 선 현재를 지나 뜨겁게 천하를 살아갈 미래까지 단숨에 꿰뚫어 나갈 운명의 적수가 눈앞에 있었다.

"막야흔과 응성비영창을 보러 왔는데 뜻밖의 인물을 만나는군."

그는 젊었다. 젊은 얼굴에, 사람을 홀릴 듯한 그윽한 목소리를 지녔다.

백색의 장포 자락에는 황금색 천룡(天龍)이 새겨져 있다. 뒤로 넘긴 머리는 흑단처럼 검고, 짙은 검미 아래 눈동자는 별빛과도 같다.

볕에 그을린 적이 없는 하얀 피부다. 무인보다는 문사에 가깝겠

지만, 그러면서도 또한 무인의 그것과 같은 승부사 기질이 전해져
오고 있다.

"이름이 무엇인지 물어봐도 되겠소?"

상대의 말투는 정중했다.

단운룡을 향한 질문이었다. 완벽한 예를 갖추고, 높은 품격을
드러낸다. 단운룡이 그를 똑바로 바라보며 대답했다.

"알 바 없잖아?"

파격으로 돌아오는 단운룡의 언사다. 그 남자가 미소를 지으며
답했다.

"먼저 내 이름부터 밝힐 것을 그랬군. 내 이름은 유광명(瀏光
明)이라 하오."

단운룡은 몰랐다.

그 이름을 듣는 순간, 강설영의 표정이 크게 변한 것을.

강설영의 시선이 단운룡과 유광명 두 사람을 오갔다.

어쩔 수가 없다.

강설영의 마음속에서 격한 소용돌이가 일었다.

그녀의 눈이 막야흔에게 닿았다.

안 된다. 지금은 포기해야 할 때다.

단운룡의 눈이 유광명에게 꽂혀 있고, 유광명의 눈이 단운룡에
게 꽂혀 있는 이 순간밖에는 기회가 없다.

유광명이 누군지 알고 있다. 그 양옆에 선 이들이 얼마나 강한
지도 알고 있었다.

그녀가 한 발 물러났다. 소리도 없고, 기척도 없이.

"소저는 어디로 가려는 셈이오?"

유광명이 고개를 돌려 물었다.

강설영의 얼굴이 굳어진다. 단운룡이 고개를 돌려 강설영을 보았다.

"……?!"

강설영의 표정이 심상치 않다. 단운룡이 유광명을 보며 놀란 것보다 배는 더 놀란 것 같았다.

"말씀 나누세요. 전 이만……."

그녀의 목소리엔 작은 떨림이 있었다. 처음 듣는 목소리처럼 생경하게 들린다. 단운룡은 이렇게 당황한 그녀를 처음 보았다. 심상치 않다. 그녀가, 그녀가 뒷걸음질을 치고 있었다.

"소저는 초면이지만, 어딘지 모르게 굉장히 익숙하군."

그때였다.

그녀가 땅을 박찬 것은.

터엉! 쉬이이익!

도망치듯 몸을 날려 건물 뒤편 창밖으로 사라진다. 그야말로 순식간에 벌어진 일이다.

놀라움으로 얼룩진 단운룡의 두 눈 뒤에서, 유광명의 목소리가 허공 위로 가볍게 던져졌다.

"흑번쾌, 잡아와."

잡아오라는 명령, 그의 입에서 나온 첫 번째 하대다.

텅! 파라라락!

움직인 것은 피부가 검은 곤륜노였다. 땅을 박차고, 탁자 열 개를 한꺼번에 뛰어넘는다. 단운룡의 두 눈이 또 한 번의 놀라움으로 가득 찼다. 사람들의 탄성은 귀에도 들어오지 않는다. 도약과

번신, 무시무시한 탄력이다. 저런 신법은 단운룡으로서도 일찍이 본 적이 없을 정도였다.

"그녀를… 어쩔 셈이지?"

단운룡은 쫓아가지 않았다. 아니, 쫓을 수가 없었다. 어차피 따라가 본들 지금의 단운룡으로서는 두 사람을 따라잡지 못한다. 대신 유광명에게 물었다. 왜 강설영이 자리를 피했는지, 어째서 그렇게 당황해했는지, 그 의문은 모두 뒤로 돌린 채로.

"서로 이름도 모르는 사이인데, 더 이야기를 나누긴 곤란하지 않겠소?"

유광명은 대답 대신 뼈가 있는 질문을 했다.

이름도 모르는 자와 대화를 나누기는 싫다. 이름을 밝히라는 뜻이다.

막야흔처럼 상대할 자가 아니다.

오냐. 굳이 듣길 원한다면 가르쳐 주마.

"내 이름은 단운룡이다. 자, 말해라. 그녀를 어떻게 할 생각이지?"

"단운룡. 대리 단씨요?"

"질문에나 답해."

"대리 단씨 한 명을 알고 있소. 단 공자는 그와 비슷한 데가 있군. 그녀를 어쩔 셈이냐고 물었소? 그저, 이야기를 나눌 것이 있을 뿐이오."

"그녀를 알고 있나?"

"당연히 알고 있소. 잘 알고 있지."

"초면이라며?"

"단 공자는 반드시 얼굴을 봐야만 아는 사람이라 말하오?"

"물론 그렇지는 않아."

두 사람 사이에 긴장감이 피어난다.

강설영의 갑작스런 퇴장과 흑번쾌라 불린 곤륜노가 보여준 한 수 때문이다.

저벅.

유광명이 한 발 더 다가왔다. 그 순간이다. 꿈틀, 단운룡은 가슴속 깊은 곳에서 진기의 광구가 살아 있는 것처럼 움직이는 것을 느꼈다.

위험 신호다.

이자는 무공을 익히지 않았다. 그런데도 굉장한 위험을 느낀다. 중단에 깊이 박힌 뇌광구까지 진동할 정도였다.

'설마하니 이놈도……!'

머리를 스쳐 가는 것이 있다.

무공이 없다? 단운룡도 다를 바 없다. 단운룡은 소연신의 무공을 잃어버린 상태다. 광구가 있지만, 지금은 쓸 수 없는 것이다. 실질적으로 쓸 수 있는 단운룡의 내공은 미약한 수준이었다. 밖으로 표출되는 진기도 그럴 것이다.

상대, 유광명도 그렇다.

단운룡처럼 무공을 봉인당했거나, 어쩌면 무공이 정말 없는 것일 수도 있다.

무공이 문제가 아니다. 무공의 고하는 얼마든지 바뀔 수 있지만, 격(格)은 영원한 법이니까.

이자의 격은 단운룡이 지닌 것과 같은 용형(龍形)의 품격이다.

태어날 때부터 만상의 위를 타고난 자. 유광명이나 단운룡이 지닌 격이라는 것은 후천적으로 배워 나가는 것이 아니라 선천적으로 타고나는 성질의 것이다. 이런 품격을 타고날 만한 이는 세상에 몇 되지 않았다. 단운룡이 물었다. 묻지 않고는 배길 수가 없었다.

"너, 정체가 뭐지?"

"정체? 그저 작은 상단 하나를 이끌고 있을 뿐이오."

"상단의 이름은?"

단운룡의 질문은 언제나처럼 직설적이었다.

유광명의 얼굴에 순간적인 망설임이 깃들었다. 그 망설임은, 즉각 단운룡이 자신의 이름을 밝히지 않았던 것과 같은 종류의 것이다. 하지만 그 역시도 단운룡을 필생의 인연으로 생각했음인가. 이윽고 그는 결심한다. 두 눈동자엔 천부적인 승부사의 역량을, 입술을 통해 나오는 목소리엔 하늘을 호령하는 위대한 위엄을 실었다.

유광명의 입이 열리고 네 글자, 그가 몸담은 집단의 이름이 세상 밖으로 나왔다.

"천룡상회(天龍商會)."

패천의 두 글자. 천룡(天龍)!

단운룡의 마음속에서 뇌성이 울렸다.

천룡의 강함은 압도적이니 누구도 당적하지 못할 힘을 지녔다고 했던가. 사부의 목소리가 귓가에 생생했다.

"놀랍군. 여기서 그 이름을 들을 줄은 몰랐어."

"우리 상단을 알고 있소?"

“아니.”

“하면?”

“상단은 몰라도, 천룡이 무엇을 뜻하는지는 알고 있지.”

“그렇소? 역시나 내 짐작이 맞았군.”

유광명이 고개를 끄덕였다. 그가 뭔가를 생각하는 듯하더니 옆에 선 색목인을 돌아보며 말을 이었다.

“진가는 될 수 없고, 소림도 아니라면 살문인데…… 백금산(白金嶱), 협제신기가 맞나?”

“아닙니다. 저 남자는 협제신기(俠帝神氣)를 익히지 않았습니다.”

백금산이라 불린 색목인은 완벽한 한어를 구사하고 있었다. 백금산의 대답을 들은 유광명이 두 눈에 이채를 떠올렸다. 그가 다시 단운룡에게로 고개를 돌리고는 작은 한숨을 내쉬며 말했다.

“…그렇다면 단 공자, 당신도 반쪽이었군.”

단운룡의 눈썹이 꿈틀 치켜 올라갔다.

“반쪽?”

“그 힘을 고스란히 물려받은 이는 오직 진가 하나뿐. 기억하시오. 반쪽뿐인 자들 앞에는 언제나 죽음이 도사리고 있으니.”

유광명의 이야기는 피하지 못할 예언과도 같았다.

단운룡이 뭔가를 더 물으려고 할 때다. 유가루 모든 이들의 시선이 집중된 가운데, 세 번째 갑작스런 변화가 나타난다. 단운룡이 열었던 입을 다물고 막야혼을 돌아보았다. 막야혼이 단운룡과 눈을 마주치고는 창문 쪽으로 고개를 돌렸다.

뭔가가 오고 있다. 적습이었다. 바깥쪽에서 쏟아져 오는 살기들이 있었다. 하나둘이 아니다. 열, 아니, 스물이 넘는다.

"그 이야기는 다음에 해야겠어."

단운룡이 유광명을 보며 말했다.

와장창! 쐐애액!

창틀이 부서지고, 탁자가 넘어졌다. 밤도 아니고, 백주에 이렇게 쳐들오다니 보통 과격한 놈들이 아니다. 검은 옷, 검은 복면을 한 자들이 창문을 넘어 짓쳐들고 있었다.

"아주 막 나가는구만!"

막야흔의 목소리다.

단운룡과 유광명의 대화 때문에 본의 아니게 침묵으로 일관해야 했던 그의 입에서 기다렸다는 듯 호쾌한 목소리가 터져 나오고 있었다.

"어딜!!"

적들은 다름 아닌 그때 그놈들이었다. 막야흔이 허리춤에서 협도를 뽑아 들었다.

챙! 채챙!

적들의 비수와 막야흔의 협도가 부딪쳤다.

"모두들 피하시오!"

듣기 좋은 목소리는 유광명의 것이었다. 유광명이 한 발 물러나며 사람들에게 소리친다. 유가루를 가득 메웠던 주객들이 대경하여 자리를 박차고 뛰기 시작했다.

"어이쿠!"

"으악! 피해라!"

"꺄아아악!"

주루가 아수라장이 된 것은 그야말로 순식간이었다. 아까부터

안절부절못하던 주인장이 머리를 감싸 쥐고 주저앉는 것이 보였
다. 의자가 부서지고, 탁자가 뒹군다. 술병이 날고, 음식들이 쏟아
졌다.

텅! 빠악!

단운룡이 탁자 위로 뛰어올라 발도각을 내찼다. 뛰어들던 복면
인이 도로 튕겨 나가 탁자를 뒤엎고 나뒹굴었다. 그 서슬에 도망
치던 주객 하나가 함께 땅바닥을 굴렀다. 그걸 본 단운룡이 소리
쳤다.

"나가자!"

"뭐!"

"여기선 안 돼! 사람들이 말려든다!"

주루 안은 이미 아비규환이다.

단운룡이 단숨에 탁자 두 개를 뛰어넘고, 달려들던 복면인의
가슴을 찼다. 막야흔이 협도를 휘둘러 복면인 두 명을 물리치고
단운룡을 돌아보았다.

"칫!"

단운룡의 말이 맞다. 소동을 구경하러 온 주객들이 무슨 죄가
있을까. 제아무리 거칠기로 소문난 막야흔이라 해도 사리분별을
못하는 바보는 아니다. 막야흔이 단운룡을 따라 몸을 날렸다.

"챠앗! 이건 또 웬 놈들이냐!"

위이잉! 채챙!

의자 하나를 뛰어넘고, 적들과 맞설 때다.

거친 목소리가 등 뒤에서 울려 퍼지고 있었다. 단운룡이 막야
흔을 등지고 고개를 돌렸다. 응성비영창이 거기 있다. 기합성을 내

지르며 창을 휘두르는 중이다. 복면인들이 달려들자 무작정 비영창을 내치고 본 것 같았다. 일단 싸움이 시작되어 버린지라 복면인들도 응성비영창을 무시할 도리가 없는 듯 두 명, 세 명 응성비영창에게로 공격을 감행하는데, 그 기세가 사뭇 난폭했다. 품고서 짓쳐드는 살기가 막야혼을 노리고 달려드는 놈들 못지않았다.

'난장판이 따로 없군!'

응성비영창까지 휘말려 든 싸움이다. 몸을 휘돌려 단파각을 두 번 차내고, 탁자 하나를 더 뛰어넘었다. 피하고 반격해 오는 적들의 대응이 만만치 않았다. 저번에 덤비던 놈들보다 더 강한 놈들이 온 듯했다.

'하지만……!'

그러나 이쪽에는 온전한 막야혼이 있다. 저번과는 다르다. 중독되지 않은 그는 밤에 보았을 때보다 훨씬 강했다. 협도를 휘두르며 적들을 물리치는데, 협도에 담긴 힘이 실로 예사롭지 않았다. 급하게 단파각을 내치는 단운룡이 오히려 더 약해 보일 정도였다. 순식간에 길을 열고, 적들을 흩어내는 막야혼이다. 이제 탁자 두 개만 넘으면 곧바로 뒷문이었다.

파팡!

날아오는 비수들을 피하고, 몸을 날려 탁자 위로 올라갔다. 돌아보는 시야 저편에 유광명의 얼굴이 비쳐들었다. 유광명도 단운룡을 보고 있다. 허공에서 두 사람의 눈빛이 얽혀든다. 스쳐 가는 시선 속에서 단운룡은 유광명의 눈빛에 담긴 한마디를 읽을 수가 있었다.

'도와줘야 하겠소?'

백금산이라 불렸던 색목인이 보였다.

아수라장으로 얽히는 와중에 복면인 하나가 달려들고 있었다. 파리 한 마리를 쫓듯, 색목인이 가볍게 손을 휘젓는다. 그것으로 끝이다. 짓쳐들던 복면인이 무서운 기세로 튕겨 나가 일 장이나 떨어진 벽에 처박혔다. 처음 보는 장법, 굉장한 위력이었다. 자신들이 도와주면 쉽게 빠져나갈 수 있을 거라 말하는 것 같았다.

'필요없어.'

단운룡이 눈으로 말했다. 그대로 몸을 숙이고 다리를 휘둘러 탁자 위로 뛰어오르던 복면인을 넘어뜨렸다. 탁자를 박차고, 의자 하나를 뛰어넘었다. 단운룡이 다시 한 번 유광명을 돌아보았다. 유광명은 알겠다는 듯 한줄기 미소만을 머금고 있을 뿐이다.

'건방 떨기는.'

단운룡은 미련없이 몸을 돌렸다. 어차피 지금 단운룡이 보여주는 모습은 진정한 그의 모습이 아니다. 천룡의 후예? 상관하지 않는다. 반쪽뿐이란 말도 신경 쓸 것 없다.

강력한 인연의 끈을 느꼈지만, 그 끈을 매듭짓는 것은 지금이 아니다. 매듭짓는 인연이 선연이라면 친우가 될 것이요, 그 인연이 악연이라면 원수가 될 뿐이다.

'친우보다는……'

채챙! 스각!

막야흔이 뒷문을 막아선 마지막 복면인을 베어 넘겼다. 막야흔이 먼저 뒷문으로 나가고, 단운룡이 바로 그 뒤를 따랐다.

아수라장이 된 주루, 그 저편 끝에는 유광명이 있을 것이다. 하지만 단운룡은 다시 뒤를 돌아보지 않았다. 스쳐 가는 세 글자.

'승부결.'

그렇다. 아마도 친우보다는 적이 될 가능성이 높을 게다.

이 순간, '승부결' 세 글자가 떠오른 것은 우연이 아닐 테니 말이다. 금상의 주모, 정소교가 했던 이야기가 생각났다. 승부결. 사부가 강씨금상에서 남기고 갔다는 그 세 글자는 천룡과 협제의 승부를 뜻하는 것일 터, 단운룡은 마침내 강설영이 아닌 또 다른 천룡의 후예를 만남으로써 그때의 승부결 세 글자를 가슴에 넘겨받은 듯한 느낌이 들었다.

쉬익!

단운룡의 신형이 유가루를 빠져나왔다. 놈들은 끈질겼다. 몰려든 사람들을 밀치거나 뛰어넘으면서 비수를 휘둘러 오는 복면인들이 있다. 비명 소리와 고함 소리가 얽혀든다. 또다시 아수라장이다. 이래서야 안이나 밖이나 다를 게 없다. 거기다가 대낮인만큼 더 큰 소란이 일고 있었다.

빠악! 파팡!

한 놈 때려눕히고 주위를 돌아보았다. 적들의 숫자는 정확하지 않다. 다만 확실한 게 있다면, 총력전이라는 느낌이다. 달려드는 기세가 필사적이었다.

'퇴로는?'

머리 속에 건물들의 배치를 담았다. 도망치는 사람들의 흐름과 몰려들어 뭉쳐 있는 사람들의 형태를 파악했다.

'공격의 시발점은 서쪽. 동남의 소로, 활로는 남쪽!'

빠져나갈 길은 명백하다. 단운룡의 눈이 동남쪽에 뻗은 소로에 머물렀다. 막야흔의 질책이 들려온 것은 그때였다.

"어디에 한눈을 팔고 있지? 실력이 형편없군!"

막야혼이 소리치며 몸을 날렸다. 휘두르는 일도에 복면인 두 명이 한꺼번에 쓰러진다. 내리쬐는 태양 아래, 쏟아지는 핏물은 선연하기 그지없다. 큰소리를 칠 만한 실력이었다.

"제대로 좀 해봐! 여기서 끝내게!"

막야혼은 이 군중들을 빠져나갈 생각이 전혀 없어 보였다. 사람들의 시선을 한 몸에 받으며 신나게 날뛰고 있다. 적들을 몰고, 베어 넘기는 데 일말의 망설임도 없다. 순식간에 네 명, 다섯 명을 쓰러뜨려 버렸다.

'여기서 끝낸다? 그래, 그것도 좋군.'

퇴로부터 찾은 것은 전적으로 단운룡 자신 때문이다. 광극진기가 없으니 본능적으로 빠져나갈 길부터 찾게 되었다. 하지만 그럴 필요가 없었던 것 같다. 진신 실력을 발휘하는 막야혼은 광극진기의 공백을 메우고도 남는다. 이번엔 막야혼이 옳았다. 이 정도라면 여기서 끝내자는 것도 충분히 가능한 일이었다.

파팡! 빠박!

땅을 박차고 휘돌면서 복면인들의 뒷머리를 가격했다. 발도각과 단파각을 연환하여 내찬다. 세찬 칼바람에 옆을 받치고 나왔다. 단운룡과 막야혼의 움직임은 호쾌하고, 또한 현란했다. 거침없는 성정의 두 사람이 서로에게 등을 맡기니, 마치 십 년 동안 손발을 맞춘 동료와도 같다. 공격 일변도로 맞물려 돌아가는데, 그 위력이 실로 대단했다.

스각! 파팡! 쓰러진 복면인들이 어느새 스물을 헤아리고 있었다. 그럼에도 적들의 공격은 멈추지 않았다. 손실이 얼마가 되든지 끝장을 보겠다는 심산으로 보였다.

"멈추어라!"

"백주에 이게 무슨 짓들인가!!"

척! 척! 척!

싸움의 종지부를 찍은 것은 단운룡 쪽도, 복면인 쪽도 아니었다. 몰려든 구경꾼들을 흩어내며 일사불란하게 달려오는 자들이 그 주인공이다. 갑주를 입고, 창을 곧추세운 이들은 다름 아닌 관군들이었다. 수십 명의 관군들이 몰려들고 있었다.

"피해야겠어."

복면인들이 계속 달려드는 것은 상관없지만, 관군들과 맞서 싸울 수는 없다.

단운룡과 막야흔이 눈빛을 주고받았다. 단운룡이 한쪽으로 몸을 날린다. 방금 전에 퇴로로 봐두었던 길이다. 막야흔이 곧바로 그의 뒤를 따라 땅을 박찼다.

*　　　　*　　　　*

"또다시 실패했다고?"

꽝!

주름 가득한 손이 탁자를 내려친다. 시립한 자의 얼굴이 창백하게 굳었다.

"유명한 절정고수를 잡는 것도 아니고, 고작 도박판의 싸움꾼 하나 잡는데 두 번이나 실패를 해?"

"그, 그것이… 응성비영창과 다른 고수가 함께 있었다고……."

“말도 안 되는 소리! 핑계를 댈 것이 따로 있지! 게다가, 백주에 주루로 쳐들어가? 대망혈 혈주는 정신이 나간 게냐? 수단과 방법을 가리지 않겠다더니, 생각해 낸다는 것이 고작 그런 것이냔 말이다!”

“채, 책임을 통감하고 있습니다.”

“당연히 통감해야지! 이번엔 자네가 사람을 잘못 골랐어. 대망혈 혈주에게 전해! 향우 삼 년은 땅속에 숨어서 기어나올 생각 하지 말라고.”

“알겠습니다.”

주름진 입가에 한숨이 머문다. 분기를 못 참겠다는 듯 숨을 몰아쉬며 물었다.

“다른 건은?”

“다른 건이라면… 그 주루에 천룡상회의 인물들이 있었다고 합니다.”

“그 보고는 이미 들었어.”

“예? 그, 그렇습니까?”

시림한 자는 당황한 듯했다. 늙은 자의 지혜는 간교하고도 깊다. 그 외에도 정보를 얻을 곳이 많다. 수족처럼 부리는 자가 한둘이 아니었던 것이다.

“천룡상회 회주가 직접 왔다고?”

“예, 그렇습니다. 최측근이라는 두 명의 호위무사를 데리고 왔다고 합니다.”

“최측근? 애송이 회주가 무슨 거물이나 된다고 그런 말을 쓰는고?”

"죄, 죄송합니다."

"자네, 요즘 죄송하다는 말이 너무 잦아. 이전까진 그런 일이 없었던 것으로 기억하는데."

"…앞으로는 그러지 않도록 하겠습니다, 어르신."

"조심하는 것이 좋을 것이야. 자네도 잘 알겠지만, 난 소상주처럼 무르지 않네."

"명심하고 있습니다."

"그 애송이 회주 옆에 있는 호위무사들은 어느 정도 고수들인고?"

"정확히 파악할 수는 없습니다만, 상당한 고수들로 사료됩니다. 그 주루의 소동에서도 상처 하나 없이 빠져나갔다는 보고입니다."

"대망혈의 졸개들이 너무 약했던 것은 아니고?"

"……!"

"홍명상회에선 이번 일을 되도록 빨리 처리하고 싶어하는 것 같네. 고수들을 보내준다더군. 심천괴승 간요(干堯)와 상문귀객 상춘(尙椿)이라고, 그들 말로는 백검천마에 견줄 만한 실력자들이라 하네."

"막야흔 문제는 쉽게 해결되겠군요. 백검천마에 견줄 만한 고수를 둘이나 보내준다니……!"

"할계(割鷄) 언용우도(焉用牛刀)라 했지. 그만한 고수들이 온다는 건, 그야말로 소 잡는 칼을 닭 잡는 데 쓰는 격이야. 막야흔 정도 죽이자고 그런 자들을 보내준다는 게 아니라네. 아무래도 천룡상회의 애송이 회주가 홍명상회의 비위를 건드린 적이 있는 듯

했어. 앞으로가 중요하네. 이쪽에선 이쪽대로 대비를 잘해야 해.”

“차질이 없도록 하겠습니다.”

“자네가 한 말, 이번엔 반드시 지켜야 할 거야.”

두 사람의 목소리가 침중하게 가라앉는다. 적벽, 그리고 융중산. 제갈세가의 밤이 그렇게 깊어가고 있었다.

*　　　*　　　*

밤이 지나고, 달이 진다. 적벽을 타고 올라온 안개가 새벽의 사원을 감싸고돌았다. 부드럽게 흐르던 새벽안개가 한곳에 이르러 깜짝 놀란 듯 일렁였다. 분노한 목소리 때문이다. 막야흔의 목소리가 사원 끝 창문을 뚫고 나와 새벽안개를 쫓아내고 있었다.

“그렇게는 못하겠다.”

“그럼 어쩌겠다는 거지?”

“그 계집을 꺾고 출전하면 되잖아.”

“넌 그녀를 이기지 못해.”

“웃기지 마. 그래 봤자 계집이야!”

“그냥 계집이 아니다.”

“뭐?”

“전조검법이 속가십대검법이라고 했었지? 그녀는 다르다. 그녀가 익힌 무공은 열 손가락 주변에서 머물러 있는 무공이 아니야. 중원최강, 천하제일을 논하는 무공이다. 그녀가 진정한 실력을 보인다면, 넌 다섯 합을 채 버티지 못해.”

“다섯 합이라고? 말도 안 되는 소리!”

"그럴까? 응성비영창은 꼼짝도 하지 못했다. 넌 그 옆에 서서 뭘 느꼈지? 넌 이미 내 말이 진짜라는 것을 알고 있다. 스스로에게 솔직해져라."

"……!"

막야흔은 뭔가를 말해보려 했지만 끝내 말을 잇지 못했다. 정곡을 찔렸기 때문이다. 단운룡의 말은 구구절절 틀린 데가 없었다. 응성비영창은 고수였다. 단운룡은 한사코 그가 자신에게 상대가 안 된다고 했지만, 막상 마주 서고 보니 그것도 장담하기가 힘들 것 같지 않았던가. 이길 수 있다는 생각이야 변함이 없지만.

여하튼, 응성비영창은 강설영이란 계집 앞에서 아무런 힘도 쓰지 못했다. 거짓말처럼 잡혀 버린 창대와 아무리 용을 써도 끄떡없던 악력을 바로 옆에서 보았다.

"그래, 좋다. 네놈 말이 다 옳다고 치자. 하지만 이렇게 등을 보일 순 없다. 난 겁쟁이가 아니야! 지더라도 한판 화끈하게 싸우고 끝내겠다."

막야흔이 주먹을 휘두르며 소리쳤다. 그의 목소리가 무후사 경내에 커다란 울림으로 맴돈다. 단운룡이 할 수 없다는 듯 고개를 끄덕이며 말했다.

"좋아. 그럼 이렇게 하자."

단운룡이 눈을 감았다 떴다. 그가 막야흔의 두 눈을 응시하며 말을 이었다.

"일단 암무회전은 포기한다."

"뭐라고?"

당연한 일이다. 막야혼의 반응은 격할 수밖에 없었다.

"헛소리! 절대로 안 돼!"

"어쩔 수 없다. 이대로 잘 숨어 있다가 암무회전에 나간다 한들, 넌 첫 비무조차 해보지 못하고 그녀에게 박살을 당할 거다. 그것도… 암무회전을 보러 나온 수많은 관중들 앞에서가 되겠지."

"……!"

"자, 생각해 봐라. 네가 원하는 것은 이번 암무회전에서 최고가 되는 거다. 그렇지 않나?"

"말은 똑바로 해. 난 언제나 최고였어."

"그래. 여하튼, 넌 이번 암무회전에서 우승하고 싶은 거다. 그러니 암무회전이 시작되기 전에 결정을 짓는다."

"그건 또 무슨……."

"첫 번째는 웅성비영창이다. 암무회전이 열리기 전에 웅성비영창을 만나 결판을 지어라."

"말도 안 되는……."

단운룡의 이야기에 무작정 역정을 내던 막야혼이 문득 말을 끊고 고개를 갸웃거렸다. 듣고 보니 그럴듯했기 때문이다. 말도 안 되는 이야기가 아니다. 말이 된다. 그것도 아주 많이.

"지금 유가루에서처럼 하자는 거냐?"

"그래. 대신 방해를 받으면 안 되겠지."

"그 계집이 또 나타날 텐데?"

"무섭긴 한가 보군?"

"무섭다니 누가!"

"그녀가 오면, 내가 막는다."

“막아? 무슨 수로!”

“그녀는 말이 통하는 상대다. 너하고는 달라.”

“세 치 혀로 물리치겠다는 거냐?”

“듣기나 해. 넌 응성비영창만 꺾으면 된다.”

“그래서? 어쩌자고?”

“그다음은 전조검법이다.”

“전조검법을?”

“그 둘을 꺾으면, 넌 암무회전에 나가지 않아도 암무회전을 제압한 것이 된다. 누구도 그걸 부인하지 못할 거다.”

막야흔이 입을 열다가 멈춘다. 들으면 들을수록 매력적인 제안이었다. 수많은 관중들이 지켜보는 앞에서 어린 계집에게 망신을 당할 바에는 암무회전을 나가지 않는 편이 옳을지도 모른다.

“하지만… 난 그렇게 물러서고 싶지 않다!”

“고집은 그만 부려라. 일단 그 둘을 꺾은 후에 그녀와 결판을 내도 늦지 않아.”

“……”

“굳이 자존심을 챙기고 싶다면 자리는 따로 마련하지. 사람들 없는 곳에서 일 대 일로.”

“무슨 소리! 난 지지 않는다! 몇 명이 구경해도 상관없다!”

끝까지 큰소리를 치지만, 그것이 쓸데없는 고집이란 것은 단운룡도, 막야흔 그 자신도 잘 알고 있다. 하지만 단운룡은 막야흔을 비웃지 않았다. 막야흔은 그런 남자였다. 절대로 꺾이지 않을 것이고, 설혹 꺾인다 해도 금세 그 날을 날카롭게 세워내리라.

“자, 결정해라. 할 거냐, 말 거냐.”

단운룡과 막야흔의 눈이 허공에서 부딪쳤다.

막야흔이 생각한다. 강설영에겐 이기기 힘들다. 필패. 그것은 이미 기정사실이나 다름없다. 어차피 암무회전에 나가기는 글렀다는 뜻이다. 결국 선택은 실리를 취하는 쪽으로 기울어질 수밖에 없었다.

"할 수 없지. 가자, 응성비영창을 치러."

다시 한 번 간다. 막야흔의 대답은 그러했다. 다시 한 번, 적벽으로 내려가는 두 사람이다. 두 사람의 발걸음은 저번처럼 거침이 없었다.

*   *   *

'섬영이다.'

저잣거리로 내려오는 길이다. 골똘히 생각한 결과, 단운룡은 마침내 한 가지 결론에 이르렀다.

'지금 이 상태로 쓸 수 있는 건 섬영밖에 없어.'

지난밤, 뜬눈으로 지새우며 생각했던 것이 그것이다.

힘이 필요했다. 당장 발동이 가능한 힘이.

'곤륜노. 색목인. 그들은 굉장히 강하다. 천룡은 그런 자를 수하로 두고 있었어. 그것도 둘씩이나.'

전설의 하늘 아래, 잊혀진 시대를 제패했던 네 명이 있었다.

세상이 바뀌어 지금 이 순간 밝아오는 하늘 아래엔 그 시대의 넷이 남긴 그림자들이 땅을 밟고 서 있다. 단운룡이 그렇고, 강설영이 그렇다. 어제 만난 유광명도 그 그림자 중 하나였다.

‘반쪽이란 말······.’

사부도 같은 말을 했었다. 구주창왕의 비급 출현으로 불산에 가기 직전, 사부는 사패를 언급하며 만나게 될 후예가 반쪽뿐인 자라 했었다.

그것은 다름 아닌 강설영을 두고 한 말이다. 어떻게 반쪽인지는 모르겠지만, 적어도 불완전하다는 의미인 것만큼은 확실하다. 물론 강설영은 반쪽이라는 말이 어울리지 않을 정도로 강했다. 그 나이에, 그것도 여자의 몸으로 그런 성취를 이룬 이는 전 중원을 통틀어도 몇 명 없을 것이다. 하지만 그럼에도 다소 부족하다는 느낌이 드는 것은 어쩔 수가 없다. 저 철위강에게 직접 사사했다는 의미는 말처럼 간단한 것이 아닌 까닭이었다.

‘그녀는 도망쳤다. 그것도 반쪽이란 말과 무관하지 않을 거다.’

천룡의 후예.

유광명에겐 무공이 느껴지지 않았다. 무공이 너무나 뛰어나서 그것을 느끼지 못할 경지에 이른 것일 수도 있다. 하지만 단운룡은 그럴 가능성을 높게 보지 않았다. 봉인했든 잃어버렸든 또는 배우지 않았든, 적어도 단운룡이 보기에 유광명은 무공이 없는 자가 분명했기 때문이었다.

‘그 자신도 반쪽이라는 것인가.’

확신에 가까운 추측이었다. 그렇게밖에 해석할 길이 없었다.

‘반쪽이라도 그 정도 수하들이 있다면······!’

무공이 없어도 그런 자들이 옆에 있다면 이야기는 달라진다. 혹 번쾌와 백금산이라 했던가. 그들 둘이면 맞상대할 자가 거의 없을 것이다. 둘을 합쳤을 때 어느 정도냐 하면, 저 남해의 신검인 남위

위원홍에 비견된다 하겠다. 개개인으로는 위원홍에 미치지 못한다 해도 이 대 일 정도면 위원홍과 자웅을 겨룰 수 있을지도 모른다. 아니, 어쩌면 위원홍의 검이 부러질 가능성도 있었다.

'뇌신을 써야 상대할 수 있다는 말이다.'

단운룡은 곤륜노가 보여준 신법을 떠올려 보았다. 그 탄력, 그 속도, 기쾌한 움직임 뒤에 숨겨진 공력과 경험을 미루어 짐작하자면, 지닌바 무공을 측량하기가 어려울 정도였다.

'당장 쓸 수 있는 무공이 급하다. 그런 고수를 계속 만나게 된다면 살아남기가 힘들어.'

그래서 내린 결론이 섬영이었다.

섬영(閃影). 섬영보, 또는 섬영신법. 섬영은 비운의 구결이다. 처음에는 광신마체 삼식으로 개발되었지만 사부에 의해 버려졌고, 다시 보완을 거친 후에 광신마체와는 따로 떨어져 나온 무공이었다. 사부는 말했다. 섬영은 그 자체로 뛰어난 무공이자 신법이라고. 가르쳐 줄 때 들었던 목소리가 귓전을 울린다.

"광신마체는 사실 온전히 내가 만든 무공은 아니라고 할 수 있다. 오래전, 아주 오래전 한 명의 미친 늙은이가 있었지. 그가 광뢰신경진기총서(光雷神經眞氣總書)를 집대성했다. 난 그 늙은이의 실험체 중 하나였고, 그는 나를 통해 광뢰신경진기총서의 이론을 실제로 구현할 수 있었지. 세월이 흐르고, 난 그 진경을 해석, 보완하여 하나의 무공을 만들게 된다. 그게 바로 광극진기다. 광극진기는 두뇌의 활동과 공력을 합치하여 무상의 힘을 얻는 심법이다. 난 오랫동안 그 심법을 연구하여 마침내 광신마체의 구결을 끌어낼 수 있었지. 광신마체를 내놓은 다음부터는 광극진기를 얻을 때와 달랐다. 온전히 새로운 무공을 만드는 것이나 다름없었어. 무공 창안은 쉽지 않았다. 그것도 천하를 논하기 위한 절세 신공을 만들려고 했으니 더더욱 만만치 않은 일이었지. 시행착오? 물론 있었다. 섬영은 말하자면 그 시행착오의 소산이라 할 수 있을 것이다. 잘 알겠지만, 광신마체는 단계적인 무공이다. 신풍에서 순속, 순속에서 뇌신으로. 순속까지는 금방 정리가 되었다. 하지만 순속에서 뇌신으로 넘어가는 벽이 너무 높아 보였지. 어떻게 하면 갈 수 있을지 알고는 있는데, 구결로는 완성이 안 되고 있었어. 벽을 날아서 넘을까, 옆으로 돌아갈까 선택해야만 했다. 그러면서 뇌신과 섬영이 나왔지. 하늘을 날아 벽을 넘는 게 뇌신이라면, 옆길로 돌아가는 길이 섬영이었던 셈이야. 그것은 달리 말해 위력의 극대화를 취할 것인가, 진기의 안정화를 취할 것인가의 선택지라고 할 수 있었다. 순속의 다음 단계는 섬영이면서 또한 뇌신이 되는 거였지. 하지만 섬영은 다음 단계인 음속(音速)으로 가는 길을 제시하지 못했다. 알다시피 광신마체는 파괴적이고 소모적인 무공이야. 그것은 위험한 단점이었다. 광신마체의 유일한 약점이기도 하지. 섬영은 그걸 극복할 수 있는 해결책으로 꺼내놓은 것이었는데, 막상 파고들고 보니 그 위 단계로 가는 길이 막혀 버리고만 것이다. 다음 단계로 뛰어넘기 위해서는 공력의 증폭이 필수적인데, 섬영은 잠재력을 더 끌어올리기엔 너무나 안정적이었어. 발동 후에는 진기의 소모가 거의 없을 정도였으니까. 기력을 극대화하여 끌어올릴 힘이 부족했다는 말이야. 그래서 섬영은 광신마체의 삼식이 되지 못했다. 섬영은 일종의 보법이고, 신법이라 할 수 있다. 신풍 이상의 속도와 힘을 진기의 소모없이 유지하게 해주지.
심지어 뇌신 다른 광신마체의 구결과 공존할 수도 있다. 다만, 발
동하긴 쉽지 않아. 한 줌의 진기로도 발동이 가능하다만, 신풍 이
상의 깨달음을 얻지 않고서는 꺼내보기조차 힘든 무공이다."

한 줌의 진기로도 발동이 가능하다? 문제는 사부, 소연신이 말
한 한 줌의 크기다. 사부의 한 줌은 그저 다른 고수들의 한 줌과
차원이 달랐다. 말이 쉽지, 간단한 일이 아니었다.

"어떻게 해야 하지?"

상념을 끊은 것은 막야흔의 목소리였다.

마치 마음속을 읽기라도 한 것 같다. 막야흔의 질문은 전혀 다
른 의미였지만 말이다. 막야흔은 그러한 질문 자체를 망설이고 있
었던 듯, 어울리지 않는 어조로 말을 이어가고 있었다.

"생각해 보니 말인데, 암무회전을 포기했다가는 상회에서 가만
히 있지 않을 것 같다."

"융중상회 말인가?"

"다른 놈들은 상관없다. 다만, 육 지부장 엿 먹이는 것은 마음
이 편치 않아."

"육 지부장이라 하면?"

"육홍. 비무상왕."

"비무를 주관한다는 그 사람 말이로군."

"그렇다."

"'의리' 라는 거냐. 의원데."

"네놈은 날 모른다. 사나이가 의리 없이 어찌 태양을 보고 살까."

"하나만 물어보자. 그렇게 의리가 있으면서 융중상회로 당장 돌아가지 않는 것은 무슨 이유에서지?"

단운룡은 언제나 날카롭다. 막야흔이 고개를 홱 돌리며 단운룡을 노려보았다.

"그, 그건……!"

"뭔가 이상하다고 느낀 거다. 그렇지 않나?"

막야흔의 눈이 흔들린다. 마음의 동요가 그대로 드러나고 있었다.

"마음속에 들어왔다 나가기라도 한 거냐? 대체 네놈 정체가 뭐야?"

"머리로는 이해할 수 없지만, 감(感)은 살아 있다. 좋은 거야. 내가 널 밑에 두고자 탐내는 또 하나의 이유가 그거다."

"감이라니, 네놈이 뭘 안다고?"

"융중상회로 돌아가는 게 위험하다고 본능적으로 느끼는 거지."

"말도 안 되는 소리! 난 융중상회의 이름을 걸고 싸우는 인간이다! 내가 왜 융중상회를 위험하다 느끼겠는가?"

막야흔이 자신의 가슴에 박힌 융중상회 네 글자를 가리키며 소리쳤다.

"이유는 나보다 네가 잘 알 거다."

"내가 더 잘 안다니, 말을 꺼냈으면 끝까지 해!"

"널 죽이고 싶어하는 놈들이 많을 거라 했지? 살펴본 바에 의하면 그렇지도 않다. 이 적벽이란 땅에서, 넌 절대로 쉽게 죽어서는 안 되는 사람이다. 의창상가, 황학상회? 그들은 융중상회의 적이지. 그들은 분명 널 죽이고 싶어할 거다. 하지만 넌 그런 자객들에게 죽어선 안 된다. 네가 그렇게 죽으면 그들은 손해를 입을 거다. 그것도 막대한 손해를."

단운룡이 내린 결론은 강설영과 같았다. 막야흔이 눈살을 찌푸리며 물었다.

"손해? 뭘 잘못 알았군! 유장홍이나, 모복민이나 내가 없어지면 쾌재를 부를 놈들이다."

"쾌재를 부르기야 하겠지. 단, 그것은 네가 암무회전 비무판에서 그들이 내세운 출전자들에게 박살날 때 한해서다."

"……!"

"넌 이미 알고 있다. 머리로는 몰라도 감으로는 알고 있는 거다. 자객를 써서 죽이겠다는 건, 암무회전에 나오지 못하도록 만들겠다는 의도지. 적어도 의창상가나 황학상회는 아니란 말이다. 그들은 네가 출전하길 바란다. 그래야 이길 수 있으니까. 자객을 쓴 놈은 다르다. 그들은 네가 출전하길 바라지 않아. 출전하지 못하고 죽길 바라는 것이지. 그게 진정 원하는 바다. 누가 그런 걸 원할까? 네가 암무회전에서 지는 걸 달가워하지 않는 누군가 겠지."

"설마……."

머리 속에서 부인해 왔던 진실이 여기 있다. 단운룡의 말처럼 막야흔은 이미 마음 깊은 곳에서 진실을 알고 있었던 것인지도 모른다.

그가 암무회전에서 패배하지 않길 바라는 사람.

그가 졌을 때 가장 곤란한 사람이 누굴까 꼽는다면, 그 첫째 손가락에 들 사람은 다름 아닌 육홍일 것이다. 백주에 자객을 풀 만큼 대담하고도 재빠른 자. 막야혼이 아는 범위 내에서 그것은 오직 비무상왕 육홍, 한 사람밖에 없었다.

"독단은 이르다. 아직 밝혀진 것은 아무것도 없어. 난 사실 네가 이런 식으로 융중상회에 대한 의심을 키우도록 만들고 싶지 않았다. 너와 융중상회 사이를 틀어지도록 술책을 벌이는 건 내 방식이 아니야."

"그러니까, 나보고 어떻게 하라는 거냐?"

다시 처음 질문으로 돌아왔다.

단운룡이 막야혼을 똑바로 쳐다보며 대답했다.

"네가 최고라는 것부터 보여줘라. 천하가 널 기다리고 있다."

막야혼을 천하로 이끄는 길이다. 적벽을 벗어나 마천으로 비상하는 길이 거기에 있었다.

＊　　　＊　　　＊

적벽 저잣거리는 전날과 똑같았다. 막야혼을 돌아보는 시선도, 수군거리는 자들도 전과 다를 바가 없었다.

"죽립을 쓰자."

막야혼은 단운룡의 말에 순순히 따랐다. 큰 소란이 일어난 바로 다음날이기 때문이었다. 이 안 그래도 복잡한 심사에, 어제 같은 일은 사양이다.

"응성비영창은?"

죽립을 눌러쓰고 사람들 틈에 섞여 버렸다. 시선이 대폭 줄어든 것을 느낄 수가 있다. 워낙에 막야혼처럼 입고 다니는 젊은이가 많은 고로, 도리어 눈에 띄지 않게 된 것이다.

"엇, 쾌협도!"

"조용히 해. 응성비영창은 어디 있지?"

"아, 응성비영창이라면, 그러니까, 눈에 불을 켜고 한 소녀를 찾고 있다 들었습죠."

"뭐가 어째?"

"그게… 무슨 주루에서 봤던 여자라고……."

노점에서 만두를 팔던 이는 막야흔의 역정에 당황스런 기색을 감추지 못했다. 등 뒤에서 들려온 대답, 단운룡의 목소리였다.

"강설영을 찾고 있나 보군."

막야흔이 단운룡을 돌아본다. 그렇다. 단운룡의 말대로다. 응성비영창은 강설영을 찾고 있다. 주루에서 강설영에게 당했던 일을 잊지 못한 거다. 막야흔이 피식 웃으며 말했다.

"자존심이 상했다, 이거지? 주제도 모르는 놈!"

"이곳저곳 돌아다니는 것 같은데. 곤란해졌어."

"곤란해졌다고? 그렇지 않아."

돌아다니고 있으니 난감해졌다? 아니다. 응성비영창은 성질이 급한 자다. 온갖 소란을 떨면서 적벽을 뒤지고 있을 게다. 오히려 찾기도 쉽다. 적어도 막야흔에겐 그랬다.

"응성비영창이요? 저쪽으로 갔어요. 반 다경 정도 전에."

적벽은 작지 않은 도시였지만, 어차피 응성비영창 같은 자가 돌아다닐 곳은 한정되어 있다고 할 것이다. 막야흔은 적벽을 속속들이 알고 있었고, 적벽의 모두가 막야흔을 알고 있었다. 막야흔의 질문에 간이든 쓸개든 빼줄 것처럼 대답하는 이들이 수백

명이요, 찾아오겠다며 맨발로 뛰어다닐 놈들이 또 그만큼 더 있는 것이다.

"멀지 않은 곳에 있답니다!"

소문이 발보다 빠르다 했던가. 이번엔 아니다.

적벽엔 입이 많다. 응성비영창이 신비의 소녀를 뒤쫓고, 또 응성비영창의 뒤를 막야흔이 쫓고 있다는 이야기가 순식간에 퍼지고 있을 게다. 그러나 이번에는 소문보다 그들이 더 빨랐다. 막야흔의 한마디에 수십 명 젊은이들이 발 벗고 뛰어준 덕분이었다.

"저쪽이요!"

거리 몇 개, 골목 몇 개를 지났다. 젊은이의 말처럼 금방이다. 길 건너에 응성비영창이 보인다. 누군가를 붙잡고 윽박지르듯 큰 소리로 묻고 있었다.

"그 여자 본 적 있나?"

"아, 아니요, 어제 이후론 본 적이 없는데요."

응성비영창의 두 눈엔 집요함이 가득했다. 유가루에 있었던 사람들을 찾아다니면서 닥치는 대로 강설영의 소재를 묻고 있는 것 같았다. 길 건너에서 응성비영창의 목소리를 듣던 막야흔이 단운룡을 돌아보며 다시 한 번 비틀린 미소를 지었다.

"확실히, 웃기는 놈이다."

곧바로 성큼성큼 길을 건너 응성비영창에게로 다가간다. 그가 응성비영창의 어깨를 툭 치며 물었다.

"그 여자는 왜 찾는 거냐?"

응성비영창이 홱 몸을 돌렸다. 그가 막야흔을 보고 눈썹을 치켜 올리며 되물었다.

“막야흔! 네놈, 그녀가 어디 있는지 아는 건가?”

“만나서 어쩔 생각이지? 싸움이라도 걸겠다?”

“물론이다! 그 치욕, 갚아주지 않고는 못 참는다!”

“다시 한 번 창피라도 당하지 않으면 다행이겠지!”

“뭐라고?”

“넌, 그녀한테 안 돼.”

막야흔의 한마디에 응성비영창의 얼굴이 돌덩이처럼 굳었다. 그가 허리를 펴고 고개를 모로 돌리더니, 찢어 죽일 기세로 막야흔을 노려보며 말했다.

“뚫린 입이라고 아무 말이나 하는 게 아니다.”

“내 말은 아직 안 끝났어.”

막야흔이 죽립을 벗었다. 오른손은 칼자루에 올렸다. 왼손으로 죽립을 던지며 말을 이었다.

“그녀만이 아니지. 넌 나한테도 안 되거든.”

응성비영창의 눈꼬리가 파르르 떨렸다. 그가 고개를 끄덕이며 말했다.

“죽고 싶은 게로구나, 막야흔.”

응성비영창이 한 발 물러났다.

치링! 하고 등 뒤에 매달렸던 창대가 손아귀에 잡혀든다. 곧바로 싸움이다. 막야흔이 도갑에서 협도를 뽑아 들었다.

웅성웅성.

적벽은 항상 그렇다. 골목길에 사람들이 몰려든다. 주변 건물의 창문이 열리고, 사람들의 고개가 내밀어졌다. 삽시간에 한판 비무장이 생겨난 것이다. 바람이 흘러와 두 사람이 우뚝 선 공터를 스처 갔다. 한줄기 먼지가 피어올랐다.

"챠아아압!"

먼저 땅을 막찬 것은 응성비영창이었다. 쩌렁쩌렁한 기합성을 내지르며 창날을 내처 온다. 맞서는 막야흔의 움직임은 그 자체로 날이 선 칼 한 자루였다. 아슬아슬하게 창대를 비껴내며 거리를 좁히는 모습이 마치 만장협곡에서 얇은 외줄을 타는 듯하다. 목숨을 담보로 한 움직임이었다.

챙! 채챙!

창대와 칼날이 부딪치며 불꽃이 튀었다. 창봉이 목봉인 줄 알았더니, 탄력 좋은 철봉인 모양이었다. 낭창낭창 휘어지며 막야흔의 칼과 부딪치는데, 그 자체로 살아 움직이는 듯했다.

"막야흔! 그것밖에 안 되나?"

창대로 막야흔의 칼을 후려치고, 뒤쪽으로 뛰어올라 도발한다. 응성비영창은 과감하다. 싸움을 할 줄 아는 자다. 막야흔이 비웃음을 흘리며 대답했다.

"아직 시작도 안 했어!"

이번엔 막야흔이 뛰어들었다. 창날이 삼엄한 수비세를 만들고 있는데도 거침없이 품속으로 치고 들어가 칼을 휘두른다. 만용처럼 보이는 용맹이다. 응성비영창도 과감했지만, 막야흔은 그보다 더 과감했다.

'바로 저거다!'

뒤편에서 팔짱을 낀 채 지켜보던 단운룡도 그 모습엔 혀를 내두를 수밖에 없었다. 저 기질은 무공 수련으로 얻어지는 것이 아니다. 타고난 성정이다. 상대가 어떤 자일지라도 저 기질은 쉽게 꺾이지 않으리라.

"탓!"

웅성비영창이 기합성을 내지르며 창대를 찔러왔다. 막야흔의
대응은 예상 밖이다. 뒤로 뛰어오르며 창대를 발로 차 튕겨내고는
몸을 돌려 협도를 내뻗는다. 무공 투로를 벗어난 임기응변이다. 뛰
어난 재능을 엿볼 수 있는 대목이었다.

"칫!"

채챙! 하며 불꽃이 튀었다. 급하게 창대를 돌려 막는 웅성비영
창도 만만치는 않다. 장병을 사용하는데도 수급이 무척 자유로워
보인다. 절정고수라 말하기는 아쉬워도, 고수라 칭해지기에 부족
함이 없는 자였다.

오오오오!

두 사람의 공방은 호쾌했다. 싸움이 길어지고 있음에도, 조금
도 지루함이 없다. 우로, 좌로, 번쩍번쩍 이동하면서 좁은 골목길
을 커다란 비무대인 양 넓게도 쓰고 있다. 놀라운 몸놀림, 위태로
운 반격이 이어질 때마다, 구경꾼들의 입에선 환호성이 터져 나오
곤 했다.

'……?!'

단운룡이 뭔가를 느끼고, 한쪽으로 고개를 돌린 것은 싸움의
사나움이 극점으로 치달아갈 때였다. 신경을 자극하는 누군가가
있었다. 단운룡의 눈이 군중들을 훑었다.

'강설영이 아니다. 천룡상회의 무인들도 아니야.'

그들은 강했다. 숨겨도 숨길 수 없는 강력한 힘 때문에 이 근처
에 왔다면 진즉부터 알아챘을 게다.

반면, 지금 느껴지는 이 힘은 그들과 같이 강한 것이 아니었다. 그처럼 강하지는 않지만 무언가 마음을 자극하는 것이 있다. 단운룡이 팔짱을 풀고 몸을 돌렸다. 저쪽이다. 구경꾼들이 모여든 곳, 한쪽에 그자가 있었다.

'누구냐.'

더 이상 서 있을 수 없다. 단운룡이 발을 옮기기 시작했다. 사람들에 가려서 잘 보이지 않는다. 가까이 오려고도, 싸움을 보려고 고개를 내밀지도 않았다. 사람들 뒤편에 서서 직접 보지 않고도 싸움의 흐름을 볼 수 있는 자였다.

"어이, 조심해."

"뭐야! 밀지 마!"

단운룡이 사람들을 밀치고 걸음을 재촉했다. 숨 막히는 얼굴로 싸움을 구경하던 자들이 불평을 쏟아냈다. 욕지거리를 내뱉는 놈도 있다. 모두 무시하고 걸음을 옮겼다. 빽빽이 들어찼던 사람들을 통과해 밖으로 나왔다. 뒤편에서 미처 앞으로 가지 못하고 깡총깡총 뛰면서 고개를 내미는 자들이 보인다. 상자 따위를 가져다 놓고 삼삼오오 위에 올라간 사람들도 있었다.

"당신이었군."

단운룡이 한 사람 앞에 섰다. 좁다란 죽립을 턱 밑까지 눌러쓴 자였다. 팔짱을 낀 가슴 앞엔 길지 않은 검 한 자루를 품었다.

"누구신지……?"

죽립의 형태가 특이했다. 위에서부터 아래까지 거의 원통형으로 생긴 죽립이다. 죽립을 엮을 때 앞쪽에 성긴 부분을 만들어 그 틈새로 눈앞을 볼 수 있게 해놓은 죽립이었다.

"내가 누군지는 그다지 중요하지 않아."

그런 죽립은 이 호광성에선 잘 쓰지 않는다. 조금 더 동부에서 쓰는 형태다. 이를테면, 안휘성 같은 곳 말이다.

"난 당신을 모르오. 그저 지나가는 과객이라면 어이하여 말을 걸어오는 것이오?"

"흥미가 생겨서다."

"흥미라니."

"전조검법."

반응이 있었다. 꽤나 정직한 자다. 죽립 아래로 되돌아오는 물음엔 감추지 못할 당혹감이 깃들어 있었다.

"전조검법이라니. 무슨 소리를 하시는 게요?"

"굳이 숨길 이유가 있나? 가슴에 품은 것은 검 아닌가?"

"검을 들고 있는 모두가 전조검법을 익히는 것은 아니라오."

"변명이 서투르군."

"사람을 잘못 보셨소."

"정체를 밝히고 싶지 않나 보군. 하지만 그런 검기(劍氣)를 뿜어대고 있어서야 어찌 감추고 다닐 수 있을까."

"초면에 무례가 과하오. 난 볼일이 없으니 그만 지나가 주시오."

죽립의 남자가 몸을 돌렸다. 목소리로 짐작하건대 스물 남짓, 젊다. 제법 큰 키, 짜여진 육체는 완성된 지 얼마 되지 않았다. 날 것처럼 생생한 느낌이 전해진다.

"안 가시오?"

단운룡이 그대로 서 있자 그자가 물어왔다. 확실히 젊다. 아니, 어리다고 할 만하다. 다른 것도 있다. 목소리에 담겨 있는 감정.

그것은 당혹감을 넘어선 조급함이다. 단운룡이 발을 옮겨 다시금 돌아선 그의 앞에 선다.

"보아하니 당신, 단순히 의뢰만 받은 것이 아니로군."

"내가 뭘 하든 당신이 관여할 일이 아니오!"

"쫓기고 있나? 누구에게지?"

흠칫.

이렇게 솔직해서야 질문한 사람이 더 무안할 지경이다.

반응이 너무나 뚜렷했다. 강호초출이란 말이 생각난다. 아주 처음 강호에 나온 것까지는 아닐지라도 도산검림 강호에 익숙한 자는 분명 아니다. 무림에 나온 지 얼마 안 되는 이가 틀림없었다.

"당신… 대체 뭐지? 판관원에서 벌써 쫓아온 거요?"

조급함과 당황함에 이어 뚜렷하게 솟아나는 것이 있다.

반응이 격해도 너무 격하다. 위협적인 검기가 전신에서 뻗어 나오고 있었다.

"이런 식으로 쉽게 자신을 드러내면 안 되지. 판관원이 뭔지는 모르겠다만, 이래서는 오래 피하지 못할 거다."

"그럼… 판관원에서 나온 것이 아니라는 말이오?"

"말했잖나."

"하면 어떻게 알았소?"

"쫓기고 있는 거?"

"그렇소."

"그런 것은 보면 아는 거야."

보면 안다. 누구나 본다고 아는 것은 아니다. 그저 단운룡에겐 그랬을 뿐이다.

단운룡은 오랫동안 쫓겨본 적이 있다. 추격전이라면 한두 번 겪어본 게 아니다. 쫓기는 자가 어떤 기운을 품는지, 쫓는 자가 어떤 얼굴을 하는지 본능과 경험을 통해 너무나도 잘 알고 있었다.

"보면 안다니, 이해가 되지 않소."

"이해할 필요 없어."

"가르쳐 주시오. 나에게는 중요한 이야기요."

"왜 중요하다는 거지?"

"알아야 고칠 것 아니오. 난 이 모든 것이 드러나길 바라지 않소."

순수하기에 그럴 수 있는 것일까. 전조검법 젊은이의 목소리는 진지했다. 마치 사부에게 가르침을 구하듯 정명하고도 진중한 마음이 느껴진다. 그리고 그 마음은 단운룡의 마음에까지 맞닿아 용의 가슴에 잔잔한 파랑을 만들고 있었다.

"어차피 암무회전에 나가면 전부 다 드러날 것 아니었나?"

"…물론 그렇소. 하지만 그때까지는 알려지면 안 될 사정이 있소."

"안됐지만 지금 실력으로는 숨길 수 없어. 그런 건 어떻게 한다고 되는 일이 아니야. 강호를 살아가다 보면 자연스레 체득하게 되겠지."

"숙달된 추격자가 나타나면 잡힐 수밖에 없다는 이야기요?"

"당연하지."

"내가 어떻게 해야 되겠소? 방법이 없는 거요?"

"아주 없는 것은 아니지."

"그것이 무엇이오?"

"도주를 멈추면 돼."

단운룡의 대답은 명쾌했다. 하지만 상대에겐 결코 흡족한 해답이 되지 못했다. 전조의 젊은이가 한층 음울해진 목소리로 말했다.

"농담할 때가 아니오. 난 벗어날 수 없소."

"상대가 누구이기에 벗어날 수 없다는 거지?"

"생을 받고, 의를 받았으며, 검을 받았소. 어찌 사문으로부터 벗어날 수 있겠소?"

"전조의 검사가 포공사에서 추격을 받는다. 놀랍군."

"목소리를 낮추시오! 이해할 수 없군! 내가 대체 왜 당신에게 이런 이야기를 하는지 모르겠소! 하나 당신이라면 왠지 방법을 알 것 같소. 할 수 있는 것이 있다면 알려주시오. 내, 은혜는 반드시 갚겠소."

진심이다. 잔잔하게 흔들렸던 가슴에 파도가 친다.

그 사람 때문이다.

단운룡은 이런 식으로 진심을 드러내는 사람을 한 명 알고 있었다.

처음 본 사람에게도 자신의 속마음을 이야기할 수 있는 사람. 도움이 필요하면 구하고, 반드시 은혜를 갚겠다 말하며, 그 말을 지키기 위해 목숨을 거는 사람.

그 무슨 하늘의 장난일까. 단운룡은 보고 말았다. 이 전조의 젊은이에게서 불패신룡 오기룡의 그림자를 보고 만 것이다.

"그렇게 부탁을 하니 들어주고 싶은 마음이 굴뚝같지만, 작은 문제가 한 가지 있어."

“들어줄 수 있다는 것은 뭔가 방법이 있다는 이야기요?”

“그건 자초지종을 끝까지 들어봐야 알겠지. 다만 말했듯이, 해결책이 있더라도 내가 도와주긴 쉽지 않을 거야.”

“어떤 문제가 있기에 그런 것이오?”

“저놈.”

단운룡이 엄지손가락을 들어 등 뒤편을 가리켰다. 단운룡의 뒤쪽, 막야흔과 응성비영창의 싸움이 막바지에 이르고 있다. 전조의 젊은이가 물었다.

“누굴 말하는 거요?”

“막야흔.”

젊은이의 몸이 굳어졌다. 한참을 굳어 있던 그가 침중한 목소리로 단운룡에게 물었다.

“막야흔이란 자와 아는 사이요?”

“알지.”

“당신, 융중상회 소속이었군.”

젊은이가 한 발짝 물러난다. 그의 목소리엔 이제 진한 실망감이 어려 있었다.

“아니, 그렇지는 않아.”

“아니라니?”

“막야흔과는 결국 동료가 되겠지만, 아직은 아니지.”

“보시오. 당신은 날 무척이나 혼란스럽게 만들고 있소. 난 당신이 무슨 이야기를 하는지 도통 모르겠소.”

“혼란스러울 것 없어. 자네, 이름이 뭐지?”

“이름? 이름은 또 왜?”

"싸움이 끝나가니까. 그전에 알아야겠어. 마음에 들었거든."

"단평, 엽단평(葉亶泙)이오."

"좋아, 엽단평. 내일 아침, 북서쪽 적산 중턱에 있는 촉성무후사로 와. 여기서 막야흔과 마주치면 곤란해. 이목이 많으니 거기서 자초지종을 듣겠어."

단운룡이 몸을 돌렸다.

"기억해 둬. 내 이름은 단운룡이다."

단운룡이 다시금 인파 속으로 파고들며 말했다. 홀로 남겨진 전조의 젊은이, 엽단평은 말없이 그 자리에 서 있을 뿐이다.

단운룡은 뒤를 돌아보지 않았다. 손에 땀을 쥐고 있는 사람들을 헤치며 앞으로 나아갔다. 날카로운 쇳소리가 가까워진다. 단운룡의 두 눈에 얽히고 풀어지는 두 사람의 그림자가 비쳐들었다.

챙! 채챙!

의외였다. 우위를 점한 것은 놀랍게도 막야흔이 아닌, 응성비영창이었다. 엽단평과 이야기하던 사이에 무슨 일이 있었던가. 처음 기선을 잡았던 것은 분명 막야흔이었는데, 지금은 연신 물러나고 있다. 응성비영창의 투로에 밀려 자신의 투로를 못 지키고 있었다.

'어째서?'

단운룡의 시선이 막야흔에게 꽂혀들었다.

막야흔은 당황하고 있었다. 뭔가 균형이 깨진 모습이다. 칼을 휘두르는 모양이 진정 그답지 않다. 본래부터 아주 정밀한 도법을 구사하는 것은 아니었지만, 지금은 지나치게 거칠어 보였다.

챙! 까아앙!

이상한 일이다. 막야흔의 칼에는 굉장한 힘이 실려 있었다. 창을 튕겨내는 소리뿐 아니라 튕겨내는 기세도 대단하다. 그런데도 밀린다. 힘이 넘치도록 뽑혀 나오고 있는데 그걸 좀처럼 제어하지 못하는 것 같았다.

위이이잉!

칼바람이 무섭다. 무시무시한 기세에 응성비영창이 미처 창을 부딪치지 못하고 뒤쪽으로 몸을 날린다. 승기를 잡아놓고도 응성비영창이 결정타를 못 날리는 이유가 거기 있다. 막야흔이 내뻗는 칼에는 마주치기가 겁날 만한 공력이 담겨 있었다.

‘저 공력은 뭐지? 원래 저렇게 강했나?’

단운룡조차도 의아함을 감추지 못할 정도였다. 막야흔의 전신에서 뿜어져 나오는 것은 심후한 내가고수만이 낼 수 있는 기공의 힘이었다. 곧이어 단운룡은 한 가지 사실을 더 깨닫는다. 막야흔도 의아해하고 있다는 사실을 말이다. 막야흔의 두 눈엔 당혹감이 서려 있었다. 마치 칼을 쓰던 사람이 도끼를 잡은 듯, 한 번도 써본 적이 없는 무기를 잡은 듯한 눈빛을 하고 있었다.

“타합!”

응성비영창도 막야흔의 힘에 적잖이 난감해하는 표정이다. 그가 결국 끝을 보겠다는 기세로 창을 찔러왔다. 막야흔이 다급하게 칼을 들어 막았다. 하지만 협도의 속도는 그가 휘두르려던 것보다 더 빨랐다. 심혼과 육체의 불일치다. 마음은 이렇게 하라고 하지만 육체가 제멋대로 더 빨리 움직이고 있는 것 같았다.

채앵! 스각!

창과 칼이 비껴 맞는다. 제대로 맞추지 못하니 상처를 입을 수밖에 없다. 막야흔의 팔뚝에서 피가 튀었다.

"오오오오!"

사람들로부터 환호성과 아쉬움이 한꺼번에 터져 나왔다. 막야흔을 응원하는 자, 응성비영창을 응원하는 자, 모두가 어우러져 있다. 상처 입은 막야흔의 얼굴에 분노가 서렸다. 그가 입은 상처는 팔뚝에만 있는 것이 아니다. 자존심에도 같은 상처가 새겨진 것이다.

한줄기 상처는 커다란 자극이다.

그의 두 눈에서 당혹감이 지워졌다. 그 대신 자리 잡은 것은 타오르는 심화였다. 그가 몸을 날린다. 어제보다 더 빠르고, 어제보다 훨씬 더 강하다. 호방함을 되찾은 그의 칼이 순식간에 응성비영창의 창대를 휘어 감았다.

채채채챙!

응성비영창이 놀라 물러났지만 그는 막야흔의 힘을 감당할 수가 없었다. 한순간, 쩌엉! 하는 소리와 함께 휘두르던 창대가 중간부터 뚝 부러져 나가고 만다. 무지막지한 힘이었다.

"오오오오오!"

부러진 창대와 함께 뒤로 튕겨 나간 응성비영창이 어렵사리 자세를 바로잡았다. 두 손엔 선혈이 낭자하다. 창봉에 전해진 충격으로 호구가 찢어져 버린 까닭이었다. 응성비영창이 고개를 들고 막야흔을 노려보았다. 막야흔도 온전하진 않다. 팔뚝에 흐르는 피가 옷소매를 흠뻑 적시고 있었다.

"이해 못할 괴력이군. 내가 졌다, 막야흔."

응성비영창이 깨끗이 패배를 인정했다. 사람들의 입에서 다시

한 번 환호성이 터져 나왔다. 하지만 막야흔은 기뻐하지 않았다. 급히 주위를 둘러보며 한 사람을 찾는다.

"거기 있었나?"

막야흔이 찾은 것은 다름 아닌 단운룡이었다. 그가 사람들 사이에 있던 단운룡을 발견하고는 덤벼들 듯 달려오기 시작한다. 몰려들어 있던 군중들이 우르르 길을 열었다. 성큼성큼 달려온 막야흔이 단운룡의 눈앞에 주먹을 휘두르며 소리쳤다.

"너, 내 몸에 무슨 짓을 한 거냐! 이 힘이 대체 뭐지?"

그 힘, 그 느낌.

단운룡의 두 눈이 놀라움으로 물들었다.

막야흔이 휘두르던 주먹을 멈추고 손바닥을 폈다. 반쯤 오므린 손바닥 위에 들려오는 소리가 있다.

파직! 파지직! 파지지직!

튀듯이 들려오는 그 미세한 소리는 격하고도 위험한 단 하나의 진기를 뜻하고 있었다.

그것은 암천을 가르는 번개, 섬광과도 같은 의지.

뇌전력(雷電力), 광극진기가 막야흔의 손에서 번뜩이고 있었던 것이다.

＊　　　　＊　　　　＊

'중독을 치료하다가 넘어간 것이 틀림없어.'

그것밖에 없다. 막야흔이 광극진기를 얻었다면, 그것 외에는 설명할 길이 없었다.

"난 네놈의 내공 따위를 전해달라고 한 적 없단 말이다!"

무후사로 돌아온 두 사람이다. 막야흔은 뭐가 그리도 화가 났는지 끊임없이 역정을 내고 있었다.

"조용히 좀 해."

단운룡이 손을 들어 막야흔의 말을 막았다. 단운룡으로서도 전혀 생각지 못했던 일이기 때문에 상황 파악이 필요한 시점이다. 고개를 숙이고 생각에 잠겨 있던 단운룡이 갑작스레 벌떡 일어나 막야흔에게 다가간다. 막야흔이 눈썹을 치켜 올리며 한 발 뒷걸음을 쳤다.

"뭐야, 또 뭘 어쩌려고?"

"손 좀 줘봐."

막야흔이 어쩔 새도 없이 손목을 낚아챈 단운룡이다. 피하려던 막야흔은, 이내 스스로도 당황했던 것이 꼴불견이라 느꼈는지 손을 빼지 않고 순순히 맥을 짚도록 놔두었다. 단운룡이 막야흔의 손목에 손가락을 대고 정신을 집중했다. 진기의 흐름을 느끼기 위해서였다.

'의심할 여지 없는 광극진기다. 본신의 내공이 있긴 하지만, 함께 운행하고 있는 것은 광극진기가 분명해.'

광극진기가 막야흔의 본신진기와 융합하면서 그의 전신을 치달리고 있었다. 아직까진 본신진기를 거스르지 않는 상태다. 흐름을 방해하지 않으면서 그런대로 잘 유지가 되는 중이었다.

'광극진기는 본디 그렇게 친화력있는 진기가 아니다. 지금이야 이상이 없지만, 본신진기를 다 태워 버리는 것도 시간문제야.'

광극진기는 광포한 진기다. 어지간해서는 다른 진기와 공존하기 어렵다. 막야흔의 본신진기와 상충하기 시작하면, 막야흔은 원래 가지고 있던 진기를 다 잃어버리게 될 것이 틀림없었다.

'그렇다 해도… 이전보다 더 강한 공력을 지니게 되겠지.'

상황이 나쁜 것만은 아니다.

흐르고 있는 광극진기의 양이 상당하다. 오히려 막야흔의 본신진기를 압도할 정도다. 넘어간 공력이 생각보다 훨씬 많다는 뜻이었다.

'이유는 하나다.'

중독을 치료하던 때를 떠올려 보았다. 밤부터 새벽이 올 때까지 단운룡은 무아지경의 상태에 빠졌었고, 그러면서도 진기의 고갈을 느끼지 못했었다. 단운룡이 버틸 수 있는 범위를 훨씬 넘은 상태에서도 공력의 부족을 전혀 감지하지 못했던 것이다.

그것이 가능했던 원인을 이제야 알겠다. 단운룡의 가슴 깊은 곳, 묵직하게 자리 잡은 그것이 바로 그 원동력이었던 것이다.

'광구! 뇌광구의 힘이 넘어간 거다.'

넘어간 것은 극히 일부에 불과하다. 그럼에도 막야흔의 몸속에 자리 잡은 광극진기는 본신진기를 훨씬 넘어설 만큼의 용량을 자랑하고 있었다.

어쩌면 당연한 일이라 할 것이다.

광구의 힘, 그 원천이 누구였던가.

단운룡이 막야흔의 손목에서 손을 뗐다. 단운룡의 눈에 운명의 그림자가 드리운다. 그가 모든 것을 꿰뚫는 눈빛으로 막야흔의 눈을 바라보았다.

"이젠 어쩔 수 없군. 무슨 수를 써서라도 널 데려가야겠다."

막야혼의 몸속에 흐르는 뇌력(雷力).

그것은 단운룡을 통해 넘어갔지만, 그것은 단운룡이 연공한 내공이 아니다.

한 조각에 불과할지라도 범인을 초인으로 만들 수 있는 힘.

막야혼은 만능자가 연련한 힘의 편린을 받았다. 뇌룡의 내단 조각을 삼켰다고 할까. 저 소연신이 가진 능력의 일부를 넘겨받고 만 것이다.

“이름이 뭐라고 했지?”

“청화(靑花)요.”

“청화라, 나쁘지 않군. 잘 들어라. 넌 이걸 들고 아래에 있는 마방(馬房)으로 간다.”

“예?”

“마방에 가서 사천 도강언으로 가는 마부를 구해. 도강언에 도착하면, 수상화라는 기루를 찾아라. 소신풍이 보냈다고 말하면 된다. 보고 들은 것을 그대로 말해줘. 그러면 여기보다 열 배 좋은 생활을 할 수 있을 거다.”

“하지만 전 적벽을 벗어날 수 없는 신분이에요.”

“그러니까 그걸 들고 가라는 거야. 관문에서 역관이 막으면 그걸 보여줘라. 중원 천지 어딜 가도 통용되는 문서다.”

“이런 걸 받을 수는······.”

“여기가 고향이겠지만, 어차피 이곳에서 발붙이고 살기는 힘들 거다. 그 청루에 돌아가는 것도 불가능할 테지. 그렇다고 널 보살피며 동행할 여력이 있는 것도 아니다. 게다가 이건 너에게도 나

뻔 이야기가 아닐 거다. 죽지 못해 사는 것보다는 기예 하나 정도
는 배우고 사는 편이 좋지 않겠나."

"기예… 요?"

"수상화에선 기녀들을 함부로 하지 않는다. 아직 나이가 어리
니 좀 더 밝은 삶을 살 기회도 충분하다. 험한 꼴을 보게 한 보상
이라 생각해라."

청화라는 어린 창기는 그렇게 떠나보냈다. 청화는 연신 고개를
숙이더니, 결국 은공이란 단어를 입에 담았다. 그 누구도 그렇게
다정히 대해준 적이 없다는 말도 했다.

단운룡이 하는 양을 옆에서 쭉 지켜보던 막야흔은 아무 말도
하지 않았다.

괜한 짓을 한다는 듯 콧방귀를 뀔 뿐이다. 창기가 시야에서
사라진 직후다. 단운룡은 질문부터 했다. 막야흔을 향한 질문이
었다.

"무슨 진기를 익혔지?"

"무슨 진기를 익혔냐고? 내공 말이냐?"

"그래."

"그건 또 왜?"

"말해."

"……장강수류공."

"장강수류공? 중원 중부에 유행했던 그 속가심법?"

"그렇다."

막야흔의 얼굴엔 그야말로 어울리지 않는 표정이 떠올라 있었
다. 언제나 자신감으로 뭉쳐 있던 그가, 자신이 익힌 내공을 밝히

면서 다소 부끄러워하는 듯한 기색을 보인 것이다.

"오직 장강수류공만을 익힌 거라고?"

"그렇다니까. 뭐 잘못된 것 있나?"

막야혼은 기어코 역정을 냈다.

장강수류공은 한때 장강 줄기를 따라 호광과 안휘, 강서 지역까지 널리 퍼져 있었던 대표적인 속가심법 중 하나였다. 소수 전승으로 내려오는 비전이 아니라, 누구라도 마음만 먹으면 익힐 수 있는 그런 심법이다. 무공심법이라기엔 양생술이라 보는 편이 더 옳은, 그런 내공수련법이었다.

"장강수류공으로 그만한 공력을 쌓았으면 실로 대단한 거다. 그 어떤 이도 장강수류공을 익히면서 너만 한 성취를 이루진 못했을 테니까."

단운룡의 말에 막야혼의 얼굴이 다소 누그러졌다. 단순한 놈이다. 또한, 단순하면서도 대단한 놈이었다.

'재능없이 되는 일이 아니지.'

단운룡이 천하의 모든 심법을 아는 것은 아니다. 다만, 장강수류공에 대해서는 사부가 직접 언급한 적이 있었다. 장강수류공은 아주 못되먹은 심법은 아니라고. 아무나 쉽게 익힐 수 있는 양생술은 그것만으로도 그만한 가치가 있다고 말이다.

"넌, 지금 네 몸속에 새로이 자리 잡은 진기를 느낄 수 있을 거다."

막야혼이 고개를 끄덕였다. 단운룡이 말을 이었다.

"그 진기의 이름은 광극진기라 한다."

"광극… 진기?"

"중독을 치료하기 위하여 난 네 몸속에 진기를 주입했다. 그러면서 넘어간 것으로 추측하고 있다."

"추측을 해? 네놈의 내공이라면서?"

"정확한 이유는 잘 모르겠다. 내 몸엔 지금 약간의 문제가 있거든. 공력을 마음먹은 대로 제어하지 못하는 상태라서 말이다."

"웃기는 소리! 그럼 도로 가져가면 되잖아?"

막야흔은 아무렇지 않게 말했다. 그 진기가 강력하다는 걸 스스로 충분히 느낄 수 있을 텐데도 아무런 미련을 보이지 않고 있다. 그것은 아마도 막야흔이 가슴에 담고 있는 지고한 자존심 때문이리라.

"도로 가져가면 된다라… 대답 한번 걸작이다. 하지만 그걸 나에게 다시 줬다간 틀림없이 후회할 거다."

"후회라니, 날 뭘로 보는 거냐?"

"내일 당장 너보다도 젊은 놈한테 당해서 이 청석 바닥에 드러눕게 되어도 말인가?"

"내일 당장이라니, 그건 또 왜?"

"전조검법의 전인을 불렀다. 네 다음 상대지."

"전조검법을? 무슨 수로?"

"아까 만났거든."

"만났다고?"

"응성비영창과 한창 치고받고 있을 때."

"왜 이야기를 안 했지?"

"그럴 겨를이 없었다. 떼로 몰려든 군중들을 따돌리는 것만으로도 벅차지 않았었나."

"그래……. 그래서 놈은 어땠지?"

"고수였다."

"고수였다? 그게 끝이냐?"

"너보다 고수라는 말이다. 그가 이룬 성취는 실로 그 나이에 어울리지 않는 것이었다. 포공사가 그렇게 대단한 곳이라고는 생각하지 못했었는데, 역사가 오랜 만큼 정종무공을 제대로 가르치는 모양이었다. 네 무공으론 이길 수 없는 위치에 올라 있었어."

"쳇, 싸움은 그런 게 아니지. 칼을 맞대보기 전엔 결과를 알 수 없는 법이야."

"맞다. 네 말은 틀리지 않았어. 하지만 어떤 싸움은 그렇지 않은 경우도 있다. 그의 검기는 너처럼 거칠지 않아. 강력하고 세련되어 쉬이 틈을 찾기 어려웠다. 군더더기 없는 초식으로 맥점을 노려오겠지. 네가 휘두르는 칼에는 상극이라 해도 과언이 아니다."

"그래서 어쩌라는 거냐?"

"그래도 이겨야지."

"그건 당연한 거고. 이기려면 어떻게 해야 하는지 묻는 거다."

자존심만큼이나 높게 쌓아둔 탑이 호승심이란 탑이었다. 막야흔의 질문엔 잡념이 없었다. 순수하게 이기고 싶은 마음이 자존심을 꺾고, 그런 질문을 가능케 하고 있었다.

"승산이 없는 것은 아니다. 어차피 네 도법으론 고전을 면치 못할 테지만, 거기서 두 배 더 빠르고 두 배 더 강해진다면 가능성이 있지."

"하루 만에 무슨 수로 두 배 더 빨라진다는 거지?"

“내가 생각한 만큼의 재능만 있다면, 그 이상도 가능할 거다.”

단운룡이 의미심장한 미소를 지으며 말했다. 의구심을 버리지 못하는 막야흔을 앞에 두고 단운룡이 긴 이야기를 시작한다. 밤새도록 이어질, 무공 구결의 전수였다.

제21장 비무(比武)

견줄 비(比).

굳셀 무(武).

강호의 무인들은 서로의 무용을 겨루며 그들이 이룬 성취를 확인한다.

무공이란 그런 것이다. 단지 홀로 무예를 닦은 것만으로는 스스로 얼마나 강해졌는지 알지 못한다. 결국은 자신의 능력을 가늠하지 못하는, 무지(無智)의 소산이다. 진정 강한 자라면 반드시 몸을 부딪치지 않고도 자신의 위치를 정확하게 파악할 수가 있을 것이다.

덜 강한 자, 오직 비무로 자신의 실력을 알고 더 강한 자. 비무 없이도 자신의 실력을 안다. 하지만 생각해야 한다. 세상은 그렇게 간단히 돌아가지 않는다.

비무는 단지 자신을 알기 위한 수단만이 아니다.

비무의 목적엔 다른 것도 있다. 능력의 증명, 좋은 구실이다.

세상엔 훨씬 더 많은 것들이 있었다. 승리의 쾌감, 전략의 충족, 금전의 욕구, 욕망의 추구, 도박의 승부, 사랑의 쟁취, 우정의 증거, 비무는 인간이 할 수 있는 모든 것과 맞닿아 있다.

사람이 사람을 짓밟아 이기는 것. 비무의 본질은 그것인지도 모른다.

그저 비무란, 싸움의 다른 표현일 뿐이다.

사람의 일생이란 것, 태어날 때부터 싸움과 함께하는 법이니.

그저 바라마지 않는 것이 있다면.

그들이 행하는 비무가 협사(俠士)의 의기(義氣)이기를…(중략)…….

한백무림서 한백의 일기.
입정의협살문 창립자 중 일인
곽자흥(郭子興)의 회고록 中에서 인용함.

"왔군."
"그렇소."

죽립은 여전하다. 적색에 가까운 갈색 장포. 가슴 앞에 품은 검도 그대로다. 전신에선 진중하고도 부드러운 검기가 일렁이고 있었다.

"그쪽이 막야흔이오?"

"헛! 이젠 개나 소나 막 부르는군. 그렇다. 내가 막야흔이다."

막야흔의 얼굴은 꽤나 지쳐 보였다. 그만큼 무공을 익힌 이에게 하룻밤 잠 안 자는 것이 얼마나 대수겠냐만은, 어젯밤은 평상시의 밤과 좀 달랐다. 지치기에도 충분한 밤이었던 것이다.

"난 엽단평이라 하오. 자(字)는 위사(衛師). 무명은 아직 얻지 못했소. 안휘성 화현 출신으로 포공사에서 전조검법을 수학했소."

"소개 한번 번잡하다! 정통무파의 겉멋이란 어쩔 수가 없는 모양이야!"

엽단평은 깍듯한 포권까지 보여줬다. 막야흔이 그걸 보며 코웃음을 쳤다.

옆에서 지켜보던 단운룡이 한 발 앞으로 나섰다. 그가 엽단평을 보며 말했다.

"어제의 이야기를 계속하지. 쫓기는 이유는?"

"뭐?"

옆에서 막야흔이 눈꼬리를 치켜 올렸다. 싸우자고 부른 줄 알았더니, 이야기를 하잔다. 무슨 소리냐는 얼굴이었다.

"넌 잠자코 운기나 해둬. 그건 이야기를 들은 다음이다."

단운룡이 다시 엽단평을 돌아보았다. 엽단평은 머뭇머뭇 좀처럼 말을 시작하지 못하고 있다. 단운룡이 재촉했다.

"이놈이 들어도 문제될 것 없다. 경우에 따라선 함께 도와주게 될 거야."

단운룡의 말에 엽단평의 고개가 막야흔 쪽으로 돌아갔다. 막야흔은 또 뭔가 말하려 했지만, 단운룡의 손짓에 열려던 입을 다물고 만다. 하룻밤 새 어딘지 고분고분해진 느낌이었다.

"좋소, 단 공자. 아, 단 공자라 부르면 되겠소?"

"마음대로."

단운룡이 고개를 끄덕였다. 엽단평도 마주 고개를 끄덕인다. 그가 말했다.

"단 공자는 왠지 믿어도 될 것 같소. 대단한 일이라고는 할 수 없지만, 그렇다 해도 비밀은 비밀인지라 여러모로 알려져서는 곤란하니 말이오.”

“어디 가서 흘리는 일 없을 테니 걱정하지 마.”

“고맙소. 그러니까… 말씀드렸다시피 난 포공사에서 무공을 배웠소. 본디 고아였던 나는 기억할 수 있는 모든 시간을 포공사에서 보냈으니, 난 말하자면 포공사에서 키워진 자식이나 다름이 없소. 그곳에 있는 사형제들은 말 그대로 진짜 형제라 할 수 있었고, 사부, 사저, 사숙들은 실제로 피를 나눈 친족과 같았소.”

엽단평이 말을 끊었다. 다음 말이 잘 나오지 않는 모양이다. 단운룡은 잠자코 기다렸다. 이내 엽단평이 한숨을 내쉬고는 다시 입을 열었다.

“한 친구가 있었소. 십 년이 넘도록 함께 수학하고, 함께 꿈을 꿨던 친구였소. 나와는 달리 부유한 집에서 태어나 부족함 없이 자란 친구였지만, 그런 격차 따윈 아무런 의미가 없었소. 나와 그는 언제나 같이 행동했고, 모든 즐거움과 어려움을 함께 나누었소. 삼 년, 삼 년 전까지는 분명히 그랬었지.”

“삼 년 전까진?”

“전염병이 돌았소. 수많은 사람이 죽어나갔지. 병은 사람을 가리지 않아 그 친구의 부모까지도 그 전염병에 희생되고 말았소.”

“비탈저(脾脫疽)였군.”

끼어든 것은 막야흔의 목소리였다. 단운룡이 막야흔을 돌아보았다. 막야흔은 운기 따윈 할 필요 없다는 듯 그들의 대화를 듣고 있던 중이다. 단운룡의 시선에 막야흔이 눈썹을 치켜 올리며 말했다.

“뭘 봐? 내가 그걸 아는 게 이상하다, 이거냐? 합비, 육안, 서성,

엄청났었으니 모를 리가 있나. 곽성까지 퍼졌을 땐 호광까지 넘어오는 것 아니냐며 난리가 났었더랬지."

"맞소. 그 비탈저였소. 한 번 피를 토하기 시작하면 끝이었소. 손 쓸 겨를 없이 죽어나갔소. 그때 세상을 등진 그 친구의 아버지는 합비에서도 이름난 상가(商家)의 가주였었소. 가주의 부재로 인해 가세는 점차 기울어지기 시작했고, 친구는 그 짐을 고스란히 떠맡을 수밖에 없었소. 그때부터요. 친구의 얼굴에선 근심이 떠날 줄 몰랐소."

"설마하니 그거, 섭씨곡상 이야긴가?"

이번에도 막야혼이다. 막야혼은 의외로 아는 것이 많았다. 적어도 이 근역의 일만큼은 모두 꿰고 있는 듯했다.

"맞소. 그 친구의 이름이 섭옥조요."

"아아, 유명했지. 섭씨 가문의 위세는 만만치 않았는데. 당시의 섭씨 가주는 암무회전에서도 본 적이 있었어. 나에게 돈을 걸었다면서 술 한잔 얻어먹은 적도 있었지."

"그렇소? 전혀 몰랐었소."

"성격이 꽤나 호탕한 양반이었지. 죽었다기에 꽤나 놀랐었지. 한데, 내가 알기로는 그 아들놈도 끝이 좋지 않았어. 무슨 병에 걸렸다고 들은 것 같은데?"

"맞소. 의원도 병명을 잘 모르는 괴질이었소. 그 친구, 옥조는 포공사에서 공력을 쌓은 내가고수였음에도 불구하고 일 년을 채 버티지 못했소. 같은 병에 걸린 다른 이들은 삼칠을 채 버티지 못했으니 그나마 길게 끈 편이긴 하오. 그 친구 고생한 것을 생각하면 차라리 일찍 가는 편이 좋았을지도 모르는 일이오만."

"그래서 그 친구와 무슨 일이 있었지?"

이번엔 단운룡의 질문이다. 엽단평이 단운룡 쪽으로 고개를 돌리며 답했다.

"그에겐 여동생이 하나 있소. 합비의 섭소민이라 하면 꽤 유명하다오."

"유명하기야 하지. 몰락을 겪은 비운의 미녀로."

막야흔이다. 엽단평이 다시금 막야흔 쪽으로 고개를 돌렸다. 그런 엽단평에게 막야흔이 눈을 부라리며 소리쳤다.

"뭘 쳐다봐? 내가 틀린 말 했나?"

"후우… 맞소. 틀린 말은 아니오. 행운이라곤 어디에도 없었으니 말이오. 옥조의 죽음으로 그녀는 기댈 곳이 아무 데도 없게 되어버렸소. 옥조는 죽기 직전, 나에게 한 가지 부탁을 했소. 그녀가 행복하게 살 수 있도록 지켜달라고 말이오."

"그게 쫓기게 된 이유인가?"

"그렇소. 섭씨곡상은 큰 상회였소. 하지만 불행하게도 옥조에겐 상인으로서의 재능이 없었던 거요. 기울어졌던 가세는 복구될 줄 몰랐고, 그 녀석이 병상에 누운 뒤부터는 그것이 더 심각해졌소. 옥조의 죽음 뒤엔 급기야 갚아야 할 빚까지 생기고 말았소. 가문의 성세가 무색한 일이었지."

"결국 돈이 문제였군."

"그녀는 그나마 옥조보다는 재능이 있었소. 제 오빠의 죽음을 추스르고, 곡상의 지점들을 재빨리 처분하여 당장 급한 불은 꺼놓은 상태요. 오빠와는 달리 부모님의 상인 기질을 제대로 물려받았던 거요. 그럼에도 불구하고 몰락의 대가는 만만치 않았소. 아직도 남아 있는 빚이 많지만, 곡상에는 더 이상 팔아넘길 재원이 없소. 몰락의 대가는 실로 만만치 않았소. 가문이 건재해 있었을 때는 곡왕부 황친과의 혼사까지 진행되고 있었지만, 지금은 그것조차도 파혼 직전에 다다랐소. 난 친구의 죽음 앞에서 약속했소. 그녀를 지켜주기로. 하지만 나에겐 방법이 없었소. 내가 가진 것이라곤 포공사에서 배운 무공이 전부였으니 말이오."

"황학상회와 거래를 한 이유가 그건가?"

"선택의 여지가 없었소. 황학상회는 이번 암무회전에서 최종 승자가 되는 조건으로 은자 일만 이천 냥을 제시했소. 내가 어찌 거절할 수 있었겠소?"

"일만 이천 냥이라니, 많이도 줬군."

막야흔이 옆에서 툴툴거렸다. 막야흔이 의창상회에서 융중상회로 갈 때 제시받았던 돈이 삼천 냥이었으니, 그 네 배나 되는 셈이다. 암무회전 한 번 출전에 받는 돈으로는 획기적일 정도로 많은 돈이다.

"받은 돈은 고스란히 섭소민이란 여인에게 준 건가?"

단운룡이 물었다. 엽단평이 고개를 가로저으며 대답했다.

"아직 전부 주진 못했소. 계산은 회전이 끝난 후에 하기로 했기 때문이오. 선금으로 이천 냥을 받았는데, 그 돈은 이미 그녀에게 가 있소."

"이천 냥도 적은 돈은 아니지. 그만큼으로도 해결이 안 될 정도인가? 빚이 얼마나 많기에 그래?"

"섭씨곡상은 큰 상회였소. 앞으로 팔천 냥은 더 있어야 사태를 진정시킬 수 있다 했소. 이번 암무회전에서 승리를 해야만 하는 이유가 그거요."

"친구와의 약속을 지키기 위해 아무런 대가 없이 거금을 바친다. 우린 그걸 협(俠)이라 부르지. 한데, 그런 협행에도 쫓기는 이유가 뭐야?"

"문규 때문이오."

"문규?"

"포공사, 사문은 본디 송대의 관아에서 파생되어 나온 곳이오. 이런 식으로 상회에서 돈을 받아 무공을 파는 것은 사문의 문규로 엄격하게 금지되어 있소."

"어제 말한 판관원이란 곳이……. 보통 문파에서 문규를 지킨다는 집법원이었던 건가?"

"바로 보았소. 문규를 어긴 제자는 판관원의 심판을 피해갈 수 없소. 돈에 무공을 파는 것은 포공사 제자로서는 중죄, 모르긴 몰라도 벌써 파문 결정이 난 상태일 거요."

"파문이라니, 심하군."

"황학상회에 그렇게도 비밀로 해달라 일렀거늘, 적벽에 도착하고 보니 이미 포공사에 대한 소문이 파다하게 퍼진 뒤였소. 그러하니 판관원의 추격도 머지않았소. 암무회전 마지막 날까지 이곳에 있을 수 있을지조차 장담할 수가 없는 상황이오."

"사문으로부터 추격을 당하고 있다… 그것 참 난감한 문제인데? 싸워서 박살을 낼 수 있는 것도 아니고 말야."

단운룡이 고개를 갸웃거리며 말했다. 간단해 보이면서도 결코 간단치 않은 문제다. 엽단평이 곤란해 하는 것도 이해가 간다.

"이야기는 끝난 거냐?"

끼어들며 상념을 방해한 것은 역시나 막야혼이었다. 분명 들을 말을 다 듣기는 했다. 단운룡이 미간을 좁히며 대답했다.

"끝나기야 했지."

"그럼 어서 내려가자."

"어딜 내려가?"

"적벽으로."

"적벽으로?"

단운룡이 되물었다. 막야혼이 그의 반문에 어처구니없다는 표정을 짓는다. 막야혼이 대답했다.

"당연히 내려가야지. 싸우려면 관중이 필요할 것 아니냐."

가관이다. 엽단평을 데리고 내려가 사람들이 보는 데서 싸우겠다는 뜻이다. 막야혼이 아니고서는 쉽게 하지 못할 발상이었다.

"관중 따윈 필요없어. 비무는 여기서 한다."

"말도 안 되는 소리! 내가 이긴 걸 아무도 몰라서야 무슨 의미가 있단 말인가?"

"아무도 모르는 게 아니지."

"그럼 이처럼 아무것도 없는 사원에서 무슨 재미로 뒤엉켜 싸우라는 거냐?"

"왜, 나로는 부족한가?"

단운룡이 막야혼을 똑바로 쳐다보며 말했다. 그 두 눈에 품은 뇌광에는 언제나 거부하기 어려운 힘이 깃들어 있다. 덜컥 말문이 막힌 막야혼이다. 단운룡이 천천히 말을 이었다.

"무릇 비무라는 것은 지난바 진정한 무력을 견주는 데 그 의미가 있다. 지켜보는 사람이 천 명이든 하나도 없든 그게 무슨 상관인가. 네 무공을 알아주는 것은 네 상대인 그요, 그의 무공을 알아주는 것이 너이면 그만인 거다. 허튼소리 말고 쓰러지지나 마라. 여기서 조용히 끝내는 게 서로에게 좋아."

단운룡이 말을 멎고 엽단평을 돌아보았다. 엽단평은 상황이 어떻게 돌아가는지 미처 파악하지 못한 듯 그 자리에 말없이 서 있을 뿐이다. 단운룡이 입가에 미소를 떠올리며 말했다.

"엽단평, 자넬 여기로 부른 것은 이야기를 듣기 위해서만이 아니야. 승부를 내는 것은 암무회전이 아니라 이곳이다. 검을 뽑아라. 자웅을 겨뤄야지."

"단 공자, 검을 뽑으라니 대체 무슨 소리요? 대체 누구와 승부를 내라는 거요?"

"막야흔. 여기 있잖나."

단운룡이 엄지손가락을 들어 등 뒤 쪽을 가리켰다. 막야흔이 오만상을 찌푸리며 발을 옮긴다. 그가 엽단평의 앞에 섰다. 여는 입, 흘러나오는 목소리엔 불만이 가득했다.

"사람들이 모두 보는 곳에서 박살 내고 싶지만, 이번엔 참아준다. 검을 들기 전에 죽립부터 벗어라. 거슬러서 못 봐주겠다."

엽단평의 고개가 막야흔을, 단운룡 쪽을 오간다. 어찌할 바를 모르는 모습이다. 단운룡에서 막야흔, 다시 단운룡으로, 엽단평이 단운룡 쪽을 바라보며 말했다.

"자초지종을 듣고 해결책을 준다 하지 않았소? 이게 대체……?"

"이게 바로 해결책이야. 일단 싸워."

"해결책? 이 비무가 말이오?"

"진심으로 붙어라. 사정 봐주면 안 돼."

단운룡의 목소리는 진지했다. 진위를 가려보기라도 하듯 한참이나 그대로 있던 엽단평이 이윽고 고개를 끄덕인다.

"할 수 없군요. 영문을 모르겠소만, 하라는 대로 할 수밖에."

그가 막야흔 쪽으로 고개를 돌리며 말했다.

"적벽 고수 쾌협도 막야흔에게 포공사 십이대 제자 엽단평이 비무를 청하오. 부디 지닌바 실력을 마음껏 발휘하여 소학에게 큰 가르침을 주시길 바라오."

"가지가지 하는구나. 닥치고 죽립부터 벗어라."

"그럼."

막야흔의 막말에도 엽단평의 목소리엔 흔들림이 없었다. 그것이 정종 공부의 힘이다. 엽단평이 왼손을 들어 죽립을 벗었다. 드러난 얼굴, 막야흔의 눈썹이 치켜 올라간다.

"얼씨구?"

막야흔뿐이 아니다. 말없이 지켜보는 단운룡의 눈에도 이채가 감돈다.

콧날은 우뚝하고, 입매는 반듯하다. 짐작대로 갓 약관에 이른 젊은 얼굴이었다. 선이 굵고 뚜렷하여 젊으면서도 강인한 인상을 준다.

막야흔과 단운룡이 놀란 것은 그 젊음이나 강한 인상 때문이 아니었다. 콧날 위로 둘러놓은 적갈색 천 때문이다. 이마 중간부터 콧날까지 넓게 둘러 두 눈을 가려놓았다. 천의 재질을 보나 둘러놓은 두께로 보나, 저렇게 감아놓아서는 앞이 안 보일 게 분명했다. 맹인이나 다름없다는 뜻이었다.

"그건 또 무슨 장난질이냐?"

"심안(心眼)의 수련법이오. 아직 성취가 높지 않아 연련의 과정 중에 있어서 그렇소."

둘러쓴 천의 정체를 스스럼없이 밝힌 엽단평이다. 막야혼이 눈살을 찌푸리며 말했다.

"벗는 게 좋을 거다. 내 칼은 날카롭다. 게다가 죽립보다 더 거슬려, 그거."

"괜찮소. 지금으로선 벗지 않는 것이 최선이오. 이걸 지금 풀었다가는 오히려 지닌바 실력을 전부 다 발휘하지 못하게 될 것이오."

엽단평은 그야말로 진솔한 남자다. 그런 이에게 무슨 말을 더할까. 막야혼도 더 이상 강요할 수가 없다.

"그렇다면 어디 한번 마음대로 해봐라."

막야혼은 주저치 않고 칼을 뽑았다. 치링, 하는 발도음이 무후사 경내를 울린다. 그 소리를 들은 엽단평이 한 발 물러나며 가슴에 품었던 검을 뽑았다. 오른손 검신은 두 자 두 치, 왼손에는 검집을 들었다. 무후사 전통의 전조검이다. 길이는 길지 않지만 소문난 강검(强劍)이다.

"그럼, 시작하겠소."

엽단평이 검을 겨눈다. 전조검 기수식, 판관일배다. 언제든 단호하게 검을 찔러낼 수 있다. 무한한 검세의 시작이 되는 그 한 수에 막야혼은 일순 숨 막히는 압력을 느꼈다. 만만치 않다는 것을 절로 깨닫는 순간이다. 일만 이천 냥짜리 무공이라 했던가. 적벽 암무회전에서 일찍이 만나본 적이 없는 무공이었다.

"이얍!"

굵은 목소리로 기합성을 터뜨리며 압력을 흩어냈다. 막야흔의 발이 땅을 박찼다. 휘두르는 칼에 호쾌한 기상, 거칠고도 폭력적인 도격이 엽단평의 정면으로 짓쳐들었다.

취링! 채애앵!

도검이 부딪친다. 전조검법의 초식이 풀려 나오고, 막야흔 고유의 도격이 바람을 갈랐다. 우위는 드러나지 않는다. 두 사람의 칼과 검이 순식간에 다섯 번을 마주치고 튕겨 나왔다. 팽팽하기 이를 데 없는 대치였다.

'제법인데!'

'정통무공이 아님에도 이 정도라니!'

두 사람의 감탄이 서로의 무기 끝에 머문다. 무후사 제갈공명의 사원에서 이만한 공방을 벌이는 것은 제단에 대한 모욕이 아니라 훌륭한 공양이다. 부딪치는 병장기의 충돌음이 거세게 사위를 울렸다.

챙! 쩌엉!

엽단평의 방어는 무척이나 튼튼했다. 단운룡이 예상했던 대로, 엽단평의 검술에는 빠른 공방 중에 맥을 찌르는 묘미가 있었다. 사납게 몰아치다가도 번번이 결정타를 날리지 못한 채 물러나는 막야흔이다. 기회를 잡았다 치면, 어느새 길목을 차단하고 드니 자꾸만 투로가 끊긴다. 삼백 년 포공사, 세월이 쌓은 초식의 위력이었다.

"하압!!"

양손으로 도병을 잡고 힘을 다해 내려쳤다. 엽단평은 그것도 어렵지 않게 막아낸다. 수평으로 칼날을 받고, 사선으로 끌어당겨 충격을 줄였다. 몸을 뒤로 빼며 그 여력을 해소하고, 옆으로 비껴 서며 반격을 시도한다. 실로 훌륭한 방어초다. 날이 선 검이 아니라 두꺼운 방패와도 같았다.

'뚫리지 않아.'

막야흔의 두 눈에 초조함이 묻어난다. 벌써 오십여 합을 넘겼지만 눈에 띄게 유효한 공격이 없었던 까닭이다. 엽단평은 대단했다. 엽단평은 그동안 단 한 번도 흔들리지 않았다. 마치 자기가 해야 할 일을 익숙하게 하고 있는 사람처럼 막고, 찌르고, 피하고, 휘두를 뿐이다. 체계적인 수련은 그래서 무섭다. 어떤 공격에도 어떻게든 대응할 수 있도록 준비가 되어 있는 것이다.

그렇게 이십여 합을 더 주고받았을 때다. 방어와 견제 일변도로 싸우던 엽단평이 비로소 거센 반격초를 꺼내놓기 시작한다. 비껴내고 치고 들어와 검을 찔러내는데, 그 기세가 자못 무섭다.

'파악이 끝났다는 거냐? 건방진!'

노화가 치밀었지만, 분노만으로는 되는 것이 없다. 투로를 읽히고 있다는 느낌이다. 방어만이 아니라 공격 역시도 맥을 찌르며 들어온다. 간단한 일격조차도 막아내기가 버거웠다.

"핫!"

반격에서 공격으로 전환한다. 흐름을 탄 엽단평의 입에서 짧은 기합성이 터져 나왔다.

눈을 가리고 있다는 것이 믿기질 않는다. 맹인이나 다름없음에도 훤히 보이는 무인들보다 훨씬 더 정교했다. 막야흔의 손속이 순식간에 어지러워졌다. 칼을 찌르면 그 끝에 검이 있고, 칼을 휘두르면 그 길목에 검이 있다.

'완전히 막혀 버렸다.'

봉쇄다. 막야흔은 꼼짝없이 갇힌 죄수와도 같았다. 엽단평의 검은 어디에나 있다. 밟아가는 발끝을 막고, 물러나는 등 뒤를 차단한다. 운신의 폭이 점점 줄고 있다. 정심한 검법이었다.

'예상했던 것 이상이로군!'

옆에서 지켜보던 단운룡은 거기서 또 하나 재능의 결정체를 보았다.

엽단평은 이미 훌륭한 검사였다. 젊은 나이가 무색하다. 저 나이에 저 정도 검리를 깨우친 이는 화산이나 무당, 구파를 제외하곤 중원 천지를 뒤져도 흔치 않을 게다. 어지간한 구파의 후기지수보다도 월등한 실력을 지녔다.

'하지만 그 정도로 당하진 않겠지.'

적벽에 와서 다른 어떤 것보다 먼저 탐내게 되었던 기질이 그 앞에 있었다.

막야흔은 소마군의 소년들을 닮았다. 그렇다. 소마군 소년들이 살아 있어 그대로 나이를 먹었다면, 이 막야흔과 닮은 모습으로 성장했을 것이다.

단운룡은 대산을 기억한다. 팔이 잘렸으면서도 복수를 하겠다 귀비산을 먹고 장수 나이만에게 거침없이 달려들던 그 기상을 잘 알고 있었다.

단운룡이 막야흔에게 기대하는 것이 바로 그것이었다. 사방이 막힌 상태에서도 전혀 스러지지 않는 눈빛이 그와 함께한다. 돌파구를 찾아 통쾌하게 한 방 먹여주겠다는 그 눈빛에 기대를 걸고 있는 것이다.

챙! 슈각!

막야흔의 허벅지에서 피가 튀었다. 그러나 그뿐이다. 그 정도 상처 따위, 전혀 문제될 것 없다.

'진기를 끌어올려라. 지배하는 것은 두뇌다!'

면밀한 검막 속에서 막야흔이 칼자루를 고쳐 잡았다. 지켜보던 단운룡은 막야흔의 진기가 일순 변화하는 것을 느꼈다. 뇌룡의 내단 조각을 삼킨 남자, 막야흔은 그 힘을 해방시켜 마침내 살아 있는 전설의 절기를 구현해 내고 있었다.

파라라락!

막야흔의 옷자락이 거센 바람 소리를 만들었다.

광신마체 일식, 풍신일체, 신풍을 발동한 것이다.

채채채챙!

기선을 잡는 것은 순간이다. 두 사람의 칼과 검이 무시무시한 속도로 부딪치며 요란한 충돌음을 퍼뜨렸다.

"큭!"

견고했던 방어막이 허물어지고 있었다. 엽단평은 그 갑작스러운 힘의 격차에 당황했고, 그것은 곧 치명적인 실수로 이어졌다. 몰아치는 공격에 커다란 허점을 내어주고 말았다.

챙! 쩌엉!

흐트러진 투로로는 방어가 될 리 없다. 배가 된 힘, 배가 된 속도. 막야흔의 힘은 무지막지하게 강했다. 부딪치는 일격으로 엽단평의 손에서 검이 날아간다. 천에 가려져 보이지 않는 눈이나, 필시 그 눈은 경악으로 치떠져 있으리라.

퍼억!

패착은 경험 부족, 그 하나다. 검을 놓치고 열려 버린 상체다. 막야흔은 그 기세 그대로 달려들어 엽단평의 배를 발로 차버렸다.

엽단평이 무후사 청석 바닥을 굴렀다. 먼지가 인다. 한 손으로 땅을 짚고, 다른 한 손으론 얻어맞은 배를 움켜쥐며 상체를 일으키는 것이 보였다.

"어떠냐? 내가 이겼다."

막야흔이 성큼성큼 걸어가 엽단평의 앞에 섰다. 옷자락이 바람을 타며 일렁이고 있었다. 주저앉아 상체만 일으킨 엽단평이 가려진 눈으로 고개를 들어 막야흔을 올려 본다. 신음 소리와 함께 그의 입술이 열렸다.

"패배를 인정하오. 당신의 공력은 실로 무섭구려."

비척비척, 엽단평이 몸을 일으켰다. 막야흔이 비틀린 미소를 지으며 단운룡을 돌아보았다. 그의 눈빛엔 '내가 더 강하다' 라는 한마디가 가득 새겨져 있다. 그러나 막야흔의 과시 어린 눈빛은 오래가지 못했다. 단운룡을 보던 눈이 급격히 흐려지기 시작한다. 흔들리는 눈빛, 급기야는 눈을 까뒤집고 만다. 그의 신형이 뒤쪽으로 기울어지기 시작했다.

털썩!

풍신의 바람은 더 이상 그의 곁에 없다. 온몸에 경련을 일으키며 푸들푸들 떨고 있을 뿐이다. 코와 입에서는 선홍색 핏물마저 흘러나오고 있었다.

"이, 이게 어찌 된 일이오?"

묘한 상황이었다. 승리한 자가 쓰러진 지금, 패배한 자가 일어나

도리어 땅에 누운 승자를 내려다보고 있는 것이다. 단운룡이 달려와 막야흔 앞에 앉았다. 그의 입에서 질책하는 듯한 목소리가 흘러나왔다.

"너무 오래 끌었어."

단운룡이 급히 막야흔의 명문혈에 손을 올렸다. 당장 진기를 바로 잡아주지 않으면 위험했다. 진기를 주입하기 직전, 단운룡은 엽단평을 한 번 올려 보았다. 운기를 도와주는 동안 엽단평이 딴마음이라도 품는다면, 단운룡과 막야흔 모두 저세상 행을 면치 못한다.

"걱정 마시오. 내 호법을 서 드리겠소."

그나마 다행이다. 단운룡이 망설이는 것을 눈치 챘는지 스스로 호법을 서겠다고 해준다. 천성이 착한 놈이다. 자신을 패배시킨 막야흔을 치료하겠다는데, 그런 호의를 보여준다. 아무리 착한 놈이라 해도 쉬운 일은 아닐 터였다.

"좋아. 믿겠어."

목숨을 건 모험이다?

그렇지도 않다. 단운룡은 엽단평에게서 티끌만큼의 살기도 느끼질 못했다.

엽단평은 위협이 될 만한 사람이 아니었다. 오히려 그 반대다. 곤란에 처했을 때, 등 뒤를 믿고 맡길 수 있는 이였다.

"후흡!"

단운룡이 눈을 감고 진기를 끌어내기 시작했다.

막야흔은 심각한 내상을 입은 상태였다. 어느 정도는 예상했던 일. 비록 일식인 신풍에 불과했지만, 하루 만에 광신마체의 구결을 끌어냈으니 그 누구라도 몸이 망가지지 않고서는 배길 수 없다.

'진짜로 쓴 게 대단한 거지.'

그것만큼은 막야흔의 재능을 아니 칭찬해 줄 수가 없다. 머리로 이해하는 것은 별로인 듯했지만, 몸으로 이해하는 것은 가히 발군이라 할 수 있었다. 설마 가능할까 싶었는데, 정말로 신풍을 시전해 낸 것이다. 지속 시간이 극히 짧았을 뿐 아니라 순식간에 기혈이 엉망으로 망가지긴 했지만 말이다.

우우웅!

단운룡은 상념을 털어내고 막야흔의 치료에 온 정신을 집중했다. 지금의 공력으로는 막야흔의 몸속에서 날뛰는 광극진기를 제어하는 것이 어려운 일이었다. 그래도 단운룡에겐 그게 가능하리라는 믿음이 있었다. 막야흔의 중독을 치료할 때 단운룡도 모르게 광구의 힘이 해방되어 나왔듯, 이번에도 광구가 스스로 움직여 줄 것이라 믿는 것이다.

파직! 파지직!

아니나 다를까. 단운룡은 이내 중단전 깊이 박힌 광구에서 한줄기 광극진기가 흘러나오는 것을 느낄 수가 있었다.

잡아야 했다. 어떻게 해방되어 나오는지, 그 한줄기 진기에 매달린다. 꺼내 쓸 수 있는 방법을 깨닫기 위해서. 눈을 감은 단운룡의 이마에 땀방울이 맺히고 있었다.

*　　　*　　　*

"무공을 팔아 일확천금을 노리려 했다니, 터무니없는 과욕이었던 것 같소. 다른 방법을 찾아야 할 모양이오.”

태양이 져버린 밤이 되어서야 막야혼의 진기를 진정시킬 수 있었다. 땀으로 흠뻑 젖은 단운룡이 옆에서 지키고 서 있던 엽단평을 올려 보며 되물었다.

“다른 방법은 왜?”

“져버렸으니 도리가 없지 않소.”

“암무회전은 아직 시작도 안 했어.”

“나가도 결과가 달라지진 않을 것이오. 난 그런 무공을 처음 보았소. 몇 달 동안 고련을 해 실력을 더 키우고 나온다면 모를까, 고작 며칠 안에 파훼법을 찾는 것은 불가능하리라 보오.”

“암무회전 출전을 포기하겠다고?”

“난 이미 패배를 인정했소. 웅성비영창도 저 남자에게 꺾인 상황이오. 출전이 무슨 의미가 있겠소?”

“의미가 있지.”

“어떤 의미가 있다는 거요?”

“우승을 해야 하니까.”

“말하지 않았소. 다시 저 남자와 싸운다 해도…….”

단운룡이 손을 들어 엽단평의 말을 끊었다. 지친 얼굴에 한줄기 미소를 떠올리는 단운룡이다. 그가 단호한 어조로 말했다.

“이놈은 암무회전에 안 나가.”

엽단평은 그 말뜻이 무엇인지 곧바로 알아듣지 못한 듯했다. 잠시 동안 말을 잇지 못하던 그가 이해할 수 없다는 어조로 되물었다.

“그, 그가 암무회전에 나오지 않는단 말이오?”

“그래.”

“그렇다면…….”

“자네가 나가서 우승해 버리면 된다는 뜻이지.”

“하지만 어째서? 어째서 나오지 않는 것이오?”

“그럴 만한 사정이 있으니까.”

“무슨 사정이 있기에……?”

“말하자면 복잡해. 이놈이 출전하지 않기를 강력하게 원하는 사람이 있다 해두지.”

“웅성비영창을 이기고, 나까지 꺾었소. 우승이 눈앞인데 굳이…….”

“우승이 눈앞이다? 그건 모르는 거야. 원래대로였다면 이놈은 우승하지 못했어.”

“그 정도 실력이면 충분히 가능했었을 거요.”

“아니야. 자네에게 졌겠지.”

단운룡이 두 눈에 날카로운 빛을 품었다.

그대로였다면. 단운룡이 막야흔에게 광신마체의 비결을 가르쳐 주지 않았더라면, 아마도 막야흔은 엽단평에게 이기지 못했을 것이다. 아니, 어쩌면 그보다 먼저 웅성비영창에게 패배를 당했을 수도 있었다.

“그렇지 않소. 이 남자의 무공은 무척이나 강했소.”

“내 말을 믿도록 해. 어차피 우승은 자네 거였어. 대회에 나가 끝까지 이기면 되는 거야. 친구와 한 약속을 지켜야지.”

“하지만 난 나가지 못할 수도 있소. 판관원 고수들이 곧 추격을 좁혀올 거요.”

"가능하면 도와주겠다, 했었지?"

"……?!"

"판관원을 막아주겠어. 자넨 암무회전에 나가."

"파, 판관원을?"

"시합에만 집중하면 돼. 파문까지 당할지도 모른다면서 돈도 못 챙기면, 그 억울함을 누구한테 풀 수 있겠어?"

가벼운 어조다. 엽단평이 연신 고개를 흔들며 걱정스러운 목소리로 말했다.

"판관원 검사들은 하나같이 고수들이오. 나 정도는 비교도 되지 않소. 간단히 뿌리칠 수 있는 이들이 아니오!"

"괜찮아. 문제될 것 없어."

호언장담이었다.

엽단평보다 훨씬 뛰어난 고수들이 온다는데, 전혀 걱정할 것 없다는 투였다.

"판관원의 검은 단호하여 자비가 없소. 잘못하다간 목숨을 잃을지도 모른다오."

"말했잖아. 그럴 일은 절대로 생기지 않을 거다. 그보다 암무회전에서 우승하여 은자를 얻게 되면, 그다음 계획은 뭐지? 황학상회에 투신하여 계속 암무회전에 출전할 건가?"

"계획이라면……. 없소. 사문에 대한 죗값을 치를 뿐."

"죗값? 말도 안 되는 소리! 자네가 잘못한 게 뭐가 있기에?"

"검을 받고, 무공을 받았소. 그럼에도 중대한 문규를 어겼으니 씻지 못할 대죄요. 판관원에선 파문을 내림과 동시에 내 무공을 도로 가져갈 것이오. 하나 괜찮소. 값을 치르는 게 당연하니 말이오."

"무공 폐지?"

"그렇소. 난 내가 지닌 모든 내공과 무공을 폐지당하게 될 거요."

"웃기는군! 세상엔 어떤 규칙보다 우선하는 것이 있는 법이야! 대장부가 친우와 약속을 했고, 한 여인의 곤경을 도와주기 위해 자신이 지닌 마음과 검을 바쳤다. 그게 바로 협(俠)이다! 협이라는 것은 그 어떤 문규로도 심판할 수 없는 거다!"

협을 말하는 단운룡이다. 그의 목소리는 구름 낀 암천을 가르는 벼락과도 같았다. 협제의 뜻을 이은 남자, 뇌성을 담은 그의 언어 앞에서 엽단평은 아무런 말도 할 수가 없었다.

"네 행동을 자랑스러워해라. 너에겐 죄가 없어. 파문? 문규로 파문을 시키겠다면, 그곳을 나오면 그만이다. 검과 무공을 받았다? 어떻게든 갚으면 된다. 미련하게 굴지 마라. 판관원에 잡혀서 무공을 폐지당하고 나면, 그다음엔 아무것도 남는 게 없다. 무슨 수로 사문의 은혜를 갚을까?"

단운룡의 말 한마디 한마디가 엽단평의 가슴속에 깊이깊이 꽂혀든다.

엽단평이 살아온 세상에서 단운룡의 말은 따라선 안 될 궤변이다. 하지만 궤변일 수밖에 없는 말이, 어찌하여 그렇게도 매력적으로 들리는가.

단운룡에겐 무서운 힘이 있다. 사람을 끄는 마력이 그것이다. 그가 말하면 그것이 곧 진리인 것처럼 들린다. 아니, 진리가 된다. 엽단평의 얼굴에, 천으로 가려진 두 눈에 극심한 혼란과 번민이 떠오르고 있었다.

"나, 나는 잘 모르겠소. 단 공자, 단 공자의 말이 옳은지 틀린지 난 판단할 수가 없소."

엽단평 앞에 새로운 길이 열리고 있다.

그가 모르던, 있을 것이라고 생각지도 않았던 새로운 세상이 펼쳐지고 있는 것이다. 단운룡의 용언(龍言)이 만들어준 세상이다. 끝이라 생각했던 곳에서 다시 시작되는 길, 그리하여 남아의 모든 것이 될 협(俠)과 이어지는 길. 끝없이 뻗어 있는 천하와 이어지는 청천의 여정이 그 세상 앞에 있었다.

"이것만큼은 기억해라. 협사의 행동에 치러야 할 죗값 따윈 없다. 오직 그 협을 믿는 협심과 천 년이 가도 꺾이지 않는 협의가 있을 뿐이다."

"하지만…… 나는……!"

엽단평이 왼손을 들어 이마를 짚었다. 혼란과 번민이 온몸을 지배하니, 그것은 정신을 잃을 것만 같은 아득함이라. 기어코 추스르지 못한 마음에 속절없이 움직이는 것은 도망치는 듯한 발걸음이다.

"나는 이만 돌아가 보겠소."

단운룡의 말이 그리도 충격이었을까.

솔직하고, 또한 순수한 천성이다. 뒷걸음질을 치다가 몸을 돌려, 도망치듯 무후사 문밖으로 사라지고 만다. 밤바람이 을씨년스럽게 찾아드는 사원엔 젊은이가 얻게 된 고뇌의 흔적만이 진하게 내려앉고 있었다.

*   *   *

　적벽의 도박판은 아수라장, 그 자체였다. 막야흔이 웅성비영창을 저잣거리에서 꺾어버리는, 말하자면 대형사고를 치는 바람에 어지럽게 얽혀가던 도박판이 더 엉망진창으로 꼬여 버린 것이다.

　패배하고 쓰러졌던 웅성비영창이 하루 만에 설욕을 위한 암무회전 출전을 선언하면서 그 혼란은 극점에 달했다. 온갖 억측이 난무하는 가운데, 직업 도박사들 사이에선 조작이란 설까지 나왔다. 웅성비영창이 일부러 져준 것이라는 말까지 퍼졌을 정도다.

　소문은 꼬리에 꼬리를 물고 이어졌다. 포공사의 고수는 중견 고수가 아니라 약관의 젊은이라는 정보가 흘러나왔다. 한편, 일각에서는 포공사의 문규를 들먹이면서 포공사에서는 돈을 받고 무력을 팔지 않기 때문에, 애초부터 포공사 출신이 암무회전에 출전할 리가 없다는 이야기까지 돌았다. 고수는 따로 있고, 포공사 출신이라는 것 자체가 은폐공작이라는 이야기였다.

　그렇게 시간은 흘러갔고, 마침내 암무대회전의 첫째 날이 밝았다. 온 적벽을 들끓게 만들었던, 그리고 앞으로 더 들끓게 만들 비무대회가 시작된 것이다.

　"출전자들은 나오시오!"

　장내를 쩌렁쩌렁 울리는 진행자는 은색 제복을 입고 있었다. 시합에 걸려 있는 막대한 은자를 떠올리게 만드는 색이다. 보통의 암무회전에선 볼 수 없는, 오직 암무대회전에서만 볼 수 있는 제복이었다.

"와아아아아!"

장내를 울리는 함성 속에서 두 사람의 무인이 등장한다. 그 어느 때보다도 더 큰 비무대에, 그 어느 때보다도 많은 관중들이 주위를 둘러싸고 있다. 사방에 솟아 있는 망루들에는 무너지지 않은 것이 신기할 정도로 많은 사람들이 올라가 있었다.

나름 암무회전에서 잔뼈가 굵었다 칭해지는 실력자들이 대회전의 열기를 더하고 있었다. 꽤나 흥미진진했던 시합 두 개가 끝나고, 비로소 그들이 원하는 고수가 한 명 등장한다. 그동안 가장 기대를 모았던 세 사람 중 하나, 응성비영창이 비무대에 오른 것이었다.

오오오오오!

응성비영창은 전신에서 비장한 기도를 뿜어내고 있었다. 좌중을 압도하며 등장한 그는 호북경산상단이라는 중소 상회에서 밀고 있던 검사(劍士) 한 명을 열 합 만에 제압하며 지켜보던 관중들의 열렬한 환호성을 이끌어내기에 이른다.

"다음은, 기다리고 기다리시던 황학상회의 고수! 무명검사(無名劍士)의 등장이오!"

은색 제복의 진행자는 엽단평을 무명검사라 소개했다.

포공사의 전조검법 엽단평. 사문과 무공, 이름 아무것도 밝히지 않았다. 그저 커다란 동작으로 그가 걸어나오는 쪽을 가리켰을 뿐이다.

"무명검사? 포공사의 검사가 아닌가?"

"뭐지? 어떤 고수가 나온 거지?"

엽단평은 포공사 출신임을 드러낼 그 어떤 것도 보여주질 않았다. 그가 전조검법을 배웠다는 것을 짐작하게 해주는 것은 오직 가슴 앞에 품은 두 자 두 치 길이의 강검뿐이다. 죽립을 턱밑까지 눌러쓴 채 평온한 걸음걸이로 올라와 비무대 가운데에 섰다. 상대 는 호남의 례현(醴縣) 출신 동정호권으로, 융중상회 네 글자를 가 슴에 달았다. 황학상회가 내세운 신비고수에 대하여 융중상회 측 이 탐색전 차원으로 내보낸 무인이었다.

"와아아아아아!"

폭발적인 환호성이 터져 나오기까지는 그리 오랜 시간이 걸리지 않았다. 엽단평은 검을 검집에서 뽑지도 않은 채 검집째 휘두른 선제공격 세 합으로 동정호권을 단숨에 기절시켜 버린 것이다.

엽단평이 내려가고 다음 순서가 되었다.

이변이 일어난 것은 바로 그때였다. 달아오르던 비무장에 찬물 을 끼얹은 듯한 적막을 가져온 사건이다. 사회자가 그 서막을 알 렸다.

"그토록 고대하시던 출전자가 지금 이 자리에 나옵니다! 융중 상회의 주력 병기! 적벽 암무회전의 기린아! 쾌협도 막야흔 등장 이오!"

제복의 진행자가 온갖 수식어를 붙여가며 막야흔의 이름을 불 렀다. 하지만 뒤따라오는 호응이 어디에도 없었다. 비무대 위에 올 라오는 사람이 없었기 때문이다.

"쾌협도 막야흔! 어서 나오시오!"

진행자가 다시 한 번 막야흔을 호명했다.

마찬가지다. 막야흔은 나타나지 않았다. 웅성거림이 온 관중들 사이에 퍼져 나간다. 비무대 중간에 서 있던 진행자가 만면에 곤란한 표정을 떠올렸다.

"쾌협도 막야흔! 아무 데도 없소?"

은색 제복의 진행자가 사방을 둘러보았다.

엄청난 일이다. 웅성거림이 더욱더 커진다. 진행자가 몸을 돌려 불안한 시선을 관중들 한가운데로 옮겼다. 비무를 보기에 가장 좋은 위치. 소위 귀빈석이 자리한 곳이었다.

진행자의 눈이 그 귀빈석 한쪽에 있는 남자에 닿았다. 비무를 주관하고, 상대를 붙이는 이. 비무상왕 육홍이 거기 있었다.

'어찌해야 합니까?'

진행자가 눈빛에 담은 질문은 다른 것이 아니었다. 어떻게 해야 하는가, 바로 그거다. 비무상왕 육홍이 손바닥을 들어 지면에 수평으로 움직였다. 규정대로 하라는 뜻이다. 진행자의 얼굴이 창백하게 질렸다. 그가 입술을 깨물고 몸을 돌려 다시 좌중을 훑어보았다. 지금이라도 나타나라. 그의 마음속에 가득한 것은 단지 그 한마디뿐이다. 그가 온 관중들을 향해 다시금 소리 높여 외쳤다.

"쾌협도 막야흔! 다섯을 세겠습니다. 다섯입니다. 다섯 셀 동안 비무대 위로 나오지 않으면 실격입니다!"

웅성거림이 거세졌다. 실격이라니, 말도 안 된다. 무슨 짓거리냐. 수많은 사람들의 수많은 외침이 사위를 가득 메웠다.

"하나!"

마침내 첫 번째 숫자가 터져 나왔다. 극에 오르던 웅성거림은 '둘!'이 되고, '셋'을 지나며 차차 잦아들기 시작한다.

"넷!"

잦아들던 웅성거림이 마침내 완벽한 정적으로 바뀌었다. 설마,

설마 하는 마음의 속삭임만이 공기 중에 흩어지고 있을 뿐이다.

"다섯!!"

마지막 숫자가 불러지고, 모든 관중들의 얼굴엔 경악이 찾아든다. 그리고 그 정적에 종지부를 찍는 선언이 이어졌다.

"다섯, 숫자를 다 세었습니다. 쾌협도 막야혼은 비무에 나타나지 않았으므로, 암무대회전 규정에 따라 실격 처리됩니다!"

그렇게도 많은 관중들이 숨소리 하나 내지 못한 채 흙으로 빚은 사람처럼 그 자리에 못 박혀 있다. 엄청난 충격이었다. 소문도 사건도 많았던 암무대회전에 그 모든 돌풍의 핵이었던 막야혼이 없다는 것은 그 누구도 선뜻 인정하기 힘든 일이었던 것이다.

"이럴 수가……!"

망연자실. 놀라움에 빠진 것은 일반 관중들뿐이 아니다. 귀빈석도 다를 바가 없다. 직접 그 자리에 와 있었던 황학상회 회주 모복민의 얼굴에도 같은 표정이 떠올라 있었다.

"이건 또 무슨 수작이지?"

기어코 들려오는 목소리.

낮은 목소리로 이를 갈며 뒤를 돌아보는 이는 의창상가의 가주, 유장홍이었다. 돼지처럼 살찐 얼굴에 기름진 수염이 푸들푸들 떨리고 있다. 잡아먹을 듯한 시선으로 노려보는 상대는 다름 아닌 육홍이다. 융중상회 적벽 지부장, 아니, 비무상왕을 향한 분노였다.

"수작이라니, 무슨 말씀이신지……?"

육홍은 애써 당황한 표정을 지어 보였다.

속으로 쾌재를 부르고 있을 육홍이었만, 얼굴에는 영문을 모르겠다는 표정만이 가득했다.

"이런 괴변이 벌어지다니, 이 육 모도 당황스럽기 그지없소. 유 가주, 죄송하지만 잠시 실례하겠소!"

육홍이 공손히 고개를 숙이며 유장홍의 시선을 피했다. 그가 자리에서 일어나 재빨리 융중상회 관계자들을 불러 모았다. 그가 소리쳤다.

"무슨 일인지 어서 알아봐!"

그 정도 연기는 해줘야 했다. 그게 융중상회의 정상적인 반응 이기 때문이다. 예상했다는 기미를 보여서는 절대로 안 되는 것 이다.

'그 여자, 성공했군……!'

여자라고 해야 할지, 소녀라고 해야 할지. 어느 쪽이든 거래는 성립이다. 막야혼은 나오지 않았다. 자세한 내막은 모르겠지만, 육홍은 그것이 그녀 덕분이라 생각했다. 그렇게밖에 생각할 수 없 었다.

한편, 그 비무장 한쪽에 각별한 눈빛을 하고 있는 이가 또 한 명 있었다. 작은 체구로 죽립을 눌러쓴 채 당장이라도 튀어나갈 준비를 하고 있던 이였다.

'출전 자체를 포기했다? 좋은 판단이야!'

남장을 했지만 어딘지 어색하다. 호리호리한 체구 때문이다. 섬 섬옥수가 죽립을 살짝 들어 올린다. 고운 턱 선이 햇빛 아래 드러 났다.

'단 공자의 결정이겠지.'

그 입술, 그 콧날은 다른 누구도 아닌 강설영의 것이었다.

그녀는 그동안 막야흔의 소재를 파악하지 못하고 있었다. 찾는 것 자체가 어려워서가 아니라 운신에 심각한 제약을 느꼈던 까닭이었다.

'잡힐 뻔했어. 그런 고수를 수하로 부리고 있었다니……!'

강설영은 천룡상회의 흑번쾌를 떠올렸다. 그 속도, 그 집요함. 삼 일 밤낮을 방심하지 못했다. 전력을 다하지 않았다면 진즉에 잡혔을 게다.

막야흔을 찾지 못하고 여기서 기다린 이유도 그래서다. 막야흔이 나오면 암무회전에 난입해서라도 쓰러뜨릴 생각이었다.

'단 공자는 그것까지도 예상했던 거야.'

어차피 막야흔에겐 피할 곳이 없었다. 막야흔이 출전을 감행한다면, 언젠가 결국 그녀에게 제지당하게 되리라. 하지만 알려진 막야흔의 성격으로 보건대, 막야흔 혼자 스스로 출전을 포기할 리는 없었을 것이다. 돌아가는 상황을 읽은 단운룡이 막야흔을 먼저 제지한 것이 틀림없었다.

'그러니까 응성비영창과도 미리 승부를 냈겠지.'

흑번쾌에 쫓기느라 막야흔과 응성비영창이 한 판 벌이는 곳에도 찾아가지 못했다.

왜 굳이 다시 적벽을 들쑤시면서 응성비영창과 싸웠어야 했던가. 이제야 아귀가 맞아떨어진다. 막야흔의 자존심을 살려주면서도 출전을 포기시키려면, 암무회전 이전에 승부를 내야 했던 거다. 그렇게밖에 생각할 수가 없었다.

'그렇다면……!'

강설영의 눈이 비무대 위를 휘돌아 한쪽, 황학상회의 인물들이 있는 곳에 멈췄다. 죽립을 눌러쓴 검사가 거기 있다. 어떻게든 정체를 감추려 하지만, 아무래도 어려웠던지 단순한 일초에도 전조검법의 흔적이 묻어나던 자였다.

'저자와도 먼저 승부를 냈을 수가 있겠어.'

강설영의 짐작은 정확했다. 그녀가 검사의 몸가짐을 다시 한 번 살폈다. 한 자루 잘 연마된 보검이다. 죽립 밑, 강설영의 두 눈에 이채가 스쳤다.

'하지만 막야흔의 실력으론 못 이겼겠는데……?'

유가루에서 막야흔과 대치했을 때 강설영은 막야흔의 역량을 그 바닥까지 보았다. 한데, 저기 있는 검사는 막야흔보다 훌륭한 실력을 갖추고 있는 것으로 보인다. 황학상회 담화삼이 거금을 들여 준비했다더니, 적당한 자를 데려오긴 한 것 같았다.

'비무상왕의 판단도 틀리지 않았던 거야. 암무회전이란 비무판…… 상상 이상이다. 머리싸움이 무척이나 치열해.'

육홍과 거래를 하면서 기우가 아닌가 하는 생각도 했었다. 막야흔의 기량은 이런 도박판에서는 확실하게 통할 실력이었고, 그만한 자를 꺾을 만한 고수가 그리 쉽게 나오겠냐는 의문이 있었던 것이다.

응성비영창만 해도 그랬다. 응성비영창은 막야흔보다 동수이거나 조금 더 위다. 그 이야기는 막야흔이 져도 이상할 게 없다는 뜻이었다.

'혹시 저자에게 졌기 때문에 못 나오는 거 아냐?'

문득 그런 생각이 든다. 막야흔이 응성비영창과 미리 한 판을 했다면, 저기 있는 저자와도 한 판 붙었을 가능성이 있다. 막야혼의 실력으론 십중팔구 이기기 힘들다. 졌기 때문에 안 나오는 것일 수도 있었다.

'어느 쪽이든, 목적은 달성했어.'

강설영은 그렇게 생각했다. 막야혼의 실격 선언에 융중상회 육홍이 사람들을 움직이는 것을 보았다. 강설영은 그걸 보며 짐짓 그런 척한다는 인상을 강하게 받았다. 정말 다급하게 소리치는 것과는 미묘한 차이가 있었다. 모르는 사람이 보기엔 눈치 채지 못했을 그런 사소한 차이였다.

'가야 해. 그들도 여기 왔을지 몰라.'

강설영은 조용히 사라지려고 했다. 모르긴 몰라도 천룡상회의 흑번쾌는 아직 그녀를 찾고 있을 게다.

사부는 말했었다. 천룡의 무(武)를 이은 자는 세상에 하나가 아니라고.

사부는 또한 경고했다. 세상 누구와 싸워도 지지 않을 만한 무위를 갖추기 전엔, 천룡의 힘을 지닌 자를 마주치지 말라고.

사부가 마지막으로 해준 말은 결정적이었다.

상대에게 죽을 수도 있으니, 마주치게 되면 피하라.

이유는 그녀도 모른다. 당시엔 어려서 이유조차 물어보지 않았었다.

이유는 상관없다. 그녀는 유광명을 보는 순간, 마음속 깊은 곳에서 알 수 없는 두려움을 느꼈다. 이래서 피하라 하셨구나, 그런 생각이 절로 들지 않았던가.

다시 마주치지 않길 바랄 뿐이다. 그 안에 얽힌 비밀스런 사연 따위, 지금 심정 같아서는 알고 싶지도 않았다.

강설영이 몸을 돌렸다. 그리고 끝도 없이 몰려든 관중들을 헤치며 발을 옮겼다. 사람들의 숲을 헤치고 나온 그녀다. 그녀가 멈칫, 발길을 멈추었다. 그녀 앞에 그가 있었다.

"어떻게 찾았죠?"

"모르겠어. 그냥 보이더라고."

수많은 사람들 사이에서 기다리고 있었다는 듯 그녀를 찾은 사람.

아무리 사람이 많아도, 기척을 감추고 있었을지라도 그녀를 단숨에 알아볼 수 있었던 그다. 단운룡이었다.

*   *   *

야심한 밤이었다. 비무상황 육홍의 탁자 위엔 수많은 죽간들과 책자들이 어수선하게 놓여 있었다. 팔락거리면서 책장을 넘기고, 세필을 들어 무언가를 적는다. 한참이나 같은 작업을 반복하던 그가 피곤함을 느낀 듯 손가락으로 두 눈을 누르면서 의자 등받이에 몸을 기댔다.

흠칫.

그가 창문 쪽으로 고개를 돌렸다. 저번과 같은 인기척이다. 아니나 다를까. 창틀 위에는 강설영이 앉아 있다. 같은 자세, 같은 모습 그대로였다.

"이번엔 정식으로 찾아와도 괜찮았을 텐데, 어이하여 다시 이렇게 방문한 것이오?"

"그럴 만한 일이 있어서요."

"천룡상회와의 일 때문이오?"

비무상왕 육홍은 확실히 날카로운 데가 있었다. 유가루에서 있었던 일들을 상세히 보고받은 모양이었다. 강설영이 유광명의 출현과 동시에 도망치듯 사라진 것까지 말이다.

"예리하네요. 그렇다고 해두죠."

강설영은 순순히 인정했다. 이것저것 재면서 심리전을 벌일 이유가 조금도 없는 까닭이다. 그녀는 그저, 필요한 것만 얻으면 그만이었다.

"왜인지 물어봐도 되겠소?"

"아니요. 물어보지 마세요."

단호한 대답에 비무상왕 육홍이 입술을 굳게 다물고는 고개를 끄덕였다. 어쩔 수 없다는 표정이다. 그가 의자에서 몸을 일으켰다. 그가 말했다.

"그럼 한 가지 다른 걸 좀 묻겠소."

"……?"

"막야흔을 어떻게 했소?"

강설영은 육홍의 눈빛에서 팽팽한 긴장감을 읽을 수가 있었다. 어떤 대답을 듣게 될까, 신경을 곤두세운 얼굴이었다.

"죽이진 않았어요."

"……!"

그럼 어떻게 했는가, 입은 열지 않았지만 이미 그 표정에 다 드러나고 있다. 그녀가 고개를 저으며 말을 이었다.

"자, 어찌 되었든 난 약속을 지켰어요. 막야흔은 암무회전에 나오지 않았고, 실격패 처리가 되었죠. 원하는 바는 다 이룬 것 아닌가요?"

비무상왕 육홍의 눈동자가 크게 흔들렸다.

자세히 묻고 싶지만 강설영은 더 가르쳐 주지 않을 눈치다. 분명 그녀는 약속을 지켰고, 이제 그녀가 원하는 것은 오직 하나뿐이다. 육홍과 한 거래, 그 대가를 요구하고 있는 것이었다.

"후우… 맞소. 그가 이번 암무대회전에 나오지 않는 것. 그게 내가 바란 것이라오. 그러니 나도 약속을 지켜야겠지."

그가 강설영을 똑바로 쳐다보았다. 뜸을 들이듯 잠시 숨을 고른 그다. 그가 천천히 말을 이었다.

"첫 번째 사람은 산동 제남에 있소. 산동제일고(山東第一鼓) 도백균(陶佰均)이라고 하면 모르는 사람이 없을 거요."

"고(鼓)?"

"대고(大鼓)를 기막히게 만드는 고공(鼓工)이자, 북 치는 실력 역시 최고라는 악사(樂士)요. 지금은 북채를 놓아버렸다는 소문이 파다하지만, 가르침을 얻기 위해 그를 찾는 악공들이 아직도 많다 하오. 만드는 쪽이든 치는 쪽이든, 양쪽 다 말이오."

"악사와 병기전설이라니, 어울리지 않는데요?"

"아, 그는 악사이기도 하지만, 또한 무림인이기도 하오. 한때 북을 통한 음공(音功)을 구사하며 방문좌도의 괴인이란 오명을 얻기도 했었소. 당시의 별호는 진혼고(震魂鼓)였던 것으로 기억하오."

"들어본 적은 없네요."

"그럴 거요. 활동 기간이 길진 않았으니까. 여하튼, 병기전설과 요마전설에 대해 도 악공만큼 해박한 지식을 가진 인물도 몇 되지 않을 거요."

"알겠어요."

"다음 사람은……."

육흥이 한 손으로 서탁 위를 훑었다. 그가 죽간 뭉치 아래에서 한 장의 종이를 꺼내 들고 말했다.

"역마살이 있는 양반이라, 거처가 일정치 않아서 어디에 있는지 조사를 좀 해야 했소. 다행히도 꽤 오랫동안 한 곳에 머물러 있는 상태였기 때문에 찾는 게 어렵지는 않았소."

"어떤 사람이죠?"

"굉장히 유명한 사람이오. 아, 그리고 혹시 이분을 만나게 되더라도 내게 들었다는 이야기는 하지 않는 게 좋을 거요. 나에겐 노사를 감당할 힘이 없기 때문이오."

"노사라니, 고수인 모양이로군요."

"절정고수요. 초절정이라 해도 과언이 아니지. 신궁(神弓) 궁 노사라고 한 번쯤은 들어봤을 것이오."

"신궁……! 천하제일궁사 궁무예(窮武청)!"

강설영의 얼굴이 놀라움으로 물들었다.

사람들은 강남제일포쾌라는 별호의 주인으로 궁왕(弓王) 원연의 이름을 말한다.

궁왕 원연은 고수다. 원연이 쏘는 화살은 철판을 뚫는다는 말이 있다. 정말 뚫을 수 있는지 없는지는 모르겠지만, 그만큼 강력한 궁술을 지녔다는 뜻이다.

하지만 궁왕은 왕의 이름을 지니고 있으나, 결코 천하제일의 궁사는 되지 못한다. 천하제일은 따로 있기 때문이다. 궁왕 원연에게 천왕시의 비기를 가르친 스승. 천왕궁이라는 별호를 갖고 강호를 질타했으며, 그 제자가 궁왕의 칭호를 얻었다. 노년에 들어서는 신궁이라는 이름으로 불리게 된 노사를 말함이다. 그 이름이 바로 궁무예였다.

"그렇소. 세간에서는 그가 이미 노쇠하여 예전만 못하다는 말들을 하지만… 글쎄, 난 그리 생각하지 않소. 기력이 쇠하였든 쇠하지 않았든, 궁술에 있어서만큼은 타의 추종을 불허하는 인물이오."

"신궁이란 이름은 아무에게나 붙는 것이 아니겠지요. 좋아요. 그 둘이 전부인가요?"

"하나 더 있소. 그러나 어디에 있는지, 뭘 하고 있는지 전혀 모르오."

"어떤 사람이기에 그렇죠?"

"신궁 궁 노사도 대단한 사람이지만, 사실 이 사람은 더하오. 동방삭(東方朔)이라고… 들어보셨는지 모르겠소."

"동방삭? 그…… 삼천갑자 동방삭이요?"

"그렇소. 바로 그 동방삭을 말함이오. 지금까지 구천 년을 살아왔다고들 하는데, 말하는 사람에 따라서는 천오백 년이라고도 하고, 또 다른 사람은 만 팔천 년을 살았다고도 하오. 뭐, 어느 쪽이든 믿기는 어려운 이야기오만."

강설영이 고개를 설레설레 저었다.

삼천갑자 동방삭? 그건 전설이다. 신궁 궁무예처럼 살아 있는 전설이 아니라, 그냥 오래된 전설이다. 설화나 민담처럼, 단지 입으로 전해지는 전설이라는 말이다.

"설마하니 그가 실존한다는 이야긴가요?"

그렇게 물어볼 수밖에 없다. 동방삭에 얽힌 이야기는 천잠보의보다 훨씬 더 황당하기 때문이다. 곤륜산 서왕모의 복숭아를 훔쳐 먹고 장수하게 되었다는 말부터 지옥에 자신의 수명을 기록한 책을 마음대로 고쳐 삼천갑자를 살게 되었다는 말까지, 여러 가지 형태의 이야기가 존재하고 있었다.

"많은 사람들이 그렇다고 믿고 있소. 사실 사람들에 의하면, 그가 현존하고 있다는 증거가 꽤 된다고 하오. 호사가들이 지어낸 이야기일 수도 있지만, 또 모르는 일이지. 천잠보의를 쫓는 소저나, 축융부를 찾고 있는 나나 허황된 이야기를 하는 것은 매한가지니 말이오."

"삼천갑자 동방삭이란 사람이 실제로 있다면…… 굉장히 많은 것을 알고 있겠군요."

"그게 바로 특별한 것을 찾는 사람들이 동방삭이란 이름에 기대를 거는 이유요. 상상 속 신령스런 동물인 백택(白澤)처럼 동방삭은 모르는 게 없다는 말이 있소. 누군가는 이런 말도 했소. 누구도 이길 수 없는 절대의 고수라고 말이오. 구천 년 동안 공력을 닦았기 때문에 그 어떤 고수도 상처 하나 낼 수 없다 했지. 요마전설에는 실려 있지 않지만, 말하자면 요물이요, 살아 있는 신선이나 다름없다는 이야기요."

"병기전설이나 요마전설보다 확실히 한발 더 나간 이야기네요."

"그렇소. 여하튼, 내가 해줄 말은 다 해줬소. 내 도 악공을 먼저 말했지만, 직접 찾아가 보려면 신궁 궁 노사부터 찾아보는 것이 좋을 거요. 먼저도 말했지만, 역마살이 낀 분이라 지금 있는 거처를 언제 떠날지 아무도 모른다오. 시일을 놓치면 한참 동안 만나기 힘든 분이오. 동방삭이야 어차피 만나려 해도 만나기 어려울 테니까."

"좋은 정보 고마워요. 천잠보의를 찾다가 혹 축융부에 대한 정보를 얻게 되면, 따로 인편을 구해 보내드리도록 하죠."

"더할 나위 없이 반가운 이야기요. 부디 행운이 있기를 빌겠소."

"그럼."

훅, 하고 바람 앞에 호롱불이 꺼지듯 그녀가 한순간 창틀에서 모습을 감췄다.

홀로 남겨진 비무상왕은 다시 서탁 앞에 앉아 피곤함으로 얼룩진 시선을 종이 위에 올려놓았다. 무언가 뜻대로 되지 않는 일이 있는 듯 연신 한숨을 내쉬는 그다. 첩첩산중이 따로 없다. 융중상회, 제갈세가, 그리고 천룡상회. 얽혀 있는 모든 것들이 그 머리 속에서 복잡하게 소용돌이치고 있었다.

＊　　　　＊　　　　＊

"계십니까?"

아무도 찾아오지 않는 무후사다. 누군가의 방문에 단운룡이 다소 긴장하며 몸을 일으켰다. 소리를 죽이고 문 쪽으로 이동하여 감각을 열었다. 사원의 앞마당에 조심스러운 발소리가 내려앉고 있다. 정제되지 않은 걸음걸이, 무림인이 아니다. 일초의 무공, 한 움큼의 내공도 익히지 않은 자였다.

'조용히 있으면 그냥 가겠지.'

단운룡의 시선이 무후사 구석에 이르렀다. 막야혼은 아직도 퍼질러 누워 있다. 엽단평과 싸운 내상은 그런대로 진정이 되었지만, 강설영을 데려온 것이 화근이었다. 언제나처럼 몇 마디의 언쟁이 있었고, 곧이어 막야혼은 강설영에게 덤벼들고 말았다.

결과는 뻔했다. 막야혼은 신풍을 써보지도 못한 채 기절하고 말았다. 제아무리 광극진기를 얻었다지만, 강설영의 무위는 높고도 높아 신풍의 끝자락을 잡아본 수준으로서는 상대할 도리가 없었던 것이다.

잠자코 있던 단운룡이다. 한순간 그의 눈이 크게 뜨였다. 바깥에 온 사람이 뱉은 다음 한마디 때문이었다.

"신풍대야께서 보내서 왔습니다. 계십니까?"

곧바로 달려가 문을 열어젖혔다.

갑작스레 열린 문 때문에 깜짝 놀란 남자가 거기에 서 있었다. 어디에서나 볼 수 있는 평범한 심부름꾼이다. 장삼이나 왕칠 따위의 이름을 지니고 있을 것 같은 얼굴이었다.

"날 찾았는가?"

"소신풍… 맞습니까?"

"맞다."

"여, 여기……"

장삼, 또는 왕칠의 얼굴을 지닌 남자가 품속에서 하나의 죽간을 꺼내 들었다. 단운룡에게 건네는 품이, 어째 겁을 먹은 듯하다. 을씨년스런 무후사에서 범상치 않아 보이는 젊은이가 뛰어나왔으니, 끼어들어선 안 될 곳에 잘못 끼어들었다 생각하는 눈빛이었다.

"잘 받았다."

대저 저잣거리의 민초들이란, 무림인들의 행사에 말려들길 꺼려하는 편이다. 언제 피를 흘릴지 모르는 까닭이다. 이 남자도 마찬가지다. 죽간을 건네주기가 무섭게 급히 몸을 돌려 무후사 경내를 빠져나간다. 아예 뜀박질 소리까지 들려오고 있다.

'뭐지?'

단운룡은 무후사 안으로 들어와 재빨리 죽간을 풀어 헤쳤다. 둘둘 말려진 죽간 안에는 역시나 고운 질의 종이 한 장이 매끈하게 붙어 있었다. 미려하면서도 완벽한 필치, 사부 소연신의 세필이 그 종이 위를 수놓고 있었다.

무후사는 위치가 적절하여 네 성정에 그곳에 머무를 가능성이 더 높다고 보았다.

적벽루에 사람이 없으면 무후사로 전하라 하였지.

전에 한 이야기대로 인재들을 추려보았다. 하나 적벽에는 쓸 만한 인재가 하나밖에 없더구나.

비무상왕 육홍.

융중상회 소속으로 머리가 비상하고, 추진력이 있다.

융중상회 본가인 제갈세가에서는 현재 후계자 문제로 암투가 한창이다. 비무상왕도 암투에 상당 부분 관여되어 있는 것으로 보이지만, 상회에 대한 충성도는 그리 높지 않은 것으로 보인다. 제시하는 조건에 따라 포섭도 가능하다는 뜻이다. 쉽지는 않을 게다. 비무상왕은 오직 비무에 모든 것을 건 자이니. 역량을 보겠다.

덧붙여, 천룡의 후예가 적벽에 나타날 가능성이 있다. 애송이와 동행하는 좌흑우백, 한 쌍의 무인은 철가 놈이 직접 키운 무인들

이다. 좌흑은 전륜의 후예를 겨냥했고, 우백은 살문의 후예를 겨
냥하여 연마시킨 것으로 알고 있다. 천룡의 아해는 무력이 전무하
겠지만, 부딪치지는 말아라. 뇌정광구(雷霆光球)를 해방하기 전까
지는 우백뿐 아니라 좌흑과도 맞붙을 수 없다. 마지막으로, 적벽
다음은 어디인지 화답 바란다.

　그것으로 끝이다. 단운룡은 죽간에 붙어 있는 종이를 들춰보
고, 다시 죽간을 뒤집어 보았다. 몇 번이나 다시 살펴봐도 그 내용
이 전부였다.
　'뇌정광구? 해방시키는 방법도 써주든가!'
　소연신이 서간의 말미에 적어놓은 뇌정광구란, 단운룡의 몸속
에 있는 광구를 말하는 것일 게다. 해방하기 전까지라고 쓴 걸 보
면, 그 힘을 꺼내 쓰지 못한다는 것도 알고 있다는 이야기일 터.
그럼에도 그걸 어떻게 해방시킬 수 있는지에 대해서는 아무런 언
급이 없는 것이다.
　'제길…… 알아서 찾아내라는 거로군.'
　이런 식이다. 사부는 언제나 제멋대로였다. 제자가 공력의 제약
으로 인해 얼마나 큰 고초를 겪고 있는지 알 바 아닌 게다. 약하
기 짝이 없는 놈들에게 생명의 위협을 느끼고, 고만고만한 살수들
을 앞에 두고 도주까지 감행해야 했던, 충분히 예상되는 모든 것
들을 신경도 쓰지 않는 모양이었다.
　'거기다가 비무상왕 육홍이라고?'
　육홍은 융중상회의 핵심 인물 중 하나다. 적어도 이 적벽 지부
장까지 맡고 있을 정도면 지위도 높은 편이요, 능력도 상당한 자

일 게다. 오랜 세월 적벽에, 융중상회에 뿌리박고 있는 자를 수하로 포섭하라니, 과한 요구다. 포섭의 어려움은 차치하고서라도, 무엇보다 단운룡은 육홍의 행사가, 그 마음 씀씀이가 마음에 들지 않았다.

'막야흔을 쓰러뜨리라 말한 것도 육홍이라 했었다. 그것은 곧 살수들을 푼 것도 그자일 가능성이 있다는 이야기다.'

강설영에게 덤벼들었던 막야흔이 기절한 후, 단운룡은 강설영에게 그동안 있었던 일의 자초지종을 상세히 들을 수 있었다. 이미 알고 있었던 것도 있지만, 새롭게 알게 된 것도 많다. 강설영과 거래를 한 사람이 육홍이라는 사실도 그중 하나였다.

'모든 것이 육홍의 뜻대로 흘러갔다. 막야흔은 암무회전에 나가지 않았고, 융중상회는 오히려 위험 부담을 덜었지. 잘 모르는 놈, 좋을 일만 시켰군.'

왠지 모르게 괘씸한 생각이 든다. 재주는 곰이 부리고 돈은 사람이 챙긴다고 했던가. 곰이 된 격이다. 누군가의 손바닥 위에서 놀아났다는 느낌은 상상 이상으로 고약했다.

'사부, 난 이미 사람을 얻었어요. 비무상왕 따위, 필요없습니다.'

비무상왕은 말하자면 머리다. 단운룡이 수하로 두게 된다면, 창검이 아니라 지낭(智囊)으로 쓰게 될 것이라는 뜻이다. 하지만 단운룡은 지낭이 필요없었다. 지낭은 따로 있다. 멀리 있지만 언젠가는 가까이 두게 될 거다. 더욱이 지금 급한 것은 적을 물리칠 수 있는 칼이다. 머리라고 한다면 단운룡 자신의 것으로 충분했다.

'다른 무엇보다 막야흔이 마음에 들었습니다. 비무상왕 같은

자를 한 수레 끌고 와도 막야흔 한 명과 안 바꿉니다.'

단운룡은 마음을 정했다.

사부가 추천한 사람 대신 스스로 선택한 사람을 얻는다.

사부가 열어준 길에서 자신만의 길을 찾아 큰 발걸음을 내딛는 순간이다.

하지만.

단운룡은 몰랐다. 소연신이 비무상왕 육홍을 얻으라 했던 그 진의를.

그는 알 수 없었던 것이다. 비무상왕 육홍이 훗날 누구에게로 가게 되는지.

그 순간의 선택이 얼마나 큰 운명의 장난으로 이어지게 되었던가.

그때까지의 단운룡은 미처 모르고 있었을 따름이다.

*　　　*　　　*

막야흔이 빠진 비무대회는 의외로 흥미진진하게 진행되었다.

암무회전에서는 보기 드문 형태의 정종검법을 구사하는 신비검사. 엽단평은 난공불락의 무공을 보여주면서 승승장구했고, 웅성비영창도 독기를 품고 나온 만큼 패배를 용납하지 않으면서 마지막 네 명이 남을 때까지 올라갈 수 있었던 것이다.

그쯤 되면 모두가 기대할 수밖에 없다. 막야흔이 빠진 상황이니 신비검사 대 웅성비영창, 이강 체제는 필연이다. 결승은 두 사람이 붙을 것이라는 예상이 지배적이었다.

이변이 발생한 것은 그때였다.

이변의 주인공은 벽검강이란 젊은이다. 그다지 눈에 띄지 않는 무공으로 소리없이 승리를 거듭하여, 어느새 최종 승자 네 명까지 올라온 이였다.

무명은 청류검이라 했다. 암무회전엔 첫 출전이라면서 등에 진 것은 놀랍게도 융중상회의 네 글자다. 그때서야 사람들은 깨닫는다. 막야흔은 지금 없다. 새로운 얼굴이 사강까지 올랐다. 게다가 새로운 인물의 소속은 융중상회다. 막야흔과 비슷하다. 막야흔이 처음 나타났을 때와 흡사한 전개라는 사실이 수많은 사람들의 머리 속을 스쳐 갔던 것이다.

막야흔과의 비교는 당연한 수순이었다. 사람들은 말했다. 차근차근 승수를 쌓는 동안 나름 준수한 실력을 보여주긴 했다고. 그러나 장기적으로 막야흔을 대체할 패로는 다소 부족한 면이 보인다는 평가가 그 뒤를 따랐다.

그런 평가가 뒤집어지기까진 오래 걸리지 않았다.

청류검 벽검강은 준결승 상대로 웅성비영창을 만났다. 미심쩍은 기대를 보내면서도 사람들은 웅성비영창의 압승을 예상했다. 지금껏 보여준 실력이 웅성비영창의 그것에 크게 못 미쳤던 까닭이다. 하나 막상 비무가 시작된 후엔 달랐다. 그때까지의 청류검과는 완전히 다른 사람이 되어 있었던 것이다.

이전까지는 실력을 숨기고 있었다는 뜻이다. 청류검 벽검강의 검술은 마치 물이 흐르듯 자연스럽고 부드러웠다. 차력타력이라 했던가. 웅성비영창은 속수무책이었다. 벽검강의 검술은 마치 무당파의 그것처럼 상대의 힘을 역으로 이용하는 공부가 깃들어 있어 웅성비영창의 창술로는 파훼하지 못할 수준에 올라 있었던 것이다.

웅성비영창이 삼십오 초를 버틴 것은 독기와 근성의 힘이었을 뿐, 무공의 힘이 아니었다. 휘두르는 창을 엮어서 비껴내고, 목젖까지 검을 들이미는 청류검의 손속에 웅성비영창은 패배를 인정하고 만다.

관중들은 격하게 달아올랐다. 우승 후보의 탈락이다. 게다가 신성의 출현이다. 그것이야말로 이른바, 암무회전 최대의 이변이라 할 수 있었다.

한편, 황학상회 측의 신비검객은 웅성비영창과 달리 무난하게 준결승을 돌파했다.

신비검객. 그 정체가 밝혀진 것은 결승이 확정된 바로 그날이었다. 신비검객, 신비검객 하더니만, 결국 누군가의 입을 통해 그에 대한 진실이 밝혀지고 만 것이다.

이름은 엽단평, 출신은 이전에 돌았던 소문대로 안휘성 포공사라 했다.

엽단평은 기실 포공사 제자들 중에서도 가장 촉망받던 이라고 하였다. 포공사뿐 아니라 안휘성 전체에서도 가장 주목받던 후기지수가 그다. 포공사 엽단평이라 하면, 호사가들 사이에서 차세대 고수로 꽤나 인정받는 이름이라는 말이 돌았다.

소문은 그것으로 끝이 아니었다.

포공사에 대한 소문이 그 뒤를 따랐다. 포공사는 암무회전과 같은 대회에 제자의 출전을 금하는 문파라 했다. 엽단평이 문규를 어긴 것이란 말이다. 그것 때문에 파문을 당했다는 소문이 주루와 도박판을 휩쓸었다. 엽단평이 문규를 어긴 것은 금전적인 이유 때문이라는 이야기가 나왔고, 급기야는 안휘성 비운의 미녀인 섭소민과 관련되어 있다는 이야기까지 돌았다.

하루 이틀 사이에 퍼진 것 치고는 지나치게 구체적인 소문이었다. 너무나도 자세했다. 누군가 고의적으로 퍼뜨렸기 때문이다? 그런 이야기가 타당성을 얻는 이유도 거기에 있었다.

사람들은 밤새도록 엽단평에 대한 이야기를 했다. 그런 가운데 도박사들은 그러한 소문의 진원지로 융중상회를 지목했다.

결승전에 앞서 황학상회 측 출전자인 엽단평의 마음을 뒤흔들 의도라는 것이다. 어떻게든 융중상회의 청류검이 이기도록 만들겠다는 거다. 비무상왕 육홍이라면 충분히 그럴 수 있다는 것이 도박판의 중론이었다.

수많은 풍문과 예상을 뒤로한 채 결승전의 아침이 밝았다.

적벽의 도박판은 역대 최고의 호황을 맞이하고 있었다. 누구도 그 결과를 점칠 수 없는 상황이다. 심지어는 비무상왕 육홍이라 해도 이번만큼은 어떻게 끝날지 알 수 없으리라. 그것이 또한 더욱더 사람들을 열광케 만들고 있는 것이다.

결승전은 해가 지고 나서야 시작되건만, 비무대 주위는 벌써부터 만원이었다. 서로 좋은 자리를 맡겠다는 자들이 새벽부터 난장을 벌이고 있었다.

"곧 시작이다."

해가 진다. 모여든 관중들은 역대 최대다. 막야흔이 빠졌기 때문에 관중이 줄어들 거라 예상했던 도박사도 있었지만, 그의 예상은 완전히 틀렸다. 이미 막야흔 하나로 좌지우지되는 대회가 아니었다. 암무회전은 그 어느 때보다도 화려한 독향을 뿌려대고 있었던 것이다.

"저쪽이다! 융중상회다! 청류검도 있다!"

"와아아아아아!"

함성 소리가 울려 퍼진다. 엄청난 위세였다. 비무대 주위에 세워진 열두 개 망루가 삐걱거리며 위험한 소리를 내고 있었다. 너무나도 많은 사람들이 올라가 있기 때문이었다. 하지만 함성을 지르며 주먹을 휘두르는 이들은 망루가 흔들리든 말든, 아랑곳하지 않는다. 무너져도 상관없다는 식이었다.

"엄청나구만."

그렇게나 많은 사람들 사이에는 그들도 있었다. 단운룡, 그리고 막야흔이다. 두 사람 모두 죽립을 쓴 상태다. 난리가 난 관중들은 바로 옆에 막야흔이 있는 데도 알아채질 못하고 있다. 제아무리 죽립을 썼다지만, 그래도 심하다. 막야흔의 입에서 툴툴거리는 목소리가 흘러나왔다.

"너무하는데. 이 막야흔이 여기 있음에도."

옆에 누가 있던 신경 쓰지 않는다. 오직 비무대 위에만 눈길을 주는 관중들이다. 막야흔 입장에서는 야속한 일이라 해도 과언이 아닐 게다. 이 정도 숫자, 이 정도의 열광은 막야흔으로서도 받아본 일이 손꼽을 정도였던 까닭이다.

"불평할 때가 아냐. 저길 봐라. 저쪽에 한 명 있다."

단운룡이 한쪽을 가리키며 말했다. 막야흔의 고개가 그 쪽으로 돌아갔다.

“아아, 고수로군. 만만치 않겠어.”

죽립 밑의 막야흔이 모처럼 진지한 목소리로 말했다. 단운룡이 가리킨 곳. 망루 한쪽에 적갈색 장포를 입은 사내가 있었다. 장포는 관복 형식이었지만 그보다는 간소했다. 양쪽 소매와 장포 밑단에는 푸른색 파도 무늬가 새겨져 있다. 가슴 앞에는 두 자 두 치의 강검을 품었다. 포공사다. 포공사의 고수들이었다.

“또 있다. 저쪽이야.”

단운룡이 이번에 가리킨 방향은 비무대 건너다. 그쪽에도 같은 복장의 남자가 있다. 수염을 단정하게 기른 이다. 역시나 가슴 앞에는 두 자 두 치의 강검을 품었다. 삼엄한 기도가 여기까지 전해 오는 듯했다.

“이쪽에도 있는데? 한둘이 아니야.”

“그래, 최소 열 명은 되겠다. 여기서 잡을 태세다.”

같은 복색, 같은 기도의 고수들이 여기저기 눈에 띈다. 비무대 전체를 둘러서 포위한 형세였다. 언제라도 달려들 수 있을 만큼 팽팽하게 준비된 모습들이다. 단운룡의 얼굴이 가볍게 굳어졌다.

‘쉽진 않겠어.’

지금 이 시점에서 비무대를 포위한 포공사의 고수들이라면 달리 볼 것이 없다. 이들은 다름 아닌 포공사의 판관원에서 나온 고수들이었다. 엽단평을 잡아가서 처벌하기 위해 이곳에 몰려온 이들이다. 이곳에 지켜 선 채 엽단평의 출현만을 기다리고 있는 것이다.

“황학상회다! 신비검객이 저기 있다!”

“와아아아아아!”

전조검법이든 엽단평이든, 소문은 소문일 뿐이다. 사람들은 어디의 누구라는 이야기보다 신비검객이란 명칭을 더 좋아했다. 가슴 앞에 검을 품고, 등을 꼿꼿이 세운 채 걸어오는 엽단평이다. 사람들의 환호성이 절정에 달하고 있었다.

"저놈들. 당황했구나!"

막야혼이 재미있다는 듯 피식 웃으며 말했다. 단운룡이 고개를 돌려 한쪽에 자리를 잡은 판관원의 고수 쪽을 보았다. 막야혼의 말마따나 판관원의 고수는 꽤나 당황한 기색을 보이고 있었다. 단지 걸어들어 올 뿐인데도 수천, 수만 관중들이 주먹까지 휘둘러가며 환성을 보내는 중이다. 이런 분위기엔 그 누구라도 난입할 수 없다. 엽단평을 잡겠다고 비무대 위로 덤벼들기엔 주변에 들어찬 관중들의 열기가 지나치게 거셌던 것이다.

"작전 변경이라 이건가?"

망루 쪽에 있던 판관원 고수가 오른손을 들어 수신호를 보내고 있었다. 다른 쪽 고수가 비슷한 수신호로 화답하는 것이 보였다. 무슨 뜻인지 정확히 알 수는 없지만, 뭔가 방침을 달리한 것이 틀림없다. 당장이라도 달려들 것 같던 기세가 다소 줄어들고 있었다. 일단 비무가 시작할 때까지는 지켜보기로 결정한 것 같았다.

"캬하하! 바보들이 아니고서야 여기서 뛰어들 수는 없겠지. 더군다나 제 문파 출신이 결승에서 싸운다는데 지켜보는 것이 당연하다. 끝까지 봐줘야 하고말고."

"그럴까? 응원하러 온 놈들이 아니잖나."

"응원이라면 백 번이라도 해줘야 되는 것 아닌가? 그래도 제 식군데, 지는 꼴보다는 이기는 걸 보고 싶어 할 거 아냐?"

막야흔다운 사고방식이다.

그저 단순하게 보인다? 그렇지도 않다. 오히려 말이 되는 부분도 있다.

이 정도 관중들이 몰린 가운데 엽단평은 포공사의 무공을 펼치려고 한다. 적어도 같은 문파, 같은 무공을 익힌 이라면 승리를 바라야 정상이다. 제아무리 문규를 지키는 판관원의 고수라 해도 막야흔의 말처럼 한 식구임에는 틀림이 없는 까닭이다. 설사 이미 파문이 결정된 상태일지라도 말이다.

"마저 놈들의 위치부터 파악하자. 데리고 빠져나가려면 퇴로를 잘 봐둬야 해."

상념을 뒤로하고 눈을 돌렸다.

그렇다.

단운룡이 이곳에 온 이유는 다른 것이 아니다. 엽단평을 데리고서 이 판관원 고수들의 포위망을 돌파할 생각이었다. 엽단평이 그냥 잡혀가게 두지 않겠다는 뜻이었다.

"시작한다."

막야흔의 한마디다. 비무가 시작된다는 이야기다. 하지만 단운룡의 시선은 비무대 위에 있지 않았다. 판관원 고수들의 숫자를 파악하고, 움직일 방향을 찾는 것이 급선무다. 공력이 부족하기 때문에 감각도 예전만 못한 상황이다. 판관원 검사들의 위치를 찾는 것만 해도 쉬운 일이 아니었다.

'최소 열 명에서 많게는 열다섯. 확실치는 않아. 게다가 지휘자를 모르겠다. 누가 머리지?'

열 명을 넘어가는 숫자. 대저 그런 경우엔 지휘를 하는 자가 따로 있기 마련이다.

만약 무력 충돌까지 가게 된다면, 그자부터 쳐야 한다. 우두머리를 꺾고 나면 도주도 한결 수월해질 수 있다. 경험에서 우러나온 생각이다. 문제는 지휘자를 찾을 수가 없다는 데 있다. 지금 단운룡의 감각으로는 누가 저들 중 가장 위에 있는지 알아챌 방도가 없었다.

'퇴로는 저 길밖에 없다. 하지만 그다음이 마땅치 않아. 벗어나는 것까지는 어떻게든 될 것 같은데……'

단운룡의 머리 속에서 발생 가능한 수많은 상황들이 조합되고 다시 분리되었다. 역시나 퇴로는 한쪽뿐이다. 서쪽 망루와 망루 사이, 인벽을 넘어가면 좁게 뻗은 소로가 나온다. 추격을 뿌리친다면 거기서다. 지금으로선 그것밖에 없었다.

'제때 합류하지 못하면……'

단운룡이 생각을 이어가려 할 때다. 옆에 있던 막야흔이 그의 어깨를 툭 치며 생각을 끊어놓았다. 그가 막야흔에게로 고개를 돌렸다. 막야흔은 비무대를 가리키고 있었다.

저쪽부터 보라는 뜻이다. 비무대를 본 단운룡은 왜 막야흔이 그걸 보라고 했는지 곧바로 알 수가 있었다. 시작한 지 얼마 되지도 않았는데, 비무대 위엔 선연한 선혈이 뿌려지고 있었다. 그것도 엽단평의 피다. 청류검 벽검강의 검격을 두 번이나 허용한 나머지, 어깨와 팔뚝에 가볍지 않은 상처가 새겨져 있었다. 주춤주춤 밀리고 있는 기색이 역력했다.

'어째서……?'

단운룡의 눈이 크게 흔들렸다. 단운룡의 계획은 어디까지나 엽단평이 승리할 경우를 전제로 한다. 엽단평이 우승을 해야만 빠져 나갈 틈이 있다. 져서 나뒹굴고 있기라도 하면 도주는 불가능하 다. 최소한 엽단평에게 경공을 펼칠 수 있는 힘 정도는 남아 있어 야 했다.

'저런……! 집중하지 못하고 있군!'

어쩔 수 없이 비무대에 시선을 두고 있던 단운룡은 엽단평이 밀 리는 이유를 금세 알아챌 수가 있었다. 이유는 간단하다. 엽단평 은 비무에 온전히 정신을 쏟지 못하고 있다. 판관원의 검사들 때 문이다. 사방에서 삼엄한 기운을 뿌리고 있으니, 싸우는 와중에도 여간 신경이 쓰이는 게 아닐 게다. 더욱이 엽단평처럼 경험이 일천 한 경우엔 그 정도가 더할 게 뻔했다.

'게다가 상대까지 강하다. 자칫하면 크게 당하겠어.'

엽단평 혼자만의 문제가 아니었다. 비무 상대도 만만치 않다. 만만치 않은 정도가 아니라, 상당히 강하다. 엽단평처럼 젊었지만, 엽단평보다 노련하다. 검을 휘두르고 빼면서 전환하는 품세가 무 척이나 자연스럽다. 싸움 경험이 많은 자다. 엽단평이 자신이 지닌 최고의 집중력과 정신력으로 임한다 해도 승리를 장담하기 힘든 상대였다.

"저놈, 거슬리는군."

막야흔의 목소리다. 그의 눈은 엽단평이 아니라 청류검 벽검강 에게 고정되어 있었다. 하기야 그럴 만도 하다. 벽검강의 옷에는 막야흔이 그랬던 것처럼 융중상회 네 글자가 크게도 새겨져 있었 던 것이다.

'융중상회에서 막야흔 대신 새롭게 구한 고수라는 건가.'

그동안의 상황을 되짚어 보건대 하루 이틀 사이 발굴한 고수는 아닐 게다. 막야흔을 암무대회전에서 배제하기로 결정한 순간부터 계획된 일이 틀림없다. 비무상왕의 철저함이 드러나는 대목이다. 보통 인재가 아닌 것이다. 이 상황에선 역설적인 일이라 하겠지만, 왜 사부가 비무상왕을 데려오라고 했는지 그 이유를 알 수 있을 것 같았다.

'이대로라면 진다. 엽단평, 지면 곤란해.'

피를 뿌리면서도, 연신 밀려나면서도 엽단평은 패배를 인정하지 않고 있었다. 포기하지 않는다는 뜻이다. 그걸 본 단운룡이 결국 결단을 내린다. 단운룡이 막야흔을 돌아보았다. 그가 말했다.

"계획 변경이다. 이쪽에서 먼저 친다. 각개격파 해야겠어."

막야흔이 고개를 끄덕이며 대답했다. 기다리고 있었다는 듯, 표정이 밝았다.

"진즉에 그러자고 했어야지."

"기습이든 뭐든, 쓰러뜨리는 것이 우선이다."

"걱정 마라. 안 그래도 몸이 근질거려 죽는 줄 알았다."

"죽이진 마. 나중에 귀찮아져."

즉시 행동으로 전환이다. 단운룡이 먼저 인파 속으로 사라진다. 막야흔이 입가에 진득한 미소를 담았다. 뒤틀린 심사를 풀 때가 온 것이다.

'고수다. 발도각이나 단파각은 통하지 않아.'

판관원 검사 한 명을 눈앞에 두었다. 십 보 거리. 빈틈이 보이질 않는다. 정통무공을 제대로 연련한, 진짜 고수였다.

‘어쩔 수 없어. 무리수를 둘 수밖에.’

단운룡은 결심했다. 쓰고 싶지 않았던 패를 결국 꺼내놓기로 말이다.

‘억지로라도 끌어낸다.’

어차피 각개격파를 마음먹은 순간부터 이걸 쓰는 것은 필연이 되었다. 싸우지 않고 도망칠 수 있길 바랐지만, 너무도 안이한 생각이었던 것 같다. 게다가 도망치는 것. 단운룡으로서도 질릴 만큼 질렸다.

‘진기는 하단에서 중단으로. 명령은 상단전에서 내려간다. 만나서 끌어내라.’

막야흔을 치료하면서 단운룡도 얻은 것이 있다.

꽉 찬 물병이 흔들릴 때 꼭대기의 물이 조금씩 넘쳐흐르듯, 실낱같이 흘러나오기 시작한 광극진기가 그것이다. 뇌정광구는 아직 해방되지 않았지만, 계속되는 자극에 응축된 진기가 조금씩 풀려 나오고 있었던 것이다. 그 정도면 된다. 억지로 뒤흔들면 발동할 수 있다. 단운룡의 두뇌에서 그동안 새겨두었던 구결이 짜 맞춰지고 있었다.

‘좋아. 된다!’

발동은 성공이다. 단운룡이 한 발 나아갔다. 그의 기파가 갑작스레 상승하기 시작했다. 그것을 느낀 판관원 검사가 흠칫, 단운룡 쪽을 돌아보았다.

‘섬영.’

설마하니 거기서 공격해 오리라고는 상상조차 못했을 게다.

순간의 놀라움. 순간의 무방비가 초래한 결과다. 단운룡의 신형이 일순 여러 사람이 된 듯한 잔영을 남기며 뻗어 나간다. 무시무시한 속도다. 판관원 검사가 뒤로 물러나며 가슴속에 품은 검을 뽑아 들었지만, 이미 늦었다.

퍼억!

오랜만에 펼치는 극광추는 여전한 위력을 자랑했다. 다섯 손가락을 굽히고, 손바닥에 광극진기를 집중한다. 진기의 힘은 예전만 못하나 그 속도는 섬영의 힘을 빌린 만큼 발군의 영역에 있다. 판관원 검사가 재빨리 뽑은 검을 가볍게 비껴내고 명치끝에 꽂아 넣었다. 판관원 검사의 입에서 숨 막히는 신음 소리가 흘러나왔다.

"커억……!"

광구의 힘이 다 나왔다면 몸 한가운데 커다란 구멍이 뚫렸을 것이다. 차라리 다행이다. 의식만 날리고 마무리를 지은 것이다. 단운룡이 재빨리 움직여 판관원 검사의 어깨를 잡았다. 이렇게 사람이 많은 데서 쓰러져 버리면 곤란한 일이었다.

뭔가 투닥거리며 일이 벌어지긴 했는지라, 주변에 있던 사람들이 의아한 눈길로 그들을 돌아보고 있었다. 하지만 그것도 잠깐이었다. 단운룡과 판관원 검사의 행동이 아무리 이상하게 보여도, 지금은 비무대 위의 싸움이 우선이기 때문이었다. 사람들의 시선이 다시 비무대 위로 돌아갔다. 단운룡이 한쪽 구석에 축 늘어진 판관원 검사를 던져 놓았다. 흔하디흔한 취객이려니 하는 사람들의 시선을 뒤로하고, 단운룡의 눈이 다른 쪽으로 돌아갔다. 그의 눈에 저 멀리, 또 한 명의 판관원 검사가 비쳐들었다.

'조금씩이지만 계속 흘러나온다. 유지할 수 있겠어.'

단운룡은 섬영을 풀지 않았다. 광구에서 새어 나오는 힘은 미

약했지만 순수하고 진했다. 신풍이나 순속처럼 불안정한 구결은
발동이 어려워도 진기의 소모가 심하지 않은 섬영만큼은 계속 유
지할 수 있을 듯했다.

쉬익!

오랜만이었다. 이 느낌은.

더 앞선 시간의 영역에 들어와 있다.

단운룡의 몸이 사람들 사이를 스쳐 지나간다. 빽빽하게 들어찬
사람들이건만, 단운룡은 거침이 없었다. 엄청난 속도로 목표와의
거리를 좁혔다. 판관원 검사의 모습이 무서운 속도로 확대되고 있
었다.

"웬 놈이냐!"

이번 상대는 이전보다 대응이 빨랐다. 가슴속에 품었던 검을
일순간에 뽑아 들며 방어 태세를 갖춘다. 단운룡은 멈추지 않았
다. 급격히 방향을 꺾으며 옆으로 돌아 들어간다. 판관원 검사가
측면으로 몸을 돌리며 검을 휘두르려 했다. 그러나 판관원 검사
는 검을 미처 다 휘두르지 못했다. 전후좌우를 가리지 않고 몰려
있는 사람들 때문이다.

"큭!"

중간에 손속을 멈추었으니, 절로 드러나는 허점이다. 단운룡은
그 허점을 놓치지 않았다.

뻐억!

품 안으로 뛰어드니 초근접 거리다. 극광추를 위로 올려쳤다.
판관원 검사의 턱이 하늘 높이 치솟았다.

단숨에 정신을 잃은 판관원 검사다. 사람들의 목숨을 방패삼아

기습을 했고, 성공했다. 비겁한 수다? 단운룡에겐 그런 말 따위 통하지 않는다. 그건 그저 상황을 잘 이용한 전략일 뿐이었다.

턱.

단운룡은 무너지는 판관원 검사를 붙잡아 세웠다. 바로 옆에서 '싸움이다!' 라 소리치는 자가 있었다. 속절없는 외침일 뿐이다. 싸움은 시작도 해보기 전에 끝났다. 단운룡이 판관원 검사를 끌고 가 바로 옆에 있는 망루 기둥 옆에 기대어 앉혔다. 사람들의 시선이 모여들었지만 그것으로 끝이다. 다시 비무대로 시선을 돌린 것은 순식간이었다. 첫 번째 판관원 검사 때와 똑같은 반응이었다.

세 번째 목표를 잡고 몸을 날리려 할 때다.

이쪽에서는 두 명을 쓰러뜨리는 와중에도 별다른 주목을 받지 못했지만, 저쪽 상황은 좀 달랐다. 망루 저편, 관중들 한가운데에서 일대 소요가 일고 있었다. 막야흔 쪽이었다. 단운룡처럼 상대를 단숨에 쓰러뜨리지 못해서 그렇다. 정확하게는 쓰러뜨릴 능력이 없어서라고 하는 것이 옳은 표현일 것이다.

챙! 채챙! 채채채챙!

급기야 들려오는 충돌음은 비무대 위의 그것처럼 치열했다. 누군가가 결국 소리친다. 놀라움으로 외친 이름 석 자가 관중들의 위를 덮쳤다.

"막야흔! 막야흔이다!!"

일대 소요는 거센 해일이 되었다. 넋을 놓고 비무대 위를 바라보던 자들이 놀란 얼굴로 고개를 돌렸다. 아직까지도 막야흔이란, 암무회전에 빠져서 살아온 이들에게 있어 절대적인 이름일 수밖에 없었기 때문이다.

단운룡의 눈이 막야흔 쪽으로 시선을 돌렸다. 공교롭게도 그쪽 가까이에는 융중상회 측 귀빈석이 위치하고 있었다. 융중상회 관계자들 가운데에서 비무상왕 육홍이 벌떡 일어나는 게 보였다. 놀란 표정이 이쪽에서도 확연하게 보일 정도였다.

챙! 콰작!

막야흔과 판관원 검사의 싸움은 살벌하기 짝이 없었다. 난데없이 날려 오는 칼바람에 판관원 검사가 단호한 검격으로 응대하고 있었다. 사나움으로 점철된 공방에 노점상의 가판대가 박살이 나 흩어졌다. 까마득히 몰려 있던 사람들 가운데에 구멍이라도 뚫린 듯 커다란 공터가 만들어지고 있었다.

'차라리 잘됐어.'

일이 커졌다. 하지만 단운룡은 이것을 오히려 또 하나의 기회라 보았다. 주변에 있던 모든 판관원 검사들이 당황하고 있었다. 아까까지만 해도 그들의 눈은 오직 비무대 한곳에 집중되어 있었지만, 지금은 그러려 해도 그럴 수가 없게 된 상황이다. 갑작스런 사태에 어찌 대응을 해야 할지 갈피를 못 잡고 있는 듯했다.

'지금이다!'

단운룡은 혼란을 최대한 이용했다. 아까 봐둔 세 번째 검사에게 접근하여 단숨에 오른발을 휘둘렀다. 마광각, 마왕익이다. 판관원 검사가 검을 뽑을 새도 없이 어깨를 가격당하고 무릎을 꺾었다. 놀란 눈, 한 손으로 어깨를 부여잡으며 고개를 들어보지만 기다리는 것은 내리꽂는 광극추뿐이다. 턱 끝에다가 얇게 스쳐서 때린 일격에 판관원 검사가 의식을 잃고 쓰러졌다. 깔끔하고도 완벽한 일초였다.

'이제야 알아챘군!'

판관원 검사들의 손놀림이 바빠지고 있었다. 주고받는 수신호 사이에서 세 명이 없어졌다는 사실을 알게 된 것이다. 빠르게 주위를 둘러보며 극도로 긴장한 모습들을 보이고 있다. 가슴 앞에 품었던 검을 숫제 뽑아 든 자도 보였다.

단운룡은 네 번째 목표를 노리는 대신 비무대 쪽으로 신형을 옮겼다. 섬영의 속도와 힘을 이용하여 물 흐르는 듯 빠르게 전진했다. 관중들 사이에서 무슨 난리가 벌어지든 자신들의 싸움에 집중하고 있는 두 사람이 두 눈에 하나 가득 비쳐들었다.

쐐액! 차앙!

엽단평과 벽검강. 부딪치고 물러나는 것이 약속이라도 한 듯 절도가 있었다. 일찍이 서로의 실력을 전부 다 파악한 두 사람이다. 전초전은 아까 이미 마무리를 지은 상태라는 것이다. 지금은 그저 결정적인 기회를 엿보고 있는 중이었다.

치잉! 파박!

또 한 번 서로의 공격을 비껴낸다. 비무대를 휘돌며 위치를 뒤바꾼 두 사람이다. 엽단평의 얼굴이 정면에 보인다. 응원하는 소리, 욕설, 뜻을 알 수 없는 노래까지 아수라장으로 뒤섞인 가운데 단운룡이 큰 소리로 소리친다. 엽단평을 향한, 엽단평만 알아들을 수 있는 외침이었다.

"우리가 막고 있다! 승부에 집중해!"

흠칫, 엽단평의 신형이 일순 굳어졌다. 단운룡의 외침을 들은 것이다.

그 와중에도 들린다? 비무에 집중하지 못하고 있음을 다시 한 번 확인할 수 있는 대목이다. 정(精), 기(氣), 신(神), 오로지 비무에만 몰입해 있었더라면 그것이 누구의 외침이든 귓가에 파고들지조차 못했으리라.

'고맙습니다. 꼭 이기지요.'

엽단평이 뒤로 한 발 더 물러서며 단운룡이 있는 쪽으로 고개를 돌렸다. 죽립을 깊이 눌러썼고, 그 밑으로는 눈을 가린 천까지 둘러 있겠지만, 단운룡은 그 순간 두 겹의 장막을 넘어 절대 볼 수 없을 눈빛을 고스란히 읽어낼 수가 있었다.

'좋아.'

단운룡이 눈빛으로 대답하고 곧바로 몸을 돌렸다. 말한 대로 판관원 검사들을 막기 위해서다. 엽단평이 벽검강 쪽으로 고개를 돌렸다. 벽검강은 거기 그대로 멈춰 서 있다. 마치 모든 것을 다 알고 이해한다는 양 기회가 있었음에도 짓쳐들지 않은 채 그를 지켜보고 있을 뿐이었다. 청류검, 그도 또 하나의 인재다. 손목으로 검날을 부드럽게 튕겨낸 벽검강이 차분한 목소리로 입을 열었다.

"줄곧 다른 곳에 정신을 팔더니, 이제야 날 제대로 보는군. 마음껏 싸워보자구."

"미안하오. 얽힌 일이 많은지라 어쩔 수가 없었소. 지금부턴 최선을 다하겠소. 검끝엔 눈이 없으니 부디 조심하시오."

상대에게 예를 갖추고 조심하라 말한다. 엽단평 본연의 모습이다. 그의 기세가 변화하기 시작했다. 옮기는 발길에 나아가는 검로가 있다. 겉돌던 투로가 제 자리를 찾고, 치켜든 검끝에 검기의 예리함이 깃든다.

"진짜 실력인가! 좋구나!"

벽검강의 목소리는 호탕했다. 달려드는 보법은 경쾌하나 떨쳐 내는 검격은 지극히 부드럽다. 쾌와 유, 좀처럼 보기 힘든 조화다. 반면, 그에 맞서는 엽단평의 검기(劍技)는 기본에 충실하다는 느낌 이 짙다. 세련되고, 정제되어 있다. 찌르는 때 찌르고, 벨 때 벤다. 이것이 정통 검법이다, 라고 외치는 듯하다. 움직이는 투로가, 내뻗 는 초식이 그렇게 말하고 있었다.

쐐애액!

비무대 근처에서 벗어나 사람들이 가장 밀집된 곳을 빠져나온 단운룡이다. 그의 눈이 잠깐 동안 막야흔 쪽에 머물렀다.

'확실히 밀리는군!'

막야흔은 일견 기세 좋게 칼을 휘두르는 듯했지만, 실상은 그렇 지 못했다. 실력의 차이는 분명했다. 요란하게 움직이고 있을 뿐, 공격의 실마리를 전혀 잡지 못하고 있다. 그나마 엽단평과 싸우면 서 전조검법을 겪어 보았기에 그만큼 하는 것이지, 그것조차 없었 더라면 진즉에 땅바닥을 구르고 있었으리라.

'그렇게만 버텨라.'

단운룡은 많은 걸 기대하지 않았다. 막야흔은 그 근처를 아수 라장으로 만들면서 이미 제 역할을 충분히 해주고 있었다. 단운 룡의 눈이 다음 목표로 향했다. 조금 더 멀리 판관원 검사가 보인 다. 장사는 뒷전인 주점 옆에서 이리저리 수신호를 보내고 있는 자 였다.

'지휘 체계가 명확치 않아. 월등한 고수도 없다. 적어도 이곳엔.'

분명한 우두머리가 없다는 것.

판관원의 방심이라고 말할 수밖에 없다. 아니, 사실 방심이라 하기도 마땅치 않다. 막야흔보다 훨씬 강한 고수가 열 명 넘게 왔으니 말이다.

단운룡의 신형이 판관원 검사 앞에 이르렀다. 이젠 기습이 불가능하다. 이미 이십 보 밖에서부터 단운룡의 존재를 느끼고서 검을 겨눈 채다. 그가 물었다.

"어디의 누구냐? 왜 이런 짓을 벌이는 것이지?"

검사는 중년의 나이를 바라보고 있었다. 얼굴이 중년인이니 실제 나이는 그보다 더 할 게다. 자연스러운 하대가 높은 연배를 절로 짐작케 했다.

"문답무용."

하나 연배 따위에 신경 쓸 단운룡이 아니다. 단운룡은 단지 네 글자만을 말했다.

단운룡의 신형이 폭사되어 나갔다. 미약한 진기로 펼치는데, 속도는 순속의 그것과 견줄 정도다. 섬영. 광신마체 일식으로 들어가지 못한 게 아쉽다. 굉장히 유용한 구결이었다.

파라락! 파앙!

끊어 차는 마광각 마왕익 일초다. 빗나간 일격. 아무것도 없는 공중에서 타격음과 비슷한 소리가 터져 나왔다. 피하면서 내쳐 오는 일검은 무척이나 날카롭다. 엽단평이 보여줬던 것처럼 정제된 가운데 맥을 끊는 묘미가 있었다.

쉬익! 쉬익!

왼쪽, 오른쪽, 단운룡의 움직임이 잔상을 남겼다. 묘한 일이었다. 단지 속도만으로 잔영이 남는 것은 사실 불가능한 일이다. 그러려면 그 속도는 무한에 가까워야 한다.

그런데도 잔영이 남는다. 진기(眞氣)의 농간이다. 일렁이는 진기의 흔적이 잔상처럼 남고 있다. 무공이 아니라 주술에 가까운 공능이다. 그걸 가능케 하는 것은 다름 아닌 상단전의 힘이었다.

"합!"

판관원 검사의 입에서 맑은 기합성이 터져 나왔다. 힘을 더하고 잔상에 현혹되지 않으려는 기합성이다. 그의 검은 정석대로 펼치는 정공을 담고 있었지만, 기오막측한 사공(邪功)처럼 까다로운 데가 있다. 실과 허가 잘 배합된 완성형 무공이었다.

'이 보 들어가서 마광각. 반격은 왼쪽으로 온다. 한 발 더 전진. 승부처는 거기다.'

문제는 그 검 자체가 순수하고 정직하다는 데 있다. 단운룡은 이미 엽단평의 무공을 본 바 있다. 한 번 본 검법을, 그것도 한참이나 지켜본 검법의 특질을 파악하지 못했다면 그건 단운룡이 아니다. 단운룡이 이 보 전진하여 마광각 괴력의 각법을 내쳤다. 상대의 몸이 오른쪽으로 돌아가고, 동시에 왼편의 검을 끌어당겨 반격을 해온다. 예상대로다. 단운룡은 그 위치에서 일 보 더 앞으로 나갔다. 투로를 중간에 끊어버리는 절묘한 일 보였다. 상대의 몸이 확대된다. 허리를 돌려 등을 밀어냈다. 광혼고, 단운룡의 어깨 뒤쪽이 상대의 가슴에 꽂혀들었다.

퍼엉!

내력의 발출은 어렵다. 공력의 용량 부족 때문이다. 그래도 튕겨내기엔 충분하고도 남는다. 판관원 검사의 몸이 땅을 굴렀다. 흙먼지를 일으키며 다시 벌떡 일어난다. 충격이 심하지 않았던 게

다. 하지만 일어난 그의 앞에는 이미 단운룡의 발이 기다리고 있
었다. 발목을 가볍게 휘둘러 뒷머리를 후려친다. 최대한 약하게,
죽이지 않을 정도로 힘을 조절했다.

빡!

"크으……!"

뒷목을 움켜쥐고 쓰러진다. 조절해서 친다는 게 너무 약했던 모
양이다. 아니면 판관원 검사의 공력이 심후하여 전신을, 머리를 보
호할 만한 방어막이 있어서였을 수도 있다.

어느 쪽이나 전투불능이긴 매한가지다. 단운룡이 다시 손을 뻗
어 오른쪽 어깨의 마혈을 내려쳤다. 판관원 검사의 입에서 헛바람
빠지는 신음 소리가 흘러나왔다.

"억!"

그걸로 그만이다. 어깨 위 혈도에 충격을 주었으니, 최소 하루
이틀 동안 오른팔을 쓰지 못할 것이다. 단운룡이 몸을 일으켜 주
위를 둘러보았다. 이쯤 되면 주위 사람들도 무시하기 힘들다. 물
러선 사람들에, 단운룡과 판관원 검사를 중심으로 작은 공터가
생겨 있었다.

'이쪽을 보는군.'

단운룡은 사방에서 꽂혀드는 적의를 감지하고는 쓴웃음을 흘
렸다. 판관원 검사들의 시선이 단운룡에게 집중되고 있었다. 그들
도 아는 것이다. 막야흔 정도야 판관원 검사 한 명이면 충분하다
보았지만, 이쪽은 그렇지 않다는 사실을 말이다. 충분히 대비한
검사를 몇 수만에 쓰러뜨려 버렸다. 단운룡에게 시선이 몰리는 것
도 당연한 일이었다.

'둘까지는 어떻게 할 수 있다. 하지만 셋은 불가능해.'

단운룡은 자신의 역량을 정확하게 알고 있었다. 섬영 발동까진 성공했지만, 남의 것을 빌려 쓰기라도 하듯 뽑아내는 광극진기로는 한계가 뚜렷했다. 저들의 검을 셋 이상 마주했다가는 이길 방도가 없었다.

'온다!'

아니나 다를까. 세 명이 관중들을 헤치면서 단운룡에게 달려오고 있었다. 지금으로는 무리다. 섬영이 있긴 하지만, 그것도 언제 끊길지 모른다. 광신마체 구결로 인정받지 못했다고 한들 광신마체와 뿌리는 동일하다. 무리해서 지속하다가는 내상을 면치 못한다. 유지되고 있는 동안은 괜찮아 보일지라도, 멈추는 순간 끝이었다.

'지금은 안 돼.'

단운룡은 정면 승부 대신 회피를 택했다. 옆으로 몸을 빼면서 비무대 위를 돌아본다. 상황은 괜찮다. 엽단평은 집중력을 되찾았고, 본신의 실력을 한껏 살리는 중이었다. 벽금강이 구사하는 차력미기의 허초에 흔들리지 않고 자신만의 검을 풀어내고 있었다.

'빨리 끝내라, 엽단평!'

단운룡이 발한 마음의 소리가 거기까지 닿기라도 한 것일까.

엽단평의 검이 빨라지고 있었다. 승부를 내려는 것이다. 진중한 검세가 공격 일변도로 몰아치기 시작한다. 다행히도 조급한 마음은 없다. 그저 강력한 의지만이 있을 뿐이다.

'막야흔 쪽으로……!'

조급한 것은 엽단평이 아니라 단운룡이다. 막야흔을 빼내야 했다. 사람들을 뛰어넘고, 바람을 갈랐다. 급박한 느낌, 어딘지 모르게 반갑다. 전장의 공기가 흘러넘치고 있었다.

"비켜!"

단운룡의 몸이 사람들을 헤치고 또 하나의 싸움판에 이른다. 아무도 들어가려 하지 않는 공터에 난입, 막야흔과 판관원 검사 사이로 뛰어들었다.

"뭐야!"

막야흔이 버럭 소리를 지르며 뒤로 튕겨 나갔다. 갑작스런 변화에 판관원 검사도 뒤로 검을 물렸다. 단운룡이 판관원 검사를 향해 한 발 다가갔다. 그가 뒤도 돌아보지 않은 채 말했다.

"시간이 없다, 막야흔."

단운룡은 곧바로 땅을 박찼다. 목표는 다름 아닌 눈앞에 있는 판관원 검사다. 무서운 속도, 밟아오는 투로는 막야흔의 그것과 차원을 달리한다. 대경한 판관원 검사가 재빨리 검을 전개했다. 그러나 단운룡은 이미 검격의 안쪽까지 들어온 상태다. 거리의 우위를 단숨에 빼앗긴 것이다. 검법을 원활히 펼칠 만한 사정거리가 아니었다.

팡! 파라라락!

판관원 검사는 당황하고 있었다. 방금 전까지 막야흔과 싸우던 여파 때문이다. 막야흔과 완전히 다른 속도, 완전히 다른 무공이 그의 눈을 어지럽히고 있었다. 상대가 어떻게 바뀌더라도 곧바로 적응해야 하는 것이 절정고수의 자격 요건이겠지만, 단운룡은 그 잠깐의 적응 시간도 허용하질 않았다. 드러나는 허점을 그대로 두고 보지 않은 채 광극추를 날려 버린 것이다.

빠악!

또다시 턱이다. 전조검법의 조문이라는 것일까. 돌아보니 엽단평도 그랬던 것 같다. 투로가 어지러워졌을 때 명치끝과 쇄골, 하악 주변으로 허점이 드러나는 경향이 있었다.

머리 위까지 충격을 받은 판관원 고수가 그대로 꼬꾸라졌다. 돌아서는 단운룡, 그를 보는 막야흔의 두 눈이 휘둥그레하게 떠져 있었다. 막야흔이 놀라움에 가득 찬 목소리를 뱉어놓았다.

"너, 그거… 그 무공은 대체 뭐냐?"

"놀라고 있을 때가 아니다."

단운룡의 어조는 단호했다. 그의 말마따나 뒤쫓아온 판관원 검사가 지척이었다. 세 명뿐이 아니라, 저쪽 반대편에서도 두 명이 더 달려오고 있다. 당장 움직이지 않으면 포위당할 판이었다.

"저쪽으로!"

단운룡이 소리치고 한쪽으로 몸을 날렸다. 막야흔의 두 눈엔 아직도 놀라움이 가시질 않고 있었다. 단운룡이 보여준 무공 때문이다. 자신이 그리도 고전했던 상대를 순식간에 때려 눕혔다. 유가루에서 본 단운룡은 그렇지 않았다. 오히려 자신만도 못해 보였다. 어렴풋이 보이는 것 이상의 실력이 있을 것이라고는 느끼고 있었건만, 그것이 이리도 대단할 것이라고는 상상조차 못했던 것이다.

'잡히겠어!'

동상이몽이 따로 없다. 막야흔은 아직도 사태를 정확히 모르는 듯하다. 단운룡의 마음은 급했다. 판관원 검사들은 빨랐고, 예상 못한 방해꾼들에게 독까지 품었다. 막야흔의 경공도 문제다. 막야흔의 경공술은 판관원 검사들보다 느렸다. 잡히는 것은 그저 시간 문제였다.

'끊어야 해.'

단운룡의 눈이 아까 봐둔 퇴로 쪽으로 향했다. 하지만 그쪽은 현재 선택 사항이 되지 못한다. 엽단평 때문이다. 그쪽으로 나가는 것은 엽단평과 합류한 뒤다. 지금은 어떻게든 잡히지 않으면서 시간을 끌어야만 했다.

"와아아아아!"

달려가는 와중에 커다란 환호성이 귓전을 때린다. 공중으로 뛰어올라 비무대 위를 스쳐 보았다. 벽검강의 가슴팍에서 핏물이 떨어지는 게 보였다. 엽단평이 승기를 잡은 것이다. 물러서는 벽검강의 얼굴엔 짙은 패색이 떠올라 있었다.

"오오오오!"

또다시 환호성. 엽단평이 또 한 수 보여준 모양이었다. 사방 천지에 환호성이 몰아친다. 달리는 단운룡의 뒤에서 사람들이 넘어지고 비명을 지른다. 어지럽게 돌아가는 일전이다. 작은 규모의 추격전, 큰 규모의 비무대회가 난마처럼 얽히고 있었다.

"와아아아!"

바람과 함께 흔들리는 시야 한편에서 영감을 주는 뭔가가 머리 속을 스쳤다. 높게 솟은 망루가 그것이다. 단운룡이 고개를 돌렸다. 수많은 사람들이 올라가 괴성을 지르고 있는 망루가 두 눈에 하나 가득 비쳐들었다.

'저거다!'

단운룡이 방향을 꺾었다. 막야흔이 따라 붙는다. 판관원 검사들도 바로 그 뒤에 있다. 거리는 몇 보 되지도 않는다. 막야혼의 등 뒤까지 쫓아오고 있었다.

'포공사는 정도문파!'

단운룡의 신형이 망루 쪽으로 폭사되었다. 떠오른 생각은 파격의 극치다. 만에 하나 예상이 틀린다면, 만고의 악인이 되고 말리라.

텅!

사람들을 뛰어넘어 망루 앞에 이른다. 굵은 기둥이 눈앞에 있다. 네 귀퉁이에서 높은 망루를 튼튼하게 지탱하고 있는 기둥이었다.

'그냥 두고 보진 않으리렸다!'

단운룡이 뒤를 돌아보았다. 왜 거기서 멈췄냐는 질문이 막야혼의 두 눈에 가득했다.

쉬익! 쉬익! 파박!

다섯 고수가 단운룡의 앞에 섰다. 막야혼이 칼을 뽑아 들고 눈을 부라린다. 한 발 한 발 좁혀오고 있다. 어쩔 셈인가, 돌아보는 막야혼의 눈이 그렇게 묻고 있었다.

"이러고 싶진 않았다. 잘 버텨줘!"

단운룡이 말했다. 큰 목소리. 다섯 명의 판관원 고수들을 향해서다.

그리고는 땅을 밟는다. 오른발에 진각, 왼쪽 발목을 틀었다. 허리의 회전력이 등 뒤로 집중되고, 한줄기 구결이 전신을 내달렸다. 광극진기가 빚어내는 일격의 이름은 광혼고다. 단운룡의 등이 망루의 기둥 한가운데에 꽂혀들었다.

꽈아아앙!

무시무시한 폭음이 터져 나왔다. 흙먼지와 나무 파편이 튀어 오른다. 흔들! 망루 전체가 흔들린다. 지탱하고 있던 기둥이 위험한 비명을 지르기 시작했다.

우직! 우직! 콰지직!

"으아아아악!"

"무슨 일이냐!"

기둥은 완전히 부러지지 않았다. 하나 이대로라면 무너지는 것도 시간문제다. 망루 전체가 위태롭게 흔들리고 있다. 위에서 지르는 비명 소리가 하늘을 울리고 있었다.

"무슨 짓이냐!"

판관원 검사들 중 하나가 소리쳤다. 단운룡이 대답한다.

"곧 무너진다. 당장 붙잡아 버티지 않으면 대참사가 일어날 거다."

"제정신이 아니로구나!"

판관원 검사들의 얼굴이 사색이 되었다.

파격도 그런 파격이 없다. 막야흔마저도 말을 잃었다. 단운룡이 땅을 박찬다. 그가 뒤를 돌아보며 다급한 어조로 판관원 검사들에게 소리쳤다.

"빨리 가서 붙어! 당신들이 막지 않으면 무너진다!"

선택은 하나다. 판관원 검사들은 단운룡을 쫓는 대신, 우지끈 괴성을 지르고 있는 기둥에 달라붙을 수밖에 없었다. 판관원 검사들이 기둥을 잡았다. 내공을 집중한 그들이다. 그들의 손가락이 단단한 기둥을 깊게 파고들었다. 다섯 명, 심후한 공력으로 균형을 잡고, 강철 같은 다리로 엄청난 무게를 버텨냈다. 그래도 안 된다. 흔들림이 멈추질 않는다. 판관원 검사 한 명이 뒤를 돌아보며 소리쳤다.

"힘이 부족하다! 어서 이쪽으로 오라!"

내력으로 외친 일갈이다. 저편에서 판관원 검사 두 명이 더 달려오는 것이 보였다. 그다음은 위쪽이다. 판관원 검사 하나가 위를 올려보며 사람들을 향해 소리쳤다.

"하나씩, 경동하지 말고 아래층부터 차례대로 내려오시오! 당황하여 서둘렀다가는 죽음을 면치 못할 것이오!"

강력한 내공으로 망루 전체를 휩쓰는 목소리다. 불안과 공포로 우왕좌왕하던 망루 위의 사람들이 정기가 가득한 일갈에 어느 정도 진정을 되찾는다. 사람들이 그의 말에 따라 아래쪽부터 차근차근 내려오기 시작했다. 그사이에 판관원 검사 두 명이 당도한다. 아래쪽에 뭉쳐 기둥을 받치고 있는 검사들 중 하나가 소리쳤다.

"정 봉공은 이쪽 왼편을 버텨주시오! 운 검사, 자네는 위로 올라가! 사람들을 인도해라!"

기둥을 잡은 판관원 검사들은 힘겨운 기색이 역력했다. 얼굴까지 붉게 달아오른 채 오직 평생 갈고 닦은 공력을 집중하고 있을 뿐이다.

"주변 사람들을 물려! 잘못하면 무너지겠다!"

힘을 쓰는 와중에도 민초들의 안위를 최우선으로 한다. 기민하고도 훌륭한 대응이었다. 진짜 정도문파의 모습이 거기에 있었다.

'미안하게 되었어.'

그들의 모습을 뒤로한 채 땅을 박차는 단운룡이다. 판관원 검사들은 기대 이상으로 잘해주고 있다. 예상했던 것보다 훨씬 뛰어난 대응이었다.

'언젠가 반드시 보답하마.'

마음이 편치 못했다. 민초들의 목숨을 담보로 했기 때문이다.

그렇기에 단운룡은 커다란 은혜를 입었다고 생각했다. 판관원 검사들, 포공사에 갚아야 할 은혜다. 대참사의 주범이 되지 않도록 해준 것에 반드시 보답을 해야 했다.

'엽단평은……!'

단운룡의 눈이 비무대 위에 머물렀다. 망루 하나가 무너질 지경에 처했지만 관중들은 도통 아랑곳하지 않는 것 같다. 싸움이 절정을 넘어 결말에 이르고 있는 까닭이었다.

챙! 채챙! 스각!

마침내 긴 싸움이 끝난다.

"와아아아아아아아!"

장내를 떠나가게 만드는 함성이 비무대 위를 휩쓸었다.

엽단평, 포공사 전조검법의 승리였다.

포상이고 뭐고, 절차대로 진행될 상황이 아니었다.

엽단평은 승리가 선언되자마자 황학상회의 가주를 향해 몸을 날렸다.

"돈은 안휘성, 섭씨 곡상의 섭소민에게 보내주시오! 보낸 사람은 내가 아니라, 하늘에서 누이를 지켜보는 섭옥조요. 꼭 그렇게 전해주시오!"

엽단평은 젊지만 협객의 풍모를 제대로 갖추고 있었다. 그가 한쪽으로 고개를 돌렸다. 저편에서 판관원 검사가 달려오는 것이 보였다. 죽립, 그리고 천 밑에서 엽단평이 눈을 감았다. 번민의 끝은 어디일까. 심안으로도 보이지 않는 그 깊은 심연의 마지막은.

모든 것을 포기해야 할까. 저기 오는 판관원의 검끝에 자신의 운명을 맡기면 되는 것인가.

단운룡의 외침이 들려온 것은 바로 그때였다.

"엽단평! 이쪽으로 와라!"

운명이 뒤바뀌는 순간이다.

엽단평이 눈을 떴다. 눈앞은 오로지 가려져 있는 어둠뿐이지만, 그 순간 그는 그 어느 때보다도 밝은 빛을 본 것 같았다.

텅!

그가 몸을 날렸다. 안휘성, 동쪽 하늘을 바라보며 진심으로 사죄한다.

'사문에 죽을죄를 짓습니다.'

대죄를 지었다. 비무에 참가한 것이 첫 번째 죄. 판관원의 검을 피하고, 도주를 감행하는 것으로 두 번째 대죄다.

그렇지만 땅을 박차고 몸을 날리는 지금, 마음은 어인 일인지 홀가분하기 짝이 없었다.

그는 협을 행했고, 그 협에 대해 하늘을 우러러 한 점 부끄러움이 없다. 협행을 알아주지 않는 사문이다. 아니, 어쩌면 사문도 알고 있을지 모른다. 포공사 전통대로. 문규 때문에 어쩔 수 없이 판관원을 보낸 것일 수도 있다. 하지만 야속함 따윈 없었다. 앞으로도 협을 행하면 그만이다. 협을 행함으로써 사문에 은을 갚고, 먼

훗날 협행의 무공을 돌려주기로 결심한다.

"저쪽 길이다! 전속력으로 달려!"

단운룡이 먼저 길을 연다. 엽단평이 달려와 막야흔과 나란히 발을 맞추었다. 막야흔이 엽단평을 보며 말했다.

"여어, 샌님! 우승한 소감이 어떠신가?"

"나쁘지는 않소. 당신이 없었기에 다행이오!"

"하! 알긴 아는군!"

어딘지 어울리는 두 사람이다. 세 사람의 신형이 관중들을 뛰어 넘고 담벼락 위를 내달려 한쪽의 소로로 빨려 들어간다.

하나둘씩 판관원 검사들도 속속 그 소로를 향해 들어오고 있다.

추격전, 제이막의 시작이었다.

『천잠비룡포』 6권 끝.

한백무림서 여담(餘談) 편
—분량 문제로 여담편도 짧게 들어갑니다.

— 천잠비룡포 6권에 등장한 천룡상회에 대하여.

천룡상회에 관한 이야기는 제천회 일익으로, 한백무림서 다른 스토리에서 다루게 될 것이다. 달리 말해, 유광명이 주인공인 이야기가 한 편 있을 것이라는 뜻이다.

많은 분들이 예상하셨으리라 생각하지만, 천룡상회의 전신은 예전 사패 때의 천룡회가 맞다. 순수 무파였던 천룡회와는 달리, 천룡상회는 하나의 상단으로서 그 주 활동 영역도 무림이 아닌 상계가 될 전망이다.

전반적인 내용도 무림 고수들의 싸움보다는 상회와 상회의 대결이 주가 될 텐데, 그런 만큼 많은 자료 수집과 공부가 선행되어야 할 것으로 생각되고 있다. 따라서 천잠비룡포 다음 글로 확정된 소림 이야기와 그다음이 될 것으로 예상되는 낭인 이야기, 또는 환신 이야기까지 결말을 지은 후에야 집필을 고려하게 될 것으로 보인다. 몇 년 후가 될지 모른다는 이야기다.

일단 천룡상회가 나온 김에, 약간의 소개를 덧붙이도록 하겠다.

유광명이 이끄는 천룡상회를 중심으로 그들의 최대 난적인 구주연합과의 상권 쟁탈이 천룡상회(가제)의 주 스토리가 될 것이다. 구주연합은 오대상회의 연합으로, 오대상회 각각은 팔황의 상업적인 기반을 담당하고 있다. 결국 천룡상회는 팔황의 다섯 문파와 한꺼번에 대적하는 것이라 해도 과언이 아닐 것이다.

각각의 상회는 다음과 같다.

비검맹 산하 대강상회, 신마맹 산하 신화상회, 숭무련 산하 무심상회, 흑림 산하 비야회, 그리고 단심맹 산하 홍명상회가 그들이다. 여기서 홍명상회는 천잠비룡포 본편에도 등장한 바 있다. 홍명상회가 팔황과 관련되어 있다는 사실은 언급된 백검천마의 이름에서 어느 정도 짐작하신 분들이 있으리라 생각된다. 이미 알고 계신 분들에겐 사족이겠지만, 백검천마는 무당마검과 화산질풍검에서도 등장한 적 있었던 마인이다.

굳이 다섯 상회에 대해 여기서 짚고 넘어가는가 하면, 단운룡과 적벽의 이야기가 말미에 접어들었다는 데 이유가 있다고 할 수 있겠다. 단운룡은 곧 적벽을 떠난다. 하지만 적벽에는 아직도 많은 갈등이 남아 있다. 융중상회의 내분과 암무회전의 변화, 다른 상회들과의 알력과 홍명상회의 개입 등이 그것이다. 그건 단운룡이 해결하지 않는다. 그 이야기들을 넘겨받는 것이 다름 아닌 천룡상회다. 그 모든 것들이 천룡상회 스토리에 이르러 해소될 예정이다. 덧붙여, 말미에 등장한 청류검 벽검강 역시 천룡상회 소속임을 밝혀둔다. 벽검강이 엽단평에게 패배하면서 유광명이 적벽에서 계획했던 것들이 상당 부분 일그러지게 된다. 그것에 대해서는 훗날 천룡상회(가제)에서 재미있게 그려보도록 하겠다.

한편, 많은 독자 분들은 적벽의 일이 불필요할 정도로 상세하게 묘사되었던 것을 기억할 것이다. 사건은 여러 가지가 터졌지만, 정작 큰 줄기가 많이 진행되지 않아서 아쉬워하신 분들이 많았으리라 생각하고 있다.

그만큼 적벽이란 도시가 한백무림서 전체에서 중요한 장소라 그렇다. 훗날 대무후회전이 벌어지게 되는 곳도 이곳이고, 단운룡의 문파에 큰 힘을 실어주게 되는 시발점도 이곳이다. 중원행의 가장 중요한 기점이라는 말이다. 모든 것이 거기에서 시작되었고, 많은 것이 적벽에서 끝난다. 완결 후 전체 스토리 진행으로 보았을 때는 적벽에 이만큼의 지면을 할애한 것이 이해가 될 것임을 약속드린다.

마지막으로, 천잠비룡포 4권 내용 중에서 소연신이 이런 말을 한 적이 있다. 철위강의 제자는 하나가 아니라고 말이다.

하나가 아니라고 하여 그 제자가 둘이라는 것을 의미하진 않는다. 이 부분 또한 한백무림서 전체 진행에 있어 중대한 관건이 될 것임을 미리 밝혀두겠다.

― 동방삭은 누구?

동방삭에 대해서는 이전에 문피아 게시판에서도 언급한 적이 있다. 2007년은 본인에게 있어 그야말로 다사다난이 어울리는 해였던 까닭에, 문피아에 들어가 볼 여유조차도 갖지를 못했다. 수술을 받고 꽤 오랜 시간 인터넷도 안 되는 병실에 누워 있었기 때문이라 해도 긴 시간 잠수를 탄 것에 대해서는 변명의 여지가 없다. 그저 죄송스러운 마음뿐이다.

좌우지간, 동방삭이란 인물은 본인에게 있어 무척이나 매력적인 인물이라 하겠다. 언젠가 반드시 쓰고 있는 소설에 올리고 싶었던 이름이고, 천잠비룡포에 이르러 마침내 그 바람이 현실이 된 것이라 하겠다.

동방삭의 본질이라 한다면, 그것은 불사(不死). 그 두 글자에 있다고 할 것이다. 몇백 년이고, 몇천 년이고 죽지 않는다. 불사라는 한 단어는 그 얼마나 많은 환상문학의 모티브가 되었던가.

동방의 신화와 전설에 있어 가장 공식적으로, '불사' 두 글자의 본질을 부여받은 자는 오직 동방삭밖에 없다고 해도 과언이 아니다. 여동빈이나 석가모니 등의 초월적 존재가 있기는 하나, 그들의 '본질'은 불사가 아니라 신선이자 부처일 따름이다. 인간의 신체와 정체성을 가지고 불사의 축복을 받은 이는 동방삭이 유일하다고 본다(스토리에 따라서는 신격화하는 버전도 있다).

동방삭 전설은 우리나라에도 있다. 아마도 중국을 통해 전래된 것이라 보이지만, 그렇다 해도 흥미로운 일이 아닐 수 없다. 동방삭이라는 존재가 그만큼 매력적인 것이라서 그런지도 모른다. 동방삭은 삼천갑자라는 수식어를 이름 앞에 달고 있다. 그의 수명이 삼천갑자라는 뜻이다. 삼천갑자는 단순 계산으로 십팔만 년이다. 그야말로 불사임에 다름이 아니다.

무협과 같은 환상문학을 쓰는 사람이라면 누구를 막론하고 전설과 신화에 큰 관심을 가지고 있을 것이라 생각한다. 동, 서양을 막론하고 말이다. 서양 전설에는 '방랑하는 유대인' 전설(예수로부터 최후 심판의 날까지 기다리라고 명령받았던)과 생 제르망 백작의 전설 등이 있다. 많은 사람들이 매혹된, 뱀파이어 전설도(다소 비틀리긴 했지만) 불사 전설의 범주 안에 넣을 수 있을 것이다.

　다시 동방삭 이야기로 돌아가 보자. 동방삭은 기원전 백오십사 년에 태어난 전한 시대의 문인으로, 달리는 익살의 재사라 알려져 있는 인물이다. 말하자면 실존했다는 이야기인데, 전설 속의 동방삭이 동명의 동방삭과 같은 인물인지는 알 수가 없다. 다만 실존했던 동방삭이 파격적인 언행과 시가를 즐겼다 알려져 있으므로, 그의 대한 이야기가 재구성되고 부풀려져 동방삭 전설까지 발전했다고 보는 것이 타당하리라 보고 있다. 하지만 그것은 그저 현실적인 해석일 뿐이고, 본인은 동방삭이 진정 불사의 신체를 가진 인물이라 믿고 싶은 심정이다. 그래야 한백무림서에도 등장시킬 수 있으니 말이다.

　무협소설의 기준으로 돌아가 보면, 십팔만 년이라는 숫자를 차치하고서라도 전한 시대에서부터 살아왔다 할 경우, 한백무림서의 기준으로는 천오백 년을 산 것이 된다. 천오백 년 중 오백 년만 무공을 연마했어도 무적이라는 칭호를 듣기에 어려움이 없을 것이다. 동방삭이란 그런 힘을 지닌다. 무협소설의 캐릭터로 등장하게 되면, 그 존재만으로도 막강할 것이 틀림없는 이름이다. 당연히 한백무림서에서도 그만한 힘을 지닌 캐릭터로 등장할 예정이다. 세월의 힘만으로 보자면, 많은 사람들이 최강으로 꼽는 진천보다 더 강한 인물이 될지도 모를 일이다. 무엇보다 그는 '불사' 라는 두 글자를 등에 지고 있기 때문이다.

　출간이 늦어진 점, 다시 한번 죄송하다는 말씀 올립니다.